Moon Notes

EMMA
LINDBERG

FROM *now* ON

Moon Notes

Klimaneutral
Druckprodukt
ClimatePartner.com/53248-2011-1002

Dieses Buch wurde klimaneutral produziert. Dadurch fördern wir anerkannte Nachhaltigkeitsprojekte auf der ganzen Welt. Erfahre mehr über die Projekte, die wir unterstützen, und begleite uns auf unserem Weg unter www.oetinger.de

FSC
www.fsc.org
MIX
Papier aus verantwortungsvollen Quellen
FSC® C014496

Originalausgabe
1. Auflage

Dieses Werk wurde vermittelt durch die
Montasser Medienagentur, München.
© Einbandgestaltung: FAVORITBUERO, München,
unter Verwendung von shutterstock.com: © Romanova Ekaterina
© Innenillustrationen: Jana Hupfauf
Satz: Satz für Satz, Wangen im Allgäu
Druck und Bindung: GGP Media GmbH,
Karl-Marx-Straße 24, 07381 Pößneck, Deutschland
Printed 2022
ISBN 978-3-96976-000-0

www.moon-notes.de

Liebe*r Leser*in,

wenn du traumatisierende Erfahrungen gemacht hast, können einige Passagen in diesem Buch triggernd wirken. Sollte es dir damit nicht gut gehen, sprich mit einer Person deines Vertrauens. Auch hier kannst du Hilfe finden: www.nummergegenkummer.de

Schau gern auf S. 351, dort findest du eine Auflistung der potenziell triggernden Themen in diesem Buch. (Um keinem*r Leser*in etwas zu spoilern, steht der Hinweis hinten im Buch.)

Für Stevi und Yasmin

Playlist

In the Woods
Billy Talent – Fallen Leaves
Lena – Bee

Around the Campfire
Imagine Dragons – Demons

Cold Stone
Christina Perri – Jar of Hearts

Party
Nirvana – In Bloom

Night Sky
Jonathan Young – Africa
Billie Eilish – lovely (with Khalid)

The Truth
STARSET – Point Of No Return
Nathan Wagner – Innocence
Sia – Broken Glass

Family
Sleeping At Last – North

Seattle
Aerosmith – I Don't Want to Miss a Thing

Stellar
Roy Orbison – Pretty Woman
SVRCINA – Burning Heart

Scars
Carina Round – For Everything a Reason
David Guetta – Titanium (feat. Sia)

Broken Pieces
P!nk – Just Give Me a Reason (feat. Nate Ruess)
Roxette – It Must Have Been Love
3 Doors Down – Here Without You

1 | CALLAN | Das ist deine Linienführung

Ich hatte geahnt, dass mein Vater verärgert sein würde, aber ich hatte nicht mit dem Ausmaß seines Zorns gerechnet. Ich hatte nicht damit gerechnet, dass er schon am Nachmittag so viel Whisky intus hatte, dass ich ihn riechen konnte, obwohl ich gerade erst das Haus betreten hatte.

Freitags machte die Praxis schon am Mittag zu, damit mein Vater in Begleitung meiner Mutter Hausbesuche machen konnte, und wie es aussah, stand heute kein Termin mehr an.

»Da bist du ja.«

Er klang herrisch wie immer, bewegte sich zielgerichtet wie immer, und wie immer war ich fast beeindruckt, dass er eine solche Menge Alkohol so problemlos wegstecken konnte. Wenn er praktizierte, rührte er keinen Tropfen an, doch an den Abenden und am Wochenende kam ich in den vollen Genuss seiner Sucht – und tat ebenso wie Mom alles, um sie zu verschleiern.

»Du kleines Arschloch hast gedacht, ich würde es nicht merken, stimmt's?«

Er kam auf mich zu, und obwohl ich ihn mittlerweile um einige Zentimeter überragte, musste ich mich zusammenreißen, um nicht zurückzuweichen.

»Ich wusste …«
Die Ohrfeige, die mich traf, war hart und präzise ausgeführt. Ich spürte, wie meine Unterlippe aufplatzte. Gegen die offene Kühlschranktür gelaufen. Mal wieder. Himmel, Callan war so ungeschickt.
»Du sprichst nur, wenn du gefragt wirst.«
Ich wies ihn nicht darauf hin, dass er soeben eine Frage gestellt hatte, sondern nickte stumm. Mir war klar, worum es ging: Mit ziemlicher Sicherheit hatte mein Erdkundelehrer angerufen wegen meines Täuschungsversuchs bei der heutigen Arbeit.
»Willst du etwas dazu sagen, du erbärmlicher Versager?«
»Es tut mir leid«, brachte ich hervor, kurz bevor er mir die Flasche gegen die Rippen schmetterte, sodass ich mit einem schmerzerfüllten Aufkeuchen einen Schritt nach hinten trat.
Die offene Kühlschranktür würde nicht mehr ausreichen. Vielleicht der klassische Treppensturz? Wann hatte ich den zuletzt bemüht? Das dürfte schon einige Monate her sein. Dann also ein falscher Schritt auf der untersten Treppenstufe mit einer anschließenden Kollision mit der Kommode. Details waren wichtig, denn sie machten glaubwürdig, und Glaubwürdigkeit war wichtiger als alles andere.
»Gute Idee«, kommentierte mein Vater höhnisch. »Geh mir aus den Augen, bevor ich dich totschlage. Hätte ich längst tun sollen.«
Er hob erneut die Flasche, doch ich wartete nicht auf den nächsten Angriff. Stattdessen rannte ich förmlich die Treppe empor, griff nach meiner Reisetasche, die genau für solche Fälle immer gepackt in der Ecke meines Schrankes stand, hängte mir meine Gitarre und meinen Rucksack um und suchte das Weite, bevor mein Vater seine Drohung wahr machen konnte.
Er war nicht immer so aggressiv und gewaltbereit; lediglich, wenn er getrunken hatte. Glücklicherweise richtete sich sein

Zorn ausschließlich gegen mich, nicht gegen meine Mom. Bei ihr kannte er Grenzen – bei mir nicht. Sie schien er zu lieben – mich nicht. Aber das machte nichts. Ich hatte mich daran gewöhnt, und ich wusste, dass ich nur noch vier Monate durchhalten musste. Dann würde ich auf die Uni gehen und endlich die Chance haben, einen Neustart zu wagen.

Tief in Gedanken versunken ging ich die Straßen Woodfields entlang und war froh, dass mir niemand Beachtung schenkte. Man war es gewöhnt, mich in Begleitung meiner Gitarre anzutreffen, und das zusätzliche Gepäck fiel nicht weiter auf. Mein Ziel war – wie meistens nach einer Eskalation in meinem Elternhaus – die Familie Godwin. Darren war seit dem letzten Kindergartenjahr mein bester Freund, und ich beneidete ihn glühend um seine Eltern und vor allem um seine Schwester. Wobei, nein. Um nichts in der Welt würde ich Serena Godwin zur Schwester haben wollen.

Schon als ich den hüfthohen Gartenzaun erreichte, den ich im letzten Jahr gemeinsam mit Stella, Darrens Mom, blau angestrichen hatte, erkannte ich an dem vollgeladenen Auto in der Einfahrt, dass die Godwins auf dem Weg zu einem ihrer heiß geliebten Campingtrips waren. Fuck, das hatte ich total vergessen.

»Cal!« Thomas wischte sich den Schweiß von der Stirn und winkte mir zu. »Kommst du mit? Darren hat dich gar nicht erwähnt. Aber kein Problem. Für dich finden wir auch noch einen Platz.«

Ich kam näher und ließ meine Tasche zu Boden sinken.

»Oh nein.« Stella erschien hinter dem Wagen, nahm mich kurz in den Arm und inspizierte meine Wange. »Was ist passiert?«

Mit einem Grinsen berichtete ich von meinem Treppensturz und schaffte es, ihn mit witzigen Anekdoten zu würzen, sodass

nicht einmal der Hauch eines Zweifels an meiner Geschichte entstand.
»Du bewegst dich so geschmeidig.« Stella schüttelte den Kopf. »Und bist doch ein solcher Tollpatsch.«
Ich hob mit einem schiefen Lächeln die Schultern. »Niemand ist perfekt.«
»Und das ist auch gar nicht nötig.« Stella schenkte mir ein mütterliches Lächeln, dann machte sie sich wieder daran, das restliche Gepäck umzuschichten, das Thomas bereits in den Kofferraum des Kombis geladen hatte.
Ich stellte sowohl Tasche als auch Gitarre ab und wollte mich gerade auf den Weg zum Haus machen, da hörte ich Darrens Stimme.
»Das ist einfach nur mies, Rena«, sagte er gerade.
»Du musst es ja nicht verstehen«, gab sie scharf zurück. »Du musst einfach nur deine Klappe halten!«
Die beiden Geschwister traten nacheinander in die Nachmittagssonne hinaus, und obwohl Darren als Erster das Haus verließ, fesselte Rena meine Aufmerksamkeit. Das tat sie immer. Sie trug kurze Shorts, die ihre langen Beine freigaben, und hatte sich trotz der Hitze einen langärmeligen Kapuzenpullover übergestreift. Die Sonne brachte ihr langes, braunes Haar zum Glänzen, und ihre Karamellaugen glühten vor Zorn. Auch ihre Körperhaltung zeigte deutlich, dass ihr Bruder in Ungnade gefallen war, und ich verkniff mir ein Grinsen. Ich war gespannt, worum es dieses Mal ging. Den letzten handfesten Streit hatten sie ausgefochten, weil Darren geschworen hatte, dass Rena seinen Rasierer geklaut hatte, um sich die Beine und … andere Stellen zu rasieren. Den Ausgang des Disputs hatte ich nicht mitbekommen, weil ich zu sehr damit beschäftigt gewesen war, gegen meine Fantasien anzukämpfen, die mit gewohnter Effizienz mein Gehirn lahmgelegt hatten.

»Rena hat etwas, was sie euch unbedingt zeigen möchte!«, brüllte Darren durch den Garten. »Und ihre Ausrede dafür wird euch ganz besonders gut gefallen.«
Thomas tauchte erneut hinter dem Auto auf und warf den beiden einen fragenden Blick zu. »Was denn?«
»Nichts«, erwiderte Rena so unschuldig, dass sie damit auch Stellas Aufmerksamkeit auf sich zog.
»Hey«, sagte ich in Richtung der Geschwister in der Hoffnung, Darrens Enthüllung zu verhindern. Sein selbstgefälliges Grinsen machte deutlich, dass es sich um etwas handeln musste, was Rena in Schwierigkeiten bringen würde.
Ohne etwas zu erwidern, drehte sie den Kopf und musterte mit besorgter Miene meine Verletzungen. Obwohl sie weiterhin schwieg, war es offensichtlich, dass sie sowohl den beginnenden Bluterguss auf meiner Wange als auch die aufgeplatzte Lippe registriert hatte.
»Scheiße, was ist denn mit deinem Gesicht, Mann?«, meldete sich Darren zu Wort und sah zwischen mir und meiner Reisetasche hin und her. »Kommst du mit?«
Ich nickte, und seine Miene hellte sich augenblicklich auf. Dann wandte er sich wieder seiner Schwester zu.
»Roll doch mal deine Ärmel für uns hoch, Rena.«
»Du kannst mich mal«, murmelte sie leise, und ich hoffte, dass es ihre Eltern nicht gehört hatten. Was Beleidigungen anging, waren die Godwins wenig tolerant.
»Wieso willst du, dass sie ihre Ärmel hochrollt?«, fragte Stella mit beunruhigter Miene. Offensichtlich dachte sie an Schnittwunden oder Einstichstellen von Spritzen, und ich hoffte, dass Rena diese Sorgen schnell zerstreuen würde.
»Wieso will er, dass du deine Ärmel hochrollst?«, echote nun auch Thomas, nachdem er meine Sachen eingeladen und den Deckel des Kofferraums mit einem Knall geschlossen hatte.

Statt eine Antwort zu geben, kam Rena der Aufforderung nach, woraufhin nicht nur ihr schmales Handgelenk, sondern auch ein Tattoo auf der Innenseite ihres Unterarms zum Vorschein kam.

»Wow«, sagte ich begeistert und trat einen Schritt vor, um nach ihrer Hand zu greifen und ihren Arm ein wenig anzuheben. »Das ist ja genial gestochen. Wo hast du das machen lassen? Das war garantiert nicht Timothy in seiner Drecksbude.«

Ich betrachtete die filigranen Linien und strich ganz vorsichtig mit dem Zeigefinger über den kleinen Bienenkörper mit den ausgebreiteten Flügeln.

»Die Vorlage hast du selbst gemacht, oder?«, setzte ich mein Fragefeuerwerk fort, noch immer hingerissen von dem Tattoo, das die eigentlich perfekte Rena noch ein wenig perfekter machte. »Das ist deine Linienführung.«

»Sie behauptet, es würde sie an Oma erinnern«, meldete sich Darren missmutig, der sich offensichtlich einen anderen Verlauf gewünscht hatte.

»Weil sie Bienen mochte?« Ich sah Rena an. Ihre Großmutter war erst vor wenigen Monaten gestorben, und die beiden hatten einander sehr nahegestanden. »Das ist echt das perfekte Tattoo. Eine eigene Vorlage und ein Motiv, das nie an Bedeutung verlieren wird.«

»Und dafür musste sie nur die Unterschrift von Mom oder Dad fälschen«, ergänzte Darren. »Und vermutlich ihr Erspartes plündern.«

»Es war ein Tattoostudio in Pittsburgh, wo die Schwester einer Freundin arbeitet«, wandte sich Rena an mich und ignorierte die Sticheleien ihres Bruders. »Und ja, es ist von mir. Ich habe 27 Bienen gezeichnet, bevor ich mich für eine davon entscheiden konnte.«

Ich nickte, während sich vor meinem inneren Auge das Bild Renas formte, wie sie inmitten Dutzender Skizzenblätter am Boden saß, die Stirn leicht gerunzelt, während sie gedankenverloren auf ihrer Unterlippe kaute.
Mit Verspätung wurde mir klar, dass meine Finger noch um ihr Handgelenk lagen, und ich trat peinlich berührt einen Schritt zurück.
»Du hast ein Tattoo«, stellte Thomas ungläubig fest, während Stella die Stirn in Falten legte. »Und du hast dafür unsere Unterschrift gefälscht? Weshalb hast du uns nicht vorher gefragt? Vielleicht hätten wir es erlaubt.«
»Hättet ihr nicht«, warf Darren ein und verstummte abrupt wieder, als ihn von allen Seiten finstere Blicke trafen.
»Muss ich euch wirklich an eure Reaktion erinnern, als ich vor ein paar Monaten ein Tattoo angesprochen habe?«, verteidigte sich Rena.
»Das weiß ich nicht mehr«, sagte Thomas, »und es spielt auch keine Rolle. Du hättest unsere Unterschrift nicht fälschen dürfen.« Er sah sie an und schien zu überlegen. Ganz offensichtlich dachte er über eine angemessene Strafe nach. Dann schüttelte er den Kopf. »Wir reden später noch darüber, Serena. Steigt ein.«
Wie in jeder Klischee-Komödie, die je gedreht worden war und die eine Szene mit Eltern hatte, die ihre Kinder zurechtwiesen, verwendete er ihren vollen Vornamen, um besonders streng zu klingen. Serena, nicht Rena. Und trotzdem konnte ich bei jedem Wort spüren, wie wichtig sie ihm war – egal, wie aufgebracht er gerade wirkte.
Schon seit meiner Kindheit hatte ich bewundert, wie die Familie Godwin mit Konflikten umging. Ein knapper Tadel statt einer Ohrfeige. Einige Tage Hausarrest statt eines Tritts in die Rippen. Liebevolle Strenge statt gleichgültiger Gewalt.

Wenige Minuten später saßen wir alle im Auto, wobei wir uns zu dritt auf die Rückbank quetschen mussten. Rena kauerte auf dem mittleren Platz zwischen Darren und mir, was die Fahrt zum Campingplatz ziemlich anstrengend machte. Einerseits war es toll, Rena so nah bei mir zu haben, während ich mich andererseits bemühte, so zu tun, als fände ich die Beengtheit der Rückbank nicht besonders prickelnd.

»Auf dem Heimweg sitzt du in der Mitte«, sagte Rena in Richtung ihres Bruders, und ich kämpfte gegen die aufsteigende Enttäuschung an. Während ich ihre Nähe in vollen Zügen genoss, schien sie das genaue Gegenteil zu empfinden.

»Ich würde ja anbieten, dass ich in der Mitte sitze«, mischte ich mich, bemüht um einen lockeren Tonfall, ein, bevor Darren auf das mürrische Gegrummel seiner Schwester antworten konnte, »aber ich will nicht als euer Punchingball herhalten. Mir hat der Zusammenstoß mit der Vase gereicht, die der Meinung war, mir auf den Kopf fallen zu müssen, nachdem ich an die Kommode geknallt bin.«

Darren lachte und nutzte die Vorlage natürlich, um sich während der restlichen Fahrt über mich lustig zu machen – und ich war froh darüber. Spott konnte ich ertragen, Mitleid oder Sorge nicht.

2 | RENA | Achatgrau mit einem Hauch Aquamarin

Nachdem wir die drei Zelte mühelos aufgebaut hatten, schlossen Mom und Dad die Wertsachen – darunter auch Cals geliebte Gitarre – im Auto ein, dann brachen sie zu ihrem üblichen Camping-Eröffnungsspaziergang auf. Wie immer bot uns Mom mit einem hoffnungsvollen Lächeln an, sie zu begleiten. Wie immer winkte Darren ab. Seinem gespielten Gähnen fehlte es heute allerdings etwas an Überzeugungskraft, und an Callans Gesichtsausdruck konnte ich sehen, dass ihm das auch aufgefallen war.

»Lasst uns zum See gehen. Darren?« Ich gab meinem Bruder einen Stoß mit dem Ellbogen, woraufhin er leise schnaubte und sich schließlich schulterzuckend in Bewegung setzte. Es war noch zu kalt zum Schwimmen, deshalb war am Ufer bis auf wenige Spaziergänger nicht viel los. Wir steuerten den kleinen Steg an, setzten uns schweigend nebeneinander auf die Holzbretter und ließen die Beine baumeln. Meine zitronengelben Chucks machten sich neben Cals schwarzen ziemlich gut. Fand ich zumindest.

»Schieß los«, fing ich mit einem Seitenblick auf Darren an, der sein Handy vor der Sonne abschirmte und mit gerunzelter

Stirn über das Display fuhr. »Warum bist du heute so ein Arschloch?«
»Rena ...«, setzte Cal beschwichtigend an, drehte dann aber ebenfalls den Kopf, um meinen Bruder nachdenklich zu mustern. Etwas stimmte nicht, das spürten wir beide. Natürlich verhielt sich Darren oft wie ein kompletter Idiot, aber dass er meinen Eltern von dem Tattoo erzählte und mich derart wegen Oma anfuhr, sah ihm nicht ähnlich.
»Letzten Samstag bist du so betrunken von Steves Party nach Hause gekommen, dass du mitten in den Flur gekotzt und dich dann einfach danebengelegt hast. Ich habe es mitten in der Nacht aufgewischt und dich in dein Zimmer geschleppt, damit Mom und Dad nichts mitkriegen«, sagte ich. Darren starrte immer noch auf sein Handy. »Verdammt, ich hab deine Kotze aufgewischt. Kapierst du eigentlich, wie eklig das war? Und du kannst nicht mal wegen meines Tattoos dichthalten?«
Er zuckte wieder nur mit den Schultern. Langsam ging er mir wirklich auf die Nerven.
»Weißt du, wie viele Wochen Hausarrest ich dir allein diesen Monat erspart habe?« Meine Stimme wurde etwas lauter. Ich hasste es, wenn er mir derart in den Rücken fiel, besonders, wenn ich keine Ahnung hatte, warum. Es gefiel mir besser, wenn wir zusammenhielten. Wenn ich wusste, dass wir uns aufeinander verlassen konnten, was solche Dinge anging. Ich war mir sicher gewesen, dass er mein Tattoo für sich behalten würde – aber ich hatte mich geirrt, und das tat ziemlich weh.
»Was ist los?«, mischte sich nun auch Cal ein. Im Gegensatz zu mir war sein Tonfall jedoch ruhig und um einiges verständnisvoller. Darren ließ endlich sein Handy sinken, sah kurz auf die Boote in der Ferne und blickte dann uns an.
»Ich glaube, Kelly will Schluss machen.«
Für einige Sekunden herrschte Schweigen, während ich ver-

suchte, diese Information zu verarbeiten. Darren und Kelly waren seit einem guten Jahr zusammen, und auch wenn sich mein Bruder oft genug aufführte wie ein totaler Idiot, wusste ich, wie verrückt er nach ihr war.

»Wie kommst du darauf?« Callan beugte sich ein wenig vor und strich sich einige lange Haarsträhnen aus dem Gesicht.

Darren zuckte unglücklich mit den Schultern und deutete auf sein Handy, das jetzt neben ihm auf dem Steg lag.

»Wir waren gestern zum Telefonieren verabredet«, sagte er nach einer kurzen Pause. »Und sie ist nicht rangegangen. Ich hab's den ganzen Abend lang versucht, aber ich habe sie nicht erreicht.«

So überheblich er manchmal wirkte, so unsicher war er, wenn es um Kelly ging. Sie war ein Jahr älter als er, und seit sie Anfang des Jahres für ein dreimonatiges Praktikum nach Cleveland gezogen war, hatte seine Sorge weiter zugenommen. Auch wenn er manchmal gereizt war, ich konnte ihn verstehen. Ich wollte lieber nicht daran denken, dass Cal nach seinem Abschluss im Sommer Woodfield verlassen würde.

»Das muss doch nichts bedeuten«, sagte dieser gerade, woraufhin Darren ein entnervtes Ächzen von sich gab.

»Das *kann* aber was bedeuten«, erwiderte er dann. »Zum Beispiel, dass sie irgendeinen Typen kennengelernt hat und jetzt überlegt, wie sie mich loswird.«

»Es kann aber auch bedeuten, dass ihr Akku leer war oder dass es einen anderen harmlosen Grund gibt«, hielt Cal entgegen, und ich nickte bekräftigend. Kelly war ihm verfallen, und ich konnte mir nicht vorstellen, dass sich das so plötzlich änderte.

»Du hast gut reden.« Darren warf ihm einen resignierten Blick zu. »Dir liegen die Frauen zu Füßen. Du musst nur mit den Fingern schnippen oder deine verdammte Gitarre auspacken, und sie reißen sich die Kleider vom Leib.«

»Komm schon, Mann«, fuhr Cal fort und überging Darrens kleine Stichelei. Ich wusste, dass mein Bruder nicht wirklich neidisch auf Callan war, insbesondere nicht mehr, seit er Kelly hatte, aber ihm war ebenso wenig entgangen wie mir, dass Cal bei den Mädchen erfolgreicher war – und das leider auch redlich ausnutzte.

»Ihr habt die letzten Monate so gut überstanden. Jetzt verlier nicht auf den letzten Metern das Vertrauen in sie. Bald ist sie wieder da, dann kannst du ihr beweisen, wie gut ihr zusammenpasst.«

Bei den letzten Worten hatte seine Stimme einen eindeutigen Unterton angenommen, und um seine Mundwinkel spielte ein verschmitztes Grinsen.

Mein Herzschlag beschleunigte sich, und ich wandte schnell den Blick ab, weil ich wusste, dass ich ihn sonst zu offensichtlich anstarren würde. Wenn Callan grinste, hellte sich sein ganzes Gesicht auf, und das wiederum führte dazu, dass mein eigenes sich heiß anfühlte. Besonders, wenn er solche Andeutungen machte.

»Und wenn sie plötzlich spontan in Cleveland bei ihrem neuen Typen bleibt?«, fragte Darren, während ich unruhig mit den Beinen wippte. Das war kein guter Zeitpunkt, um mir auszumalen, wie Cal mir bewies, dass wir gut zusammenpassen würden. Ich war schon zu lange still gewesen.

»Sie wird sich bald melden.« Aufmunternd stieß ich mit der Schulter gegen die meines Bruders. »Ich habe gesehen, wie sie dich beim Abschied angesehen hat. Das war sogar für mich fast zu kitschig, und du weißt ja, was mein Lieblingsfilm ist.«

»*Pretty Woman*«, kam es fast simultan von Darren und Cal, wobei mein Bruder exzessiv mit den Augen rollte.

»Außerdem«, fuhr ich fort, »ist Ohio der Staat mit den wenigsten heißen Typen, während wir in Pennsylvania ganz vorne liegen. Hab ich mal in einer Studie gelesen.« Ich warf Cal einen auffordernden Blick zu, den er belustigt erwiderte.

»Das stimmt. Hab ich auch schon gehört.«

Darren seufzte erneut, streckte sich und legte sich dann rücklings auf den Steg. »Ihr seid bescheuert. Alle beide.« Um seine Mundwinkel zuckte ein Lächeln. »So was von bescheuert.«

Ich folgte seinem Beispiel, und kurz darauf lagen wir alle drei nebeneinander auf dem Steg in der Sonne.

»Sorry wegen dem Tattoo«, sagte Darren nach einer Weile. »Das war … uncool.«

Ich schaute hoch in den fast wolkenlosen Himmel. »Schon gut. Ich werde ein paar Tage Hausarrest überleben.«

»Wie wärs mit einer Runde WIL?« Darrens Stimme hatte wieder einen unbeschwerteren Klang angenommen.

»Klar.«

»Schieß los.«

»Okay.« Er überlegte kurz. »Würdet ihr lieber fünf Jahre lang jedes Wochenende von einem gruseligen Clown auf Schritt und Tritt verfolgt werden, oder ein Jahr lang jedes Wochenende als gruseliger Clown verkleidet jemandem überallhin folgen?«

Ich prustete los. Wir spielten dieses Spiel, seit wir klein waren, und die Fragen waren uns immer noch nicht ausgegangen. Sie wurden nur von Jahr zu Jahr bizarrer.

»Ich glaube, ich könnte fünf Jahre lang mit einem Clown-Stalker leben.« Ich kicherte. »Warte – würde er mir auch ins Bad folgen?«

»Er würde vor der Tür warten und Luftballontiere machen«, erklärte Darren in viel zu ernstem Tonfall.

»Das ist ziemlich unheimlich.« Callans Stimme war die Belustigung anzuhören, die mein Herz jedes Mal sofort höherschlagen ließ. Ohne den Kopf zu drehen, wusste ich haargenau, wie sein Lächeln in diesem Moment aussah.

»Was ist mit dir?«, wollte mein Bruder von ihm wissen. »Würdest du ein Jahr lang den gruseligen Clown spielen?«
Cal grub die Zähne in seine Unterlippe und sah nachdenklich auf den See hinaus. »Ich würde auch den Clown-Stalker bevorzugen«, sagte er schließlich. »Ansonsten könnte ich ja ein Jahr lang kein Wochenende das tun, was ich will, weil ich die ganze Zeit mit der Verfolgung beschäftigt wäre.«
Ich nickte beeindruckt, während Darren die Augen verdrehte. »Echt, Cal. Du denkst viel zu viel.«
»Schon gut.« Callan hob besänftigend die Hände, dann schlich sich ein Funkeln in seine Augen. »Würdet ihr lieber in allen möglichen Situationen einen Orgasmus bekommen oder nie wieder einen?«, fragte er, und als sich Darren begeistert an die Erstellung einer Pro-und-Kontra-Liste machte, wusste ich, dass es uns zumindest für den Moment gelungen war, ihn ein wenig aufzuheitern.

Als wir nach einigen weiteren Runden WIL zum Zeltplatz zurückkehrten, holte Dad gerade die Angelausrüstung aus dem Kofferraum und warf Darren einen erwartungsvollen Blick zu. Angeln war etwas, das die beiden seit jeher zusammen machten, eine Vater-Sohn-Sache, die mir unglaublich langweilig vorkam. Man saß in einem leicht schaukelnden Boot in der Nachmittagssonne, sah auf den See, in den man nicht einmal springen konnte, weil man damit die Fische verjagen würde, und wartete darauf, dass irgendetwas passierte. Dass man einen Zug an der Angelrute spürte und eine nasse, zuckende Forelle aus dem Wasser holen konnte. Dad hatte den Versuch, mein Interesse fürs Angeln zu wecken, vor langer Zeit aufgegeben.
»Kommst du mit, Cal?«, hörte ich meinen Bruder fragen, als ich mir gerade das viel zu warme Sweatshirt auszog und mir die

Haare zu einem Pferdeschwanz zusammenband. Obwohl Cal noch nie besonders viel Interesse am Angeln gezeigt hatte, gab Darren es nie auf, ihn dazu überreden zu wollen.

»Ich könnte etwas Hilfe beim Brennholzsammeln gebrauchen«, warf ich ein, während ich meine beste Freundin per SMS darüber informierte, dass Callan spontan mit auf den Familienausflug gekommen war. Auf Tianas Weisheiten und seelische Unterstützung konnte ich dieses Wochenende auf keinen Fall verzichten. »Oder wollt ihr mich wirklich alleine in den Wald schicken, so unfallanfällig, wie ich bin?« Meine Familie machte sich oft genug darüber lustig, dass ich etwas ungeschickter war und mich öfter verletzte als der durchschnittliche Mensch – etwas, das ich mit Cal gemeinsam hatte.

Mom war überzeugt davon, dass wir die tollpatschigsten Menschen in ganz Woodfield waren, und auf mich traf das eindeutig zu. Doch während Cal mich oft dabei beobachtete, wie ich mir beim Kochen in den Finger schnitt, von Bäumen fiel, mich an Soda verschluckte oder mir am Lagerfeuer Verbrennungen zuzog, hatte ich ihn nie fallen oder auch nur stolpern sehen. Er war der am wenigsten tollpatschige *tollpatschige Junge*, den ich kannte. Und das ergab für mich nicht besonders viel Sinn – obwohl in seiner Nähe ohnehin nichts besonders viel Sinn ergab, weil das Herzklopfen meine Gedanken stilllegte.

»Ich denke, ich werde unser Bienchen in den Wald begleiten«, sagte Cal, woraufhin irgendetwas in meinem Inneren einen Salto vollführte, auf den jeder Akrobat neidisch gewesen wäre. Er schob sich die Ärmel seines Hoodies zurück – er hatte die Angewohnheit, selbst in den wärmeren Monaten oft lange Kleidung zu tragen, weil ihm schnell kalt wurde. Dann warf er Mom einen kurzen Blick zu, so, als wolle er um Erlaubnis fragen, mit mir kommen zu dürfen. Sie lächelte zustimmend – vermutlich war sie erleichtert darüber, dass ich nicht alleine ins Unterholz ging. Als ob ich Rotkäppchen wäre und der böse Wolf da draußen auf mich lauerte.

Mein Bruder hingegen zog die Augenbrauen zusammen. »Sorry, dass du den Babysitter für meine Schwester spielen musst«, sagte er mit einem enttäuschten Schulterzucken. »Pass auf, dass sie nicht über ihre eigenen Füße stolpert und in einem Graben landet – oder von einem fallenden Ast erschlagen wird.«

Babysitter. Ich ließ mir nichts anmerken, aber in diesem Moment hätte ich nichts dagegen gehabt, wenn *Darren* von einem fallenden Ast erschlagen worden wäre. Natürlich hatte er recht – Cal sah mich nur als kleine Schwester, und auf einem Campingtrip konnte ich ihn wohl kaum von meiner Weiblichkeit überzeugen. Besonders nicht in zerrissenen Shorts und abgetragenen Chucks. Ich wünschte, ich hätte zumindest etwas mehr Make-up aufgetragen.

Natürlich war es keine kluge Idee, mit Cal in den Wald zu gehen, nachdem ich mir schon im Auto ausgemalt hatte, dass die Rückbank nur aus zwei Sitzen bestand und ich auf seinem Schoß sitzen musste, aber ich wollte nicht klug sein. Ich wollte mit ihm durchs Unterholz laufen, und genau das taten wir.

Die Eichen, Buchen und die anderen Baumarten, die ich nicht kannte, ließen weniger Sonnenlicht durch ihr Blätterdach, je tiefer wir uns hineinwagten.

»Warum hast du nichts von dem Tattoo erzählt?«, erkundigte Cal sich, während er einige trockene Äste vom Boden klaubte. Richtig, wir waren ja zum Holzsammeln hier. »Du weißt, dass ich dich begleitet hätte. Wie lange hast du es überhaupt schon? Hast du etwa gedacht, ich würde dich an Darren verpetzen?«

»Ich hab es vor einer Woche machen lassen.« In Wahrheit hatte ich mich schon kurz nach Omas Tod danach gesehnt, weil ich mich dadurch mit ihr verbunden fühlte, aber ich hatte erst vor

Kurzem den Mut aufgebracht, es ohne die Einwilligung meiner Eltern durchzuziehen.

Abrupt blieb ich stehen, legte den Kopf schräg und warf ihm einen amüsierten Blick zu. »Ach komm, ihr seid doch schon ewig lang befreundet. Soll ich dir wirklich glauben, dass ihr euch nicht alles erzählt?«

»Du willst nicht wissen, was wir uns erzählen, Bienchen«, stichelte er, während er das Lederband aus seinem Pferdeschwanz zog, um sich die Haare etwas fester zusammenzubinden. Als sich nach wenigen Sekunden trotzdem wieder eine Strähne löste, die er sich entnervt hinters Ohr strich, konnte ich mir ein Grinsen nicht verkneifen. Ich war fasziniert von seinen dunkelblonden Haaren, die er manchmal offen trug, meistens aber in einem Pferdeschwanz, und die nie so richtig das taten, was er wollte. Wie oft hatte ich mir schon vorgestellt, die Hand auszustrecken und ihn zu necken, indem ich leicht an dem Lederband zupfte, bis sich noch mehr Strähnen lösten und sein Gesicht umrahmten? Zu oft. Eindeutig zu oft.

»Aber nein, ich hätte dich nicht verraten«, fuhr er fort und holte mich augenblicklich wieder aus meiner bescheuerten Haar-Fantasie. »Ebenso wenig, wie ich ihm verraten habe, dass du es warst, die seine Lieblings-CD zerkratzt, seine favorisierte Boxershorts verschlampt und heimlich seinen WhatsApp-Verlauf gelesen hat. Soll ich weitermachen?«

»Nicht nötig.« Er hätte mein Geheimnis bewahrt. Ich hatte das Gefühl, dass meine Füße den Boden gar nicht mehr berührten. Eine Familie kam uns entgegen. Laut plappernd und beladen mit Ästen und Zweigen. Der Kleinste von ihnen, ein Junge, der wahrscheinlich gerade mal fünf war, sang lauthals ein Kinderlied, in der Hand einen Zweig, den er fröhlich hin und her schwenkte. Vermutlich würden uns noch mehr Menschen entgegenkommen, wenn wir diesen Weg weiter verfolgten.

»Lass uns etwas abseits suchen. Die Ausbeute hier lässt eher zu wünschen übrig«, sagte ich spontan und wandte mich vom Pfad ab, um tiefer in den Wald zu gehen, dorthin, wo kein Wanderweg uns mehr einschränkte. Ich wollte nicht da gehen, wo alle anderen vom Campingplatz entlangliefen. Ich wollte ein Abenteuer.

»Hättest du mich wirklich begleitet?«, fragte ich mit einiger Verzögerung und warf ihm dabei einen neugierigen Blick zu. »Wenn du dir etwas stechen lassen müsstest, welches Motiv würdest du wählen?«

Cal folgte mir, ohne sich zu beschweren.

»Natürlich hätte ich dich begleitet«, bestätigte er und hatte vermutlich keine Ahnung, welche Wärme diese einfachen Worte in mir auslösten. »Ich hätte dir sogar die Hand gehalten und deine Tränen getrocknet«, fügte er provozierend hinzu.

Das war es dann wohl wieder mit der Wärme. Er wollte mich nur ärgern.

»Ich habe schon eine Vorlage.« Seinen Worten folgte ein kurzes Zögern. Er wirkte nachdenklich. »Ich werde es mir stechen lassen, wenn ich die Aufnahmeprüfung geschafft habe und an der Hochschule Musik studiere.«

Ich wartete darauf, dass er mir erzählte, um welches Motiv es sich handelte, doch er schien es nicht eilig zu haben, das mit mir zu teilen.

»Das klingt nach einer guten Belohnung für die Aufnahmeprüfung«, sagte ich schließlich. »Und lass mich raten: Du hast nicht vor, mir zu sagen, welche Vorlage du dir ausgesucht hast?«

Als Antwort bekam ich nur ein geheimnisvolles Lächeln. Es machte ihm viel zu viel Spaß, meine Neugier auszukosten.

Ich bückte mich nach zwei weiteren Zweigen. Langsam fing ich an, zu verstehen, weshalb Hänsel und Gretel Brotkrumen zurückgelassen hatten. Abseits des gekennzeichneten Wegs sah der Wald von jeder Seite gleich aus. Ich konnte mich im Kreis drehen und komplett die Orientierung verlieren. Okay, vielleicht hatte ich sie schon verloren. Und vielleicht musste ich mich dafür nicht einmal im Kreis drehen.

»Willst du die Wahrheit über die Boxershorts erfahren, die ich angeblich verschlampt habe?« Ohne eine Antwort abzuwarten, fuhr ich fort. »Die habe ich bei einer Wette verloren. Ich musste sie einer Freundin geben, die aus irgendeinem verrückten Grund auf Darren steht. Und bevor du das Gesicht verziehst: Sie war frisch gewaschen.« Ich grinste. »Sie schläft darin.«

Als ob ich mich darüber lustig machen konnte. Wenn ich eine von Cals Boxershorts hätte, würde ich sie nachts auch tragen. Leider hatte er keine Geschwister …

Nein. Es war seltsam, die Unterwäsche von jemandem zu klauen, mit dem man nicht einmal zusammen war. Meine Freundin war verrückt, und ich war es anscheinend auch, denn ich hätte wirklich nicht widerstehen können, wenn sich eine Möglichkeit geboten hätte.

»Das musst du auch für dich behalten«, fügte ich dramatisch hinzu, »sonst werden mein Bruder und meine Freundin sich darum streiten, wer mich zuerst von einer Klippe stoßen darf. Mein Leben liegt in deinen Händen.« Das Adrenalin schoss durch meinen Körper, als ich das sagte – auch wenn es nur ein Scherz war.

»Du hast Darrens Lieblingsshorts verwettet?«, fragte Cal und klang dabei halb irritiert, halb amüsiert. »Dieser Freundin wäre es sicher nicht aufgefallen, wenn du ein anderes Exemplar gewählt hättest. Gib's doch zu, dass du die Gelegenheit genutzt hast, um ihn ein wenig mehr zu quälen.« Er schüttelte den Kopf. »Es ist immer wieder faszinierend, etwas über dich zu erfahren … und über deine Skrupellosigkeit. Was mich jetzt interessiert: Was hättest du als Wetteinsatz bekommen? Auch ein paar

Shorts von irgendeinem Kerl? Vielleicht von Cross Cooper? Wobei, der würde sie dir auch freiwillig geben, so wie er dich anschaut.«

Während ich mich fragte, wie zum Teufel er auf Cross Cooper kam, ging er auf einen Stamm zu und strich über das Moos auf der Rinde, wobei ihm diese eine, widerspenstige Haarsträhne erneut ins Gesicht fiel. In sein wunderschönes, sanftes Gesicht, das heute einen versehentlichen Zusammenstoß mit einer Vase gehabt hatte – wenn ich das wirklich glauben sollte.

Wahrscheinlich hatte er recht, und ich hatte Darren damals ein wenig quälen wollen. Ich erinnerte mich daran, dass mein Bruder eine Woche vor der Wette *unabsichtlich* Kaffee über eine meiner Zeichnungen, an der ich stundenlang gesessen hatte und die von Dad besonders gelobt worden war, verschüttet hatte. Er war schon immer eifersüchtig gewesen, wenn ich wegen meiner Zeichnungen gelobt wurde. Meistens hatte ich dafür Verständnis, aber an diesem Tag war er zu weit gegangen.

»Kann sein. Darren ist manchmal ein richtiges Arschloch. Und was ich bekommen hätte, verrate ich dir lieber nicht. Was machst du da?«

Er war immer noch damit beschäftigt, das Moos zu inspizieren.

»Du hast keinen Plan, wo wir sind, oder?«, fragte er.

Ich konzentrierte mich wieder auf unsere Umgebung. Es war so friedlich um uns herum, wir waren so weit vom Weg abgewichen, dass es mir vorkam, als wären wir die einzigen Menschen in diesem Wald. Oder die einzigen Menschen auf der Welt. Die Eichen und Buchen um uns herum sahen alle gleich aus, und natürlich konnte ich nicht mit Sicherheit sagen, welche Richtung zurück zum Weg und zum Campingplatz führte. Cal schien es auch nicht zu wissen, obwohl sein Orientierungssinn bestimmt besser war als meiner. Brotkrumen wären wirklich keine schlechte Idee gewesen. Obwohl die Vögel sich vielleicht auch bei uns darüber hergemacht hätten.

»Nein«, gab ich zu. Ich machte mir keine allzu großen Sorgen. Irgendwie würden wir schon wieder zurückfinden, und bis dahin konnte ich noch etwas Zeit mit ihm alleine verbringen.

»Die Seite, an der das Moos auf dem Stamm wächst, ist Norden«, erklärte Cal und ging optimistisch zum nächstgelegenen Baum, dann zu dessen Nachbarn. Okay, von dieser Moos-Sache hatte ich auch schon gehört. Trotzdem machte ich keine Anstalten, ihm zu helfen, und nutzte lieber die Gelegenheit, um ihn weiterhin zu betrachten.

»Die Scheiß-Dinger haben überall Moos«, murmelte er kurz darauf kleinlaut. »Sorry. Ich habe keine Ahnung, wo wir sind.« Er lachte, ein so helles, ansteckendes und klares Lachen, dass ich nicht anders konnte, als einzustimmen. Es war befreiend. Wir standen mitten im Unterholz, das Laub raschelte unter unseren Füßen, die Vögel sangen über unseren Köpfen, und wir lachten, weil wir nicht wussten, wo wir waren, und weil das Moos sich nicht Cals fraglichen Weisheiten beugen wollte.

Als ich mich wieder etwas beruhigt hatte, warf ich ihm ein provozierendes Lächeln zu. »Die gute Nachricht ist, dass wir genug Holz für das Lagerfeuer gesammelt haben. Und die noch bessere Nachricht ist, dass ich hier bin, um deine Hand zu halten und deine Tränen zu trocknen, falls du schreckliche Angst bekommst, weil wir uns wirklich verirrt haben.«

Anstatt eines Grinsens erntete ich jedoch nur ein frustriertes Seufzen. Die Stimmung veränderte sich so schnell, dass ich davon beinahe ein Schleudertrauma bekam. Gerade eben noch war Cal mehr als belustigt gewesen, und nun verdunkelte sich seine Miene. Es war, als wäre die Sonne plötzlich hinter dicken Wolken verschwunden. Ich trat unruhig von einem Fuß auf den anderen, während ich das Holz in meinen Armen balancierte.

»Toll. Die markieren die Bäume wegen jedem Scheiß, aber ein Wanderzeichen können sie nicht anbringen. Deine Eltern werden mich killen, wenn ich dich vor Einbruch der Dunkelheit nicht zum Campingplatz zurückgebracht habe.«

Sein Stirnrunzeln verunsicherte mich. Machte er sich wirklich so große Sorgen deswegen? Ich bezweifelte, dass meine Eltern ihm die Schuld geben würden.

»Es wird nicht mehr lange dauern, bis die Sonne untergeht«, fuhr er fort, und ich war mir sicher, nun ein Zittern in seiner Stimme zu hören. Shit. »Weißt du, Rena, das ist nicht witzig. Du bist campingerprobt und an einen stockdunklen Wald gewöhnt. Aber ich?«

Er drehte sich einmal um die eigene Achse, dann ließ er sich rücklings gegen einen Baum sinken und zu Boden rutschen. Es war wirklich nicht mehr witzig.

Ich hob den Arm und sah auf meine Uhr – mein Handy hatte ich im Zelt gelassen, weil ich Angst hatte, dass es mir im Wald aus der Hosentasche fallen könnte. Vom Pfad abzuweichen war eine meiner üblichen spontanen, idiotischen Ideen gewesen. Vielleicht sogar eine Art Kurzschlussreaktion, die Cal in mir ausgelöst hatte – nicht dass ich ihm dafür die Schuld geben konnte. Er wirkte gerade viel zu verzweifelt. Ich hätte es nicht einmal geschafft, ihm die Schuld dafür zu geben, wenn ich das gewollt hätte.

»Ich weiß nicht, wie du darüber denkst, aber ich habe nicht vor, hier spurlos zu verschwinden«, murmelte ich schließlich. »Wir haben noch mindestens eine halbe Stunde, um den Rückweg zu finden, bevor die Sonne untergeht. Notfalls können wir ein Feuer machen ... ich hab ein Feuerzeug in der Hosentasche. Frag nicht, warum.« Eine kurze Pause. »Wenn wir versehentlich einen Waldbrand auslösen, findet uns vielleicht jemand.«

Okay, wenn wir nicht vorher im Rauch erstickten, was keine besonders angenehme Vorstellung war.
Als ich in sein Gesicht sah, erinnerte ich mich wieder daran, dass Humor im Moment unangebracht war. Ich ließ die Äste, die ich gesammelt hatte, fallen und setzte mich neben ihn. So nah wie im Auto, nur, dass es viel ruhiger war, weil das Radio nicht an war, meine Eltern sich nicht unterhielten und Darren mit seiner großen, nervtötenden Klappe nicht neben mir saß. Es war so still und friedlich um uns herum, dass ich mein Herz umso lauter schlagen hören konnte, nicht weil wir uns verirrt hatten, sondern ganz allein wegen Cal.
»Wenn wir den Rückweg nicht mehr finden, bauen wir uns ein neues Leben im Wald auf«, sagte ich mit einem schwachen Lächeln. »Ich weiß, welche Pilze und Beeren essbar sind. Wir machen uns ein wildes Leben zwischen den Buchen und Eichen.«
Verdammt, wieso schaffte ich es nicht, aufzuhören, Witze zu machen? Schlug mein Herz wirklich so laut, dass es meinen Verstand ausblendete und mich daran hinderte, etwas Hilfreiches zu sagen?
Cal fuhr sich verzweifelt durch die Haare, brachte noch mehr Strähnen durcheinander und sah so hilflos aus, dass ich noch ein klein wenig näher rutschte.
»Gibt es nicht Bären hier? Wölfe? Wildschweine? Was weiß ich, welche Gefahren hier lauern. Scheiße, Rena, was ist, wenn wir den Rückweg gar nicht mehr finden? Ich hab einige Berichte gesehen von Jugendlichen, die in den Wäldern verschwunden und nie wieder aufgetaucht sind …«
Er zog die Knie an und umschlang sie mit den Armen. Zuckte nur leicht mit den Schultern, als hätte er uns bereits aufgegeben. Als würden wir für immer im Wald verschwinden. War er wütend auf mich? Mein schlechtes Gewissen wurde schwerer und lag mir unangenehm im Magen.

»Cal …« Die Stille des Waldes wurde vom ohrenbetäubenden Geräusch meines Herzschlags gestört. Es hätte mich nicht gewundert, wenn er sich darüber beschwert hätte, dass ich zu laut war. Dass mein Körper zu laut war.
»Entschuldige, ich hätte uns nicht vom Weg abbringen sollen.«
Ich sah ihm ins Gesicht. Er saß vollkommen still. Ich konnte mich nicht daran erinnern, ihm schon einmal so nahe gewesen zu sein, dass ich seine genaue Augenfarbe ausmachen konnte. Mehr als nur graublau. Achatgrau mit einem Hauch Aquamarin. Ohne nachzudenken, nahm ich eine seiner Strähnen zwischen Daumen und Zeigefinger und strich sie ihm sanft hinters Ohr.
Shit.
Nein.
Das hatte ich nicht wirklich getan, oder?

3 | CALLAN | Was im Wald passiert, bleibt im Wald

Tatsächlich schien Rena nicht gegen die ›Cooler Typ zeigt sich verletzlich‹-Masche immun zu sein, denn sie reagierte auf mein kleines Schauspiel mit so viel Mitgefühl, dass ich fast ein schlechtes Gewissen bekam. Fast. Denn wenn ich das geahnt hätte, dann hätte ich es schon viel früher ausprobiert.

Im nächsten Moment beseitigte sie sämtliche klaren Gedanken, denn sie strich mir in einer ungewohnt zärtlichen Geste die Strähne hinters Ohr, die mich immer nervte, deren Existenz ich aber in diesem Moment zum ersten Mal feierte.

Sekunden später fiel mir auf, dass ich die Luft angehalten hatte, und ich bemühte mich, unauffällig weiterzuatmen.

»Was wird das?«

Überrascht registrierte ich, dass meine Stimme nichts von dem halben Herzinfarkt verriet, der mich gerade ereilte.

»Versuchst du mich abzulenken, oder findest du mich so heiß, dass du deine Finger nicht bei dir behalten kannst?«, fuhr ich halb scherzhaft, halb provozierend fort.

Für einige Sekunden musterte sie mich schweigend, und mein Blick fiel wieder auf die kleine Biene auf der Innenseite ihres linken Handgelenks. Die Frage nach meinem eigenen Wunschmotiv hatte mich unvorbereitet getroffen, denn eigentlich hätte es längst meinen rechten Unterarm schmücken sollen. Ich hatte bereits einen Termin gehabt, den ich absagen musste, weil mir mein Dad kurz davor eine Rippe angebrochen hatte, sodass es unmöglich war, für längere Zeit still zu sitzen, ohne vor Schmerzen durchzudrehen. Bei dem Motiv handelte es sich um einen Entwurf Renas, den sie angefertigt hatte, während wir gemeinsam im Garten gesessen hatten, sie mit ihrem obligatorischen Skizzenblock auf den Knien, ich mit meinem Instrument auf dem Schoß. Sie hatte eine stilisierte Gitarre, deren Hals in Notenlinien auslief, skizziert, und ich hatte das Blatt in einem unbeobachteten Moment aus ihrem Zimmer geklaut. Vermutlich bezichtigte sie noch immer Darren des Diebstahls, und ich war ganz zufrieden damit, nicht zum Kreis der Verdächtigen zu gehören.

»Ich habe dir die Strähne hinters Ohr gestrichen«, beendete sie unvermittelt meine Überlegungen, und ich verdrehte die Augen wegen ihrer nichtssagenden Antwort. Ja, das war mir nicht entgangen.

Wieder herrschte Stille, während ich herauszufinden versuchte, was lief – und ob sie die Berührung vielleicht ebenso aus dem Konzept gebracht hatte wie mich selbst.

»Ich lenke dich ab«, fügte sie hinzu. »Einen Versuch war es wert. Einen Augenblick lang dachte ich sogar, dass es funktionieren würde.« Ein leichtes Schulterzucken, das mir deutlich machte, dass es sich tatsächlich nur um eine Strategie gehandelt hatte.

Ein Ablenkungsversuch. Natürlich. Und ich Trottel hatte für einen Moment geglaubt, nein, *gehofft*, dass sie zumindest ansatzweise etwas von dem spürte, was ihre Nähe bei mir auslöste. Aber nein. Natürlich nur ein verdammter Ablenkungsversuch. Wäre auch zu schön gewesen.

Außerdem musste ich zugeben, dass es mir zunehmend schwerfiel, weiterhin Besorgnis vorzutäuschen, dazu gefiel mir die Richtung, die das Gespräch nahm, viel zu gut. Ich mochte den leicht flirtigen Unterton, mit dem sie sprach und der bisher immer nur für irgendwelche anderen Kerle reserviert gewesen war. Ja, schon klar, sie tat das, weil sie Angst hatte, dass ich bei Einbruch der Nacht einen Nervenzusammenbruch erleiden würde, aber warum sollte ich es nicht noch ein wenig ausnutzen, so lange es währte?

Ich lehnte mich ein Stück zurück, wobei ich wie zufällig ihren Oberarm streifte. Schade, dass ich nicht auch ein Shirt trug, sonst hätte sich jetzt unsere nackte Haut berührt …

Während sie sprach, beobachtete ich sie von der Seite. Sogar ihr Profil war sexy. Konnte man ein Profil sexy finden? Nach einem weiteren Blick auf sie war ich sicher, dass ich diese weltbewegende Frage mit Ja beantworten konnte.

Mit einiger Verspätung fiel mir ein, dass ich ja den verschüchterten Jüngling gab, der sich im Wald verlaufen hatte und dringend gerettet werden musste.

»Ich fürchte, es hat nichts genutzt«, fügte ich also mit einem unbehaglichen Blick über meine Schulter hinzu. »Hast du das Knacken eben auch gehört? Da wird viel mehr Ablenkung nötig sein, damit ich nicht durchdrehe. Gott, ich will keine Nacht im Wald verbringen inmitten irgendwelcher wilden Tiere …«

Gemeinsam lauschten wir in die Stille des Waldes, dann schüttelte Rena den Kopf. »Ich habe nichts gehört. Kein Knacken. Keine Tiergeräusche, nicht einmal Vögel oder die Blätter eines Baums im Wind. Das bildest du dir ein, weil du dir ausmalst, dass wir zwischen Bären und Wölfen schlafen werden.«

Ihr neuerlicher Beruhigungsversuch erzielte eher einen gegenteiligen Effekt. Oh mein Gott. Sie hatte *wir* und *schlafen* im gleichen Satz benutzt. Fehlte nur noch *miteinander*, und sie

hätte mich in der Tasche … oder auf sich, ganz wie sie wollte. Wobei, wenn sie mich reiten würde, könnte ich …
Shit. Shit, shit, shit.
Ich musste mich ganz dringend auf andere Gedanken bringen. Themenwechsel. Sofort.
Ich räusperte mich. »Du schuldest mir übrigens noch eine Antwort, Bienchen. Dir ist klar, dass ich mir jetzt das ganze Wochenende über kreative Dinge ausmalen werde, die du als Wetteinsatz gefordert haben könntest. Aber gut, vermutlich ist es das, was du willst.«
Hoffentlich hatte es weder etwas mit Cross Fucking Cooper noch mit dessen Boxershorts zu tun. Ganz ehrlich, ich hasste den Kerl, und dass er Rena seit Kurzem begehrliche Blicke zuwarf, machte die Sache auch nicht besser.
»Was im Wald passiert, bleibt im Wald«, sagte sie so verheißungsvoll, dass ich für einen Moment hoffte, sie würde gleich sämtliche Vorsicht über Bord werfen und sich auf mich stürzen. Dann realisierte ich, wie dämlich ich war. Sie reagierte auf meine Frage, und ich stellte mir währenddessen vor, wie sie mich ritt. Gott. Nicht schon wieder.
»Okay«, akzeptierte ich ihre Forderung mit einem Schulterzucken. Hauptsache, sie bemerkte nicht, was ihre Nähe in mir auslöste. »Was im Wald passiert, bleibt im Wald.«
Der Satz hatte etwas, das musste ich zugeben.
»Es waren Brownies.« Rena befeuchtete ihre Unterlippe mit der Zungenspitze, und ich hatte alle Mühe, die Bewegung nicht wie hypnotisiert zu verfolgen. »Wenn ich gewonnen hätte, dann hätte ich Brownies bekommen, und zwar nicht irgendwelche Brownies, sondern ganz spezielle. Und bevor du fragst: Nein, ich habe noch nie Gras geraucht, und ich bin auch noch nie in den Genuss der Brownies gekommen. Aber ich war neugierig.«
Ich musterte sie nachdenklich, während ich weiterhin gegen

meine unerwünschten Fantasien ankämpfte. Leider musste ich zugeben, dass ich nur wenig von ihrer Erklärung mitbekommen hatte.

»Denkst du, dass ich dich heiß finde?«, fragte sie unvermittelt, und es gelang mir gerade so, nicht ertappt zusammenzuzucken. Fuck, woher kam das jetzt?

»Deine Freundinnen tun es jedenfalls.« Ich grinste. »Kann man ihnen nicht übel nehmen.«

»Nur weil meine Freundinnen dich heiß finden, bedeutet das noch lange nicht, dass ich das auch tue«, erwiderte sie. »Kann man mir nicht übel nehmen.«

Ohne auf ihre Antwort einzugehen, beugte ich mich zu ihr, ergriff nun meinerseits eine Haarsträhne, die ich ihr fast zärtlich hinters Ohr schob. Statt meine Hand direkt zurückzuziehen, strich ich über ihre Schläfe bis zu ihrer Wange; eine federleichte Berührung meiner Fingerspitzen. Ich war ihr so nah, dass mein Atem ihr Gesicht streichelte, und sie blieb völlig bewegungslos, schien die Luft anzuhalten und sah mich mit geweiteten Augen an.

Ich war nur einen Wimpernschlag davon entfernt, sie zu küssen, und es kostete fast übermenschliche Kraft, zurückzuweichen und nicht herauszufinden, ob ihre Lippen so weich waren, wie sie aussahen.

»Jepp«, sagte ich zufrieden und setzte mich wieder richtig hin. »Du findest mich eindeutig heiß. Kann man dir nicht verdenken.«

Einen Moment lang rührte sich keiner von uns beiden, dann atmete Rena hörbar ein und lehnte sich ein Stück zurück.

»War das eben ein Test?«, fragte sie viel zu gleichgültig für meinen Geschmack.

Na sicher war es ein Test. Ich hatte meine Selbstbeherrschung getestet und hätte fast auf ganzer Linie versagt. Das war haarscharf gewesen, und mein Herz donnerte mit derartiger Vehemenz gegen meine Rippen, dass es ein Wunder war, dass mich Rena noch nicht darauf angesprochen hatte. So nah. Ich war ihr so nah gewesen. Nur wenige Zentimeter hatten gefehlt, um ihre Lippen zu berühren. Gott, ich hätte es tun sollen. Ich war so ein Idiot. Ich hätte die Gelegenheit nutzen sollen, um sie besinnungslos zu küssen …

»Bist du dir sicher, dass du die Ergebnisse richtig ausgewertet hast? Ich finde dich nämlich nicht heiß.« Sie warf mir einen undurchdringlichen Blick zu. »Außerdem war das ein nichtssagender Test. Du hast mir eine Strähne hinters Ohr geschoben. Was willst du damit beweisen? Wenn du eine Theorie testen willst, dann mach es richtig.«

Unvermittelt durchzuckte mich ein Stromstoß, als sie ihre Hand auf meine Wange legte, und ich schaffte es gerade so, nicht nach Luft zu schnappen. Was sie in mir auslöste, überforderte mich total – und sie schien es nicht einmal zu bemerken. Im Gegenteil, sie machte weiter, obwohl ich kurz davorstand, zum Fall für den Notarzt zu werden. Sie lehnte sich zu mir, und ihr Duft, der mich immer ein wenig an Wildblumen mit einem Hauch von Zitrone erinnerte, stieg mir in die Nase. Ich war am Arsch. Ich war so was von am Arsch. Atmen, Callan. Atmen.

Sie küsste meinen Hals, saugte leicht an meiner Haut, und … Fuck, ich stand in Flammen. Keine Chance. Keine verdammte Chance, meinen Körper irgendwie am Reagieren zu hindern.

Sie wich zurück, und ich blinzelte mehrfach, versuchte die Worte, die zwischen ihren Lippen hervorkamen – ihren perfekten Lippen, die eben noch an meinem Hals gelegen hatten – zu verstehen. Gott, meine Hose war so eng, mir war so warm, mein Gehirn schien nur noch aus weißem Rauschen zu bestehen. Die Stellen, an denen sie mich berührt hatte, brannten wie Feuer, ein Feuer, das nur sie wieder löschen konnte.

»Siehst du?«, sagte sie ungerührt. »Hat mich vollkommen kaltgelassen. Dein Hals. Du.«
In diesem Moment wurde mir klar, dass sie schlimmer war als sämtliche wilden Tiere, denen wir hier begegnen konnten.
»Aber mich nicht«, brachte ich schwach hervor, ließ den Kopf gegen den Stamm hinter mir sinken und schloss die Augen. »Mich ganz und gar nicht.«
Verzweifelt bemühte ich mich, den Aufruhr in meinem Körper irgendwie in den Griff zu kriegen. Mir blieb nichts anderes übrig, als ehrlich zu sein; ein Blick auf meinen Unterleib würde ohnehin alles verraten.
»Du hast gewonnen, Rena«, murmelte ich. »Du hast so was von gewonnen.«
Wieder herrschte Schweigen. Drückend. Unangenehm. Es machte den Eindruck, als hätte Rena meine Reaktion gründlich verstört, und ich verfluchte mich selbst für meine Unbeherrschtheit. Was war das bitte? Ein Totalausfall, nur weil sie mich ein wenig geneckt hatte?
Am schlimmsten war aber, dass ich ihre Lippen erneut spüren wollte. Auf meinem Hals. Auf meinem Mund. Egal wo. Ich wollte sie küssen und mich von ihr küssen lassen, bis die Sonne unterging und darüber hinaus. Ich wollte mehr von diesem Moment, er war zu kurz gewesen, er war zu schnell vorbeigegangen. Ich hatte mir so etwas viel zu lange in Tagträumen ausgemalt.
Ich atmete einige Male tief durch, dann öffnete ich die Augen. Gerade rechtzeitig, um zu sehen, wie sie sich erneut zu mir beugte. Und natürlich erinnerte sich mein gesamter Körper an das verdammte Feuerwerk bei ihrer letzten Berührung, sodass mein Puls erneut in die Höhe schnellte. Rena neben mir war effektiver als das beste Ausdauertraining.
»Bist du sicher, dass du nicht noch etwas Ablenkung vertragen …«, setzte sie zu einer neuen Provokation an, und ich wollte

gerade abwinken und ihr mitteilen, dass sie so ziemlich alles mit mir anstellen konnte, da verstummte sie … und bemerkte nur Sekunden später mein verfluchtes Handy, das in meiner Hosentasche vibrierte.

Scheiße, das war einfach richtig mieses Timing.

»Du hast dein Handy dabei?«, vergewisserte sie sich irritiert und tippte mit den Fingerspitzen auf meinen Oberschenkel. »Und bist nicht auf die Idee gekommen, dass uns das helfen könnte, zurück zum Campingplatz zu finden?«

»Sorry«, formte ich mit den Lippen, bevor ich das Gerät aus der Tasche zog und das Gespräch entgegennahm.

»Cal!« Lauren stieß ein kleines Lachen aus. »Ich dachte schon, du gehst nicht ran.«

»Bei dir gehe ich immer ran«, erwiderte ich charmant, richtete mich ein wenig auf und strich mir die übliche Strähne aus der Stirn. Da war sie. Die Gelegenheit, Rena zu zeigen, dass ich einfach nur notgeil war und dass dies nichts mit ihr zu tun hatte. Innerlich schüttelte ich über mich selbst den Kopf. Einen blöderen Vorsatz konnte man wohl kaum haben.

»Sehen wir uns das Wochenende noch?«

»Leider nicht. Ich bin spontan mit den Godwins zum Campen gefahren, und wir kommen erst Sonntagabend zurück.«

»Schade.« Laurens leicht schmollender Tonfall nervte. »Dann am Sonntagabend? Oder am Montag? Ich vermisse dich und deinen …«

»Das klappt sicher«, unterbrach ich sie, da Rena immerhin direkt neben mir saß und vermutlich jedes Wort verstand. »Ich ruf dich an, wenn ich wieder daheim bin.«

»Viel Spaß noch!« Lauren schmatzte einen Kuss ins Handy, woraufhin ich auflegte. Gut, zumindest war sie heiß; das war aber auch das Einzige. Mehr erwartete und wollte ich nicht. Es fiel mir schon schwer genug, die Situation zu Hause vor meinem

Freundeskreis geheim zu halten, da brauchte ich nicht zusätzlich noch eine Frau, die Aufmerksamkeit forderte und sich für die Dinge interessierte, die ich lieber verborgen halten wollte. Ganz abgesehen davon schien die einzige Frau, die ich wirklich wollte, kein Interesse an mir zu haben.

Nach einem kurzen Blick auf Rena öffnete ich Google Maps und drehte das Gerät ein wenig.

»Zehn Minuten, dann sind wir am Waldrand«, ließ ich sie wissen, stand auf, deutete in die entsprechende Richtung und sammelte das Holz ein, das ich vorhin so dramatisch auf den Boden hatte fallen lassen. »Ich wollte schauen, ob du mich wirklich tröstest, wenn ich Angst habe. Jedenfalls war es … interessant«, sagte ich, dann drehte ich mich über eine Schulter um.

»Was im Wald passiert, bleibt im Wald«, erinnerte sie mich mit einem lässigen Schulterzucken, was mir mehr als deutlich machte, wie wenig ihr die vergangene Annäherung bedeutet hatte.

Mit einem Berg an Zweigen in den Armen richtete ich mich auf und bemühte mich gleichzeitig, mein inneres Gleichgewicht wiederherzustellen – zumindest, so gut es ging. Es wieder komplett ins Lot zu bringen, nachdem Rena meinen Hals geküsst hatte, würde ewig dauern.

Ich warf einen letzten bedauernden Blick zurück, dann wandte ich mich ab.

»Kommst du, Bienchen?«

Sie setzte ein lockeres Lächeln auf. »Natürlich. Es gibt schließlich keinen Grund, noch länger hierzubleiben. Je eher wir aus dem Wald rauskommen, desto besser.«

4 | RENA | Tannengrün würde mir gefallen

Mom winkte uns zu, als wir wenig später wieder am Campingplatz ankamen. Sie schien bereits auf uns gewartet zu haben. Dad und Darren waren noch nicht von ihrem Angeltrip zurück – anscheinend hatten sie noch nicht genug Forellen fürs Abendessen gefangen. Lange konnten sie allerdings nicht mehr am See bleiben, denn die Sonne ging bereits unter.

»Habt ihr Durst?« Mom griff in die Kühltasche.

»Klar«, sagte ich, legte das Holz ab und nahm die Colaflasche entgegen.

»Was ist denn los mit euch beiden?«, erkundigte sie sich, während sie auch Cal eine Coke öffnete und anschließend überreichte. Sogar sie bemerkte die angespannte Stille zwischen uns. »Ihr seid doch sonst ein Herz und eine Seele. Wie ein perfektes Geschwisterpaar.«

Das wollte ich mir nicht anhören. Während Cal nach dem Autoschlüssel fragte, um seine Gitarre zu holen, trat ich den Rückzug in mein Zelt an, wo ich mich bäuchlings auf den Schlafsack legte und die Cola so neben mir abstellte, dass sie an meinem Rucksack lehnte.

Meine Wangen glühten immer noch. Ich war auf Cals Schau-

spiel hereingefallen, hatte ihm seine vorgetäuschte Angst wirklich abgenommen. Er hatte mit mir gespielt und dabei die ganze Zeit über sein Telefon in der Hosentasche gehabt.
Völlig durcheinander griff ich nach meinem Handy, um Tiana auf den neuesten Stand der Dinge zu bringen. Was im Wald passiert war, blieb nicht im Wald. Natürlich nicht. Keine Chance. Ich wusste nun, wie weich und warm seine Haut sich anfühlte, wie gut er roch, wenn man ihm ganz nahe kam. Ich kannte das Gefühl seiner Haut unter meinen Lippen. So etwas konnte man unmöglich wieder vergessen. Aber genauso wenig konnte ich den Anruf vergessen, von dem ich leider viel zu viel mitbekommen hatte.
Auf Tiana war Verlass. Nachdem ich ihr eine kurze Zusammenfassung geschickt hatte, kam ihre Antwort innerhalb von Sekunden.

Tiana: Also, in anderen Worten: Du hast dich absichtlich mit ihm im Wald verirrt, er wollte sich von dir trösten lassen, ihr habt euch gegenseitig an den Haaren rumgefummelt, du hast seinen Hals geküsst, und er ist fast gekommen.
Rena: Er ist nicht fast gekommen, er war nur ... du weißt schon. Hart.

Allein die Erinnerung sorgte dafür, dass sich mein Puls wieder beschleunigte. Cal hatte auf mich reagiert. Auf meine Berührung. Auf meine Nähe. Auf meinen Kuss.

Rena: Außerdem hab ich mich nicht mit voller Absicht verirrt ...
Tiana: Du lockst den unschuldigen Kerl tief in den Wald und bist dann sauer, wenn er sich darauf einlässt und

deine Nähe sucht? Offensichtlich findet er dich ja anziehend, sonst wäre sein kleiner Freund wohl kaum erwacht.

Rena: Kleiner Freund?! Oh Gott, bitte nenn ihn nie wieder so.

Rena: Hast du die Kuh vergessen, die angerufen hat und seinen Schwanz wollte?

Tiana: Schwanz?! Oh Gott, bitte nenn ihn nie wieder so.

Rena: ...

Tiana: Jedenfalls ist die irrelevant. Du bist mit ihm campen, nicht sie.

Rena: Ich & meine Familie.

Tiana: Du solltest versuchen, mit ihm in einem Zelt zu schlafen. Dann vergisst er die andere bestimmt.

Mit einem Mal wurde mir ziemlich heiß, und ich drückte das kühle Glas der Colaflasche gegen meine glühenden Wangen. Cal und ich in einem Zelt, sein Körper direkt neben meinem, nur bekleidet mit …

Tiana: Du brauchst gerade verdächtig lang für eine Antwort. Du stellst dir vor, mit ihm in einem Zelt zu schlafen.

Tiana: Du.versautes.Stück.

Rena: Unsere Freundschaft ist hiermit beendet.

Tiana: Ich meine es ernst, Rena, er steht auf dich.

Rena: Bist du dir da sicher?

Tiana: Vertrau meinem göttlichen Instinkt. 😉 Habe ich jemals falschgelegen?

Rena: Unzählige Male.

Tiana: ☹

Ich legte mein Handy weg und drehte mich auf den Rücken. Durch die offene Zelttür flog eine Melodie von Cals Gitarre zu mir herein, und obwohl ich ihn nicht wirklich sehen konnte, sah ich seine Finger vor meinem inneren Auge, wie sie elegant an den Saiten zupften und ihnen Klänge entlockten, die mich zum Schmelzen brachten. Verdammter Idiot mit seinen verdammten geschickten Fingern. Wahrscheinlich kam er sich selbst unglaublich toll vor, wie er da draußen unter freiem Himmel saß und Gitarre spielte. Mit seinen langen, geschickten Fingern. Lang und geschickt. Ich versuchte, das Bild wegzublinzeln, aber je krampfhafter ich das versuchte, desto weniger gelang es mir. Es war nicht abzuschütteln, wie ein Fluch, und Cal spielte draußen weiter und weiter, ohne zu wissen, was er hier im Zelt und in meinem Inneren anrichtete oder woran ich dachte. Seine Finger verließen die Saiten der Gitarre und wanderten in meinen Slip. Shit, nein.

Ich setzte mich abrupt auf, und im nächsten Moment hörte ich Darren und Dad, die enthusiastisch von ihrem Angeltrip berichteten. Erst einen Moment später fiel mir auf, dass ich gegen die Colaflasche gestoßen war, die ohnehin schon gefährlich an meinem Schlafsack gelehnt hatte, und deren Inhalt sich nun darüber ergoss.

Verdammt, das konnte doch nicht wirklich –

Genau in der Mitte des Schlafsacks. Kalte, klebrige Cola. Entgeistert starrte ich auf mein Chaos, das teilweise auch Cals Schuld war. Die Schuld seiner Finger, die an der Gitarre und meinen Gedanken zupften.

Mist. Wie lange dauerte es, Ende April einen Schlafsack neben dem Feuer zu trocknen? Wahrscheinlich lange, da ich es geschafft hatte, eine komplette Flasche Cola darauf zu entleeren. Wenn ich das erwähnte, würde meine Familie sich für den Rest des Campingtrips über meine Tollpatschigkeit lustig machen.

Heimlich zu erfrieren, kam mir dann doch wie die bessere Option vor.

Als ich aus dem Zelt kroch, wurde ich von der Wärme des knisternden Feuers empfangen – und von Gesprächen über Forellen. Sie hatten genug für uns alle gefangen – fünf Stück –, und während sie die Fische säuberten und ausnahmen, setzte ich mich in angemessenem Abstand neben Cal und wischte mein Handy unauffällig mit einem Taschentuch ab. Es hatte auch ein wenig Cola abbekommen und war klebrig. Toll.

»Hast du Ärger bekommen?«, fragte mein Bruder Cal gerade. »Wegen der Spickgeschichte in Erdkunde?«

»Spickgeschichte?« Obwohl Mom mit dem Fisch beschäftigt war, hatte sie ihre Ohren mal wieder überall.

»Mein Erdkundelehrer hat angerufen«, berichtete Cal mit einem angedeuteten Schulterzucken. »Täuschungsversuch. Ich habe ein F bekommen, das meinen Jahresschnitt ziemlich beeinflussen wird. Nicht zum Guten.«

»Täuschungsversuch?« Dieses Mal klang Mom deutlich lauter. »Du hast geschummelt, Cal? *Du?*«

»Eigentlich nicht. Aber es sah für den Lehrer so aus. Mir ist mitten in der Arbeit eine geniale Idee für ein Riff gekommen, und ich musste es unbedingt aufschreiben. Da ich wusste, dass ich die Arbeit später abgeben muss, das Riff aber nicht erst in drei Wochen wiederhaben wollte, habe ich meinen Notizblock aus dem Rucksack auf den Tisch geschmuggelt und dort das Riff notiert. Dabei wurde ich vom Lehrer erwischt. Und auf der Rückseite standen meine Erdkundeaufzeichnungen, weil ich mir vor dem Test noch mal alles durchgelesen hatte.«

Darren stieß ein Schnauben aus. »So etwas Dämliches kann auch nur dir passieren. Klar, dass dir das keiner abgenommen hat. Und deine Eltern?«

»Die haben es mir geglaubt«, sagte er. »Aber sie fanden es nicht toll, zumal sie es dem Lehrer nicht erklären konnten. Sie sind für mich in die Bresche gesprungen, aber die Beweise sprechen gegen mich. Zum Glück haben sie mir den Ausflug trotzdem erlaubt.«

Ich tat so, als würde das Gespräch mich nicht interessieren, aber ich hörte genau zu und machte mir dabei meine eigenen Gedanken. Das tat ich schon seit einiger Zeit. Ich sah Zusammenhänge, die meine Eltern und Darren entweder nicht sahen oder nicht sehen wollten. Teilweise konnte ich das sogar nachvollziehen, ich hoffte ja selbst, dass ich falschlag und mir wegen nichts Sorgen machte. Aber wie einige Stunden zuvor im Auto, als mein Bruder sich über Cals Tollpatschigkeit lustig gemacht hatte, meldete mein Bauchgefühl sich erneut mit einer Nervosität, die mich darauf hinwies, dass möglicherweise irgendetwas nicht stimmte. Denn wenn ich die Puzzlestücke, die ich hatte, zusammensetzte, ergaben sie ein schreckliches Bild.

Cal riss mich unvermittelt aus meinen Zweifeln, indem er mir das Handy aus der Hand nahm, an dem nun Taschentuchfetzen klebten, und nach der Packung ölfreier Feuchttücher griff, die er in seiner Gigbag aufbewahrte.

»Was hast du denn gemacht?«, wollte er wissen, während er sorgfältig das Display abwischte. »Hast du dem Ding ein Schönheitsbad in Cola gegönnt oder …«

Er verstummte abrupt, blinzelte mehrfach und biss sich auf die Lippe.

»Klar«, erwiderte ich mit einem Schulterzucken. »Sag bloß, du gönnst deinem Handy keine regelmäßigen Cola-Schönheitsbäder?«

Der amüsierte Blick, mit dem er mein Handy betrachtete, ließ eine böse Vorahnung in mir aufsteigen. Oh Gott. Garantiert hatte Tiana noch mal geschrieben.

»Typisch«, warf Darren mit einem Grinsen ein. »Ein Wunder,

dass das Ding überhaupt noch lebt. Pass lieber auf, letztens ist es ihr ins Klo gefallen.«

»Das stimmt nicht.« Es war mir nur fast ins Klo gefallen.

»Hier. Sauber«, sagte Cal schließlich. »Und du hast eine neue Nachricht bekommen.«

Verdammt. Mein Herz machte einen kurzen, nervösen Sprung. Ich wischte mit dem Finger über das nun nicht mehr klebrige Display, woraufhin mir die Nachricht meiner Freundin in grellem Licht entgegensprang, genauso wie sie Cal eine Sekunde zuvor ins Auge gesprungen sein musste. Oh nein.

Tiana: Und, wie läuft die Verführungsaktion? Hast du den schwarzen Spitzen-BH eingepackt? Sorg dafür, dass er dich damit sieht, dann kann er nicht widerstehen. 😉

Er hatte die Nachricht gelesen, das erkannte ich an seinem Gesichtsausdruck. Er hatte die ganze, verdammte Nachricht gelesen.

Und die war mehr als eindeutig. Es gab keine Lücken oder Löcher, die ich für mich hätte nutzen können, um aus der Sache wieder rauszukommen. Wenn ich das versucht hätte, hätte ich mich nur noch lächerlicher gemacht. Es gab bloß noch die Flucht nach vorne – so unangenehm das auch war. Ein Sprichwort besagte, dass Angriff die beste Verteidigung war, und ich konnte nur hoffen, dass das stimmte.

Während Mom und Dad die Forellen auf Stöcken fixierten und Darren sich ein Getränk holte, schickte ich deshalb eine Nachricht an Cal.

Rena: Sorry, meine Freundin will, dass ich dich verführe, weil du mich heiß findest. 😉 Hab den schwarzen

Spitzen-BH leider nicht mit, sieht also schlecht aus für einen Striptease. Du schuldest mir übrigens was, weil du unerlaubt meine Nachricht gelesen hast.

Nachdem ich den Text abgeschickt hatte, sah ich wieder ins Feuer. Ohne Schlafsack bestand zumindest die Hoffnung, dass mich der Erfrierungstod heute Nacht aus meiner peinlichen Lage retten würde.

»Aber es ist ärgerlich, dass es deine Endnote beeinträchtigen wird, obwohl du offensichtlich nicht geschummelt hast«, sagte Mom und lenkte Cals Aufmerksamkeit so glücklicherweise wieder von mir ab.

»Für das Musikstudium spielen die Zensuren keine Rolle«, erklärte er, während ich ihn unauffällig von der Seite beobachtete. Es war offensichtlich, dass er mit meinen Eltern gerne über die Schule und seine Zukunftspläne redete.

»In knapp zwei Monaten ist die Aufnahmeprüfung«, berichtete er weiter, wobei seine Augen diesen Glanz annahmen, den ich so sehr an ihnen mochte. »Sie besteht aus dem Hauptfach, bei mir Gitarre, dazu das Nebenfach Gesang, Musiktheorie, Musikgeschichte, Gehörbildung und Grundlagen auf dem Klavier. Wenn ich das geschafft habe, spielt meine Abschlussnote keine Rolle mehr.«

»Du musst da singen?«, meldete sich Darren. »Kannst du das? Ich habe dich noch nie singen gehört. Sogar bei eurer Band spielst du die Songlines mit der Gitarre, weil du euren Sänger nicht an deine Kompositionen lassen willst.«

»Ich kann singen«, erwiderte Cal knapp. »Ich tu's nur nicht vor Publikum.«

»Du kannst an uns üben«, bot ihm Mom an, woraufhin er ihr ein Lächeln schenkte.

»Danke, das ist nett. Aber ich denke, ich komme klar.«

Es war gut, dass Cal das Angebot meiner Mom ausschlug. Ich war nicht bereit dafür, seine Stimme in Kombination mit seiner Gitarre zu hören, besonders nicht hier, unter dem Sternenhimmel, vor einem Lagerfeuer. Ich wäre ihm noch mehr verfallen, wäre vollkommen hilflos gewesen, wäre in sämtliche Einzelteile zersprungen, und alle hätten es mitbekommen, Mom, Dad und sogar Darren, obwohl er ein kompletter Holzkopf war.
Als Cal auf sein Display sah und meine Nachricht las, hob ich leicht den Kopf und musterte ihn heimlich. Wieso sah sein Grinsen so sexy aus? Wieso machte es mich so verdammt glücklich, ihn so zu sehen? Ich biss mir leicht in die Wange und richtete den Blick wieder auf die Flammen, die vor meinen Augen tanzten. Ich konnte dem hell brennenden Feuer ewig lange zusehen, wie es die Äste langsam verschlang – es war hypnotisierend.
Das ungeduldige Vibrieren meines Handys holte mich aus meinen Gedanken, und als ich die Nachricht las, kroch ein Lächeln auf meine Lippen.

> **Cal:** Sollst du ihrer Meinung nach alle Typen verführen, die dich heiß finden? Sorry, Rena, aber dann kommst du aus dem Vögeln nicht mehr raus.
> Welche Farbe trägst du dann? Tannengrün würde mir gefallen.
> Als Wiedergutmachung für das Lesen deiner (zugegeben ziemlich interessanten) Nachricht verrate ich dir ein Geheimnis: Es fällt mir schon schwer zu widerstehen, obwohl ich den schwarzen Spitzen-BH nicht einmal gesehen habe.

Im nächsten Moment steckte ich mein Telefon wieder weg. Ich hatte vor, Cal ein wenig warten zu lassen.

Dad inspizierte einen der Fische. »Lasst uns essen.«
Wir aßen gegrillte Forelle, Brötchen und den Salat, den Mom frisch zubereitet hatte. Mein Bruder kam sich unglaublich toll vor, weil er drei der fünf Fische gefangen hatte. Mom und Dad tranken Bier, auf das ich etwas neidisch war. Ich hätte eine Dose davon gut vertragen können, um mir etwas Mut anzutrinken.
Als wir fertig waren, stapelte ich die Pappteller mit den Fischresten und warf sie in die Mülltonne, die in einiger Entfernung stand. Dann setzte ich mich wieder ans Feuer und verfasste eine Nachricht an Cal.

Rena: Nein, nur die Typen, die ich auch heiß finde.
Das verrate ich dir nicht. Aber aus reiner Neugier ...
was würdest du zu grau mit weißer Spitze sagen?
Bekomme ich noch ein Geheimnis, wenn ich dir auch eins verrate? Es war ziemlich schwer, dir keinen Knutschfleck zu verpassen.

Sekunden bevor ich die Nachricht abschickte, kreuzte mein Blick seinen. Im schwachen Licht des Feuers wirkten seine Augen dunkel. Wieso fühlte sich das, was wir da taten, so unglaublich gut und verboten an? Ich wandte mich wieder ab, um keine Aufmerksamkeit auf uns zu ziehen, bekam Cal aber nicht aus dem Kopf.
»Ich werde mich schon hinlegen«, sagte Darren unvermittelt und stand auf, woraufhin ihn nicht nur Mom und Dad, sondern auch Cal und ich irritiert anblickten.
»Jetzt?« Cal warf einen Blick auf seine Uhr. »Es ist erst kurz nach neun …«
»Kelly hat sich gerade gemeldet. Sie will das Telefonat von gestern nachholen«, entgegnete Darren, und obwohl er sich dabei an Cal wandte, sprach er laut genug, dass wir ihn alle hören konnten.

»Sie verlangt, dass ich ungestört bin, wenn wir telefonieren. Sie hat eine Überraschung für mich«, fügte er mit einem vielsagenden Grinsen hinzu und wackelte mit den Augenbrauen. »Komm also besser in der nächsten Stunde nicht ins Zelt. Das könnte dich verstören.«
»Oh Gott.« Stöhnend vergrub Cal sein Gesicht in den Handflächen. »Das wollte ich nicht wissen, Darren. Wirklich nicht.«
Ich konnte seine Reaktion gut nachvollziehen. So erleichtert ich auch war, dass Kelly sich endlich bei ihm gemeldet hatte, so sehr wünschte ich mir, das anzügliche Grinsen wäre mir erspart geblieben. Wieder einmal war ich unendlich dankbar dafür, dass wir uns seit einigen Jahren kein Zelt mehr teilten wie früher beim Camping. Lieber hätte ich heute Nacht in einem der kleinen Boote am See geschlafen, als auch nur in die Nähe seines Schlafsacks zu kommen.
Mein Bruder stand auf und verschwand gut gelaunt in Richtung der Duschen, während ihm Dad irritiert hinterherblickte.
»Das verstehe ich nicht«, murmelte er. »Wieso solltest du verstört werden, wenn du in sein Zelt kommst, während er mit seiner Freundin telefoniert?«
Manchmal verstand ich nicht, wie ein erwachsener Mensch so nichts ahnend sein konnte. Mom beugte sich vor und flüsterte ihm etwas ins Ohr. Dads Miene wandelte sich augenblicklich von ahnungslos zu schockiert.
»Meine Güte«, brachte er schwach hervor. »Das wollte ich nicht wissen«, wiederholte er dann Cals Worte und wischte sich über die Stirn. »Ich glaube, wir waren zu nachlässig in der Erziehung. Zuerst lässt sich unsere Tochter heimlich ein Tattoo stechen, und jetzt verschwindet unser Sohn im Zelt, um ganz offensichtlich …« Er schüttelte den Kopf.
»Wie steht's mit dir, Cal?«, fragte er dann scherzhaft. »Hast du Interesse an einer Adoption?«

Bevor er antworten konnte, schüttelte ich energisch den Kopf. »Nein danke. Ein Bruder reicht mir vollkommen.«
Ich lehnte mich vor und wärmte die Hände am Feuer. Cal schien sich mit seiner Nachricht Zeit zu lassen, vielleicht aus Rache dafür, dass ich dasselbe getan hatte. Es machte mich innerlich unruhig – ich wusste nicht, was ich von der ganzen Sache halten sollte. Ich fühlte mich, als würde ich Neuland betreten, dabei eine Augenbinde tragen und ungeschickt vor und zurück stolpern, in der Hoffnung, sicheren Boden unter den Füßen zu finden.
Als das Handy schließlich in meiner Hosentasche vibrierte, zog ich es betont lässig heraus. Allerdings schaffte ich es diesmal nicht, beim Lesen seiner Nachricht eine neutrale Miene beizubehalten.

Cal: Sag ich doch. Du findest mich heiß. Das hättest du heute Nachmittag auch direkt zugeben können, ohne mir den Schock fürs Leben zu verpassen. 😉
Grau mit weißer Spitze? Vor meinem inneren Auge entsteht das Bild einer Tischdecke mit Häkelfassung. Nicht sonderlich reizvoll. Überzeug mich gerne vom Gegenteil.
Hier ein weiteres Geheimnis: Ich glaube, Darren hat eines deiner Shirts geklaut und mit ins Zelt genommen. Keine Ahnung, was er damit vorhat, aber angesichts seiner Abendplanung habe ich einen schrecklichen Verdacht ...

Mom stieß ein kurzes Lachen aus. »Wieso siehst du dein Handy so an?«
»Nur so«, erwiderte ich schnell, während ich eine Antwort tippte. »Tia schickt mir komische Tierfotos.«

Rena: Wie soll ich dich von irgendetwas überzeugen, wenn du mir die Vorstellung in den Kopf setzt, dass mein Bruder in mein Shirt wichst? Das ist echt eklig.
Und schade, weil ich gerne versucht hätte, dir die Gedanken an Tischdecken mit Häkelfassung auszutreiben. 😉

Dad stand auf und warf die leeren Bierdosen in die Mülltonne. »Wir werden noch ein wenig am See entlang spazieren gehen. Könnt ihr ein Auge auf das Feuer haben, während wir weg sind?«, fragte er.

»Klar. Wird das ein Verdauungsspaziergang, oder wollt ihr so weit wie möglich weg, weil Darren in seinem Zelt *telefoniert*?«

Mom stieß ein Seufzen aus. »Es ist einfach eine schöne Nacht für einen längeren Spaziergang.« Sie griff nach ihrer Jacke und folgte Dad dann in Richtung See.

»Das ist eindeutig eine Flucht«, sagte ich, als sie außer Hörweite waren. »Ich hätte zuerst auf die Idee kommen sollen. Ich will echt nichts von diesem Telefonat mitbekommen.«

Für einen Moment taxierte ich Cal über das Feuer hinweg. Der Flammenschein fing sich in seinen dunkelblonden Haaren und verlieh ihnen ein rotes Glühen, und die umliegenden Schatten ließen seine attraktiven Gesichtszüge noch deutlicher hervortreten. Und seine Augen … in diesem Moment wünschte ich mir so sehr, dass er mich ansah, dass es fast körperlich wehtat.

Das Vibrieren meines Handys lenkte mich ab.

Cal: Du wolltest ein Geheimnis. Stell keine Fragen, wenn du die Antworten nicht wissen willst. 😉
Ganz ehrlich? Du bist noch besser dran als ich, denn ich muss neben dem Wichser (😀) schlafen. **Das** ist eklig.

Kein Problem @ Tischdecke. Ich kann verstehen, wenn du dich dafür schämst. Mir geht es genauso mit dem Motiv auf meinen Boxershorts.
Challenge, Rena: Wenn du es errätst, zeig ich es dir.

Ich kannte Cal schon seit Ewigkeiten, fast mein ganzes Leben lang, aber in diesem Moment, als er mir eine Nachricht schrieb, obwohl niemand mehr mit uns am Feuer saß, der unser Gespräch hätte mithören können, wurde mir so richtig bewusst, dass er möglicherweise genauso merkwürdig war wie ich. Okay, vielleicht nicht genauso merkwürdig, denn wahrscheinlich schlief er nicht jede Nacht mit einer Schere unter dem Kopfkissen, die schlechte Träume zerschneiden sollte, aber vielleicht annähernd so merkwürdig.

5 | CALLAN | Sauerkrautauflauf

Rena: Minimal besser. Ich habe eine ganze Flasche Cola in meinen Schlafsack gekippt … ich beobachte dich, während du das liest. Du darfst nicht grinsen. (Aber ich wette, das schaffst du nicht.)
Du weißt genau, dass ich einer Challenge nicht widerstehen kann. Herzchen? Flamingos? Bananen? Ich brauche einen neuen Spitznamen für dich, und Bananenshorts wäre toll. Orangen? Brezel? Brezelshorts.

Ich las ihre Nachricht und konnte mir das Lächeln natürlich nicht verkneifen. Gleichzeitig drehte ich ein wenig den Kopf und sah auf, direkt in ihre Augen. Wieder durchlief mich ein Hitzestoß, der herzlich wenig mit dem Feuer zu tun hatte. Erneut wurde mir klar, dass ich hier ein gefährliches Spiel spielte. Erneut wurde mir klar, dass ich nicht damit aufhören würde. Dieses Hin und Her gefiel mir, gefiel mir sogar sehr, und der Gedanke, einen Blick auf ihre Dessous zu werfen oder ihr meine Shorts zu zeigen, war viel attraktiver, als er sein sollte.

Rena: Kakteen? Aiden hatte Shorts mit Kakteen.

Statt direkt zu antworten, stand ich auf und ging zu unserem Zelt hinüber, um meine Sachen zu retten, bevor es zu spät war. Mein bester Freund schien skrupelloser als erwartet, und es reichte, wenn er ein Wichsshirt hatte.

»Hände weg von deinem Schwanz«, forderte ich, während ich den Reißverschluss aufzog und absichtlich nicht ins Innere des Zeltes sah.

Darren gab ein ersticktes Geräusch von sich. Ich holte meinen Schlafsack und meine Tasche aus dem Zelt und gab mir größte Mühe, meinen schwer atmenden Freund nicht zu beachten. Gott, das war echt grenzwertig. Nein, das war fernab von jeder Grenze.

Ich warf mein Bündel vor Renas Zelt – es direkt hineinzubefördern, erschien mir zu übergriffig – und setzte mich wieder neben sie.

»Ich weiß nicht, ob ich dich dafür bewundern oder für verrückt halten soll«, sagte sie sichtlich beeindruckt.

Ich grinste schief und griff erneut nach meinem Handy. Obwohl wir alleine waren und ich ihr hätte mühelos antworten können, schrieb ich eine weitere Nachricht. Außerdem sollte die Information über Aidens beschissene Boxershorts garantiert nicht das Ende unserer Unterhaltung sein. Ich konnte ihren Ex nicht ausstehen – aus naheliegenden Gründen –, und seine verdammte Unterhose interessierte mich kein Stück. Kakteen. Toll. Wie kreativ.

Cal: Eine gute und eine schlechte Nachricht für dich, Bienchen.
Die gute: Ich konnte meinen Schlafsack unversehrt aus dem Zelt retten und wäre unter Umständen bereit zu teilen.
Die schlechte: Ich habe dein Shirt gesehen.

Fuck, Rena, was stimmt mit deinem Bruder nicht, dass er Kleidung von dir benutzt, um seine Sauerei zu beseitigen???
Was meine Shorts angeht, bin ich enttäuscht von deiner fehlenden Kreativität. Bananen? Herzchen? Kakteen?
Oh wow, ich wusste nicht, dass du darauf stehst.
Es ist Woodstock, dieser gelbe Vogel von Snoopy.
Und das Motiv erscheint mir nach deinen Tipps gar nicht mehr so peinlich.

Ich schickte die Nachricht ab und hatte fest vor, das Handy wegzustecken. Stattdessen erwischte ich mich dabei, wie ich einige weitere Sätze tippte.

Cal: Weshalb diese Information über Aiden? Lässt du dich von ihm vögeln? Das wird Cross Cooper nicht gefallen.

Statt eine Antwort zu schreiben oder sonst irgendwie auf meine Nachricht zu reagieren, starrte sie auf ihr Display. Zehn Sekunden. Zwanzig Sekunden. Oh Gott. Hatte ich eine Grenze überschritten? Natürlich hatte ich das. Ich hatte ihr schließlich angeboten, mir mit ihr das Zelt zu teilen. Dreißig Sekunden. Fuck, nein. Nicht nur das Zelt. Den Schlafsack. Und das nach einem Berg anzüglicher Bemerkungen im Voraus. Vierzig Sekunden. Kein Wunder, dass sie verstört war. Ich sollte mich entschuldigen. Unbedingt sollte ich mich entschuldigen.
Gerade als ich meinen letzten Hauch Coolness, den ich vermutlich nie besessen hatte, aufgeben wollte, durchbrach sie das Schweigen. Ich schloss den Mund wieder, bemühte mich um einen neutralen Gesichtsausdruck und sah sie an.
»Ich bin mir ziemlich sicher, dass Dad ihn als Baby mal verse-

hentlich fallen gelassen hat«, murmelte sie, und als sie weitersprach, entspannte ich mich ein wenig.
»Bananenshorts hätte mir gefallen, aber Woodstock ist auch nicht schlecht. Passt sogar noch besser.«
»Woodstock passt noch besser?«, wiederholte ich verständnislos. »Wofür?« Wenig später fiel der Groschen, und ich stöhnte. »Gott, Rena. Du wirst mich nicht ernsthaft Woodstock nennen? Ich müsste fünfzig sein, damit dieser Name passt … dann wäre eine Hommage an den Tag meiner Zeugung zumindest eine Rechtfertigung.«
Ich verstummte wieder. Shit, wie viel Blödsinn konnte ein einzelner Mensch innerhalb einer Minute reden? Ich war mir ziemlich sicher, soeben einen neuen Rekord aufgestellt zu haben. Kannte Rena das Woodstock-Festival überhaupt, oder hatte ich mich jetzt vollkommen ins Aus geschossen?
Um meine Verlegenheit zu überspielen, blickte ich auf mein Handy.

Rena: Vielleicht, vielleicht auch nicht.

Schlechte Idee, denn diese vage Antwort befriedigte mich ebenso wenig, wie dieser verdammte Aiden sie befriedigt hatte. Zumindest hoffte ich das.
»Bist du sicher, dass du deinen Schlafsack mit mir teilen willst?«, holte mich Rena aus meinen unangenehmen Gedanken.
»Was ist, wenn ich Tias Wünschen nachkomme und wieder über dich herfalle wie im Wald? Oder wenn ich dir in einem schwachen Moment die *Tischdecke* zeige und du Albträume von häkelnden Großmüttern bekommst?« Sie biss sich auf die Lippe, und mein Blick blieb kurz an dem leichten Abdruck hängen, den ihre Zähne hinterlassen hatten. »Kannst du damit umgehen, Woodstock?«

»Ich habe ja auch etwas davon«, erwiderte ich und versuchte dabei, das Bild von Rena in Dessous, das in meinem Kopf wie eine Leuchtreklame aufflammte, zu ignorieren. Leider war ich mir ziemlich sicher, dass sie in dem von ihr beschriebenen BH verflucht sexy aussehen würde.

»Die Hälfte des Schlafsacks gehört dir, dafür gewährst du mir Asyl in deinem Zelt«, fügte ich hinzu, ohne auf ihre restlichen Worte Bezug zu nehmen. Stattdessen stand ich auf und griff nach meiner Tasche.

»Ich gebe dir Bedenkzeit, bis ich vom Waschplatz zurück bin«, ließ ich sie wissen, bevor ich mich auf den Weg machte. Eine eiskalte Dusche war jetzt absolut angebracht.

Während ich durch die Nacht lief, versuchte ich einzuordnen, was da gerade zwischen uns geschah. Innerhalb eines Nachmittags hatte sich die Stimmung so enorm verändert, dass ich kaum hinterherkam. Leider beschränkte es sich nicht nur auf die körperliche Anziehungskraft – zumindest von meiner Seite aus. Mittlerweile waren schon zwei Jahre vergangen seit der Nacht, in der sich offenbart hatte, dass ich Rena nicht mehr als kleine Ersatzschwester sehen konnte. Noch immer fragte ich mich, was geschehen wäre, hätte sich der Trottel Darren nicht ausgerechnet in diesem Moment dazu entschlossen, in die Spüle zu kotzen. Andererseits … ich war sechzehn gewesen, Rena vierzehn; fast noch ein Kind.

Jetzt war sie kein Kind mehr. Nicht im Entferntesten, und daran änderte auch die anschließende Dusche nichts.

Das Wasser war kalt. Mehr als kalt. Eiskalt, und ich hatte es verdient. Bei jedem unangemessenen Gedanken an Rena hatte ich die Temperatur etwas kälter eingestellt, in der Hoffnung, meinen Körper entsprechend zu konditionieren.

Mit klappernden Zähnen griff ich nach meinem Handtuch und

trocknete mich notdürftig ab. Dann zog ich zum Schlafen eine Jogginghose und ein Shirt über, außerdem noch eine frische Boxershorts – mit einem kleinen Flamingo auf der rechten Seite, aber das würde Rena wohl niemals erfahren – und hielt meinen Kopf unter einen dieser unsäglichen Campingföhnkästen. Nachdem meine Haare zumindest nur noch feucht, nicht mehr nass waren, putzte ich meine Zähne, dann machte ich mich auf den Rückweg zum Zelt. Rena saß nach wie vor am Feuer, doch an dem ausgebreiteten Schlafsack und meinen fehlenden Sachen erkannte ich, dass sie in der Zwischenzeit nicht untätig gewesen war. Ebenso erkannte ich das Ergebnis ihrer Entscheidung. Unvermittelt schoss mein Puls in die Höhe, und ich fragte mich, weshalb ich mich mit einer eiskalten Dusche gequält hatte, wenn Renas Anblick ohnehin nur wenige Sekunden brauchte, um mich so zu entflammen wie den Zweig, den sie gerade ins Feuer geworfen hatte.

Ich ging einige Schritte auf sie zu, blieb aber mit einem gewissen Sicherheitsabstand zu ihr stehen. Leider hatte der Nachmittag gezeigt, dass mir selbst nicht über den Weg zu trauen war. Der nächste Gedanke, der mir kam, sorgte dafür, dass ich sie mit leicht geweiteten Augen anstarrte. Ich selbst schlief normalerweise nur in Shorts, und gerade beim Camping wärmte sich der Schlafsack schneller auf, je weniger Kleidung man trug. Aus offensichtlichen Gründen hatte ich mich jedoch für mehr Klamotten entschieden. Was, wenn Rena es nicht so halten würde? Wenn sie nur im Shirt und ohne BH schlafen würde?

Ich unterdrückte den Impuls, die Augen zu verdrehen. Gott, was war ich für ein Idiot? Natürlich würde sie ohne BH schlafen. Ich hatte schon häufiger von Frauen gehört, wie unbequem die Teile waren. Ob ich sie bitten könnte, in voller Montur zu schlafen? Jeans, Shirt, Pullover? Vermutlich vermochten nicht

einmal eine Skijacke oder ein Schneeanzug sie vor mir zu schützen.
»Ich warte schon mal im Zelt auf dich?«, fragte ich, nachdem die Stille zwischen uns geradezu peinlich wurde. »Wobei es sein kann, dass ich schon eingeschlafen bin, je nachdem, wie lange du brauchst«, schob ich hinterher, weil mein erster Satz schon wieder viel zu sehr danach klang, als könne ich es kaum erwarten, mit ihr alleine zu sein. Was der Wahrheit entsprach.
»Okay«, erwiderte sie nur, hob ihren Rucksack auf und machte sich auf den Weg zu den Sanitäranlagen. Ihre Reaktion war mehr als deutlich; vermutlich bereute sie es schon, meinem Vorschlag zugestimmt zu haben.
Ich kroch in das Zelt hinein, räumte meine schmutzige Wäsche in die Tasche, dann streckte ich mich in meinem Schlafsack aus. In meinem Schlafsack, den ich in Kürze nicht mehr für mich alleine haben würde.
Shit, das machte mich fertig. Mein Herzschlag dröhnte mir in den Ohren, mir war viel zu warm, und es fühlte sich an, als sei ein Schwarm Bienen in meinem Inneren unterwegs. Bienen. Wie passend. Dabei befand sich Rena nicht einmal in der Nähe. Noch nicht. Aber das würde sich in Kürze ändern. In Kürze wäre sie mir nah. Sehr nah.
Mir war vollkommen klar, was geschehen würde, und ich hatte keine Ahnung, wie ich dagegen vorgehen konnte. Sie würde das Zelt betreten, ich würde mich natürlich schlafend stellen. Haha. Als ob ich schlafen könnte mit der Aussicht, sie gleich neben mir liegen zu haben. Dann käme der Moment, den ich gleichzeitig fürchtete und herbeisehnte. Sie würde sich neben mich in den Schlafsack legen, woraufhin ich innerlich zu Stein erstarren, jedoch darauf achten würde, meine Muskeln entspannt zu lassen. Dann käme die schlimmste Prüfung. Früher oder später würde ich einatmen müssen, ihr Duft würde meine Wahrneh-

mung füllen und mein logisches Denken lahmlegen. Ich würde mir vorstellen, wie ich mich nur ein wenig drehte, sodass meine Nase über die zarte Haut ihres Halses streifte. Meine Hände würden wie zufällig über ihre Beine streichen, weiter nach oben, würden einen Weg unter ihr Shirt finden, und dann würde ich feststellen, dass sie keinen BH unter dem Stoff trug. Mit den Fingerspitzen würde ich über ihre Brüste fahren, würde spüren, wie sich ihre Nippel unter meiner Berührung zusammenzogen und …

Fuck. Zu viel Fantasie. Viel zu viel Fantasie.

Rena kam ins Zelt hineingekrabbelt, und ich war hart. Bevor sie sich überhaupt in der Nähe befand. Einfach nur, weil ich ein Vollidiot war.

Atmen. Ruhig atmen. Ich schlief. Ich schlief tief und fest, und von mir ging keine Bedrohung aus. Ich war ruhig. Ganz ruhig.

Sie kroch in den Schlafsack, und dabei berührte sie mich. Oh Gott, sie berührte mich. Obwohl ich mit dem Rücken zu ihr lag, hatte ich das Gefühl, dass eine einzige falsche Bewegung mich verraten würde. Dann würde sie losschreien und die Flucht ergreifen. Vermutlich würde sie es vorziehen, mit ihrem Wichsbruder das Zelt zu teilen statt mit einem Kerl, der offensichtlich scharf auf sie war.

Shit, ich musste diese verfickte Erektion loswerden. Sauerkraut. Ich musste an Sauerkraut denken, an diesen widerlichen Auflauf, den ihre Oma immer gemacht hatte und dessen Rezept Stella übernommen hatte. Sauerkrautauflauf war ekelhaft, besonders, weil das Zeug immer in den Zahnzwischenräumen hängen blieb.

»Du bist noch wach, oder?«

Vollkommen gefangen in meinem Sauerkraut-Mantra zuckte ich zusammen, als mich Rena unvermittelt ansprach, und

schnappte nach Luft. Meine Wahrnehmung füllte sich mit ihrem Duft. Alles umsonst. Scheiß auf das Sauerkraut.
»Jetzt wieder«, erwiderte ich betont locker. »Was kein Wunder ist, wenn man bedenkt, mit welcher nilpferdgleichen Eleganz du das Zelt betreten hast. Bestimmt schnarchst du auch immer noch.«
Rena stieß mich an der Schulter an und gab ein leises Schnauben von sich. Ob sie überhaupt ahnte, wie süß dieses Geräusch war und wie gerne ich sie provozierte, nur um es zu hören?
»Ich habe es dir schon damals nicht abgenommen, als du behauptet hast, es sei Darren gewesen, der bei unserer Übernachtung im Baumhaus so einen Lärm veranstaltet hat. Heute Nacht werde ich einen handfesten Beweis dafür bekommen. Vielleicht nehme ich es auf.«
»Das war wirklich Darren!«, verteidigte sie sich so aufgebracht, dass ich mir trotz meiner misslichen Lage ein Lächeln nicht verkneifen konnte. »Und wage es ja nicht, irgendwas aufzunehmen. Wenn du das tust, erfahren alle, dass du heimlich Reggae hörst.«
Gott, ich hasste Reggae aus tiefstem Herzen, und das wusste sie ganz genau. Empört drehte ich mich zu ihr um und merkte zu spät, dass mich das verdammte Sauerkraut tatsächlich schändlich im Stich ließ. Obwohl ich mir den Auflauf so genau vorstellte, dass ich seinen Geschmack fast auf der Zunge hatte, kam er nicht gegen Renas Nähe an. Sie verlagerte ein wenig das Gewicht und stieß gegen …
Ich schluckte verkrampft, räusperte mich und blieb weiterhin stumm. Vielleicht hatte sie ja Mitleid und gab vor, es nicht bemerkt zu haben. Das wäre das Beste. Es war nie geschehen. Heute Nachmittag nicht und auch eben nicht.
»Ich glaube, du hast schon einen handfesten Beweis bekommen«, sagte sie lässig, doch ich konnte spüren, wie sie sich versteifte. Nicht aus Solidarität, nahm ich an.

Nun war es offiziell. Das waren die peinlichsten Sekunden meines Lebens. Die plötzlich zur Bewegungslosigkeit erstarrte Rena und ich, dessen Wangen gerade bestimmt so rot anliefen, dass es mich nicht wundern würde, wenn sie in der Dunkelheit leuchten würden.

»Das …«, fing ich an, während ich panisch nach einer harmlosen Erklärung suchte, die es natürlich nicht gab. Es gab keine harmlose Erklärung für eine verdammte Erektion, wenn man neben einer halb nackten Frau lag.

»Vielleicht war das mit dem Schlafsack eine blöde Idee«, flüsterte sie. »Es könnte aber auch eine unglaublich gute Idee gewesen sein.«

Ihr dunkles Raunen steigerte die Hitze in meinem Inneren nur noch weiter. Es war so heiß. Verdammt, warum war es so heiß? Vielleicht sollte ich außerhalb des Schlafsacks schlafen. Oder gleich außerhalb des Zeltes. Ja, das war doch eine gute Idee. Alles war besser als das, was geschehen würde, wenn ich blieb. Dann könnte mich wohl nichts mehr davon abhalten, die Hand auszustrecken und meine Fantasien von zuvor wahrzumachen. Und dann würde mich Darren umbringen. Und dann würde Thomas die Reste zerstückeln, die sein Sohn noch übrig gelassen hatte. Oh Gott.

»Tut mir leid«, murmelte ich. »Das müssen diese blödsinnigen Nachrichten gewesen sein, die mich irgendwie … durcheinandergebracht haben.«

Ich drehte mich ein wenig in der Absicht, den Schlafsack zu verlassen und sie nicht weiter zu bedrängen. Das ging allerdings schrecklich schief, denn statt des Reißverschlusses traf meine Hand auf ihre Brust. Obwohl die Berührung nur Sekundenbruchteile andauerte, war die Position so ungünstig – oder günstig, das hing wohl von der Perspektive ab –, dass ich das Vorhandensein eines BHs ausschließen konnte.

Rena atmete hörbar ein, und ich erstarrte zur Bewegungslosigkeit, natürlich nachdem ich meine Hand weggezogen hatte. Ich hatte ihr an die Brust gegrapscht. Und noch schlimmer: Es hatte sich verdammt gut angefühlt.

»Fuck, Rena. Tut mir leid.«

Shit, ich klang wie eine Platte, die einen Sprung hatte.

Langsam, ganz langsam wich ich so weit zurück, wie es in der Enge des Schlafsacks möglich war – was leider nicht besonders weit war – und bemühte mich, meinen tobenden Puls zu beruhigen. Unnötig zu erwähnen, dass auch Projekt Sauerkraut spätestens im Moment der Berührung grandios gescheitert war.

»Tut mir echt leid.« Ich war so peinlich. »Ich werde draußen schlafen. Die Abkühlung wird mir guttun. Du musst dir keine Sorgen machen. Ich würde dich nie bedrängen. Schon klar, das eben sah anders aus, aber das war … keine Absicht«, schloss ich lahm und wischte mir übers Gesicht.

»Hör auf, dich zu entschuldigen«, murmelte sie leise, und mir war, als könnte ich ein Lächeln in ihrer Stimme ausmachen. Fand sie die ganze Situation witzig?

Dann spürte ich ihre Hand an meinem Shirt, hörte das gemurmelte Wort »Bleib«, das mich mit Hitze und gleichzeitig mit einer Art verrückter Freude erfüllte. Sie war nicht verstört, zumindest nicht allzu sehr, und sie wollte mich nicht loswerden, zumindest nicht allzu schnell.

Vermutlich wäre das hier weniger verwerflich, wenn sich die Situation überraschend ergeben hätte. Rena und ich, alleine, leicht oder am besten gar nicht bekleidet … da wäre es nur menschlich, die Kontrolle zu verlieren. Da wir aber schon seit dem späten Nachmittag mehr oder weniger am Flirten waren, stand *Es ist einfach so passiert* leider nicht mehr zur Debatte. Wenn ich jetzt irgendwie tätig wurde, musste ich Verantwortung für mein Handeln übernehmen.

»Es ist noch zu kalt, um draußen zu schlafen, Woodstock.« Ihre Worte waren nicht mehr als ein Flüstern.
Ich nickte, obwohl mir klar war, dass sie es in der Dunkelheit nicht sehen konnte, denn ich war mir ziemlich sicher, dass mir meine Stimme nicht gehorchen oder dass nur ein ersticktes Stöhnen über meine Lippen kommen würde.
Vollkommen bewegungslos lagen wir uns gegenüber, bis sie irgendwann ihre Hand löste und sie stattdessen unter mein Shirt schob. Oh Gott, ich würde der erste Kerl sein, der in seine Shorts – Flamingoshorts! – kam, weil er am Bauch berührt wurde. Wie peinlich war das?
Ich zog zischend die Luft ein, spannte automatisch die Bauchmuskeln an und war in diesem Moment ziemlich froh, dass ich etwas zum Anspannen hatte. Bei Gelegenheit würde ich mich bei Darren dafür bedanken, dass er mich regelmäßig ins Fitnessstudio schleppte. Fuck, er würde mich umbringen, wenn er wüsste …
Renas Finger bewegten sich leicht auf meiner Haut, und sämtliche Gedanken, die eben noch in meinem Kopf umhergewirbelt waren, lösten sich mit einem Schlag in Luft auf. Ich konnte nur noch daran denken, wie gut sie sich anfühlte, diese fast unschuldige Berührung. Ich wollte mehr davon, viel mehr.
Langsam, fast schüchtern, legte ich meine Hand auf ihre, umfasste ihr Handgelenk und führte sie weiter nach oben, über meinen Bauch, meine Flanke, bis sie schließlich auf meiner Brust lag, unter der mein Herz schlug, als hätte es gerade einen Hundertmetersprint hingelegt. Ich atmete zittrig aus, während ich die Wärme genoss, die von der Berührung abstrahlte, die Wärme, die das Feuer in meinem Inneren nur weiter nährte. Dann hob ich die andere Hand – die, die eben mehr oder minder unfreiwillig auf ihrer Brust lag und noch immer brannte – und strich über die Seite ihres Halses bis zum Schwung ihres

Kiefers. Ihre Haut war so zart, besonders im Vergleich zu meinen Fingerspitzen, die durch die Gitarrensaiten rau und etwas spröde waren. Erst als sich ihr Gesicht völlig in meine Handfläche schmiegte, hielt ich inne, spürte ihren Puls und nahm wahr, dass dieser ebenso raste wie mein eigener.

»Ich werde dich jetzt küssen, Rena«, flüsterte ich fast unhörbar, und trotzdem war es, als hätte ich es durch die Nacht gebrüllt. »Zumindest, wenn du mich nicht davon abhältst.«

6 | RENA | Die Welt explodierte in bunten Farben

Ich versuchte, mit seiner Ankündigung klarzukommen – was sich als schwer herausstellte, weil seine Worte allein genug waren, um all die Schmetterlinge und Falter und Bienen und Hummeln in meinem Bauch auf einen Schlag freizusetzen. Das Geflatter von tausend winzigen Flügeln zog sich durch meinen Unterleib.

Natürlich hielt ich ihn nicht davon ab. Ich neigte mich ihm entgegen, nur wenige Millimeter, aber Cal merkte es. Er küsste mich, vorsichtig, fast zaghaft, als wäre ich etwas unglaublich Kostbares.

Im selben Moment wich die Welt zurück. Der Campingplatz löste sich auf, und das Zelt verschwand, alles rutschte in den Hintergrund, bis es nur noch ihn und mich gab. Wie oft hatte ich mir vorgestellt, ihn zu küssen? Unzählige Male, und doch hatte mich nichts auf die Zärtlichkeit vorbereitet, mit der seine Lippen meine berührten. Genauso wenig hatten meine Tagträume mich darauf vorbereitet, mit welcher Intensität ich auf ihn reagierte. Ich küsste ihn zurück, als würde ich ersticken, wenn ich es nicht tat, mit einer Dringlichkeit, die mich mitriss wie eine Welle und gegen die ich vollkommen machtlos war.

Vielleicht hatte der Kuss zwischen uns zögerlich begonnen, aber er blieb es nicht lange.
Nur beiläufig registrierte ich, dass ich dabei war, meine Finger in seinen langen, teilweise noch feuchten Haaren zu vergraben. Es gab kein *zwischen uns* mehr, es gab nur noch meine Hand unter seinem Shirt und meine Beine an seinen und seine Erektion, die ich nun erneut spürte. Ich schmiegte mich an ihn, und mit einem Mal kam mir der Schlafsack um uns herum riesig vor.
Es war unmöglich, meine Hand lange an derselben Stelle zu behalten. Ich ließ meine Finger von seinen Haaren über seine Schläfe und die Wange wandern, strich über sein Schlüsselbein, seine Schulter, war dann wieder bei seinen Haaren, in seinem Nacken, überall. Das Beste an der Sache war: Wenn wir ersticken würden, würden wir zusammen ersticken. In meinem benebelten Kopf war das vollkommen in Ordnung. In meinem benebelten Kopf war das die schönste Sache der Welt.
Irgendwann lösten unsere Münder sich voneinander, und wir atmeten weiter und weiter und weiter. Ich fing seinen Atem mit meinen noch leicht geöffneten Lippen auf und war mir ziemlich sicher, dass er meinen auch auffing. Es war kein endgültiges Loslösen, denn nachdem ein paar Sekunden vergangen waren, streiften meine Lippen erneut gegen seine. Nur einen Atemzug lang. Dann wieder. Eine kurze Berührung, und trotzdem so heftig wie das Flügelflattern in meinem Inneren.
Ich war ihm so nah. So wahnsinnig nah. Irgendwie schaffte ich es, die Finger für die Dauer einiger Sekunden zu überkreuzen – ich wollte das Glück dieses Moments einfangen, ich musste es einfangen, denn ich hatte vor, es auf ewig zu behalten. Cal zu küssen war ein Wunsch, ein Traum, ein unvergessliches Ereignis. Ich wollte es wieder und wieder tun und nie mehr damit

aufhören. Er schmeckte so gut. Er roch so gut. Er war so sanft, als er seine Finger über meinen Nacken und dann tiefer gleiten ließ. Zentimeterweise schob er den dünnen Stoff meines Shirts nach oben, strich über meinen Rippenbogen und über meine Brüste, streichelte zart meine Haut und seufzte leise, als er auf meine Brustwarzen traf, die sich unter seiner Berührung aufstellten.

Ich drückte mich ihm entgegen, atmete erregt in den Kuss, öffnete meine Lippen, sodass seine Zunge in meinen Mund tauchen konnte.

»Ich will dich berühren«, murmelte er irgendwann zwischen den Küssen, löste sich von meinen Brüsten und ließ seine Hand über meinen Bauch und meine Hüfte weiter bis zum Bund meines Slips wandern. »Ich muss dich berühren.«

Ich küsste ihn weiter, wollte den Kuss nicht unterbrechen, um etwas darauf zu erwidern. Jede Faser meines Körpers schrie danach, von ihm berührt zu werden – ich hätte es nicht vor ihm verstecken können, wenn ich das gewollt hätte. Seine Finger lagen an meinem Slip, und ich wartete, hoffte, dass er sie hineingleiten ließ, doch er tat es nicht. Er ließ sich Zeit. Gott, warum ließ er sich so viel Zeit? War er sich doch nicht sicher, ob er es wollte?

Widerwillig löste ich meine Lippen schließlich doch von seinen. Einige Sekunden verstrichen, bis ich langsam begriff, dass er auf mein Einverständnis wartete. Er wollte nichts tun, was ich nicht auch wollte.

Mit einem Lächeln zog ich meine Hand unter seinem Shirt hervor und küsste ihn erneut, obwohl ich immer noch vollkommen atemlos war. Dann legte ich die Finger auf seine Hand und führte sie in meinen Slip. Trotzdem schienen sie sofort an der richtigen Stelle zu sein, und noch bevor ich meine eigene Hand zurückzog, kam ein leiser Laut aus meinem Hals. Oh Gott. Mit einem Mal kam es mir unglaublich schwer vor, mich noch auf den Kuss zu konzentrieren, weil Cals Finger an meiner Scham waren. Cals Finger an meiner Scham.

Ich war feucht – ich konnte spüren, wie feucht ich war, und er konnte es auch spüren, und plötzlich schoss mir die Röte in die Wangen, und ich atmete leise gegen seine Lippen. Das hier war viel intensiver, als es mit Aiden je gewesen war, weil ich für ihn keine Gefühle gehabt hatte und weil ich für Cal alle Gefühle der Welt hatte, und, oh Gott, mir entfuhr ein leises Stöhnen, und kurz darauf wieder eins.

Wie konnte ich leise sein, wenn Cal gerade zwischen meine Schamlippen glitt? Mit der Fingerkuppe strich er über meine Klitoris, umkreiste sie mit fast trägen Bewegungen und küsste dabei jeden Laut, jedes Geräusch von meinen Lippen. Ich war unendlich erleichtert darüber, dass er mein Stöhnen zumindest teilweise dämpfte, denn die Wände des verdammten Zeltes waren hauchdünn, und niemand in meiner Familie hätte das, was wir da gerade taten, gutgeheißen.

Seine Finger glitten weiter, er schob zuerst einen, dann zwei in mich hinein, begann mich in schneller werdendem Rhythmus zu fingern. Gleichzeitig rieb er über meine Perle. Oh Gott. Ein Beben ging durch meinen Körper, ich presste mich an ihn. Ich hatte keine Chance mehr.

Die Welt explodierte in bunten Farben, und ich mit ihr. So verrückt es sich auch anhörte, ich sah die Farben wirklich. Ein inneres Bild, voneinander wegfließende Aquarelltöne, die sich in alle Richtungen ausbreiteten, als ich kam. Meine Finger fanden in Cals langen Haaren Halt, ich klammerte mich fest an ihn, meine Oberschenkel zitterten unkontrolliert. Wenn sein Mund mein Stöhnen nicht aufgefangen hätte, dann hätte vermutlich der ganze Campingplatz meinen Orgasmus mitbekommen – den Orgasmus, zu dem Cal mich mit solcher Leichtigkeit gebracht hatte, als wäre ich seine Gitarre und als wüsste er genau, wie er seine Finger bewegen musste, um mir die hellsten Töne zu entlocken.

7 | CALLAN | Kontrollverlust

Es fiel mir unsagbar schwer, zu warten, ihr nicht den Slip und mir die Shorts herunterzureißen, ein Kondom überzustreifen und endlich das zu tun, was ich mir schon so oft vorgestellt hatte.

Sie kam, und ihr Orgasmus war so intensiv und leidenschaftlich, dass ich selbst die Kontrolle verlor. Gott, es fühlte sich so gut an, wie sie mich von allen Seiten umschloss. Ich dämpfte ihr Stöhnen, mein Stöhnen, unser Stöhnen, spürte, wie sie sich um meine Finger herum verengte, ihre Hände in mein Haar krallte und daran zog. Sie erzitterte, drückte sich an mich, presste ihre Hüfte gegen meinen Schwanz … und ich kam ebenfalls. Keine Chance. Meine Finger noch in ihr vergraben, versunken in einem Kuss, ergoss ich mich in meine Shorts wie ein Vierzehnjähriger. Ich schloss die Augen, ließ mich fallen, gab mich hin – zumindest für einige Sekunden. Dann küsste ich sie noch mal zärtlich, zog meine Hand aus ihrem Slip und machte mich dazu bereit, der Realität ins Auge zu sehen.

Ich hatte meine Shorts gründlich eingesaut, und nun musste ich das Rena irgendwie gestehen, ohne mich dabei komplett zum Vollidioten zu machen.

»Gib mir einen Moment«, brachte sie mit zittriger Stimme und einem Lächeln auf den Lippen hervor, ließ ihre Hände von meinen Haaren über meine Wangen und tiefer wandern, bis sie schließlich mein Shirt umklammerten.
Auf ihre gemurmelten Worte hin strich ich leicht über ihre Schläfe, und plötzlich erschien mir mein Missgeschick gar nicht mehr so furchtbar.
»Alle Zeit der Welt«, sagte ich so leise, dass ich nicht wusste, ob sie es überhaupt gehört hatte, und strich liebevoll über ihr Haar.
Rena schmiegte sich noch ein wenig enger an mich, und ich konnte hören, wie ihre Atemzüge ruhiger wurden.
Realistisch betrachtet war das eine ziemlich eklige Angelegenheit. Ich lag in diesem Zelt, die Arme fest um meinen feuchten Traum schlafloser Nächte geschlungen … und feucht war es tatsächlich. Feucht und klamm.
Trotzdem war ich auf eine verrückte Art glücklich. Ja, es machte mich glücklich, dass sie sich so fallen gelassen hatte. Es machte mich glücklich, dass ich ihren Körper so zum Klingen bringen konnte. Es machte mich glücklich, dass sie sich in meiner Umarmung entspannte und allmählich einschlief, während ich ihre Nähe in vollen Zügen genoss.
Seit mehr als zwei Jahren gab es für mich nur Rena, auch wenn ich versuchte, mich mit anderen Frauen abzulenken von Empfindungen, die ich nicht haben durfte.
Empfindungen für Rena, deren Atem ich auf meinen Lippen spürte. Rena, deren Wärme mich einhüllte. Rena, deren leises Seufzen der schönste Laut der Welt war. Wie es aussah, war ich meine Coolness zusammen mit meinen Woodstockshorts irgendwo in der Dusche losgeworden und hatte sie seitdem nicht wiedergefunden. Aber das machte nichts, denn das, was ich stattdessen bekommen hatte, war so viel wertvoller.

Meine Gedanken fanden ein abruptes Ende, als ich die Stimmen der Godwins hörte, die zum Feuer zurückkehrten. Ein kurzes Lachen, irgendwelche Worte über Renas Schlafsack und das Feuer. Darrens Name fiel ebenfalls, und allmählich dämmerte mir, dass ich die Gelegenheit verpasst hatte, unbehelligt das Zelt zu verlassen.

Ach du Scheiße. Eigentlich hatte ich vor, einen kurzen Abstecher zum Waschplatz zu machen, denn es schien, als sei das Ergebnis meines … Kontrollverlusts ziemlich beachtlich. Ich verlagerte mein Gewicht, ganz vorsichtig, um Rena nicht zu stören, und verzog das Gesicht. Fuck, das war echt widerlich, vor allem, weil sich das Zeug allmählich an meinem Hintern verteilte. Unendlich langsam wand ich mich aus dem Schlafsack und versuchte, das glitschige Gefühl zwischen meinen Beinen zu ignorieren. Ich würde die Flamingoshorts nie wieder mit den gleichen Augen sehen.

Irgendwann hatte ich es tatsächlich geschafft, mich zu befreien, und durchwühlte meine Tasche so leise wie möglich nach frischer Unterwäsche. Ich war gekommen. In meine Hose. Das war so peinlich. Immerhin bestand die Chance, dass es Rena nicht mitbekommen hatte. Ein deutlich größeres Problem waren allerdings die Godwins – und zwar nicht wegen meines Kontrollverlusts. Ich hatte keine Ahnung, wie sie darauf reagieren würden, mich aus Renas Zelt kriechen zu sehen.

Ich atmete einmal tief durch, stopfte die frischen Shorts in die Tasche meiner Jogginghose und öffnete so leise wie möglich den Reißverschluss des Zeltes. Nachdem ich in meine Schuhe geschlüpft war, schlich ich einige Meter in geduckter Haltung und gab mein Bestes, um mit der Nacht zu verschmelzen.

Vergeblich.

»Cal«, rief Stella und winkte mich heran. »Kannst du nicht schlafen? Setz dich doch noch ein wenig zu uns.«

Gelassen ging ich zum Lagerfeuer hinüber – so gelassen man eben gehen konnte, wenn es sich anfühlte, als hätte man sich Flüssigseife zwischen die Beine geschmiert.
Für einen Moment wurden meine Gedanken abgelenkt, denn Thomas öffnete mit einem Zischen eine Dose Bier, woraufhin ich mich unwillkürlich anspannte.
Keine Panik. Es war nur Bier, verdammt, keine harten Spirituosen. Und es waren Thomas und Stella und nicht meine Eltern. Hier würde niemand handgreiflich werden, weil ihn der Alkohol aggressiv machte. Ganz davon abgesehen hatte ich aktuell andere Probleme.
Ich zwang ein Grinsen auf mein Gesicht, lockerte meine Schultern und schüttelte den Kopf.
»Muss nur eben zum Klo«, erwiderte ich und verschwand schnellstmöglich in der Dunkelheit.
»Scheint ziemlich eilig zu sein«, hörte ich Thomas murmeln.

Wenig später war ich bei den Sanitäranlagen angekommen, sodass ich mich waschen und endlich – endlich! – frische Shorts anziehen konnte, dieses Mal in Quietschgelb mit einer Palme an prominenter Stelle.
Den Rückweg nutzte ich, um meine Fassade der Gelassenheit hochzuziehen, sodass ich den Godwins möglichst locker gegenübertreten konnte.
»Habt ihr noch etwas von Darren gehört?«, erkundigte ich mich harmlos, woraufhin Thomas eine Augenbraue hob.
»Wir?«, wiederholte er fragend. »Du schläfst doch neben ihm.«
Ich lachte und war selbst verwundert, wie echt es klang. »Nach seiner dramatischen Ankündigung habe ich es nicht gewagt, sein Zelt zu betreten. Rena hat mir Asyl gewährt, dafür habe ich ihr meinen Schlafsack überlassen.«
»Ich habe ihr schon tausend Mal gesagt, dass sie keine Getränke

mit ins Zelt nehmen soll.« Stella seufzte. »Ist dir das nicht zu kalt?«
Heiß. Es war glühend heiß.
»Kein Problem. Im Notfall ziehe ich noch einen zweiten Pullover über.«
Nachdem ich den Godwins eine gute Nacht gewünscht hatte, kroch ich ins Zelt und in den Schlafsack zurück und legte nach kurzer Überlegung erneut meine Arme um Rena und schmiegte mein Gesicht in ihre Halsbeuge. Wer wusste schon, wann ich das nächste Mal die Gelegenheit dazu haben würde.

Ich schlief erstaunlich gut in dieser Nacht und schreckte, entgegen meinen sonstigen Gewohnheiten, nur ein- oder zweimal hoch. Noch überraschender war, wie schnell ich anschließend wieder zurück in den Schlaf fand, und ich wusste, dass es an Renas warmem Körper in meinen Armen und an ihrem Duft nach Wildblumen mit dem Hauch Zitrone lag.
Ihre Anwesenheit hatte schon immer eine beruhigende Wirkung auf mich gehabt. Ich konnte nicht sagen, wie oft ich bei den Godwins aufgetaucht war, äußerlich ungerührt und mit meinem üblichen schiefen Grinsen, aber innerlich völlig aufgerieben und kurz vor einem Nervenzusammenbruch. Jedes Mal war es Rena gewesen, deren Anblick mich geerdet hatte, deren Lächeln mich irgendwie davor bewahrt hatte, durchzudrehen. Und sie hatte nicht einmal ansatzweise eine Ahnung davon, was sie mir bedeutete.

Als ich am nächsten Morgen erwachte, fühlte ich mich frisch und ausgeruht. Das Einzige, was meine gute Laune schmälerte, war die Abwesenheit meiner neuen Lieblings-Schlafpartnerin, die sich heimlich aus dem Zelt gestohlen hatte. Natürlich dauerte es keine dreißig Sekunden, bis die Schuldgefühle zuschlugen.

Meine viel zu starken Empfindungen für sie hatten mich überwältigt, hatten dafür gesorgt, dass ich das Vertrauen der Godwins aufs Übelste missbraucht hatte. Sie hatten sich darauf verlassen, dass ich auf Rena aufpasste, ebenso wie es Darren tat. Wie es ein großer Bruder tat, verdammt! Stattdessen hatte ich dem Verlangen nachgegeben, hatte sie zum Höhepunkt gebracht, ihr Stöhnen mit meinen Lippen gedämpft und, Gott, ich hatte es so sehr genossen. Und jetzt war Rena fort, verschwunden aus dem Zelt, und ich hatte keine Ahnung, wie ich ihr gegenübertreten sollte und was sie von dieser ganzen Sache hielt.

Nachdem ich mich in der Nacht so geborgen gefühlt hatte, wirkte das Zelt nun klamm und einsam. Leichte Beschämung stieg in mir auf. Welcher Kerl dachte schon über Geborgenheit und Wärme nach, wenn er eine Frau im Arm hatte? Und doch war es so schön gewesen. So verdammt schön.

Ich stützte mich auf dem Ellbogen ab und griff nach meinem Handy. Lediglich eine Nachricht von Lauren mit einer ihrer üblichen Anzüglichkeiten.

Lauren: Guten Morgen, Cal. Wäre ich da, würde ich dir einen Guten-Morgen-Kuss geben. Du weißt, wohin. ♥♥♥♥♥

Wenn es nach ihr ging, bestand ich aus wenig mehr als meinem Schwanz, daran änderten auch die zahlreichen Herzchen nichts, mit denen sie die Nachricht beendet hatte. Wobei, meinen Lippen schien sie auch noch etwas abgewinnen zu können, aber nur, wenn sie sich an der richtigen Stelle befanden.

Kurz entschlossen tippte ich eine Antwort, in der ich absichtlich einen kühleren Ton anschlug, außerdem sagte ich unser geplantes Treffen ab. Wir waren nicht zusammen, und nach der

Nacht mit Rena war es höchste Zeit, sie daran zu erinnern, dass sie keine Besitzansprüche stellen durfte. Ohnehin gab es nur eine Frau, der ich das erlauben würde.

Seufzend ließ ich das Handy sinken. Mit Lauren stand ein verdammt unangenehmes Gespräch an, schließlich war ich noch gestern Abend der Meinung gewesen, mich mit diversen Affären davon ablenken zu müssen, dass ich total in die kleine Schwester meines besten Freundes verschossen war.

Ich kämpfte mich aus dem Schlafsack, tauschte meine Jogginghose in Jeans und zog ein frisches Shirt über, heute gelb, passend zu meinem Shortswechsel, der mir noch immer die Röte in die Wangen trieb. Nachdem ich das Handy in die Hosentasche gestopft hatte, verließ ich das Zelt.

»Morgen, Cal«, begrüßten mich Thomas und Stella, beide ausgerüstet mit jeweils einer Tasse Kaffee, und ich brauchte einen Moment, um das warme Lächeln zu erwidern, das sie mir schenkten. Sie behandelten mich, als würde ich zu ihnen gehören, und manchmal fiel es mir schwer, damit umzugehen. Ihr Verhalten erfüllte mich mit Dankbarkeit und mit Wehmut gleichermaßen. Ich würde einiges dafür geben, nur ein einziges Mal von meinen Eltern auf diese Weise angesehen zu werden. Ihr Interesse fühlte sich an wie eine warme Decke, die sie um meine Schultern legten, und sogar das eher unangenehme Gespräch gestern, ausgelöst durch mein Erdkunde-Fiasko, hatte ich genossen. Meine Eltern hatten nie gefragt, weder nach dem Studium noch nach meinen Zukunftsplänen. Stattdessen gingen sie wie selbstverständlich davon aus, dass ich in die Fußstapfen meines Vaters treten würde. Genau ein Mal war meine Musik zum Thema und gleichzeitig zum Anlass des größten Wutanfalls geworden, den ich bei meinem Dad je miterlebt hatte – und bei dem ich froh sein konnte, dass ich ihn überlebt hatte. Er hatte mich so übel zugerichtet, dass ich eine Woche nicht in die Schule gehen konnte.

Beim Klettern abgestürzt. Callan hatte noch Glück gehabt, das hätte viel schlimmer ausgehen können.

Keiner wusste, wie viel Glück Callan wirklich gehabt hatte.

»Guten Morgen«, grüßte ich mit Verspätung, deutete auf die Handtuchrolle samt Zahnbürste unter meinem Arm und machte mich auf den Weg zu den Sanitäranlagen, während ich versuchte, nicht an die vergangene Nacht zu denken. Ein fast unmögliches Unterfangen, denn je wacher ich wurde, desto lebendiger wurden die Erinnerungen. Renas weiches Haar, ihr Duft, ihre zarte Haut, ihr Stöhnen, ihre Küsse. Gott, ihre Küsse. Konnte man süchtig nach Küssen werden? Nach so kurzer Zeit?

Als ich wieder an die Feuerstelle trat, musste ich nur einen Blick auf Rena werfen, damit sich mein Herzschlag beschleunigte. Glücklicherweise drückte mir Thomas eine Tasse Kaffee in die Hand, mit der ich mich vorerst beschäftigen konnte. Ich hatte keine Ahnung, wie ich ihr gegenübertreten sollte. Der dämliche verliebte Teil von mir hoffte, dass ihr die letzte Nacht ebenso viel bedeutet hatte wie mir, während dem rationalen Teil vollkommen klar war, dass sie vermutlich nur die Gelegenheit genutzt hatte, Erfahrungen zu sammeln.

»Morgen, Rena«, sagte ich ein wenig steif und durchsuchte mein Gehirn verzweifelt nach irgendeinem unverfänglichen Gesprächsthema.

»Morgen, Cal.« Sie nippte an ihrem Kaffee und hatte ebenfalls Mühe, in meine Richtung zu sehen. Die unterschwellige Anspannung in meiner Stimme war ihr natürlich nicht entgangen.

Bevor ich noch mehr sagen und mich somit total blamieren konnte, öffnete sich der Reißverschluss von Darrens Zelt, und mein ziemlich fertig aussehender bester Freund blinzelte ins Licht.

»Lange Nacht gehabt?«, fragte ich amüsiert.
»Kann man so sagen«, entgegnete er, während er sich in den Stand hochkämpfte. »Nachher mehr Details. Zuerst brauche ich eine Dusche und dann Unmengen an Kaffee.« Nach einigen Schritten hielt er inne und warf mir einen skeptischen Blick zu. »Hast du heute Nacht in Renas Zelt geschlafen?«
»Ja«, erwiderte ich lässig. »Und sie schnarcht erbärmlich. Noch eine Nacht stehe ich das nicht durch.«
Rena warf mir einen finsteren Blick zu. »Reggae«, sagte sie warnend, woraufhin ich alle Mühe hatte, nicht loszuprusten.
Darren sah verständnislos zwischen uns hin und her, dann schlurfte er in Richtung des Sanitärgebäudes davon.
Währenddessen bereiteten die Godwins das großzügige Frühstück vor.
Ich verstand nicht, wie man morgens so viel essen konnte. Würstchen aus dem Glas, Kartoffelpüree aus der Tüte mit angebratenem Speck, hart gekochte Eier, diverse Konserven und allerlei mehr. Sie hätten eine ganze Fußballmannschaft versorgen können, und das fand ich ausgesprochen charmant. Das Familienleben der Godwins war etwas Besonderes. Ich genoss es mit jeder Faser und saugte es förmlich in mich auf.
Als Stella den Arm nach der kleinen Espressomaschine ausstreckte, stieß sie mit dem Ellbogen gegen den Salzstreuer. Sofort presste Rena die Lippen zusammen und strich nervös über den Rand ihres Bechers.
»Das bringt Unglück, wenn du dir nicht etwas von dem Salz über die linke Schulter wirfst«, murmelte sie.
Stella schüttelte leicht lächelnd den Kopf, als würde sie sich über den Aberglauben ihrer Tochter amüsieren. Da sie keine Anstalten machte, ihrer Aufforderung nachzukommen, klaubte ich eine Prise Salz vom Campingtisch und warf sie zuerst über meine, dann über Stellas linke Schulter – nur zur Sicherheit.

»Natürlich hältst du zu ihr«, stellte sie mit einem leisen Lachen fest, woraufhin ich leicht befangen mit den Schultern zuckte. Stellas gutmütiger Spott war mir egal; alles, was zählte, war das warme Lächeln, das mir Rena als Reaktion auf meine Unterstützung schenkte.

Wenig später kehrte Darren vom Waschplatz zurück, und ich nutzte die allgemeinen Sticheleien, die sein gestriges Telefonat zum Inhalt hatten, um in Renas Gesicht unauffällig nach Anhaltspunkten zu suchen.

Leider erfolglos. Ich konnte nicht einmal ansatzweise erkennen, was ihr die letzte Nacht bedeutet hatte – und ob sie ihr überhaupt etwas bedeutet hatte. Zu allem Übel wurde mir während meiner zweiten Tasse Kaffee auch noch klar, dass ich sie nicht nur mit Leib und Seele geküsst und zum Kommen gebracht, sondern auch die gesamte Nacht über in meinen Armen gehalten hatte. Konnte ich meine Gefühle noch deutlicher vor mir hertragen? Ich war ein solcher Idiot. Kein Wunder, dass sie irritiert war und nicht wusste, wie sie mir gegenübertreten sollte.

Sorry, dass sich meine Finger in dich verirrt haben. War keine Absicht.

Hey, was da heute Nacht gelaufen ist, war nur eine kleine Fingerübung.

Siehst du? Du findest mich doch heiß. Aber immerhin bist du auf deine Kosten gekommen.

Unwillkürlich verzog ich das Gesicht zu einem gequälten Grinsen, woraufhin mir Darren den Arm in die Seite rammte. Dieses Mal erwischte er meine geschundenen Rippen, und ich stöhnte auf.

»Die Kommode«, brachte ich auf seinen irritierten Blick hin hervor, woraufhin er entschuldigend die Handflächen nach oben drehte.

»Wow, Mann. Und ich dachte, ich hätte plötzlich Superkräfte.« Ich ließ mir von Stella noch etwas Kaffee nachschenken und ignorierte meinen besten Freund, der mir heute Morgen mehr auf die Nerven ging als sonst. Vermutlich, weil ich einiges dafür gäbe, mit seiner Schwester alleine zu sein. Davon waren wir leider weit entfernt, denn auch als die Godwins zu ihrem üblichen Samstagscampingeinkauf verschwunden waren, machte Darren keine Anstalten, wieder in seinem Zelt zu verschwinden. Passend zu meiner Stimmung waren am Himmel dicke, graue Wolken aufgezogen, die Unheil verkündende Schatten auf den Campingplatz warfen.

Am liebsten hätte ich Darren geraten, sich vor dem drohenden Unwetter in Sicherheit zu bringen und in seinem Zelt zu bleiben. Da ich mir aber sicher war, dass er die falschen – oder die richtigen – Schlüsse aus meinem Vorschlag ziehen würde, entschied ich mich dagegen.

Im nächsten Moment traf mich der erste Regentropfen, zu dem sich kurz darauf weitere gesellten. Viele weitere.

»Fuck«, murmelte ich, und nur Sekunden später öffnete der Himmel seine Schleusen. Regentropfen und Hagelkörner, teilweise so dick wie Murmeln und ebenso hart, prasselten auf uns nieder, und noch während Rena nach ihrem Schlafsack griff, richtete ich mich auf und sprang förmlich durch den Eingang unseres eigenen Zeltes, in dem sich mein größter Schatz – meine Gitarre – befand.

Sie lag nicht zu nah an der Außenwand, doch bevor ich aufatmen konnte, entdeckte ich, dass ein Shirt auf der Gigbag lag. Renas Shirt.

»Darren!«, brüllte ich, während ich den Stoff mit spitzen Fingern packte und von meinem Heiligtum entfernte. Ich schnappte mir mein Instrument und meinen Rucksack, drängte mich an Darren vorbei, der gerade ins Innere kroch, und hechtete durch den Regen zu Renas Zelt, wo meine Gitarre nicht mit versauten Shirts in Kontakt kommen würde. Höchstens mit versauten Shorts.

»Er hat ein Shirt auf meine Gitarre gelegt. *Das* Shirt!«, beklagte ich mich wenige Minuten später bei Rena, während ich den Stoff der Gigbag trocknete und anschließend mein tropfnasses Shirt über den Kopf zerrte und über meiner Tasche ausbreitete. Noch immer war meiner Stimme die Empörung anzuhören. Darren wusste verdammt genau, wie wichtig mir meine Les Paul war, er hatte miterlebt, wie ich über Jahre hinweg Geld angespart hatte, um sie kaufen, und wie fertig ich war, als mein Dad die Saiten zerschnitten hatte, um mir klarzumachen, dass mich die Musik nicht weiterbringen würde. Am liebsten würde ich Darren den Hals umdrehen dafür, dass er sie derart respektlos behandelt hatte.

Rena sah mich an, dann fiel ihr Blick auf die Gigbag, die einiges an Wasser abbekommen hatte.

»Darren ist ein Idiot.«

Da musste ich ihr ausnahmsweise zustimmen. Ich presste verärgert die Lippen aufeinander. Die Hagelkörner landeten weiterhin auf dem Zelt, laut und unbarmherzig. Thomas hatte sich so was von geirrt, als er zuversichtlich gemeint hatte, dass die Regenwolken vorbeiziehen würden.

»Bist du jetzt ernsthaft wütend?!«, brüllte Darren zu uns herüber. Trotz des prasselnden Hagels konnten wir ihn einigermaßen verstehen, weil nicht viel Entfernung zwischen den Zelten war. Ich musste an Renas Stöhnen von letzter Nacht denken, und Beklommenheit erfüllte mich; zumindest bis ich begriff, dass meine Sorge unbegründet war. Wenn Darren etwas mitbekommen hätte, dann hätte er sich beim Frühstück nicht so normal benommen. Er ahnte nichts. »Ich hab es nicht mal direkt auf deine Gitarre fallen lassen!«

»Du bist ein verdammter Idiot!« Renas Stimme war so laut, dass ich fast zusammenzuckte. »Und du schuldest mir ein Shirt!«

»Komm es dir doch holen, wenn du es wieder willst! Oder du überlässt es mir noch für eine Nacht, weil es sowieso schon so gelitten hat!«

Offensichtlich war ihm egal, dass er wie ein Irrer herumbrüllte, um den Hagel zu übertönen. Es war ihm auch egal, dass jeder Vorbeikommende – wenn jemand gerade tatsächlich so verrückt war, sein Zelt zu verlassen – diese Diskussion mitbekam. Und Rena schien es auch egal zu sein.

»Das will ich nicht zurück, und das weißt du auch!«

Ich biss mir angespannt auf die Unterlippe. Ja, mir war schon klar, dass ich der Erste war, der die Stimme erhoben hatte – zu Recht, immerhin ging es um meine Gitarre! –, aber trotzdem war mir die lautstarke Streiterei der beiden unangenehm. Ich wusste, dass sie sich im Grunde liebten und dass es sich hierbei um eine normale Kabbelei zwischen Geschwistern handelte, aber das half mir in diesem Moment nicht weiter. Zuerst ging man einander an, wurde immer lauter, dann begann der gewalttätige Teil. Ich zog die Schultern hoch und versuchte, die Erinnerung an den letzten Ausraster meines Dads zu verdrängen.

Geh mir aus den Augen, bevor ich dich totschlage. Hätte ich längst tun sollen.

Mit leicht fahrigen Bewegungen löste ich das Lederband von meinem Arm, wrang meine nassen Strähnen in einem Handtuch aus und fasste sie in einem Pferdeschwanz zusammen. Dann tat ich das, was ich auch daheim machte, wenn mich die aggressionsgeladene Atmosphäre zu überwältigen drohte. Ich griff nach meiner Gitarre, holte sie vorsichtig aus der Tasche und nahm sie auf meinen Schoß, nachdem ich mich vergewissert hatte, dass meine Hose trocken genug war, um ihr keinen Schaden zuzufügen. Routiniert stimmte ich die Saiten durch, dann schlug ich einige Akkorde an und improvisierte nach und nach eine Melodie dazu, die die Dunkelheit aus meinem Herzen und aus meinen Gedanken verbannte. Mit jedem Ton, der durch das Zelt schwebte, wurde ich entspannter, und als irgendwann der letzte Laut verklungen war, herrschte friedliche Stille, die nur vom Prasseln des Regens auf dem Zeltdach gemildert wurde. In Momenten wie diesen fiel es mir unglaublich schwer, nicht zu singen, mein Gitarrenspiel nicht um die Lyrics zu ergänzen, diesen Teil von mir nicht preiszugeben. Es war eine Art Pakt mit mir selbst. Ich würde meinen Gesang so lange für mich behalten, bis ich dort war, wo ich sein wollte, und nichts würde mich daran hindern.

Ich öffnete die Lider wieder, sah in Renas Richtung, und unsere Blicke trafen sich. Plötzlich war ich mir überdeutlich ihrer Nähe bewusst – und der Abwesenheit meines Shirts, das ich vorhin so leichtfertig ausgezogen hatte. Ich wusste, dass sich über meine linke Flanke ein violetter Bluterguss zog, den ich eigentlich niemandem zeigen wollte. Für einige Sekunden zog ich in Erwägung, meine Gitarre so zu verlagern, dass sie ihn verdecken würde, aber dafür war es garantiert zu spät. Ich wusste nicht, wie lange ich vollkommen in die Musik versunken gewesen war, und es war äußerst unwahrscheinlich, dass Rena nichts aufgefallen war. Sie war der Typ Mensch, der nicht nur hinsah, sondern auch verstand. Und das konnte ich gerade gar nicht brauchen.

8 | RENA | Ein warmer, heller Goldton

Darren verstummte. Ich verstummte. Cals Finger zupften an den Saiten seiner Gitarre. Es war, als würde sogar der stürmische Hagel um unser Zelt herum etwas leiser werden, als er anfing zu spielen. Vor meinem inneren Auge entstand die Zeichnung eines Jungen mit einer Gitarre, doch die Melodie kam nicht von seinem Instrument, sie kam von ihm, sie floss aus seinem Inneren heraus und erhob sich in die Lüfte. *Der Junge, der Musik ist.* Ich hätte mich dazuzeichnen können. Neben ihn. Er mit geschlossenen Augen, weil er sich voll und ganz auf die Musik konzentrierte. Ich mit geöffneten Augen, weil ich mich voll und ganz auf ihn konzentrierte. *Das Mädchen, das nur den Jungen sieht.* Kalte Wassertropfen fielen von meinen Haaren und rannen meinen Nacken hinab. Langsam griff ich nach dem Handtuch, ohne dabei die Augen von Cal abzuwenden. Ich rieb mir gedankenverloren die Haare trocken – oder zumindest ein wenig trockener. Ich sah den Bluterguss, dunkel und violett. Unwillkürlich fröstelte ich. Das feuchte Shirt lag kalt an meiner Haut. Meine Gedanken waren noch kälter.

Als ich den Blick hob, sah Cal mich an. Ich konnte nicht wegsehen, ich konnte überhaupt nichts tun. Wie jemand, der mitten

in der Bewegung erstarrt war, hielt ich immer noch das Handtuch in den Händen.
Andere Zeichnung: *Das Mädchen, das hinaus in den Regen läuft, weil die Stille plötzlich zu schwer ist.*
Aber ich lief nicht hinaus. Ich bewegte mich nicht. Ich war eine Steinstatue. Zumindest wäre ich eine gewesen, wenn ich nicht vor Kälte gezittert hätte.
»Wenn du weiterspielst, fange ich an zu weinen.«
Es hätte ein Scherz sein können, war es aber nicht. Meine Stimme klang viel zu ernst. Ich wusste nicht, wieso ich etwas so verdammt Merkwürdiges sagte. Ich wusste nur, dass es stimmte. In meinem Hals saß ein Kloß, und ich konnte nicht einmal sagen, woher er kam, aber ein paar weitere Töne dieser Melodie, und er würde sich lösen.
Cal nahm die Finger von den Saiten, einen nach dem anderen, und sah mich dabei so durchdringend an, dass die Kälte für einen Augenblick in den Hintergrund rückte. Er wirkte verletzlich, verunsichert. Vielleicht war das ein guter Zeitpunkt, um zu reden? Sollte ich den Bluterguss ansprechen? Aber wie? Ich konnte doch nicht einfach mit der Tür ins Haus fallen.
Cal hob vorsichtig das Instrument von seinem Schoß, strich noch einmal liebevoll über den Korpus und legte es dann zurück in die Gigbag, so langsam, als wüsste auch er nicht, wie es jetzt weitergehen sollte.
»Okay«, sagte er, wobei er mir forschend in die Augen sah. Ich zupfte an meinen nassen Haaren, wusste nicht, was er in meinem Blick zu finden hoffte. »Wir sollten das klären. Was wir getan haben … was ich getan habe, das war …«
Innerhalb von Sekunden hing ich förmlich an seinen Lippen und wartete mit einem drückenden Gefühl in der Brust darauf, dass er seinen Satz beendete. Es war … was? Ein kurzer Spaß? Ein bedeutungsloses Rummachen? Oder mehr?

»Hey!«, brüllte Darren in genau diesem Moment. Wie immer hatte mein Bruder ein unfassbar mieses Timing. »Warum ist das so leise? Warum redet ihr nicht? Scheiße, knutscht ihr etwa?«
»Ich schreibe an einem Songtext, du Trottel«, rief Cal zurück, »und im Gegensatz zu dir ist Rena so freundlich, mich nicht dabei zu stören.«
Darren stieß ein beleidigtes Schnauben aus, erwiderte jedoch nichts mehr.
»Es war …«, setzte Cal erneut an, dann schüttelte er den Kopf. »Was war es für dich?«
Ich hörte auf, nachzudenken. Die Worte blubberten einfach so aus mir heraus. Ich konnte die nervöse Stille und die unvollständigen Sätze nicht mehr ertragen.
»Es war schön. Wir sollten das bei Gelegenheit mal wiederholen, Woodstock. Natürlich nur, wenn du das willst. Und wenn du nicht mit anderen Mädchen beschäftigt bist. Nicht, dass du nicht mit anderen Mädchen beschäftigt sein darfst.«
Ich war ein entgleisender Zug. Ich raste mit ziemlicher Sicherheit auf eine Katastrophe zu, und anstatt zu bremsen, erhöhte ich das Tempo. »Denn natürlich darfst du das. Wir sind schließlich … nichts. Doch … ich meine, wir sind Freunde. Schon so lange. Obwohl wir letzte Nacht mehr als Freunde waren …«
Ich fuhr mir nervös durch die kalten Haare.
Hör auf zu reden, Rena. Nein, rede weiter, denn so kannst du das nicht stehen lassen. Unvollständig. Total unvollständig. Wie ein Satz, der nicht beendet war, aber trotzdem einen Punkt am Ende hatte.
»Ich bereue nicht, was wir getan haben. Ich bereue, dass ich eingeschlafen bin. Aber wenn du es bereust, bereue ich es auch. Sollte ich wahrscheinlich auch, weil es dumm war und … gedankenlos … aber ich will es nicht bereuen.«
Ich ließ meine Haare los und rieb die eiskalten Hände aneinan-

der. Ich musste wirklich aus dem nassen Shirt raus. Aber nicht vor Cal. Außerdem musste ich aufhören zu reden. Aber jedes Mal, wenn ein Gedanke kam, sprach ich ihn laut aus und übertönte dabei das Prasseln des Regens auf dem Zeltdach.

»Ich möchte nicht nur ein Mädchen von vielen sein. Ich *kann* nicht nur ein Mädchen von vielen sein.«

Mein Blick traf seinen. Ich zitterte leicht. Shit, das war doch überhaupt nicht die Frage. Es ging nur um letzte Nacht. Hatte ich die Frage überhaupt beantwortet, oder hatte ich es geschafft, nur sinnloses Geplapper von mir zu geben?

Für einige Sekunden starrte Cal mich einfach nur an. Ich konnte ihm förmlich ansehen, dass er sich Mühe gab, aus meinen wirren Gedanken schlau zu werden. Warum konnte ich mich nicht einfacher ausdrücken? War es so schwer, in Worte zu fassen, dass ich jede Sekunde der vergangenen Nacht genossen hatte? Dass ich mir wünschte, er würde mir wieder das Gefühl geben, alles für ihn zu sein?

»Dieser Abend, an dem Darren in die Spüle gekotzt hat …«, fing er unvermittelt an. »Erinnerst du dich daran?«

Ich nickte, und er fuhr fort.

»Du warst unglaublich sauer, weil wir auf Tonys Party gegangen sind, ohne dich mitzunehmen. Darren fand, du seist noch zu jung für Sex, Drugs and Rock'n'Roll, wie er es nannte, aber ich hatte den ganzen Abend nur an dich gedacht. An das dunkelgrüne Oberteil, das eine Schulter frei gelassen hat. An die enge, hellblaue Jeans. An die süße Kette mit dem vierblättrigen Kleeblatt, die du immer trägst.« Er zog angespannt die Unterlippe zwischen die Zähne und schluckte. Ich neigte mich ihm unmerklich entgegen, beschwor ihn, endlich weiterzusprechen. Für einige Sekunden war nur das Prasseln des Regens auf dem Zeltdach zu hören.

»An diesem Abend wurde mir klar, dass du für mich schon

lange nicht mehr die kleine Ersatzschwester warst.« Seine Stimme klang belegt, und ich spürte, wie mein Herz einen nervösen Hüpfer machte. »Als wir irgendwann weit nach Mitternacht heimkamen, warst du noch immer wach. Du hast zwar erzählt, dass du dir nur etwas zu trinken holen wolltest, aber ich habe gesehen, dass du schwindelst. Du hast auf uns gewartet. Wir standen uns in der Küche gegenüber, und du hast mich auf diese besondere Weise angesehen – zumindest habe ich mir das eingebildet.« Er blinzelte, dann schaute er mich wieder an. Seine sonst so hellen Augen wirkten im Dämmerlicht des Zelts schiefergrau. Ein dunkles Anthrazit. »Ich hätte dich geküsst, wenn nicht mein dämlicher bester Freund sich genau diesen Moment ausgesucht hätte, um den Alkohol wieder loszuwerden.«

Die Erinnerung wirbelte die Schmetterlinge in meinem Bauch hoch, Schmetterlinge, die bei seinen Worten in alle Richtungen stoben. In jener Nacht hatte ich tatsächlich geschwindelt. Stundenlang hatte ich mit dem Skizzenblock und einem Bleistift am Fensterbrett gesessen und darauf gewartet, dass die beiden zurückkamen. Und als dann irgendwann, viel später als erwartet, das Gartentor geöffnet wurde, hatte ich meine Zeichnung weggelegt – eine von Rosen umrankte Les Paul – und war langsam nach unten gegangen, um mir etwas zu trinken zu holen – was tatsächlich nur ein Vorwand dafür gewesen war, Cal zu sehen. Es war nur eine der vielen Ausreden, die ich in den letzten Jahren benutzt hatte, um Zeit mit ihm zu verbringen, aber mir war bis heute nicht bewusst gewesen, dass er mich durchschaut hatte.

Genauso wenig, wie mir bewusst gewesen war, dass er mich in dieser Nacht fast geküsst hätte.

»Du, Rena, wirst niemals eine von vielen für mich sein. Und ich glaube dir nicht, dass du das letzte Nacht nicht bemerkt hast.«

Der Wind peitschte den Hagel an die Zeltwand. Gut möglich, dass um uns herum gerade die Welt unterging. Es interessierte mich kein bisschen.
Ich rutschte dichter an Cal heran, öffnete die Lippen, um etwas zu sagen, aber bevor ich ein einziges Wort herausbrachte, drang Darrens Stimme wieder durch den Hagelregen.
»Sag mal, kannst du nicht später an dem Songtext arbeiten? Komm wieder zurück in unser Zelt. Ich schulde dir noch Details von letzter Nacht, und keine Angst, es sind definitiv Details, die du hören willst! Du weißt, was ich meine. Sollte ich aber besser nicht über den halben Campingplatz schreien! Kelly ist der Wahnsinn!«
»Er will deine ekligen Details nicht hören!« Ich setzte mich auf die Knie und kam Cal noch näher.
»Sei still, Rena!«, brüllte Darren.
Und ich war still. Ich war still, überbrückte die letzten Zentimeter zwischen Cal und mir und strich sanft, fast probeweise, mit den Lippen gegen seine. Als würden wir uns wieder zum ersten Mal küssen. Eine zarte Annäherung. Ich schloss die Augen. Ein warmer, heller Goldton, das war die Farbe, die ich sah, wenn ich ihn küsste. Letzte Nacht und auch heute.
»Cal?«, ertönte die gelangweilte Stimme meines Bruders erneut. Allerdings konnte dieser nicht antworten, nicht, solange mein Mund auf seinem lag – und ich wollte mich nicht schon wieder lösen. Um nichts in der Welt wollte ich seine Lippen freigeben, aber nach einigen viel zu kurzen Sekunden tat ich es dennoch, damit er antworten konnte, bevor Darren misstrauisch wurde.
»Sorry, Darren!«, brüllte er durch den prasselnden Regen zurück, der noch immer kein Stück nachgelassen hatte. »Wenn einen die Muse küsst, muss man sich ihr ergeben.«
Dabei schenkte er mir ein verschmitztes Lächeln und strich mir eine Haarsträhne aus der Stirn.

»Du bist echt eine Spaßbremse!«, ertönte kurz darauf die Antwort. »Aber gut. Sobald der Regen nachlässt, komme ich rüber.«

Cal verdrehte die Augen und seufzte. »Ganz toll«, murmelte er. »Auch noch Zeitdruck, obwohl das alles sowieso schon so verwirrend ist.«

»Das weißt du doch gar nicht. Vielleicht regnet es den ganzen Tag.« Ich stellte mir vor, wie es weiter und weiter regnete und hagelte, wie Darren für immer in seinem Zelt blieb und die Klappe hielt, wie Mom und Dad sich alle Zeit der Welt für ein paar kurze Einkäufe nahmen, wie unser Zelt sich in eine uneinnehmbare Festung verwandelte, wie ich den restlichen Tag damit verbrachte, abwechselnd mit Cal zu kuscheln und mit ihm rumzumachen. Noch nie hatte ich mir so sehr einen verregneten Campingtag gewünscht wie jetzt. Mir war klar, dass die Wettervorhersage nicht auf meiner Seite war, aber ich strich trotzdem kurz mit den Fingern über das vierblättrige Kleeblatt an meiner Kette.

»Erinnerst du dich an den Songtext, der dir irgendwann – ich habe nach wie vor keine Ahnung, wie – in die Finger geraten ist?«, fragte Cal. »*Without you I'm lost in this world, without you there is nowhere to go. I've found my heart's desire. I have come to rest in you.* Der war für dich. Ebenso wie unzählige andere Songs. Du spukst schon seit einer Ewigkeit durch meine Gedanken, Rena, aber ich dachte … ich war sicher, dass das Interesse nur einseitig ist. Gestern Abend, vergangene Nacht und auch jetzt … Scheiße, Rena. Spiel nicht mit mir, okay? Ich meine es ernst. Ich möchte mit dir zusammen sein. Keine anderen Frauen mehr, um eine Leere zu verschleiern, die nur durch dich zu füllen ist. Wenn das für dich also nur ein großer Spaß oder ein harmloses Ausprobieren ist, dann sag es mir. Sag es mir jetzt.«

Der Songtext. Wie hätte ich ihn je vergessen können? Er hatte etwas in mir berührt, das noch nie jemand sonst berührt hatte, obwohl es nur Worte auf Papier waren.

»Ich habe mir vorgestellt, dass er für mich ist«, gab ich mit heißen Wangen zu, »aber ich war mir auch sicher, dass das nur eine Träumerei war. Dass du mich nur als kleine Schwester siehst.«

Und dann hörte ich für einen Augenblick auf zu atmen.

Ich möchte mit dir zusammen sein.

Das hatte ich mir nicht eingebildet. Das hatte er wirklich gesagt.

Ich möchte mit dir zusammen sein.

Sechs Worte, die durch meinen Kopf tanzten und meine Gedanken lahmlegten.

Ich möchte mit dir zusammen sein.

Das Kribbeln in meinem Unterleib verschlang mich, und ich hörte auf zu existieren. Vor meinem inneren Auge entstand die Zeichnung eines Mädchens, das zu Hunderten von Schmetterlingen wurde, die langsam davonflatterten.

»Cal, für dich würde ich unter einer Leiter durchgehen, einen Regenschirm im Haus öffnen und eine ganze Packung Salz verschütten – alles an einem Tag. Also vergiss den Gedanken, dass das nur ein Spaß ist.« Ich hatte wieder gesagt, was mir in den Sinn kam – ohne nachzudenken. Nachdem ich mich immer darum bemüht hatte, meinen Aberglauben so gut es ging für mich zu behalten oder als Scherz abzutun, gab ich nun so eine Aussage von mir. Cal wusste nicht einmal, was mir das bedeutete. Oder vielleicht wusste er es doch, weil er so aufmerksam war und weil er wirklich hinsah – aber davon konnte ich nicht ausgehen. Es war viel wahrscheinlicher, dass ich mich im Moment wie ein Mädchen anhörte, das entweder Witze machte oder nicht mehr alle Latten am Zaun hatte. Und ich konnte nicht sagen, was schlimmer war.

Er musterte mich stumm. Mein Herz klopfte lauter als ein Haufen Trommeln und sprang hoch in meinen Hals. Cal fand die Worte so leicht. Alles, was er sagte, hätte er mühelos in Songtexte umwandeln können. Und ich redete von Leitern und Regenschirmen und Salz. Ich hatte keine Ahnung, wie man einem Jungen klarmachte, dass er einem wichtig war.

»Ich möchte deine Freundin sein.«

Zu meiner Erleichterung lächelte er, griff nach meiner Hand und verschränkte unsere Finger miteinander.

Die kleine Sonne in meiner Brust strahlte hell, als ich wirklich, wirklich begriff, was das bedeutete. Ich war seine feste Freundin. Ich würde mit ihm ins Kino gehen, Hand in Hand mit ihm durch die Schule laufen und all die Dinge tun, die Pärchen so taten. Ich würde ihn küssen und mein erstes Mal mit ihm haben.

»Rena«, begann er dann zögerlich, und sein Ton riss mich ein wenig unsanft aus meinen Träumereien. »Darren … und deine Eltern …« Er seufzte, und ich verstand, worauf er hinauswollte. Die Dinge waren komplizierter, als sie es sein sollten. Vor den Augen meiner Eltern waren wir das perfekte Geschwisterpaar, und Darren würde einen Anfall bekommen, wenn er herausfand, dass zwischen seinem besten Freund und seiner kleinen Schwester etwas lief.

»Deine Familie ist wundervoll, und ich weiß, dass sie mich mögen«, sprach Cal nach kurzem Zögern weiter. »Aber ich mache mir Sorgen. Darren wird ausflippen, und auch Thomas' und Stellas Reaktion kann ich nicht abschätzen. Euer Haus war immer wie ein zweites Zuhause für mich. Das zu verlieren wäre schlimm, selbst wenn ich dich dafür gewinne.«

»Ich weiß.« Ich schluckte hart.

Er hob die freie Hand und berührte vorsichtig das Kleeblatt, das um meinen Hals hing.

»Ich schätze, dafür können wir alles verfügbare Glück brauchen«, sagte er, und ich nickte. Er hatte recht, wir konnten wirklich alles verfügbare Glück gebrauchen.

9 | CALLAN | Stalken und stalken lassen

Anscheinend hatten mein Salzwurf und das Berühren von Renas Kette doch nur bedingt etwas genutzt, denn wir fanden den kompletten Tag über keine Gelegenheit mehr, alleine zu sein. Noch bevor wir einen Schlachtplan schmieden konnten, kehrten die Godwins von ihrem kurzen Einkaufstrip zurück, um sich besorgt zu vergewissern, dass wir das Unwetter gut überstanden hatten. Vermutlich wäre es besser gewesen, sofort mit der Wahrheit herauszurücken, aber das taten wir nicht. Weder als wir dabei halfen, die Einkäufe ins Zelt zu bringen, noch als wir unter der schnell aufgehängten Plane zusammensaßen und eine weitere Tasse Kaffee zusammen tranken.

Irgendwann ließ der Regen nach, und wir verhielten uns weiterhin so, als hätte sich zwischen uns nichts geändert. Zeitweise hatte ich sogar Angst, die Gespräche – und was sonst im Zelt gelaufen war – nur geträumt zu haben, denn Rena benahm sich mir gegenüber wie immer. Lediglich das kleine, verstohlene Lächeln, das um ihre Mundwinkel zuckte, wenn sie mich ansah, überzeugte mich davon, dass es wirklich geschehen war.

Während sich der Tag langsam und doch unaufhaltsam dem Ende zuneigte, wuchs meine Sehnsucht nach ihren Lippen.

Meine Sehnsucht nach ihr. Ich fieberte dem Abend entgegen, musste mich immer wieder zusammenreißen, um Rena nicht liebevoll über den Arm zu streichen oder sie auf andere Art zu berühren. Alleine der Gedanke an die Enttäuschung in den Augen der anderen Godwins hielt mich davon ab. Vermutlich hatte ich mich noch nie in einem größeren Gewissenskonflikt befunden als diesem. Ich konnte Lügen nicht leiden, tat es nur in Notfällen. Sogar bei meinen Frauengeschichten achtete ich immer darauf, vorher zu klären, dass ich an einer Beziehung nicht interessiert war, dass ich nur *das Eine* wollte. Außer von Rena. Von Rena wollte ich alles.

Leider wurde meine Geduld auf eine harte Probe gestellt. Selbst nachdem sich Stella und Thomas zum Schlafen in ihr Zelt zurückgezogen hatten, machte Darren keine Anstalten zu verschwinden. Warum auch? Normalerweise klebten wir förmlich aneinander, und ich konnte ihn schlecht bitten, seiner Schwester und mir ein wenig Freiraum zu gönnen.

Er saß bester Laune zwischen uns, redete abwechselnd über Erfolgserlebnisse beim Fischen und Kellys Vorzüge, während er immer wieder auf seinem Handy herumtippte und es schließlich mit einem verstohlenen Grinsen wegsteckte.

»Denkt ihr auch, was ich denke?«, fragte er unvermittelt.

Rena und ich tauschten einen unauffälligen Blick über das kleiner werdende Feuer. Ich bezweifelte, dass meine Gedanken denen Darrens auch nur im Entferntesten ähnelten, denn ich dachte an all die Dinge, die ich gerne mit seiner Schwester anstellen würde, und nur ein Bruchteil davon war jugendfrei.

Darren zog den Autoschlüssel des Kombis aus der Hosentasche und ließ ihn um seinen Zeigefinger kreisen, als hätte er ihn soeben bei einer Verlosung gewonnen.

»*Cold Stone*?«, schlug er vor, obwohl seine Frage weniger wie eine Frage und vielmehr wie eine Aufforderung klang. Oder wie

eine geniale Idee, auf die er unglaublich stolz war. »Das beste Eis in Pennsylvania. Komm, ich lade dich sogar ein, als Wiedergutmachung für die Sache mit der Gigbag. Außerdem habe ich eine ganz spezielle Überraschung für dich«, fügte er hinzu, wobei er vielsagend die Augenbrauen hochzog.
»Mich kannst du als Wiedergutmachung für die Sache mit dem Tattoo einladen«, warf Rena ein. Sicher dachte sie auch an ihr versautes Shirt, und ich war dankbar, dass sie es nicht zur Sprache brachte. Die *ganz spezielle Überraschung* beunruhigte mich schon genug.
»Von mir aus«, brummte Darren und verdrehte die Augen. »Also?«, fragte er dann erwartungsvoll in meine Richtung, stand auf und kickte einen Zweig ins Feuer. »Erzähl mir nicht, du bist von den paar Dosenbohnen schon so voll, dass da kein Platz mehr für *Cold Stone* ist. Wir müssen es nutzen, dass die bis Mitternacht offen haben. Und die Überraschung ist *wirklich* gut.«
»Eis geht immer«, erwiderte ich mit einem Grinsen, während ich vor meinem inneren Auge mich selbst über Rena knien und Eis auf ihren Brüsten verteilen sah, das ich im Anschluss von ihr herunterleckte. In meiner Fantasie gefangen, entging mir, dass Darren erneut das Wort an mich gerichtet hatte.
»Cal?« Er wedelte mit beiden Händen vor meinem Gesicht herum. »Erde an Cal? Wo bist du mit deinen Gedanken? Ich hatte gefragt, ob du fahren willst.«
»Lass mal«, winkte ich ab. »Es reicht schon, dass wir das Auto entern. Wenn wir im Graben landen, will ich daran nicht auch noch schuld sein.«
In Kürze würde ich wohl sowieso zum Geächteten Nummer eins werden, und ich hatte nicht vor, das zu beschleunigen.
Darren schnaubte, und kurz darauf befanden wir uns auf dem Weg zur Eisdiele. Da die Godwins mittlerweile schliefen, ver-

staute ich die Gitarre im Kofferraum – sie unbeaufsichtigt im Zelt zurückzulassen kam nicht infrage –, dann lieferten sich Rena und ich wie immer eine Schlacht, wer vorne sitzen durfte. Dieses Mal nahm ich meine Niederlage bei *Schere, Stein, Papier* nur allzu gerne in Kauf.

Die Fahrt zur Eisdiele genoss ich in vollen Zügen, denn ich nahm hinten Platz und nutzte Darrens Abgelenktheit, um mich etwas nach vorne zu lehnen und den rechten Arm zwischen Tür und Beifahrersitz durchzustrecken, sodass ich mit den Fingerspitzen über Renas Oberschenkel streichen konnte. Sie reagierte fast unmittelbar auf die Berührung, fuhr zart über meinen Handrücken und versetzte damit mein Inneres in heilloses Chaos.

Viel zu schnell kamen wir an, stiegen aus und setzten uns an einen der Tische. Erst als jeder von uns einen riesigen Eisbecher mit Waffeln vor sich stehen hatte, wurde mir richtig bewusst, dass alles war wie immer – und dass sich alles geändert hatte. Wie immer machte es Spaß mit den beiden, und doch fühlte es sich heute komplett anders an. Keine Ahnung, ob Darren wirklich nichts merkte, aber zumindest für mich wirkte es, als wären wir das erste Mal in dieser Konstellation unterwegs. Nicht mehr ich mit meinem besten Freund und dessen kleiner Schwester, sondern ich mit meiner festen Freundin und deren Bruder. Wir waren Darren und Cal und Rena, aber irgendwie waren wir das auch nicht mehr. Unter dem Tisch, da, wo niemand es sehen konnte, waren wir nur Cal und Rena. Die Spitzen unserer Chucks stießen aneinander, nie zufällig, genauso wenig, wie es Zufall gewesen war, dass ich im Auto über ihre Jeans gestreichelt hatte. Es waren harmlose, kleine Berührungen, die wir heimlich austauschten, während Darren seinen Löffel erst in Renas und dann in mein Eis steckte, um unsere Sorten zu probieren, aber es war alles, was wir zu diesem Zeitpunkt hatten. Es war so viel besser als nichts und mehr, als ich jemals zu träumen gewagt hatte.

»Ich habe noch mal nachgedacht«, begann Darren unvermittelt, während er mit dem vorderen Teil des Eislöffels ein Muster in seine Eiskugel kratzte. »Über deine Orgasmus-Frage von gestern, Cal.«

Bei seinen Worten fürchtete ich kurzzeitig, mir würde das Eis in der Kehle stecken bleiben, so eng fühlte sie sich plötzlich an. Orgasmus. Gestern. Oh Gott.

Ich tauschte einen kurzen Blick mit Rena, die abrupt aufgehört hatte, die Spitze ihres Chucks gegen meinen zu stoßen.

»Ich glaube, kein Mensch der Welt würde für den Rest seines Lebens auf Orgasmen verzichten. Das ist vollkommen irre.« Darren grinste schief, und ich atmete erleichtert aus. Es war vollkommen idiotisch zu denken, er hätte etwas mitbekommen und bis jetzt nichts gesagt. Das passte nicht zu ihm. Trotzdem wurde ich diese unterschwellige Beklommenheit nicht los. Früher oder später würden wir es ihm sagen müssen, und ich war mir leider ziemlich sicher, dass er nicht gut darauf reagieren würde.

Wenn ich ihm wenigstens schon damals gestanden hätte, dass ich mich für Rena interessierte, dann würde es ihn nun nicht so überraschend treffen. Ich hatte geschwiegen. Einerseits, weil ich sicher gewesen war, dass sie mich ohnehin nie in Erwägung ziehen würde, andererseits aus Angst. Die Godwins waren das einzige Stück heile Welt, das ich kannte, die einzige Familie, die ich hatte.

»Aber was mich brennend interessiert …«, fuhr Darren fort und machte eine kurze Pause, in der er sich einen Löffel Eiscreme in den Mund schob. »An welche Situationen hast du gedacht, und wie bist du überhaupt darauf gekommen? Hattest du etwa schon mal einen … unüblichen Orgasmus?«

Irgendwie gelang es mir, lässig mit den Schultern zu zucken. Eine nicht unbeachtliche Leistung, denn meine Gedanken wanderten sofort wieder zur letzten Nacht. Dass Rena mich neugierig musterte und sich fast zeitgleich auf völlig unschuldige Art einen Rest Vanilleeis von den Lippen leckte, half nur bedingt. Immerhin konnte ich mir sicher sein, dass sie wirklich nichts mitbekommen hatte.

»Keine Ahnung. Wie kommst du auf stalkende Clowns? Hast du da auch Erfahrungen?« Mittlerweile bereute ich es, die Orgasmus-Frage überhaupt gestellt zu haben. Gestern Nachmittag am See war noch alles anders gewesen. Aber jetzt ... jetzt waren Gespräche dieser Art zwischen uns ungewohnt heikel.

»Du hast die Frage übrigens selbst noch nicht beantwortet«, schob ich hinterher in der Hoffnung, die Unterhaltung auf etwas weniger gefährliches Terrain zu lenken. »Wie ist es bei dir? Stalken oder stalken lassen? Wie verbringst du die nächsten Jahre?«

Darren schwieg für einige Zeit, und als er weitersprach, klang seine Stimme deutlich leiser als zuvor. »Ich habe keine Ahnung.« Er rührte mit nachdenklicher Miene in seinem Eisbecher herum, Vanille und Sauerkirsch vermischten sich zu pastelligen Schlieren.

»Für dich war immer klar, dass du Musik machen wirst. Das hast du dir in den Kopf gesetzt, seit wir uns im letzten Kindergartenjahr um die Plastikgitarre geprügelt haben, und seitdem ziehst du es durch. Kelly wird nach ihrem Praktikum Modedesign studieren.« Er wandte sich in Renas Richtung, die von Darrens abruptem Stimmungswandel ebenso überfordert wirkte wie ich. »Und sogar meine kleine Schwester, die noch zwei Jahre bis zu ihrem Abschluss hat, weiß schon, dass sie an eine Kunsthochschule gehen will. Nur ich ... ich trete auf der Stelle und habe keinen Plan.« Er zuckte mit den Schultern. »Vielleicht

werde ich wirklich Clown-Stalker«, fügte er mit einem halbherzigen Lächeln hinzu.
Ich steckte den Löffel in meinen Eisbecher, dann legte ich Darren eine Hand auf den Unterarm. »Wir haben noch Zeit, bis wir mit der Schule fertig sind«, sagte ich, während ich seinen Blick suchte. »Und es ist auch nicht schlimm, wenn du dich bis dahin nicht entschieden hast. Du hast Zeit genug, um herauszufinden, was du willst.«
»Und wir helfen dir dabei«, bekräftigte Rena und schenkte ihrem Bruder ein aufmunterndes Lächeln, das er nach kurzem Zögern erwiderte. Ich drückte kurz Darrens Arm, dann zog ich die Hand zurück und widmete mich wieder meinem Eis. Würde es auch noch so sein, wenn Darren wusste, was zwischen uns lief, oder würden wir diese Leichtigkeit verlieren?
»Danke, Leute«, murmelte er gerührt und starrte so konzentriert in seinen Becher, als würde er damit rechnen, dort eine Antwort zu finden.
»Im Notfall könntest du einen Pancake-to-go-Laden eröffnen«, schlug Rena vor, woraufhin ich belustigt schnaubte. »Deine Pancakes sind unschlagbar. Da macht dir niemand etwas vor.«
»Klar, dass du auf diese Idee kommst, du Fresssack«, ging Darren dankbar auf die Stichelei ein. »Du willst nur bis an dein Lebensende mit meinen legendären Pandarrens versorgt werden.«
»Fresssack? Wer ist denn schuld daran, dass Mom ihre Lieblingskekse immer versteckt? Ich bestimmt nicht.« Rena verdrehte die Augen. »Außerdem ist *Pandarrens* einfach nur lächerlich. Wenn du die verkaufen willst, brauchst du einen Namen, der nicht nach fetten Pandabären klingt.«
Mit halbem Ohr lauschte ich der Diskussion der Geschwister, die sich jetzt um mehr oder minder gelungene Wortspiele drehte. Währenddessen machten sich meine Gedanken mal

wieder selbstständig, und ich zerbrach mir den Kopf darüber, wie wir Darren am besten von uns erzählen sollten.

Ein schmerzhafter Stoß riss mich aus meinen Grübeleien. Offensichtlich hatte irgendein Mädchen die Eisdiele betreten, das nach der Auffassung meines besten Freundes einen zweiten Blick wert war.

Klar, dass ich nichts bemerkt hatte, schließlich hatte ich nur Augen für Rena und war zusätzlich damit beschäftigt, genau das nicht zu offensichtlich zu zeigen.

Ich hob den Blick, und im selben Moment, in dem ein halb gequietschtes »Cal!« die Eisdiele durchdrang, wurde mir klar, was Darrens *ganz spezielle Überraschung* war.

Lauren.

10 | RENA | Zitronengelbe Chucks

Ich warf einen Blick über die Schulter, noch bevor sich Cal Richtung Tür drehte, und kalte Beklommenheit stieg in mir auf. Kälter noch als das Eis.

Nein. Nicht die Schmatzkuh. Nicht ausgerechnet jetzt. Dieses Wochenende gehörte mir, und Cal gehörte auch mir. Cal ganz besonders.

»Ich dachte mir, dass du auch ein wenig Entspannung nötig hast«, sagte Darren mit einem so selbstzufriedenen Grinsen, dass ich ihm am liebsten seinen Eisbecher ins Gesicht gedrückt hätte. Stattdessen setzte ich ein falsches Lächeln auf und zwang mich dazu, einen weiteren Löffel Eis zu essen.

»Lauren.«

Wie schaffte es Cal, so erfreut zu klingen? Verdammt, war er sogar erfreut? Ich warf ihm einen heimlichen Blick zu, konnte an seiner Miene aber nichts ablesen.

Langsam zog ich die Füße zurück und beendete damit den heimlichen Kontakt unserer Schuhspitzen. Lauren trug Wildleder-Stiefeletten mit Absatz. Vielleicht mochte er beige Stiefeletten doch lieber als zitronengelbe Chucks? Sollte er doch gegen sie treten, wenn er unbedingt wollte.

Sie durchquerte die Eisdiele, während sie ihn anvisierte wie ein Raubtier seine Beute. An unserem Tisch angekommen, umschlang sie Cal von hinten mit den Armen, wobei sie ihm etwas ins Ohr flüsterte.

»Die Frauen sind total verrückt nach ihm«, sagte Darren anerkennend, während die beiden mit ihrer Begrüßung beschäftigt waren. In seiner Stimme lag nichts Bösartiges, aber ich wusste, dass er zumindest einen Funken Neid empfand. Und ich wusste noch etwas: dass die kalte Eifersucht, die wie eine Rakete in mir hochgeschossen war, sich jetzt in jedem Winkel meines Körpers festsetzte.

»Ja. Wenn es darum geht, Mädchen um den Finger zu wickeln, ist er ein Naturtalent«, murmelte ich, doch Darren hatte sich schon wieder den beiden zugewandt.

»Sie kann sogar über Nacht bleiben!«, verkündete er und drehte damit das Messer, das er mir mit dieser Aktion ins Herz gerammt hatte. »Ich schlafe bei Rena.«

»Tust du nicht«, erwiderte ich sofort. »Von mir aus erfrier draußen am Feuer.«

Mein Bruder zuckte mit den Schultern und wandte sich wieder seinem Eis zu. »Sei nicht so kaltherzig, Rena. Du wirst doch deinem Bruder nicht Asyl verweigern, nur weil er sich um den Seelenfrieden seines besten Freundes kümmert?«

»… und damit den Seelenfrieden seiner Schwester gefährdet?«, ergänzte ich spitz, während Lauren einen Kuss auf Cals Wange schmatzte und sich dann auf den Weg zur Theke machte.

»Na?«, fragte Darren, sobald sie außer Hörweite war, und sah Cal erwartungsvoll an. »Tolle Überraschung? Du musst doch total auf dem Trockenen sitzen, so oft, wie du sie in den letzten Wochen ge–« Sein Blick fiel auf mich, und er räusperte sich. »Du bist schließlich der Casanova von uns beiden«, schob er

mit einem verschwörerischen Grinsen hinterher und leckte Eis von seinem Plastiklöffel.
»Wirklich eine coole Idee«, stimmte Cal zu, und ich fixierte die dunklen Sprenkel auf der Tischplatte, damit er nicht merkte, wie sehr mich seine Zustimmung traf.
Viel zu früh war Lauren zurück und setzte sich auf den leeren Platz neben Cal. »Ich habe dich vermisst«, schnurrte sie, während sie ihre Hand besitzergreifend auf seine legte.
Cal schenkte ihr ein schiefes Lächeln. »Welche Sorten hast du?«, erkundigte er sich interessiert.
»Schokolade«, entgegnete sie, woraufhin er mit einem Schwung ihren Eisbecher zu sich zog.
»Tausch zum Probieren?«
Während Lauren kicherte, sah ich Cal an, sah mir an, wie er seinen Löffel in ihr Eis steckte, als würde ihn Laurens Anwesenheit überglücklich machen. Wie sie ihn daraufhin anlächelte, als wäre er süßer als jeder verdammte Eisbecher.
Ich zwang mich, ruhig zu bleiben. Ich redete mir ein, dass es nichts zu bedeuten hatte. Überhaupt nichts. Er konnte nicht anders, immerhin saß Darren direkt neben uns. Aber ich scheiterte. Ich wollte, dass Cal seinen blöden Löffel nur in mein Eis steckte. Außerdem hasste er ihre Sorte, das wusste ich genau.
Während die beiden miteinander scherzten und lachten, kämpfte ich mit meinem Eisrest und ließ den kleinen Plastiklöffel schließlich in den leeren Becher fallen. Eine Geste, die nach Niederlage aussah. Vielleicht etwas zu sehr, denn im nächsten Moment stieß Darren mich von der Seite an.
»Komm. Ich hole mir noch ein Eis. Und du hilfst mir dabei, auszusuchen, was drauf soll.«
»Karamellsoße«, gab ich wenig enthusiastisch von mir, ohne dabei aufzusehen. Es war mir egal, womit er seinen zweiten Eisbecher – wie konnte jemand so viel Eis essen? – garnierte. Ich

wusste, dass er das nur tat, um Cal und Lauren einen Moment alleine zu geben, und ich hatte keine Lust darauf, bei dieser Sache mitzuspielen.

»Dunkelrot«, raunte er mir zu, sodass nur ich es hören konnte.

Dunkelrot. Ich ächzte innerlich, als ich mich erhob. Dunkelrot, unser bescheuerter Code aus Kindheitstagen für *Die Sache ist verdammt wichtig*.

»Wir sind in einer Eisdiele, und Cal lässt mal wieder seinen Charme spielen«, sagte ich, als wir uns außer Hörweite der beiden befanden. »Ich verstehe nicht, was an dieser Situation dunkelrot sein soll. Außerdem ist das Codewort mittlerweile total lächerlich.«

Darren starrte die verschiedenen Eissorten so lange durch das Glas der Theke an, dass ich anfing, mich zu fragen, ob er mich ignorierte.

»Soll ich das Rote-Bohnen-Eis probieren?«, fragte er schließlich und klang dabei unglaublich abgelenkt.

»Willst du wirklich über Eissorten reden?« Mein Glück schien sich endgültig aufgelöst zu haben. Anstatt mit Cal alleine zu sein, stand ich nun mit meinem Bruder vor der Theke, und Cal saß mit einem anderen Mädchen in einiger Entfernung am Tisch. Irgendetwas war ziemlich schiefgelaufen.

»Du hast ihn vorhin so seltsam angesehen«, sagte Darren unvermittelt.

Ich verschluckte mich unmerklich an der Luft. »Wen? Cal?«

»Ja.«

»Wie habe ich ihn denn deiner Meinung nach angesehen?« Shit, shit, shit.

Er fuhr sich über den Nacken. »Weiß ich doch auch nicht genau. Irgendwie … anders.«

»Anders?«

»Ja, anders. Als wärst du …«

»Ich mache mir Sorgen um ihn«, platzte ich heraus, weil es das Einzige war, was mir in dieser Situation einfiel.
»Wieso machst du dir Sorgen?« Darren vergaß beinahe, dass er an der Reihe war zu bestellen.
»Weil … das ist echt kein guter Ort, um das zu besprechen.« Hinter uns stand eine Mutter mit ihren zwei Kindern, die unaufhörlich »Eis! Eis! Eis!« riefen und dabei fröhlich um uns herumsprangen.
Darren nahm den Eisbecher mit dem fragwürdigen Rote-Bohnen-Eis und der Schokoladensoße entgegen. Dann sah er an mir vorbei zum Tisch, an dem sein bester Freund sich angeregt mit Lauren unterhielt, deren Hand erneut auf seinem Arm lag.
»Rena, wieso zum Teufel machst du dir Sorgen um Cal?«
Die Stimmung schwankte, kippte, entglitt mir. Darren sah noch ernster aus als in dem Moment, in dem er *Dunkelrot* gesagt hatte. Er hielt mich leicht, aber doch bestimmt am Arm fest, als ich zurück zum Tisch gehen wollte. Dunkelrot verwandelte sich in fast Schwarz.
»Die absurden Verletzungen …«, murmelte ich nur, kaum hörbar, aber Darren verstand mich dennoch. Er ließ mich los, warf mir einen Blick zu, den ich überhaupt nicht einordnen konnte, und machte sich auf den Weg zurück zum Tisch. Meine Schritte fühlten sich schwer an, als ich ihm folgte. Die Leichtigkeit, die beim Betreten der Eisdiele auf uns gelegen hatte, war verschwunden.

11 | CALLAN | Eine ehrliche Antwort

Für einige Sekunden blickte ich Rena irritiert hinterher. Das konnte doch nicht ihr Ernst sein? Ließ sie mich jetzt echt hier mit Lauren sitzen, nur um dem Fresssack bei seiner erneuten Eisauswahl zur Seite zu stehen? Oder war es ihr egal, dass ich …

Nein. Diese Zweifel waren kompletter Blödsinn. Was letzte Nacht und heute Morgen zwischen uns war … das war echt. Ich kannte Rena schon seit einer Ewigkeit. Ich merkte es, wenn sie log; zumindest hoffte ich das.

Für dich würde ich unter einer Leiter durchgehen, einen Regenschirm im Haus öffnen und eine ganze Packung Salz verschütten – alles an einem Tag.

Das war so typisch Rena und so unverstellt, dass es die Wahrheit gewesen sein –

»Cal?«

Shit. Lauren musterte mich irritiert, während ich von der Horde Schmetterlinge abgelenkt war, die meinen Magen im Sturm erobert hatten, nur weil ich kurzzeitig über meine Freundin nachgedacht hatte. Über meine Freundin, verdammt! Ich war so glücklich und gleichzeitig so unglaublich deprimiert. In

diesem Moment war ich kurz davor, aufzuspringen, sie an mich zu ziehen und sie zu küssen.
Rena natürlich. Nicht Lauren.
Lauren, die mich nach wie vor ansah und offensichtlich auf eine Antwort wartete.
»Sorry«, sagte ich vage. »Ich war in Gedanken. Habe heute Nacht schlecht geschlafen …«
»Wie wär's, wenn ich dich im Auto ein wenig verwöhne?«, unterbrach mich Lauren und leckte sich über die Unterlippe. »Ich will nicht bis zum Zeltplatz warten.«
Prompt verschluckte ich mich an meinem letzten Löffel Zitroneneis und erging mich in einem Hustenanfall, woraufhin mir Lauren hilflos auf den Rücken klopfte.
»Klingt nicht schlecht«, brachte ich hervor, nachdem ich dem Erstickungstod noch mal von der Schippe gesprungen war.
»Du musst dich ja erbärmlich gelangweilt haben in den letzten beiden Tagen«, sagte sie mit einem Blick auf Rena und Darren, die noch immer an der Theke standen und die Köpfe zusammensteckten. »Warum haben dich die Godwins mitgenommen? Hat dich Darren angefleht, damit er nicht alleine den Babysitter für seine kleine Schwester spielen muss?«
»Ich bin freiwillig mitgekommen«, erwiderte ich mit einem Hauch von Ärger. »Ich habe mich sogar darüber gefreut. Rena ist toll, und sie braucht ganz sicher keinen Babysitter.«
»Toll?«, wiederholte Lauren spöttisch und zog die Augenbrauen hoch, verstummte aber, weil die Geschwister in diesem Moment wieder an den Tisch traten.
Ein Blick auf die beiden genügte, um zu wissen, dass irgendetwas vorgefallen war. Beunruhigt versuchte ich, aus ihren Mienen schlau zu werden. Hatte ihm Rena die Sache mit uns gebeichtet? Nein. Dann wäre er gerade dabei, mich zu erwürgen

oder mir zumindest eine reinzuhauen. Darrens Gesicht wirkte eher … besorgt?
»Leute?«, fragte ich skeptisch. »Was ist los?«
»Ich warte im Auto auf dich«, warf Lauren von der Seite ein, stand auf und beugte sich vor, bis sie fast mein Ohr berührte. »Komm schnell nach, ja? Du wirst es nicht bereuen.«
»Klar«, antwortete ich, woraufhin sie mir einen Kuss auf die Wange drückte. Wenn sie wüsste, was der Inhalt des in Kürze folgenden Gesprächs sein würde, wäre sie weniger enthusiastisch, da war ich mir ziemlich sicher.
»Ich freue mich schon«, hauchte sie mir zu, dann verschwand sie nach draußen.
Rena ließ sich wieder auf ihren Platz sinken, und ihre Miene wirkte wie eingefroren. Ich sah zu Darren, der ebenso ernst aussah wie seine Schwester. Das Schweigen dauerte an, und ich versuchte weiterhin verzweifelt zu ergründen, was vorgefallen war.
»Cal«, sagte Darren plötzlich und klang dabei so entschlossen, dass ich fast zusammenzuckte. Die folgende Stille schien sich ewig hinzuziehen.
»Okay, hör zu, Mann. Wir sind seit unserer Kindheit befreundet. Wir sind Brüder. Zumindest sehe ich dich als Bruder. Scheiße, wir hatten nie Geheimnisse voreinander, richtig? Wir erzählen uns alles. Jeden Mist.«
Darrens Einleitung machte mich vollkommen fertig, und es kostete mich einige Überwindung, mit meinem üblichen neutralen Gesichtsausdruck am Tisch sitzen zu bleiben und nicht zu Rena zu blicken, um herauszufinden, worüber sie gerade gesprochen hatten. War das nun der Moment, in dem er mir die Freundschaft kündigte, weil ich seine Schwester mehr mochte, als ich sollte?
»Wir wissen beide, dass Rena nicht alle Tassen im Schrank hat,

aber wenn sie sagt, dass sie sich Sorgen um dich macht, dann kann ich das nicht einfach ignorieren«, ersetzte er meinen beunruhigenden Verdacht durch einen fast noch schlimmeren. »Also – ich will jetzt eine ehrliche Antwort von dir: Ist die Sache mit der Kommode wirklich so passiert, oder stimmt bei dir zu Hause etwas nicht?«
Mein Herz schien einen Schlag zu überspringen. Keine Ahnung, ob er das alte Ritual, das wir bereits in der Grundschule entwickelt hatten, absichtlich nutzte. Natürlich schwindelten wir ab und zu und machten auch voreinander nicht halt – außer, wenn der andere Ehrlichkeit forderte und das konkret formulierte. Das hatte Darren getan.
Ich will jetzt eine ehrliche Antwort von dir.
Die konnte ich ihm nicht geben, aber eine Lüge kam ebenso wenig infrage. Ganz abgesehen davon verstand ich nicht, weshalb mich Rena dermaßen ans Messer geliefert hatte, ausgerechnet jetzt, da wir eigentlich ganz andere Probleme hatten. Es mochte ja sein, dass ihr der Bluterguss aufgefallen war, aber dann Darren auf mich anzusetzen, war einfach das Letzte.
»Bei mir zu Hause ist alles wie immer«, erwiderte ich, ohne direkt zu lügen. »Die Praxis meines Dads läuft super, und meine Mom unterstützt ihn nach Kräften. Weshalb sollte sich das geändert haben?«
Ich hielt inne, musterte Darren für einige Sekunden und runzelte dann die Stirn; das perfekte Mienenspiel, um eine Mischung aus Ärger und Irritation darzustellen.
»Willst du mir unterstellen, dass mich meine Eltern verprügeln, oder was? Du schleppst mich ständig mit ins Fitnessstudio. Denkst du nicht, ich könnte mich wehren? Gott, Darren. Wie bescheuert.«
Während meiner Antwort war mein bester Freund sichtbar in sich zusammengesackt.

»Ich will gar nichts unterstellen«, sagte er kleinlaut und hob besänftigend die Hände. »Du musst zugeben, dass du häufig blaue Flecken, Schrammen oder Blutergüsse hast. Und nachdem Rena das thematisiert hat …«

Ich drehte den Kopf und maß Rena mit einem kühlen Blick.

»Vielleicht sollte sich deine kleine Schwester um ihren eigenen Kram kümmern und mich nicht so häufig anstarren«, erwiderte ich ätzend. »Dann kämt ihr nicht auf solchen Blödsinn.«

Ich stand auf und schob meinen Stuhl zurück. Natürlich war mir klar, was für ein Arschloch ich war, aber gerade war der Drang, meine Abwehr oben zu halten, übermächtig und überlagerte alles andere. Auch das schlechte Gewissen, das bei Renas Anblick in mir hochzusteigen drohte. Genau wie ihr Bruder war sie in sich zusammengesunken und blieb ungewöhnlich still. Sonst hatte sie immer etwas zu sagen, aber jetzt musterte sie mich nur betroffen.

»Lauren wartet draußen auf mich«, rief ich ihnen ins Gedächtnis, um sämtliche Einwände im Keim zu ersticken. Gerade war Flucht die einzige Option, die mir blieb. »Vielleicht übernachten wir in ihrem Auto. Gute Nacht.«

Ohne ihnen die Gelegenheit zu einer Erwiderung zu geben, verließ ich die Eisdiele. Kurz spielte ich mit dem Gedanken, in eine Seitenstraße abzubiegen, um mich dem folgenden Gespräch zu entziehen, das nur wenig unangenehmer sein würde als das vorangegangene, doch in diesem Moment ertönte eine Hupe.

»Cal«, rief Lauren durch das offene Autofenster, »hier!«

Ich ging zu dem wartenden Wagen, öffnete die Beifahrertür und ließ mich auf den Sitz fallen.

»Wir suchen uns ein ungestörtes Plätzchen«, verkündete Lauren und fuhr los, noch bevor ich mich angeschnallt hatte. Widerstrebend griff ich nach dem Gurt und ließ ihn einklicken, während sie bereits den Blinker setzte und an der nächsten Kreuzung abbog. Dann verlangsamte sie die Geschwindigkeit und sah sich immer wieder suchend um, bevor sie ein weiteres Mal den Blinker betätigte.

»Lauren …«, begann ich, weil spätestens jetzt der Zeitpunkt für klare Worte gekommen war. »Ich weiß es zu schätzen, dass du extra hergekommen bist, um mich zu sehen. Aber das mit uns … ich will das nicht mehr.«

Für einige Sekunden herrschte Stille … die Stille vor dem Sturm, wie ich befürchtete. Und ganz ehrlich? Egal, was Lauren mir gleich an den Kopf werfen würde; sie hatte recht damit. Es war einfach unfassbar mieses Timing.

»Was?«, zischte sie schließlich. Ein kurzer Seitenblick zeigte, dass sie die Lippen zusammengepresst und die Hände ums Steuer gekrampft hatte. »Du lässt mich kilometerweit durch die Nacht kurven, nur um mir mitzuteilen, dass du mich nicht mehr willst? Ist das dein Ernst?«

Ich verzichtete darauf, zu erwähnen, dass ich bis vor Kurzem nichts von ihrem Erscheinen gewusst und es mir mit Sicherheit nicht gewünscht hatte. Die Situation war für sie ebenso beschissen wie für mich.

»Es tut mir leid«, sagte ich, und das entsprach absolut der Wahrheit. Niemand hatte es verdient, als Spielzeug benutzt zu werden. Lauren hatte zwar immer wieder betont, wie unverbindlich und entspannt alles zwischen uns sei, aber insgeheim hatte sie sich mehr erhofft. Mir war das klar gewesen, aber ich hatte es ignoriert. Verdammt, es war höchste Zeit, dass ich endlich einen Schlussstrich zog.

»Das ist lächerlich.« Sie stieß die Luft durch die Nase aus. »Das ist so lächerlich, Callan. Sind auf dem Zeltausflug deine Gehirnzellen verrottet? Letzte Woche war noch alles okay!«

»Ich bin verliebt«, formulierte ich, und obwohl die Situation denkbar ungünstig war, stob der Schwarm Schmetterlinge in meinem Magen erneut empor. »Schon seit einer Ewigkeit. Aber jetzt habe ich endlich den Mut gefunden, dazu zu stehen.«

Ich hielt inne, als hätte mich der eben benannte Mut wieder verlassen. Es war ein heftiges Risiko, ihr das anzuvertrauen. Sie war wütend und verletzt. Gut möglich, dass sie sofort nach ihrem Handy greifen würde, um Darren eine Nachricht zu schreiben. Im schlimmsten Fall würde sich mein bester Freund für das von ihm veranlasste Treffen in der Eisdiele rechtfertigen müssen, obwohl er selbst aus allen Wolken fiel.

Während ich mit mir rang, herrschte unangenehmes Schweigen im Auto. Lauren starrte geradeaus in die Nacht, die Hände immer noch so fest am Lenkrad, als wollte sie es erwürgen.

»In wen?«, fragte sie dann.

Es war an der Zeit, endlich die Wahrheit zu sagen, verdammt noch mal. Irgendwann musste ich damit anfangen.

»Ich habe mich in Rena verliebt.« Meine Stimme klang erstaunlich fest, und, Gott, es tat gut, das auszusprechen.

»In Rena? Seit wann stehst du auf kleine Mädchen?« Sie lachte bitter auf. »Aber gut. Wie du meinst. Du bist ein Arschloch, Callan Reed, und ich werde dich sicher nicht anbetteln, diese Entscheidung zu überdenken.«

Unvermittelt bremste sie so hart ab, dass der Motor mit einem erstickten Röcheln erstarb.

»Und jetzt verschwinde.«

Ich widersprach nicht. Ebenso wenig bat ich darum, mich nicht mitten im Nirgendwo aus dem Auto zu werfen. Stattdessen stieg ich aus, schloss die Tür, und nur wenige Sekunden später war Lauren mit quietschenden Reifen in der Nacht verschwunden.

Ich war allein. Allein und verdammt erleichtert, dass ich zumindest dieses Gespräch hinter mir hatte.

Nachdem ich mehrfach tief durchgeatmet hatte, holte ich mein

Handy hervor, um meine Position zu prüfen. Shit. Bis zum Campingplatz waren es gut und gerne zwanzig Kilometer. Ich würde die halbe Nacht unterwegs sein. Kurz zog ich in Erwägung, ein Uber zu rufen, entschied mich aber dagegen. Der Fußmarsch würde mir guttun und meine kreisenden Gedanken beruhigen. Zu allem Übel hatte auch noch Darren in der Zwischenzeit eine kurze Entschuldigungsnachricht geschrieben, die mir anklagend entgegenleuchtete.
Vermutlich sollte ich ihn anrufen, doch ich fühlte mich nicht in der Lage für ein weiteres Verhör; außerdem konnte ich nichts gegen das Gefühl des Verrats tun, das Renas Äußerung in mir geweckt hatte. Ich wollte die beiden nicht in meinen persönlichen Albtraum hineinziehen, wollte ihr Leben nicht unnötig kompliziert machen.
Tief in meine Überlegungen versunken machte ich mich auf den Rückweg. Obwohl ich ein ordentliches Tempo vorlegte, erreichte ich erst weit nach Mitternacht die Lichtung, auf der unsere Zelte standen. Mein Schlafsack lag neben der Feuerstelle, ein mehr als deutliches Statement, für das ich vollstes Verständnis hatte. Trotzdem tat die Zurückweisung weh. Rena war schnell dabei, das Schlimmste von mir anzunehmen – wobei ich nichts dafür getan hatte, sie vom Gegenteil zu überzeugen.
Nach einem kurzen Zwischenstopp bei den Sanitäranlagen rollte ich mich in meinem Schlafsack in der Nähe der schwelenden Glut zusammen. Wenn ich Glück hatte, würde sie mir ein wenig Wärme spenden. Ich hatte schon an schlimmeren Orten geschlafen, wenn es nötig gewesen war, vor meinem Vater in Deckung zu gehen.
Bereits nach wenigen Minuten wurde mir klar, dass es unter freiem Himmel deutlich kälter war als erwartet, und ich verkroch mich tief in meinem Schlafsack, um möglichst viel Wärme zu speichern. Leider hatte ich kein Modell, das auf geringe

Temperaturen ausgelegt war, und bisher hatte ich immer den Luxus einer Isomatte genossen.

Zu allem Übel hörte ich irgendwann, wie der Reißverschluss von Renas Zelt geöffnet wurde. Ich erstarrte zur Bewegungslosigkeit, während mich heillose Überforderung erfüllte. Einerseits wollte ich ihr gestehen, dass ich lediglich vor dem Gespräch geflüchtet war, andererseits hatte ich Angst vor den Fragen, die das nach sich ziehen würde. Zuerst wollte sie über mich steigen, dann hielt sie mitten in der Bewegung inne und stolperte einige unkontrollierte Schritte zurück.

»Shit«, murmelte sie, und dann etwas lauter: »Du bist wieder da.«

Ihr Blick glitt von mir zu Darrens Zelt – der Reißverschluss war zu –, und dann wieder zurück zu mir.

»Wieso schläfst du hier draußen und nicht bei Darren?«, fragte sie nach einem Augenblick der Stille, in dem ich versuchte, meinen rasenden Puls zu beruhigen. Es klappte nicht. Ich hatte panische Angst vor den Fragen, die sie stellen könnte, doch ich fürchtete mich noch mehr vor den Antworten.

Sie holte tief Luft, und ich wappnete mich für den unweigerlich folgenden Wutanfall. Ich hatte ihr genug Gründe gegeben.

Als sie dann sprach, klang ihre Stimme jedoch erstaunlich sanft. »Bist du wirklich sauer auf ihn, weil er sich Sorgen um dich gemacht hat?«, fragte sie, während sie mich aus ihren dunklen Augen musterte. »Du weißt, dass er dich damit nicht angreifen wollte. Geh und weck ihn. Rede mit ihm, er ist dein bester Freund.«

Verflucht, es fühlte sich an, als könnte sie direkt in mich hineinsehen. Als wüsste sie, dass ich gelogen hatte. Ich wollte das nicht hören. Ich wollte nicht hören, wie sie Wahrheiten aussprach, für die ich nicht bereit war.

»Dich interessiert, weshalb ich sauer auf ihn bin?«, fragte ich, um ein wenig Zeit zu gewinnen. Ich stützte mich auf dem Ellbogen ab, erwiderte ihren Blick und gab mir größte Mühe, das Chaos in meinem Inneren verborgen zu halten. »Du solltest dir eher Gedanken darüber machen, dass ich sauer auf *dich* bin, Rena. Woher kommen diese Mutmaßungen? Warum besprichst du einen solchen Verdacht nicht mit mir statt mit deinem Bruder? Und worüber soll ich mit ihm reden? Über die neusten Hirngespinste der Godwin-Geschwister? Oder soll ich ihm meine letzten drei Stunden beschreiben?«

Wie ich geplagt von Schuldgefühlen durch die Nacht gestolpert war? Garantiert nicht.

»Es reicht schon, wenn du ihm erklärst, warum du so heftig reagiert hast«, antwortete sie. »Du hast nicht einmal seine Nachricht beantwortet.« Obwohl in ihren Worten kein Vorwurf mitschwang, trieben sie mich weiter in die Enge. Meine Fassade geriet gefährlich ins Wanken.

»Ich glaube nicht, dass er das hören will«, würgte ich sie ab. »Wie wäre es, wenn du mich jetzt in Frieden lassen und in dein Zelt verschwinden würdest? Ich habe keine Lust auf Diskussionen. Eure Unterstellungen nerven. Außerdem bin ich müde. Gute Nacht, Rena.«

Ich legte mich wieder hin und drehte mich in die andere Richtung. Deutlicher konnte ich es wohl nicht mehr machen, dass das Gespräch für mich beendet war. Gleichzeitig ignorierte ich den kalten Kloß in meinem Magen, weil sich Rena so mühelos in die Irre führen ließ. Sie hatte nicht einmal nachgefragt, was mit Lauren gelaufen war, und das verletzte mich mehr als alles andere.

Entgegen meinen Erwartungen machte sie jedoch keine Anstalten, meiner Aufforderung nachzukommen.

»Wirklich, Cal? Du willst dich wie ein egoistisches Arschloch benehmen?« Ihre Stimme zitterte, als müsse sie sich zusammenreißen, mich nicht anzuschreien. Ich konnte sie verstehen. Ich konnte sie so gut verstehen, denn das, was ich hier abzog, war wirklich unter aller Sau. Ich benahm mich tatsächlich wie ein egoistisches Arschloch, aber nicht aus den Gründen, die sie mir unterstellte. Ich wollte mich selbst schützen, auf jeden Fall, aber ich wollte auch die schützen, die mir wichtig waren. Sie selbst und Darren. Ich wollte nicht, dass sie zwischen die Fronten gerieten, und ebenso wenig wollte ich, dass sie sich Sorgen um mich machten. Ich kam zurecht, so war es immer gewesen. Ich würde meinen Abschluss machen, an der Hochschule angenommen werden und dann endlich meinen Eltern, allen voran meinem Dad, den Rücken kehren. Ich würde mir nicht mehr täglich anhören müssen, was für ein Versager und Schwächling ich war. Ich würde keine blauen Flecken und Blutergüsse mehr kaschieren müssen. Und vor allem musste ich die, die ich liebte, nicht mehr anlügen. Ich musste nur durchhalten.

Obwohl ich Rena anhörte, wie verletzt sie war, schwieg ich; zu sehr damit beschäftigt, nicht loszuheulen. Ihr offensichtlicher Schmerz tat weh und ihr fehlendes Vertrauen ebenfalls. Ich war ein Idiot, dass ich angenommen hatte, mit ihr zusammen sein zu können. Es war besser, als ich meine Gefühle verborgen hatte. Jetzt war es nicht mehr rückgängig zu machen.

Rena legte eine Hand auf meine Schulter und drückte leicht zu. »Du bist vor meinen Augen mit einem anderen Mädchen verschwunden.«

Ich wandte mich zu ihr um und hob träge eine Braue. Ihre Augen glänzten feucht. Shit.

»Frau«, korrigierte ich trotzdem und hasste mich gleichzeitig dafür, dass ich ihr absichtlich wehtat. Mein Verteidigungsmechanismus, mein Wille, sie auf Abstand zu halten, war zu groß. »Ich bin mit einer *Frau* verschwunden.«

»Ich weiß nicht, was das heute Morgen war. Wahrscheinlich der größte Müll, den du jemals erzählt hast. Ich wünschte, du hättest dir das gespart.« Sie schüttelte den Kopf und schnaubte abfällig. »Du bist nicht bereit für eine Beziehung. Du kannst dich nicht an ein einziges Mädchen binden – du willst einfach nur deinen verdammten Spaß. Und ich war so blöd und dachte wirklich …«

Was?

Was dachte sie wirklich?

Dass sie etwas Besonderes war? Dass sie anders war als all die Mädchen, die ich bisher gehabt hatte? Dass ich ernsthaftes Interesse an ihr hatte? Dass ich sie wollte? Nur sie und keine sonst?

Das traf zu. Alles davon traf zu.

»Gute Nacht.«

Rena verschwand im exakt richtigen Augenblick in ihrem Zelt. Noch ein Moment länger, und meine Mauern wären eingestürzt.

12 | RENA | Süßer als pastellrosa Zuckerwatte

Der Rest des Wochenendes war furchtbar. Callan und ich sprachen nur das Nötigste, und auch die Stimmung zwischen ihm und meinem Bruder war so angespannt, dass Mom und Dad ihnen mehrfach besorgte Blicke zuwarfen. Ich hatte keine Ahnung, warum sich Cal plötzlich so bescheuert aufgeführt hatte, und ich wartete vergeblich auf eine sinnvolle Erklärung. Leider änderte sich das auch in den kommenden Tagen nicht. Im Gegenteil, dank des Hausarrests saß ich nachmittags und abends in meinem Zimmer, statt mit Tiana jedes von Cals Worten zu analysieren. Obwohl eigentlich alles war wie zuvor, konnte ich das Gefühl nicht abschütteln, etwas Wertvolles verloren zu haben.

Am Samstagabend, eine knappe Woche nach dem Campingausflug und wenige Stunden, nachdem unsere Eltern zu Tante Virginia und Onkel Bruce gefahren waren, befanden sich bereits an die dreißig Leute in unserem Haus. Mein Bruder ließ keine Gelegenheit aus, eine Party zu schmeißen, nicht einmal, wenn die Stimmung zwischen Cal und ihm so angeknackst war wie im Moment … oder wenn seine kleine Schwester eigentlich noch Hausarrest hatte. Lucas und Kevin schleppten literweise hochprozentiges Zeug an, trugen einige Flaschen davon in den kühlen Keller und lieferten andere in der Küche ab, wo Tia übereifrig ihr Talent als Barkeeperin unter Beweis stellte. Genug Alkohol für ihre Experimente hatte sie auf jeden Fall. Unser Haus konnte heute Abend einem Spirituosenladen ernst zu nehmende Konkurrenz machen.

Unsere Eltern würden zwar über Nacht wegbleiben, aber bis morgen Mittag mussten jegliche Spuren der Party beseitigt sein, denn wie jedes Mal, wenn sie wegfuhren, hatten sie uns das Versprechen abgenommen, keine Party oder Ähnliches zu veranstalten.

»Sieh dir das mal an!«, rief Tiana und übertönte dabei Darrens fragwürdige Musik, die durch das gesamte Haus dröhnte. In der Hand hielt sie eine Flasche Kahlúa, die sie lachend in meine Richtung schwenkte. »Die haben einen ganzen Supermarkt ausgeräumt. Ich bin im Barkeeper-Paradies.«

Ein Barkeeper-Paradies, das schnell zur Barkeeper-Hölle werden konnte, wenn Mom und Dad Wind davon bekamen, wie viel Alkohol Darren bei einigen seiner älteren Freunde organisiert hatte. Ein Blick in den Kofferraum seines alten Audis – sein ganzer Stolz – hatte genügt, um zu wissen, dass das Aufräumen am nächsten Tag eine Herausforderung werden würde.

»Und wie läuft die Tia-Bar?« Ich lehnte mich an die Kücheninsel, die sie zu ihrem Arbeitsbereich ernannt hatte. Überall standen angebrochene Flaschen und Gläser, es roch nach Wodka und Limetten. Tia zeigte auf eine Reihe von fertigen Drinks, die alle unterschiedliche Farben hatten. Tomatenrot, Mandarinenorange, Apfelgrün, Eisblau.

»Bloody Mary, Swimming Pool, Piña Colada«, fing sie ihre Aufzählung stolz an, nur um dann mit einem genervten Seufzen abzubrechen, als sie die Typen bemerkte, die sich lieber am Tequila aus der Flasche bedienten. »Und diese Idioten wissen meine Cocktails nicht zu schätzen. Männer sind Neandertaler,

Rena. Ich dekoriere hier voller Liebe mit Limettenscheiben, und denen geht's nur darum, so schnell wie möglich so betrunken wie möglich zu werden.«

»Ich brauche was Starkes«, unterbrach ich ihren Männer-und-Neandertaler-Vergleich, wobei ich meinen Blick über die Gläser schweifen ließ, in denen die Eiswürfel langsam vor sich hin schmolzen.

Was ich wirklich brauchte, war eine verdammte Festungsmauer um mich herum für den Moment, in dem Cal hier eintreffen würde – falls er überhaupt vorhatte, zu kommen. Die Tatsache, dass ich es nicht wusste, machte mich zappelig. Immer wieder warf ich unruhige Blicke über die Schulter, erwartete, ihn in der Menschenmenge zu sehen, seinen intensiven Blick und das lange, widerspenstige Haar.

»Hat er sich immer noch nicht gemeldet?«, fragte Tia mit einem Hauch Besorgnis in der Stimme.

»Nein. Komplette Funkstille.«

Seit dem Campingtrip hatte ich nichts von ihm gehört. Keine SMS, kein *Hallo* auf dem Schulflur zwischen Unterrichtsstunden, kein Besuch bei meinem Bruder. Cal ging uns aus dem Weg, das war offensichtlich. Unsere heimliche Beziehung hatte gerade einmal einen Tag gehalten, einen hässlichen, verregneten Nachmittag auf dem Zeltplatz. Einen Tag, der sich nach allem angefühlt hatte und doch nichts war.

»Ich hatte mir das anders vorgestellt«, sagte ich seufzend und griff nach dem tomatenroten Cocktail. Ich berührte ihn gerade mal mit den Fingerspitzen, als Tia auch schon meine Hand wegschubste und streng den Kopf schüttelte.

»Wenn du aus Liebeskummer anfängst zu trinken, wirst du in Kürze in jeden Winkel eures Hauses kotzen und dich morgen noch mieser fühlen. Als deine beste Freundin kann ich das nicht zulassen.«

Langsam zog ich meine Hand zurück, aber die Bloody Mary und die anderen Cocktails lockten mich weiterhin – obwohl es nicht einmal um den Geschmack ging. Ich hätte auch Wodka pur getrunken wie die Typen, die einfach nur betrunken sein wollten. Wie eine Neandertalerin. Keine dekorative Limettenscheibe nötig.

»Es hat sich so richtig angefühlt. Ganz anders als mit Aiden damals.« Ich verstummte, weil irgendein Mädchen, das ich nicht kannte, auf uns zukam und kritisch die Drinks beäugte.

»Kann ich mir einen nehmen?«, wollte sie wissen, woraufhin Tia strahlend nickte.

»Nur zu, bedien dich. Du hast freie Wahl. Ich bin froh, dass du nicht zu den Neandertalern gehörst.«

»Okay, ähm … danke, schätze ich.« Sie griff nach der Bloody Mary, trank einen großen Schluck und nickte zufrieden. »Hey, die ist wirklich gut.«

»Freut mich. Erzähl deinen Freundinnen von der Tia-Bar.«

Nachdem das Mädchen wieder aus der Küche verschwunden war, griff Tia nach einem ungeöffneten Glas Cocktailkirschen.

»Rena-Bär«, fing sie an, und verzog kurz darauf das Gesicht, weil sie den Deckel nicht abbekam. »Verflixtes Scheißding.« Sie atmete tief durch. »Du warst nie in Aiden verliebt. Klar, er war der nette Junge von nebenan, den du schon lange kennst und mit dem du dich immer gut verstanden hast – aber ganz ehrlich, er war nie mehr als das. Das kannst du nicht vergleichen.«

»Und trotzdem habe ich es mit ihm irgendwie länger geschafft als mit Cal«, unterbrach ich sie frustriert und vergrub das Gesicht in den Händen. »Ist das nicht umso schlimmer? Welche Beziehung dauert denn nur einen Tag lang?«

»Eine, die man nach dem ersten Streit sofort aufgibt.« Es überraschte mich, dass sie mich trotz meines Murmelns und der lauten Musik verstanden hatte. »Zugegeben, ich kenne Callan nicht gut, aber er ist doch bisher nicht wirklich der Beziehungstyp gewesen, oder? Denkst du wirklich, dass er dir so leichtfertig sagt, dass er mit dir zusammen sein will?«

Nein. Nichts von all den Dingen, die er im Zelt unter dem prasselnden Regen gesagt hatte, hatte sich leichtfertig angefühlt, ganz im Gegenteil. Aber ich hatte Angst. Er war mit Lauren weggegangen und hatte sich seit unserem nächtlichen Streit nicht gemeldet. Wenn das kein Zeichen war, dass die Sache für ihn …

Tianas überraschter Schrei riss mich aus meinen Gedanken. Das Glas mit den Cocktailkirschen hatte endlich klein beigegeben, und Cocktailkirschwasser spritzte quer über die Arbeitsfläche und auf ihr Shirt.

»Shit! War ja klar, dass ich mich früher oder später einsaue. Und das, obwohl ich nüchtern bin.« Sie griff nach einem Taschentuch und rieb damit energisch über ihr feuchtes Shirt. Gott. Bizarrerweise musste ich an das Shirt beim Camping denken. Zumindest den Teil des Ausflugs hätte ich gerne für immer vergessen.

»Willst du eins von meinen Shirts haben?« Ich stand auf, um nach oben in mein Zimmer zu gehen, aber Tiana schüttelte den Kopf.

»Lass nur. Ich weiß ja, wo dein Schrank ist. Geh lieber Callan suchen.«

»Fraglich, ob er überhaupt hier ist«, murmelte ich ausweichend und tauchte die Finger ins Cocktailkirschenglas, bis ich eine zu fassen bekam, die ich mir in den Mund steckte.

»Geh ihn suchen. Schreib ihm. Oder sag deinem Bruder, dass er bessere Musik auflegen soll. Solange du vom Alkohol wegbleibst, ist mir alles recht.« Sie warf mir einen scharfen Blick zu, bevor sie in Richtung Flur verschwand.

Ich wandte mich ebenfalls ab und steuerte die Kellertreppe an.

Dort unten waren dank Lucas und Kevin genug harte Spirituosen, an denen ich mich heimlich bedienen konnte. Außerdem war ein stiller Rückzugsort nett. So konnte ich in Ruhe darüber nachdenken, ob ich Cal anschreiben sollte, und Tia würde mich nicht so schnell finden, falls ich doch nicht ganz nüchtern bleiben würde.

»Serena Godwin.«

Mist. Kurz vor der Treppe hielt ich inne und drehte mich steif um. Es gab nur einen Kerl, der meinen Namen so aussprach, als wäre er süßer als pastellrosa Zuckerwatte – und der es dabei trotz allem schaffte, anzüglich zu klingen.

»Cross Cooper«, gab ich unbeeindruckt zurück und fand mich im nächsten Moment mit dem Rücken an der Wand wieder, weil er einige überschwängliche Schritte auf mich zu machte und ich instinktiv zurückwich. Dabei stieß ich mit dem Knöchel an den hässlichen Schirmständer, den Mom auf einem Flohmarkt ersteigert hatte – aber immerhin war ich einer Umarmung ausgewichen. Cross war groß, der Größte unseres Jahrgangs, und er stand vor mir wie ein Turm. Ein Turm, der einen Tupperwarebehälter bei sich trug.

»Man sagt, du bist auf der Suche nach ganz besonderen Brownies.« Er zwinkerte mir zu und stützte sich mit der freien Hand lässig an der Wand neben meinem Kopf ab.

»Sagt man das?«

Er deutete auf die Tupperbox. »Die habe ich selbst gebacken. Wird bestimmt ein geiler Trip, wenn wir die gemeinsam essen, was meinst du?«

Ganz toll. Cross Cooper wollte mir mein erstes High verschaffen, während ich ihm nicht einmal so nah sein wollte, dass ich seinen Atem auf meinem Gesicht spüren und die Farbe der Sprenkel in seinen Augen erkennen konnte. Aber da er kaum Abstand zwischen uns ließ, konnte ich das plötzlich. Senfgelb.

Die Sprenkel in seinen braunen Augen waren senfgelb. Eine schöne Farbe, wenn sie sich nicht ausgerechnet in seinen Augen befunden hätte. Die Wand hinter mir blieb starr, weder gab sie nach noch verschlang sie mich, egal, wie sehr ich mich mit dem Rücken dagegenpresste.

»Keine Angst, S«, fuhr er fort, »ich pass auf dich auf, wenn du einen Horrortrip haben solltest. Du kannst entspannt zugreifen.«

»Vielleicht später, Cross …«

Ich legte die Hände auf seine Brust, um ihn wegzuschieben, und da entdeckte ich ihn. Cal. Er stand wie versteinert im Flur, und wie befürchtet war sein verdammter Anblick genug, um mein Inneres augenblicklich in Aufruhr zu versetzen.

»Lass uns doch jetzt ein paar essen. Dann können wir die Party deines Bruders so richtig genießen.« Cross' Worte verpufften, kaum dass er sie ausgesprochen hatte. Ich hörte ihm gar nicht mehr richtig zu. Cals Blick traf meinen. Mein Mund fühlte sich trocken an, und ich versuchte, Cross wegzuschieben, der sich allerdings keinen Zentimeter bewegte. Cal war der Erste, der den stummen Blickkontakt abbrach. Ich blinzelte beunruhigt und schaute wieder hoch zu Cross.

»Ich will deine Brownies jetzt nicht. Ich habe dich kein einziges Mal darum gebeten, mir welche mitzubringen.«

Aus dem Augenwinkel konnte ich sehen, wie Callan sich in Bewegung setzte und auf uns zukam. Wortlos schubste er den Turm, der mich überragte, mit einem Schulterstoß zur Seite und positionierte sich vor mir, wobei er sogar noch weniger Abstand hielt als Cross. Bevor ich etwas Vernünftiges über die Lippen bringen konnte, legte er seine Hand neben mein Gesicht und nagelte mich mit seinem Körper an der Wand fest. Dann senkte er den Kopf und küsste mich.

Die Wand war nicht mehr starr, sie wölbte sich gegen meinen Rücken und presste mich förmlich gegen ihn.

Gott. Was fiel ihm ein, mich einfach so zu küssen, als wäre nichts gewesen?
Obwohl mir die Luft wegblieb, kam es mir vor, als könnte ich zum ersten Mal seit dem Wochenende am Campingplatz wieder atmen. Ich stieß mich von der Wand ab, drückte mein gesamtes Körpergewicht gegen ihn und küsste ihn zurück. Stürmisch. Unbändig. Wütend und verliebt. Dabei krallte ich die Finger so fest in sein Shirt, dass es mich nicht gewundert hätte, wenn der Stoff gerissen wäre. Noch nie hatte ich einen Jungen mit so vielen gemischten Gefühlen geküsst, wie ich Cal jetzt küsste. Ein Kuss wie ein wütender Schrei.
Nein.
Nicht so. Verdammt noch mal nicht so.
Im nächsten Augenblick drückte ich ihn von mir weg, obwohl ich den Kuss gerade eben noch erwidert hatte. Meine Gedanken schwirrten umher wie aufgescheuchte Bienen.
»Was soll das?«, fragte ich leise, während ich ihn weiterhin am Shirt festhielt und nach Luft schnappte. »Wieso musst du so mit mir spielen?«
Bevor er etwas erwidern konnte, räusperte Cross sich von der gegenüberliegenden Wand, laut genug, dass er über die Musik zu hören war. Als würde das etwas in ihm wachrütteln, wich Cal zurück und wischte sich über den Mund.
Irgendetwas platzte wie eine Seifenblase.
Er hatte sich über den Mund gewischt.
Hatte sich den Geschmack meiner Lippen abgewischt.
»Sorry, Kleines«, sagte er locker und wandte sich dann an Cross. »Ich hatte eine Wette verloren, deshalb musste ich meine kleine Ersatzschwester küssen.«
Ich hasste ihn. Ich hasste mich. Und Cross Cooper hasste ich auch, obwohl er nichts dafürkonnte, dass die Dinge zwischen Cal und mir so verdammt kompliziert waren. Gott, ich lernte

einfach nicht dazu. Ein einziger, bescheuerter Kuss von Cal, und ich schaltete meinen Verstand aus.

»Ach so«, sagte Cross erfreut. »Na, wenn das so ist, können wir ja noch mal über unseren Plan mit den Brownies reden, Süße.«

»Brownies?«, wiederholte Cal, bevor ich die Gelegenheit hatte, selbst zu antworten. Seine Stimme nahm einen knurrenden Unterton an. »Hau ab mit deinen verfluchten Brownies. Hier hat keiner Interesse an dem Scheiß.«

Ich stieß mich von der Wand ab. »Hört auf damit. Ich –«

»Ach ja?«, fiel Cross mir ins Wort und funkelte Cal dabei wütend an. »Das sah vorhin aber anders aus. Außerdem ist allgemein bekannt, dass der Weg zu Serena Godwins Herz mit Brownies gepflastert ist. Mit besonderen Brownies.«

Mit einer schnellen Bewegung riss Cal ihm die Tupperbox aus der Hand und ging damit rückwärts zur Treppe.

»Du wirst den Weg ohne die Brownies finden müssen«, erklärte er, und nickte dann mir zu. »Also, *Serena Godwin*, kommst du mit? Ich muss ein paar Takte mit dir reden … über Wetteinsätze und Backwerke.«

»Ich …«

Cross machte einen Schritt auf Cal zu. »Die sind nicht für dich, du verdammter …«

»Hört auf!« Diesmal war meine Stimme laut genug, um die beiden innehalten zu lassen. Vielleicht war es aber auch der plötzliche wütende Unterton, der ihnen in Erinnerung rief, dass sie zu weit gingen. Ich lief auf Cal zu, aber anstatt mit ihm zu verschwinden, nahm ich ihm wortlos die Tupperbox mit den Brownies aus der Hand. Er überließ sie mir ohne Proteste. Dann wandte ich mich an Cross.

»Der Weg zu meinem Herz ist nicht mit Brownies gepflastert«, informierte ich ihn ruhig. »Ganz besonders nicht mit Brownies, die man mir so aufdrängen will, wie du es gerade getan hast.«

Cross verschränkte die Arme vor der Brust und musterte mich mit tief ins Gesicht gezogenen Augenbrauen.

»Ich werde sie probieren, aber nicht mit dir. Es tut mir leid, Cross, aber zwischen uns wird nichts passieren. Weder heute Nacht noch sonst irgendwann. Ich bin nicht interessiert.«

Seine Lippen formten sich zu einer schmalen Linie, und die Art, wie er mich ansah, änderte sich so blitzartig, dass mir klar wurde, worauf er es wirklich abgesehen hatte. Nicht auf mein Herz, sondern bloß auf eine heiße Nacht mit mir.

»Dein Pech, Serena.« Mein Name klang nicht mehr süß wie pastellrosa Zuckerwatte, sondern so bitter und abstoßend wie unreife Grapefruit, und um ehrlich zu sein, war mir das um einiges lieber. Er zuckte mit den Schultern und ließ uns stehen.

»Und du …« Ein Funken Nervosität schoss in mir hoch, als ich mich wieder zu Callan umdrehte, der das Ganze schweigend beobachtet hatte und dessen Miene jetzt noch finsterer war. Mit ihm zu reden war um einiges schwerer, aber es nicht zu tun, kam noch weniger infrage. Ich musste wissen, wo wir standen, denn ich würde keinen einzigen Tag dieser Unsicherheit mehr aushalten.

»Wie kannst du mich wegen einer blöden Wette küssen, nachdem du mir eine Woche lang aus dem Weg gegangen bist?«

»Rena, es gab keine …«, setzte er an, verstummte aber, als ein betrunkener Freund von Darren an uns vorbeitaumelte, laut rülpste und im Keller verschwand.

»Wir sollten wirklich reden.« Ich umklammerte die Tupperbox etwas fester und nickte in Richtung Eingangstür. »Draußen auf der Veranda?«

»Wo du willst.«

Ich zog die Tür auf und fragte mich, ob das seine Art war, mir zu sagen, dass er mir überallhin folgen würde, oder ob es ihm einfach egal war, wo wir endgültig Schluss machten. War es naiv, auf Ersteres zu hoffen?

Wir setzten uns nebeneinander auf die kleine Holzbank, die schon seit Ewigkeiten auf unserer Veranda stand und in die meine Oma an meinem siebten Geburtstag die Zahl Sieben geschnitzt hatte. *Weil es eine Glückszahl ist, Rena.* Mit der Tupperbox auf dem Schoß beugte ich mich ein Stück vor und strich mit den Fingerkuppen über die kleine Einkerbung. Vielleicht gab es gar keinen besseren Ort für ein klärendes Gespräch.

»Was machst du da?«, wollte Cal wissen, dem nie etwas entging. Ich zog die Hand zurück, als hätte er mich bei etwas Merkwürdigem ertappt – und wahrscheinlich hatte er das auch –, schenkte ihm dann aber ein schwaches Lächeln. Er hatte sich noch nie über meinen Aberglauben lustig gemacht, und er würde jetzt nicht damit anfangen.

»Ich habe die Sieben nachgefahren, die Oma mal mit Opas Taschenmesser hier hinterlassen hat.«

»Gut.« Im Schein der kleinen Verandalampe konnte ich sein Lächeln sehen. »Dann kann das hier ja nicht schiefgehen.«

Hieß das, dass er sich auch Sorgen wegen des Gesprächs machte? Dass er sich nicht weiter wie ein Arschloch verhalten und mich nicht wieder so abfällig *Kleines* nennen würde? Nachdenklich strich ich über die Tupperbox, weil ich das Gefühl hatte, meine Finger mit irgendetwas beschäftigen zu müssen. Als ich sie öffnete, stieg mir der Geruch von Schokolade in die Nase.

Fast andächtig nahm ich einen Brownie in die Hand und inspizierte ihn. Man konnte das Gras nicht riechen. Während Callan weiterhin schwieg, brach ich mir ein Stück ab und schob es mir in den Mund. Vielleicht war das ein furchtbar schlechter Zeitpunkt für Grasbrownies, aber es machte mich so verdammt nervös, wie wir schweigend auf der Veranda saßen, dass ich nicht anders konnte. Brownies zu essen war leichter, als einen Anfang zu finden.

Ihm schien es ähnlich zu gehen, denn er lehnte sich zur Seite und griff in die Box, um ebenfalls einen Brownie zu nehmen und zu verspeisen.

Unruhig zog ich die Beine hoch und überkreuzte sie. Wie viele dieser Brownies man wohl als vollkommener Gras-Anfänger essen konnte? Sie waren wirklich lecker, und das, obwohl ich überhaupt keinen großen Appetit hatte.

»Bienchen«, fing Cal dann an, »ich spiele nicht mit dir. Ich könnte gar nicht mit dir spielen. Das am Wochenende …« Er seufzte leise, und ich drehte den Kopf zur Seite, um ihn ansehen zu können. »Es ist nichts passiert zwischen Lauren und mir. Ich war ehrlich zu ihr, habe ihr gesagt, dass ich nur dich will, woraufhin sie mich aus dem Auto geworfen hat. Deshalb war ich so spät.«

Er fuhr sich durch das lange Haar, wie er es so oft tat, wenn er angespannt war, und wie so oft richtete er damit ein halbes Chaos bei seinen zusammengebundenen Strähnen an. Ich liebte diese Art von Chaos.

»Das hast du wirklich gesagt?« Ich steckte mir den letzten Bissen meines Brownies in den Mund und stellte mir vor, wie Cal Lauren erklärte, dass er mich wollte. Es war eine schönere Vorstellung als die, die ich die ganze Woche mit mir herumgeschleppt hatte. Die, in der er sie in ihrem Auto, das irgendwo am Straßenrand in einer verlassenen Gegend parkte, hemmungslos durchgevögelt hatte.

»Ja. Und eine Wette gab es auch nicht«, fuhr er mit ernster Stimme fort und schaute mich dabei eindringlich an. Gott, seine Augen waren so viel schöner als die von Cross Cooper. So viel aufrichtiger. »Du weißt, was du mir bedeutest, und daran hat sich nichts geändert. Die letzte Woche war die Hölle, und als ich dich dann noch mit dem Arschloch Cooper gesehen habe, sind mir die Sicherungen durchgebrannt. Ich entschuldige mich nicht dafür, dass ich dich geküsst habe, nur dafür, dass ich es nicht früher getan habe.«

Ich tippte mit den Fingerspitzen gegen die Tupperbox. Das Problem war, dass fast eine Woche lang Funkstille geherrscht hatte. Warum hatte er mir all das nicht schon am Sonntag gesagt? Oder sogar Samstagnacht, als wir uns so gestritten hatten? Ein leises Seufzen fiel von meinen Lippen. Ich glaubte ihm, was er sagte, aber so richtig verstehen konnte ich es trotzdem nicht. Aus einer Laune heraus zog ich ein Feuerzeug aus meiner Hosentasche und zündete die Kerze auf dem Verandatisch an. Die kleine Flamme war hübsch, wie sie um den Docht herumtanzte. Waren das die Brownies? Ich bildete mir ein, mich schon ein wenig … anders … zu fühlen. Es war schwer zu beschreiben. Vielleicht war es auch nur Einbildung, weil ich eine Wirkung erwartete und nicht genau wusste, wie sie aussehen würde.

»Weshalb hast du ein Feuerzeug dabei? Schon wieder?«, fragte Cal, während er zögerlich nach einem weiteren Brownie griff und langsam abbiss, als würde er dem ungewöhnlichen Beigeschmack nachspüren.

»Zufall.« Keine Ahnung, warum mir ein Feuerzeug ein Gefühl von Sicherheit gab. Es war nicht einmal ein Glückssymbol, und trotzdem fühlte es sich gut an, eines in der Hosentasche zu haben. Eine kleine Flamme, die jederzeit ein wenig Licht und Wärme spendete.

»Du hast gespielt«, sagte ich schließlich nach einer halben Ewigkeit und sah auf meine Chucks hinunter. Sie waren noch zitronengelber als sonst. Richtig, richtig schön zitronengelb. Natürlich hatte ich die Farbe immer gemocht, aber in diesem Moment erschien sie mir fast magisch.

»Komm schon, Cal, dir ist doch klar, wie das ausgesehen hat, als du mit Lauren aus der Eisdiele abgehauen bist. Selbst wenn ich dir glaube, dass zwischen euch nichts passiert ist … sie hat dir regelrecht ins Ohr gestöhnt, bevor ihr gegangen seid.« Ich verzog das Gesicht und wippte ein wenig mit den Füßen, um mich mit den zitronengelben Chucks von Lauren abzulenken, die ich wahrscheinlich nie mögen würde.

»Du bist kein Vollidiot. Du musst doch gewusst haben, wie sehr mich das verletzen würde. Und dann hast du eine ganze Woche lang nichts gesagt? Warum nicht?«

Scheiße. Wenn ich so wichtig war, wie er mir das im Zelt gesagt hatte, wie konnte er mich dann sechs Tage lang in dem Glauben lassen, er hätte mit Lauren geschlafen und ich wäre ihm egal?

»Du hast recht«, erwiderte Cal unvermittelt. »Ich habe das absichtlich so aussehen lassen, um mein Verschwinden irgendwie zu erklären. Die Situation war so heikel – ich wollte nicht, dass Darren merkt, wie nahe wir uns gekommen sind. Lauren hat gelästert, ich habe widersprochen, dann kamt ihr zurück. Wir haben im Auto noch kurz geredet, sie hat mich beschimpft, dann stand ich auf der Straße. Mehr war nicht. Wirklich.«

»Das glaube ich dir«, sagte ich. »Aber das erklärt immer noch nicht, warum du dich danach so arschig benommen hast, anstatt einfach Bescheid zu sagen.« Ich schluckte hart.

Cal griff nach meiner Hand, verschränkte unsere Finger miteinander und strich leicht über meinen Handrücken, woraufhin ich mich ein klein wenig entspannte.

»Ich habe mich verraten gefühlt«, sagte er, und ich konnte sehen, wie schwer ihm das Geständnis fiel. »Dass du gegenüber Darren eine solche Vermutung äußerst, statt sie mit mir zu besprechen. Es ist schon peinlich genug, so ungeschickt zu sein. Diese Unterstellung … das hat mich einfach überfordert. Es ist nicht sonderlich angenehm, zu beteuern, dass man wirklich so tollpatschig ist und dass nichts dahintersteckt.«

Mir fiel auf, wie warm seine Hand war. Genau wie seine Worte.

»Der Abend war echt verkorkst«, sagte ich dann leise. »Darren hat mitbekommen, wie ich dich angesehen habe, und mich deswegen vor der Theke zur Rede gestellt. Ich habe Panik bekommen und das Erste gesagt, was mir in den Sinn gekommen ist.« Mein Bauchgefühl weigerte sich immer noch, ihm die Sache mit der Tollpatschigkeit abzukaufen, doch es war kein guter Zeitpunkt, diesen Gedanken zu äußern. Nicht, wenn wir gerade Brownies mit Gras aßen und es endlich danach aussah, als könnten wir diesen furchtbaren Streit nach einer Woche des Schweigens hinter uns lassen und wieder da ansetzen, wo wir vor der Sache mit der Eisdiele angefangen hatten. Ich hatte Angst davor, ihn wieder wütend zu machen und erneut weggestoßen zu werden, wenn ich die Dinge jetzt hinterfragte.

»Ich bin froh, meine ersten, besonderen Brownies mit dir essen zu können«, wechselte ich also das Thema. Gott, ich war über so vieles froh, was mit ihm zu tun hatte. »Und ich glaube, ein bisschen spüre ich es schon.«

»In den Dingern ist Gras«, murmelte er daraufhin so plötzlich, dass ich ihn irritiert von der Seite ansah. Natürlich war in den Dingern Gras. War ihm das nicht klar gewesen?

»Deshalb sind sie *besonders*«, fuhr er fort, während ich mir ein Kichern nicht verkneifen konnte. »Ich habe gerade zwei Gras-Brownies gegessen. Fuck.« Er fuhr sich durchs Haar und brachte seinen Pferdeschwanz in noch heillosere Unordnung, als er ohnehin schon war. Das war süß. Richtig süß.

»Du hast wirklich nicht gewusst, dass das Gras-Brownies sind?« Mittlerweile musste ich mir auf die Lippe beißen, um ein Lachen zu unterdrücken. »Weißt du, es gibt eine Menge Dinge, die ich gerne zum ersten Mal mit dir tun würde.« Mit glühenden Wangen stellte ich die Tupperbox auf den Verandatisch und drehte mich zu ihm. Die laute Partymusik vom Haus erinnerte mich daran, dass ich mich zurückhalten musste, weil niemand uns sehen durfte, und so hauchte ich nur einen kurzen Kuss auf seinen Hals, obwohl ich ihm am liebsten einen Knutschfleck verpasst hätte, der allen Laurens dieser Welt klarmachte, dass er vergeben war. Wenn das ganze verdammte Haus nicht voller Partygäste und mein Bruder nicht einer von ihnen gewesen wäre, hätte mich nichts aufhalten können. Ich wollte seine Haut riechen. Ich wollte seine Haut schmecken. Ich wollte seine Haut streicheln und darin versinken. Ich wollte all die Dinge tun, die ich im Zelt nicht hatte tun können, weil ich eingeschlafen war.

»Zum Beispiel will ich deine Boxershorts sehen und dir einen blasen.« Obwohl ich kein Kicher-Mädchen war, kicherte ich schon wieder, während ich förmlich neben ihm schwebte. Okay, das waren ohne Zweifel die Brownies. Die Brownies ließen mich schweben und kichern.

»Ich will dich in den Mund nehmen«, wiederholte ich leise, Wort für Wort, ein Geheimnis, das nur für ihn bestimmt war, mit einem breiten Lächeln im Gesicht, brennender Hitze in den Wangen und einem klopfenden Glücksgefühl in der Brust. Ich musste mich an der Bank festhalten, um nicht davonzuschweben.

»Ich will es nachholen. Ich will irgendwo mit dir allein sein, wo wir keine Angst haben müssen, dass gleich jemand kommt und uns sieht«, fuhr ich fort. »Kannst du Darren nicht sagen, dass du … ein wenig Zeit mit Lauren –« Bitteres Wort. Immer noch. »– in seinem Zimmer verbringen willst? Ich wette, er ist sowieso schon zu betrunken, um dir den Wunsch abzuschlagen.« Und zu betrunken, um sich daran zu erinnern, dass sie gar nicht zu den Gästen gehörte. »Er würde nichts mitbekommen.«

Cal sah mir in die Augen. So lange, dass ich dachte, er würde nie wieder reden, aber dann tat er es doch.

»Ich will, dass es mit den Brownies bei dem einzigen ersten Mal bleibt, das wir heute haben, Bienchen. Der Gedanke, mit dir in ein Zimmer zu gehen, ist verdammt verlockend, und das, was du dort mit mir tun willst, noch viel mehr. Aber nicht so. Nicht nach den besonderen Brownies von Cross Fucking Cooper.«

Er schnaubte amüsiert. Offensichtlich spürte er die Wirkung der Brownies auch schon.

»Cross Fucking Cooper«, wiederholte er und begann zu lachen. »Das ist ein super Name! Er sollte ihn sich patentieren lassen.«

»Das sollte er wirklich«, stimmte ich ihm zu, und eine Weile lang bogen wir uns ganz allein wegen eines Namens vor Lachen. Cross Fucking Cooper. Was für eine Legende. Erst als mir die Tränen in die Augen traten und mein Bauch wehtat, wurde ich wieder ein wenig ernster und dachte darüber nach, warum Cal nicht wollte, dass ich ihm einen blies.

Er konnte doch nicht wirklich annehmen, dass er mein High ausnutzen würde, wenn das passierte. Ich wollte das doch tun.

Nach und nach stieg in mir dieselbe Unsicherheit hoch, die bereits am Morgen nach unserer intimen Nacht im Zelt von mir Besitz ergriffen hatte. Als ich unter der Dusche gestanden und mich darüber geärgert hatte, dass ich eingeschlafen war und dass vermutlich alle Mädchen, mit denen er bisher seine Zeit verbracht hatte, um einiges erfahrener waren als ich. Aiden hatte ich damals nie einen geblasen, ich hatte ihn bloß mit der Hand befriedigt. War das der wahre Grund, warum Cal es nicht eilig hatte, mit mir hochzugehen?

Mit einem lauten Geräusch wurde die Haustür aufgerissen. Irgendwie schaffte ich es rechtzeitig, meine Hand aus Cals Hand zu ziehen, wie jemand, der beim Keksestehlen ertappt worden war. Zum Glück beachtete Kevin uns überhaupt nicht. Er torkelte über die Veranda, schwankte wie ein Schiff bei stürmischem Seegang, fiel ins Gras und kotzte dann in die Hortensien.

»Bassisten«, murmelte Cal. »Vertragen überhaupt nichts, und Timing haben sie auch keins.«
»Alles okay bei dir?«, rief ich, laut genug, dass er mich von der Veranda hören konnte.
Er schaffte es, einen Daumen hochzuhalten. Die Hortensien – der ganze Stolz meiner Mutter – taten mir leid.
»Wie wäre es, wenn wir einen Spaziergang machen?«, schlug Cal vor. »Wir könnten nach hinten raus ins Feld und uns die Sterne anschauen?«
Er legte den Kopf in den Nacken, und ich tat es ihm gleich, und obwohl einige Fackeln im Garten brannten, schien der Himmel über uns förmlich zu glitzern. Der Anblick faszinierte mich – aber dann sah ich Cal an, wie er die Sterne beobachtete, und das war noch faszinierender.
»Woah«, sagte er begeistert und gab mir einen sanften Schubs. »Komm. Lass uns Sternschnuppen anschauen gehen. Das passt zu meinen Shorts.«
»Halt still«, befahl ich mit ernstem Blick. Nicht erneut in lächerliches, glückliches Kichern auszubrechen, fiel mir unglaublich schwer. Die Brownies. Das war die Schuld der verdammt geilen Brownies. Jede Zelle meines Körpers vibrierte.
Ich beugte mich vor und zog das Lederband aus seinen Haaren. Sie fielen ihm bis zu den Schultern. Er hatte wirklich schöne Haare. Im Hintergrund würgte Kevin erneut, was mich daran erinnerte, dass wir nicht alleine hier draußen waren. Aber er war mit seinem eigenen Magen und den Hortensien beschäftigt, und so ließ ich die Finger durch Cals Haar gleiten. Erst sanft, als würde ich die widerspenstigen Strähnen wieder in Ordnung bringen, dann verwuschelte ich sie vollständig und wickelte mir kurzerhand sein Lederband ums Handgelenk.
»Okay«, sagte ich verträumt und blickte zu den Brownies, die in meiner Vorstellung in der Box fröhlich auf und ab tanzten und

die Plätze tauschten. Tanzende Brownies waren faszinierend.
»Wir sehen uns Sternschnuppen an, und dann werde ich dir vielleicht doch noch einen blasen.«
»Du willst mir wirklich dringend an die Shorts«, scherzte Cal. »Sicher, dass das nicht die Brownies …«
»Hast du was von blasen gesagt?« Kevin hatte sich auf der Veranda materialisiert und sah zwischen uns hin und her. War er nicht gerade noch bei den Hortensien gewesen? Sein blasses Gesicht war rund wie der Mond. Seine Augen leuchteten wahnsinnig hell. Vielleicht würde er gleich davonschweben, hoch in den Himmel und zwischen die Sterne.
»Seifenblasen, Kevin. Seifenblasen«, schaffte ich es, ihn zu korrigieren.
»Scheiße, ich hab an was anderes gedacht.«
Natürlich hatte er das. Er setzte ein enttäuschtes Gesicht auf. Callan lachte und gab mir einen liebevollen Stoß in die Seite.
»Wieso passen Sternschnuppen zu deinen Shorts?«, fragte ich ihn kichernd, als wir aus dem Garten liefen wie Verräter und zum Feld gingen. »Oder passen deine Shorts zu Sternschnuppen? Erzähl mir nicht, dass du eine Sternenshorts trägst. Das glaube ich dir nämlich nicht. Wäre doch viel zu einfallslos für dich, oder?«

13 | CALLAN | Woodstock und Pfirsichbienchen

»Es sind nicht irgendwelche Sterne«, erwiderte ich würdevoll und griff nach Renas Hand. Mittlerweile waren wir weit genug vom Garten entfernt. Zumindest hoffte ich das. Irgendwie hatte mein Orientierungssinn ähnlich gelitten wie im Wald, und dieses Mal war es keine Absicht. Allerdings störte es mich auch nicht. »Es sind die Sterne von Super Mario. Die, bei denen man plötzlich flimmert, sich viel schneller bewegt und vor allem … UNBESIEGBAR IST!«, brüllte ich die letzten Worte, bevor ich mich auch schon wieder von Rena losriss und im Höchsttempo über das Feld rannte. Dabei stellte ich mir vor, wie ich verschiedenen Haikopf-Raketen auswich und über diverse Schildkröten und anderes Getier hinwegsprang. Ich war ziemlich elegant.

»Denkst du, es gibt einen Beruf in der Art?«, erkundigte ich mich bei Rena, nachdem wir uns heftig atmend zu Boden fallen gelassen hatten. »Super-Mario-Double oder so? Ich meine, wenn's mit der Musik nicht klappt, wäre das das Richtige für mich. Callan Fucking Reed. Super-Mario-Double.« Ich lachte. »Aber Luigi trägt Grün. Findest du, mir steht Grün oder Rot besser, Bienchen?«

Es klang wie Bienschen, und für einige Sekunden lauschte ich dem Klang hinterher.
»Bienschen«, wiederholte ich, während ich mich zu Rena hinüberrollte, sodass ich direkt neben ihr lag.
»Bestimmt«, erwiderte sie und begann unvermittelt zu lachen. Keine Ahnung, was sie so lustig fand, aber es war ansteckend. »Es gibt so viele Berufe, warum soll es kein Super-Mario-Fucking-Double geben?«
Nachdem sie sich beruhigt hatte, musterte sie mich nachdenklich, während ich hingerissen bewunderte, wie sich das Sternenlicht in ihren Augen spiegelte. Sterne auf meinen Shorts, Sterne am Himmel, Sterne in Renas Augen.
»Grün«, sagte sie entschlossen. »Eindeutig grün. Du kannst dann ein gitarrespielender Luigi sein, weil es mit der Musik ganz sicher klappt.«
Gemeinsam sahen wir hinauf in den schwarzen Himmel und starrten die vielen kleinen Lichtpunkte an.
»Hast du mal darüber nachgedacht, dass Sterne so was wie die Sommersprossen des Himmels sind?«, fragte Rena. »Ich hätte gerne Sommersprossen. Solche, die nachts leuchten. Dann könnte ich mich nie in der Dunkelheit verirren.«
In meiner Fantasie fingen sie an sich zu bewegen, die Sterne über uns. Zuerst ganz langsam, dann immer schneller. Ich hielt wie gebannt die Luft an, weil sie so hell leuchteten und glitzerten, dass mir davon warm wurde.
»Ich sehe dich in den Sternen«, murmelte Rena und zeigte nach oben, woraufhin ich für einige Sekunden damit beschäftigt war, mich selbst zu suchen. Ohne Erfolg.
Da unsere Köpfe direkt nebeneinander waren, begann ich, ihr Haar mit meinem zu einem Zopf zu verflechten, den ich mit zusammengekniffenen Augen betrachtete.
»Was machst du da?«, fragte sie neugierig und versuchte sich so

zu drehen, dass sie den Zopf, an dem ich arbeitete, besser sehen konnte. »Lass mich helfen.« Ihre Fingerspitzen berührten meine und fädelten sich durch unsere Strähnen.

»Dein Haar ist dunkler als meins«, stellte ich fest und sprach dann weiter, ohne überhaupt zu realisieren, was da für eine Frage über meine Lippen kam. »Wie ist das mit dem Haar an anderen Stellen? Ist das dunkel oder hell? Und rasierst du dich immer so glatt wie beim Zelten?«

Rena lachte. »Das wirst du noch früh genug herausfinden, meinst du nicht auch?«

Dann fiel mir wieder ein, was sie zu Kevin Fucking Steward gesagt hatte.

»Wo sind denn die Seifenblasen?«, wollte ich wissen, hielt sie an der Hüfte fest und zog sie auf mich, sodass sie über mir kniete. Leider löste sich dabei unser gemeinsamer geflochtener Zopf. Schade. Um mich zu trösten, begann ich damit, sie abzutasten, wobei es mir besonders ihre Pobacken in den engen Jeans angetan hatten. Zwar war es unwahrscheinlich, dass sich dort Seifenblasen befanden, aber man wusste ja nie …

»Du weißt ganz genau, dass es nie Seifenblasen gegeben hat«, erwiderte Rena mit einem sanften Kichern. Okay, vielleicht wusste ich das tatsächlich, aber es konnte nicht schaden, sie trotzdem abzutasten. Rena schien das genauso zu sehen.

»Such aber gerne weiter«, forderte sie mich auf, beugte sich vor, und plötzlich war ihr Gesicht nur noch wenige Zentimeter von meinem entfernt. Ihre Haare kitzelten meine Wangen. »Vielleicht findest du ja doch welche.«

Das brachte mich in einen Konflikt. Einerseits wollte ich herausfinden, ob ich mich tatsächlich irgendwo am Himmel entdeckte, andererseits wollte ich weiterhin Renas Hintern betatschen.

»Du wärst süß mit Sommersprossen«, entschied ich mich für eine komplett andere Richtung und tippte mit dem Zeigefinger

auf ihr Gesicht. »Aber das bist du auch ohne. Also brauchst du keine. Wobei …« Ich grinste. »Dreizehn Sommersprossen. Das wär's doch.«
»Sieben«, protestierte sie. »Du weißt, dass Sieben die ultimative Glückszahl ist. Das hat Oma dir doch auch so oft …«
Bevor sie den Satz zu Ende führen konnte, spannte ich die Bauchmuskeln an, um mich ein wenig aufzurichten und ihre Nase zu küssen. Gut, ich hatte auf ihren Mund gezielt, aber irgendwie war der überraschend an eine andere Stelle gerutscht.
»Ich hätte nichts dagegen, wenn du deine Seifenblasensuche noch etwas weiterführst …«, flüsterte sie mit einem Lächeln, dem ich nicht widerstehen konnte. Ich ließ mich zurücksinken, schickte meine Hände erneut auf Wanderschaft, strich über ihre Jeans und spürte, wie sie vor Anspannung vibrierte.
Sie schien es auch zu spüren. »Scheiße, Woodstock, hast du Zauberfinger?«
Ich grinste und schaffte es gerade so, der Verlockung zu widerstehen, sie darauf hinzuweisen, dass gerade sie wissen müsste, was es mit meinen Zauberfingern auf sich hatte. Stattdessen realisierte ich mit einiger Verspätung, dass ihr Handy die Quelle der Vibration war. Mit einem frustrierten Ächzen nahm ich die Hände von ihrem Hintern, damit sie ihre Nachricht checken konnte.
»Tia schreibt, dass Kevin gerade überall herumerzählt, dass wir zusammen verschwunden sind«, informierte sie mich stirnrunzelnd.
Oh, oh. Das war möglicherweise ungünstig. Warum erzählte der Idiot so etwas Langweiliges herum? Konnte er stattdessen nicht noch eine Runde in die Hortensien kotzen?
»Find ich nicht gut«, entschied ich, während ich die Arme hinter dem Kopf verschränkte. »Find ich nicht gut, dass er etwas rumerzählt, was ihn nichts angeht«, konkretisierte ich.

Wie auf Kommando klingelte ihr Handy.
»Das ist Darren«, ächzte sie genervt und ließ es desinteressiert neben uns auf den Boden fallen. Es sah hübsch aus, wie es in der Dunkelheit leuchtete.
Mit einer schnellen Bewegung griff ich danach und hielt kurz darauf etwas Erde in der Hand, weil das Mistding spontan seine Position verändert hatte. Toll. Unzuverlässige Scheiß-Technik. Ich unternahm einen weiteren Versuch, es einzufangen, dieses Mal mit mehr Erfolg.
»Geh ran«, forderte ich Rena auf. »Sonst machen wir uns noch verdächtiger. Wir sind doch undercover unterwegs. Wie Jekyll und Hyde. Du weißt doch. Das Gangsterpärchen.«
»Bonnie und Clyde.« Rena kicherte.
»Ist doch egal! Geh ran und sag ihm … was Überzeugendes. Dass du von Außerirdischen entführt wurdest. Oder dass du Jekyll bist. Oder Prinzessin … na, wie heißt die, die da in ihrem Schloss sitzt … Peach! Du bist mein Pfirsich. Peachbee. Das ist süß. Das ist so süß. Oder lieber Beepeach? … Fuck, es klingelt immer noch. Geh ran, Pfirsichbienchen.«
»Ich will jetzt nicht mit meinem Bruder reden. Ich will viel lieber wissen, welche Boxershorts du trägst. Ich will sie sehen«, antwortete sie, und mir fiel kein Grund ein, der dagegensprach. Schließlich hatte ich soeben festgestellt, dass sie die Reinkarnation von Prinzessin Peach war – wer, wenn nicht sie, hatte sonst das Recht, die Unbesiegbarkeitssterne für sich zu beanspruchen? Sie rutschte von mir herunter, strich über meine Jeans, und ich schnappte nach Luft, weil eine einfache Berührung von ihr ausreichte, um ein Feuerwerk in mir zu zünden. Ein Feuerwerk, gegen das der Sternenhimmel über uns verblasste. Ich schloss die Augen, weil sich meine Wahrnehmung sowieso nur auf sie konzentrierte …
… und öffnete sie wieder, weil das Handy, das vor noch nicht

mal zehn Sekunden verstummt war und das ich immer noch in der Hand hielt, erneut klingelte. Ich stieß ein Ächzen aus. »Er wird nicht aufgeben, bis du abhebst, Bienchen.«

»Damit könntest du sogar recht haben.« Sie nahm das Handy entgegen und wischte über das Display. »Hallo?«

Ich konnte Darrens aufgebrachte Stimme hören. Er wollte wissen, wo wir steckten, und klang dabei wie die Spanische Inquisition.

»Du redest viel zu schnell«, sagte Rena mit sanfter Stimme, woraufhin Darren noch an Tempo zulegte.

Er redete wirklich viel zu schnell.

»Wir sind undercover unterwegs.« Rena lachte und öffnete den Reißverschluss meiner Hose, vermutlich, um die Boxershorts zu sehen. Ein kleiner gelber Stern mit Augen blinzelte mir zu, und ich stellte mir vor, wie er heraussprang. Einer von Marios Sternen, der auf große Fahrt ging.

»Auf einem Feld«, drang Renas Stimme an mein Ohr. »Aber du weißt nicht, auf welchem, weil es Hunderte, Tausende, Millionen von Feldern in Pennsylvania gibt und du viel zu betrunken bist, um uns zu finden. Entspann dich, Bruderherz. Es ist nur ein kleiner Spaziergang, wir sind bald wieder da.«

Der Stern könnte von meinem Bein springen und sich in die Dunkelheit davonschleichen. Freiheit den Sternen. Faszinierend.

»Gott, Darren, vielleicht solltest du einfach einen von Cross Coopers besonderen Brownies essen«, sagte Rena. »Das beruhigt ungemein. Sie stehen draußen auf dem Verandatisch.«

Darren brüllte etwas ins Telefon. Er schien die Sache mit den besonderen Brownies nicht besonders gut aufzunehmen, aber das war nicht wichtig. Nichts war wichtig außer uns beiden.

»Sorry, Darren.« Rena schenkte mir ein zauberhaftes Lächeln. »Ich muss mich jetzt um Cal kümmern.«

»Um Cal kümmern?«, wiederholte Darren lautstark. Hey, er musste ziemlich wütend sein, wenn ich ihn durchs Handy hörte. »Was meinst du damit? Fuck! Ich bring ihn um!«
Rena beendete den Anruf, ließ das Handy auf den Boden fallen, und im nächsten Moment rückte alles in den Hintergrund. Sie strich über den bereits gespannten Stoff meiner Shorts, was mir ein ersticktes Keuchen entlockte.
»Cross Fucking Coopers Brownies sind klasse«, sagte ich, und Rena nickte zustimmend.
Dann küsste sie mich.
Ich vergaß den eben stattgefundenen Anruf, vergaß die Brownies, vergaß die Morddrohung, vergaß sogar die Sterne.
Es gab nur noch Rena. Renas Lippen. Renas Duft. Renas Berührungen.
Sie zog an meiner Hose, und ich hob das Becken, sodass der Jeansstoff mühelos über meine Hüfte glitt. Erst als ich unter mir plötzliche Kälte fühlte, wurde mir klar, dass sie auch mit meinen Shorts kurzen Prozess gemacht hatte. Ich stützte mich auf den Unterarmen ab und beobachtete aufmerksam die Dinge, die in südlicheren Regionen ihren Lauf nahmen.
»Ganz schön groß«, murmelte ich nach einem Blick auf meinen Schwanz, der sich inmitten der Sterne wirklich gut machte. Hervorragende Wahl, diese Shorts.
Auch Rena schien angetan zu sein, denn sie betrachtete meinen Unterleib ebenso interessiert wie ich. Zögerlich streckte sie die Hand aus, dann strich sie mit den Fingerspitzen über meine Länge. Ihre Berührung durchzuckte mich wie ein Stromstoß, und ich stieß einen erstickten Laut aus.
»Gut, dass die Shorts runtergezogen sind.« Wie gebannt sah ich auf ihre Finger. Ich war so hart. Sie hatte mich noch kaum angefasst, und ich war schon so hart. »Noch mal so 'ne Sauerei wie im Zelt wäre echt unschön.«

Ich spürte, wie ihr Haar über meinen Bauch strich und die Stellen kitzelte, die nicht von meinem Shirt bedeckt waren.

»Rena.« Ich atmete ihren Namen aus, und im selben Moment spürte ich, wie sich ihre Lippen um meine Spitze schlossen, während ihr lange Strähnen ihres Haares ins Gesicht fielen. Langsam und ruhig. Sie nahm sich alle Zeit der Welt, und ich fühlte mich von einer Sekunde auf die andere doppelt so high. Federleicht. Berauscht. Weil sie mich so berührte, wie ich es mir seit Monaten, sogar Jahren vorgestellt hatte. Es fühlte sich so gut an. Sie nahm mich etwas tiefer in den Mund, Zentimeter für Zentimeter, bevor sie den Kopf dann wieder etwas zurückzog und an meiner Eichel saugte.

»Gott«, brachte ich hervor, grub die Finger in die weiche Erde und zwang mich dazu, die Lider offen zu halten. Ich sah sie an, und die Wärme, die ich bei ihrem Anblick empfand, verband sich mit der Hitze, die ihre Berührung in mir auslöste. Mein gesamter Körper reagierte auf sie. Ich liebte alles, was sie tat. Jede einzelne Berührung, jeden Kuss, jeden Zungenschlag.

Aus dem Augenwinkel sah ich das Handydisplay erneut aufleuchten. Ich tastete danach, schloss die Finger darum und warf es ein Stück entfernt in die Dunkelheit. Es sah aus wie eine Sternschnuppe. Eine Sternschnuppe, die über den Boden …

»Rena.« Meine Stimme klang dunkel vor Erregung. Ihr Name kam über meine Lippen wie eine Liebkosung.

Sie strich mit der Zunge über meine Spitze. Keine Zähne. Nur die Wärme ihres Munds, und ich stöhnte auf. Ich wusste nicht, wie es ihr gelang, diesen Blowjob gleichzeitig so intim und so sexy zu gestalten. Nein, Blowjob war das falsche Wort für das, was sie mit mir tat. Sie erkundete mich, streichelte mich, küsste mich, als hätten wir alle Zeit der Welt. Und es fühlte sich so gut an. So verdammt gut.

Schritt für Schritt nahm ihr Selbstbewusstsein zu – und parallel dazu stieg meine Erregung. Ich hatte den Kopf in den Nacken gelegt, blickte hoch in die sternklare Nacht, deren Ruhe meine zunehmend schwereren Atemzüge durchbrachen.

»Rena«, flüsterte ich, vollkommen im Rausch der Erregung gefangen. Und noch mal. »Rena.«

Als wollte ich mir selbst versichern, dass sie es war. Das einzige Mädchen, das wirklich etwas bedeutete. Die einzige *Frau*, die wirklich etwas bedeutete.

Als sie meinen Schwanz erneut tief in den Mund nahm, spürte ich, wie sich meine Muskeln anspannten, und als sie wieder mit der Zunge über meine Eichel strich, explodierte der Knoten aus Lust.

Das war Rena. Meine Rena. Mein Pfirsichbienchen.

Ich würde sicher nicht in ihrem Mund kommen, ohne ihre Zustimmung zu haben.

Mein Schwanz zuckte, ich stöhnte laut auf, und wieder war es ihr Name. Es war immer nur ihr Name.

Trotzdem gelang es mir, mich so zu drehen, dass ich ihr aus dem Mund rutschte. Ich kam halb auf der Seite liegend, ergoss mich auf den Boden neben uns – besser als in meine Shorts – und flüsterte, stöhnte, seufzte dabei immer wieder ihren Namen.

Rena. Rena. Rena.

Da war er. Der Unterschied von dem, was eben geschehen war, zu dem, was ich mit anderen Frauen erlebt hatte. Bisher hatte mich neben der Befriedigung immer ein Anflug von Schuld erfüllt, weil ich ganz genau wusste, dass ich in Gedanken bei einer anderen gewesen war. Heute nicht. Heute war ich vollkommen bei ihr gewesen; mit Leib und Seele. Mit allen Sternen, die ich hatte.

Sie schmiegte sich an mich, und ich genoss den Nachhall des Höhepunkts, schob die Hand unter ihr Shirt und strich über die zarte Haut ihres Rückens. Nur zu gerne würde ich sie ebenfalls anfassen, mit meinen Lippen jeden Zentimeter ihres Körpers erkunden, sie zum Stöhnen bringen – nicht, um mich zu revanchieren, sondern einfach, weil ich mich so sehr nach ihr sehnte. Das eben war ein Anfang, aber es war bei Weitem nicht genug.

Sie strich meine Haare beiseite und legte den Mund an meinen Hals. Als sie meine Haut zwischen ihre Lippen saugte, atmete ich zittrig ein und schloss die Augen. Ich genoss das Prickeln, das sie ausgehend vom Punkt ihrer Berührung durch meinen gesamten Körper schickte, mit allen Sinnen. Es war wie vor einer Woche im Wald und doch ganz anders. Es war viel mehr, denn dieses Mal hörte sie nicht nach ein paar Sekunden wieder auf. Dieses Mal verlor sie sich in den Küssen, bis sie wirklich einen Knutschfleck hinterlassen hatte.

»Ich wollte ihn sternförmig machen«, murmelte sie mit Bedauern, als sie anschließend ihr Werk betrachtete und mit sanften Fingern über meinen Hals strich. Die Stelle fühlte sich warm an. Heiß. »Du musst mich mehr an dir üben lassen. Bis ich mit meinem Mund auch zeichnen kann. Damit ich dir Sterne auf den Körper küssen kann.«

Mit zitternden Fingern brachte ich meine Hose wieder in Ordnung. »Du darfst an mir üben, so viel du willst.«

Ein Lachen sprudelte aus ihr heraus. Es war so wunderschön verrückt. Alles war wunderschön verrückt.

Ich würde am liebsten ewig hierbleiben mit ihr in meinen Armen. Ich liebte ihre Berührungen, ihren Geruch, ihr Lachen. Ich liebte …

Ich brauchte unendlich lange, um zu begreifen, warum die Luft plötzlich leicht nach Alkohol roch. Wodka. Vielleicht auch Tequila. Mein Blick hing noch an Rena, an ihrem wunderschönen Gesicht.

Dann schlug jemand die Welt kaputt.

»Ich bring dich, verdammt noch mal, um!«

Ein Brüllen, das die Sterne über uns verschreckte. Sie flohen in alle Richtungen, ließen den Himmel in kompletter Schwärze zurück.

Ich sah ein Gesicht voller Wut. Er war kein Mensch mehr. Er war nur noch reiner Zorn.

Es war eine grauenvolle Art, aus diesem Traumzustand gerissen zu werden. Mein Vater stand vor uns, roch nach Alkohol, bitter, beißend, unangenehm. Er riss mich empor, er brüllte, er schlug zu. Ich wehrte mich nicht. Ich wehrte mich nie, weil ich nicht so sein wollte. Ich wollte nicht so sein wie er.

Mehr Brüllen. Mehr Alkohol in der Luft.

Eine Bewegung, die so schnell war, dass ich erst mitbekam, was passiert war, als es schon zu spät war. Er packte mich am Kragen, riss mich hoch und schlug zu. Ich machte keine Anstalten, mich zu schützen, doch das schmälerte die Wut nicht, mit der er auf mich losging.

Kurz darauf fand ich mich am Boden wieder, und es dauerte einige Sekunden, bis ich mich so weit sortiert hatte, dass ich reagieren konnte. Ich richtete mich auf, sodass ich zuerst kniete, dann stand. Ich wusste, dass ihn das provozieren würde.

Du kleiner Scheißer bist nichts wert.

Denkst du, ich weiß nicht, dass du mich provozieren willst?

Du bist das Letzte, Callan. Wenn du damals gestorben wärst, wären wir alle besser dran.

»Fuck! Ich hab dir vertraut, ich dachte, wir wären so was wie Brüder – Scheiße, Mann, und du vergreifst dich an meiner kleinen Schwester?!«

Ich blinzelte mehrfach, während ich darauf wartete, dass sich mein Blick scharfstellte.

»Das war dein Scheißplan? Sag, verdammt noch mal, was! Hast du ihr die verfickten Brownies gefüttert, damit du sie –«

Ich sah Rena und … Darren.
»Du perverses Schwein!«
Darren.
Von meinem Vater fehlte jede Spur. Darren war es, der uns erwischt hatte. Darren war es, der mich beschimpft hatte. Und Darren war es, der …
»Bist du irre?« Ich spürte eine Berührung am Arm, und in der nächsten Sekunde schob sich Rena vor mich, als wollte sie mich beschützen. »Wie kannst du so auf deinen besten Freund losgehen?«
»Du hast mich geschlagen.« Meine Stimme klang spröde wie altes Papier. Ich hob zögerlich die Hand, strich über meinen linken Wangenknochen. Es tat weh, aber nicht so weh wie die Erkenntnis an sich.
»Du hast mich geschlagen«, wiederholte ich das Einzige, für das in meiner Wahrnehmung noch Platz war. Er, mein bester und längster Freund, mein Rückhalt, hatte mich geschlagen.
Rena stand noch immer vor mir, die Hände zu Fäusten geballt und bebend vor Anspannung.
»Darren.« Sie atmete einmal tief durch, dann ging sie einen Schritt auf ihn zu und suchte seinen Blick.
Ich forschte in seinem Gesicht nach Anhaltspunkten. Befand sich Rena in Gefahr? Würde er sie auch schlagen?
Nein. Auf keinen Fall. Allerdings hätte ich auch nicht angenommen, dass er dazu bei mir in der Lage wäre. Ein Schlag ins Gesicht. Die größte Form von Geringschätzung und Verachtung, die man sich vorstellen konnte.
Ich war mir nicht sicher, ob ich das verdient hatte.
Ich glaubte nicht.
Verdammt, ich wusste, dass ich irgendwie reagieren musste, aber das … es hatte mir den Boden unter den Füßen weggezogen. Von der heiteren Leichtigkeit war nicht mehr viel übrig; die

flauschigen Wolken waren zu dickem, schwerem Nebel geworden, der kein Sternenlicht mehr durchließ.
Nach und nach sickerten Darrens Worte in mein Bewusstsein. Seine Worte und seine Vorwürfe.

»Nein«, sagte ich nur, zu mehr war ich nicht in der Lage. »Nein.«

»Das ist alles, was dir dazu einfällt? Nein? Mehr hast du nicht zu sagen?«

Er schien Rena zwischen uns nicht einmal wahrzunehmen und zitterte vor Wut. Noch immer war seine Stimme so laut, dass sie mühelos das gesamte Feld erreichte.

Mir fiel eine Menge dazu ein, doch nichts davon kam über meine Lippen. Dinge, die ich meinem besten Freund sagen würde, wenn ich nicht meine Stimme verloren hätte. Wenn er sie nicht mit seiner Faust zum Verstummen gebracht hätte.

Siehst du nicht, wie wichtig sie mir ist?

Siehst du nicht, dass ich sie vor allem beschützen würde?

Siehst du nicht, dass ich sie glücklich machen will?

Warum gibst du mir das Gefühl, nicht gut genug zu sein?

Warum schlägst du mich?

Wie mein Vater. Wie mein Vater. Wie mein VATER.

Keiner der lautlosen Schreie drang nach außen. Stattdessen stand ich einfach nur da und atmete.

»Er hat sich nicht an mir vergriffen«, sagte Rena verärgert, machte einen weiteren Schritt auf ihn zu und legte eine Hand an seinen Unterarm. »Wir sind zusammen.«

Darren erstarrte unter der Berührung zur Salzsäule. Augenblicke später löste er sich aus Renas Griff – so, wie man sich von etwas löste, das einem fremd geworden war. Etwas, das man nicht mehr verstand. Er fing an zu lachen. Ein betrunkenes Lachen, das nach Verzweiflung und Unglauben klang.

»Das ist ein Scherz, oder? Rena, sag mir, dass das ein verdammter Scherz ist!«

Vollkommen bewegungslos verfolgte ich das Gespräch der Geschwister, hörte, wie Rena von unserer Freundschaft sprach, zersplitterte, als Darren darüber lachte.
Mein bester Freund lachte und sah mich an. Hatte er schon immer so kalte Augen gehabt? Wie konnte er gleichzeitig lachen und mich auf diese Weise anschauen? Das Braun seiner Iriden schimmerte wie dunkles Glas, kein Vergleich zu dem warmen Glanz, den ich bei Rena finden würde.
Er legte den Kopf schräg und starrte sie an. Ich wünschte mir die Schwerelosigkeit zurück – aber sie war weg. Alles war kaputt.
»Was ist mit unserer verfickten Abmachung? Scheiße, Rena, das ist Cal …«
»In den ich verliebt bin. Schon seit einer halben Ewigkeit.«
Sie warf mir einen kurzen Blick zu, der mir in diesem Moment die Welt bedeutete. Endlich löste ich mich aus meiner Versteinerung und griff nach ihrer Hand, verflocht meine Finger mit ihren und drückte sie leicht.
Die Stille, die ihren Worten folgte, war grauenvoll. Darren sah aus, als würde er ihr gleich an die Kehle springen. Oder mir. Aber natürlich tat er das nicht. Stattdessen ließ er ihre Schultern los, und sein stechender, scharfer Blick flog zu mir.
»Nenn mir einen verdammten Grund, warum ich dir nicht noch eine verpassen sollte! Das ist doch krank – vollkommen krank. Wie lange geht der Scheiß überhaupt schon? Wie lange macht ihr schon miteinander rum? Hinter meinem verdammten Rücken. Kann ja noch nicht lange gewesen sein, wenn man bedenkt, dass du nur mit den Weibern spielst.«
Er machte einen etwas taumelnden Schritt auf mich zu.
Sag etwas, Callan. Sag etwas. Irgendetwas, um ihr beizustehen.
Ich schwieg.
Darren machte einen weiteren Schritt. Rena hob die freie Hand und drückte die Handfläche gegen Darrens Brust.

»Rena, geh nach Hause. Cal und ich haben noch was zu klären.«

»Du bist betrunken.«

»Und du bist high.« Er wischte ihre Hand wieder beiseite. Nicht grob, aber mit Nachdruck. Für einige Sekunden musterte er mich mit einem undefinierbaren Ausdruck in den Augen, dann schob er die Hände in die Hosentaschen, als müsste er sich davon abhalten, mich erneut zu schlagen.

»Fuck!«, brüllte er so laut, dass seine Stimme wieder über das gesamte Feld hallte, und trat wuchtig gegen ein Stück Holz. Aus den angrenzenden Büschen flatterten zwei aufgeschreckte Vögel empor, und ich spürte, wie sich Rena neben mir versteifte.

»Bienchen?«, fragte ich besorgt. Ihr Spitzname glitt mir wie von selbst von den Lippen, woraufhin Darren ein höhnisches Schnauben ausstieß.

»Bienchen«, wiederholte er spöttisch.

»Der Vogel …«, fing sie an, ohne ihm Beachtung zu schenken. »Ich habe mich so oft gefragt … Ein paar Tage, bevor Oma bei uns im Wohnzimmer den Herzinfarkt erlitten hat, habe ich ein Fenster geöffnet. Es war sonnig und ziemlich warm für einen Novembertag, und ich wollte ein wenig frische Luft ins Haus lassen. Aber einer der Vögel kam in die Küche geflogen.« Sie zupfte an ihren Haaren. »Oma hat mich immer davor gewarnt, dass ein Vogel den Tod ins Haus bringt. Manchmal fühlt es sich an, als –«

Ich griff auch nach ihrer anderen Hand und hielt sie sanft davon ab, weiterhin ihre dunklen Strähnen zu malträtieren. Obwohl Darren vor Wut kochte, schien es mir als das Normalste der Welt, jetzt über Renas Oma zu sprechen.

»Du bist nicht schuld«, sagte ich fest, woraufhin sie den Blick hob und mir in die Augen sah.

»Fuck, wie high bist du eigentlich?«, mischte sich Darren ein,

bevor ich weitersprechen konnte. »Sie hatte einen Herzinfarkt. Geh, verdammt noch mal, nach Hause, bevor ich …«
»Und wenn es doch …«
»Hör mit deinem Scheiß-Aberglauben auf, Rena! Du kriegst auch überhaupt nicht mit, wie lächerlich das ist, oder?«
Hilflos verfolgte ich, wie die Worte hin- und herflogen, scharf und verletzend. Darren gegen Rena, Rena gegen Darren. Ich wusste, dass ihn die Sorge um sie so wütend machte, aber ich hasste es, wie er mit ihr umging. An ihrer Körperhaltung konnte ich erkennen, wie sehr sie sein Spott getroffen hatte. Ihre Schultern sanken um wenige Millimeter nach unten, und auch ohne es zu sehen, wusste ich, dass das typische Funkeln in ihren Augen erloschen war.
»Hört auf«, sagte ich und wiederholte es direkt etwas lauter. »Hört auf!«
Ich gab Renas Hände frei und schlang stattdessen einen Arm um ihre Hüfte, erleichtert, dass mich die eisige Kälte nicht mehr in ihren Klauen hatte. Wie Schachfiguren, die füreinander einsprangen, wenn eine umgefallen war.
»Tonys Party. Sex, Drugs & Rock'n'Roll«, sagte ich. »Du hast in die Spüle gekotzt, und ich habe mich in Rena verliebt.«
Darren starrte mich irritiert an. Ich musste zugeben, dass meine Zusammenfassung verwirrend war, aber es musste reichen. Vorerst.
»Manche Dinge hat man nicht unter Kontrolle, Bienchen«, versicherte ich an Rena gewandt. »Sie geschehen einfach, und man kann nichts dagegen tun.«
»Vermutlich hast du recht«, murmelte sie leise, woraufhin ich mich zu ihr beugte und ihr einen Kuss auf die Stirn hauchte.
Darren gab ein Würgen von sich. »Hör auf, sie anzutatschen, du erbärmlicher Verräter. Ich werde …«
»Du wirst, verdammt noch mal, überhaupt nichts«, unterbrach

ich ihn heftig. »Nichts, außer uns in Ruhe zu lassen. Rena will mich, und ich will sie. Willst du wirklich uns beide unglücklich sehen, weil du nicht damit zurechtkommst, dass dein bester Freund und deine kleine Schwester zusammen sind?«

Darren schwieg für eine scheinbare Ewigkeit. Mit einem Mal wirkte er nicht mehr aggressiv, sondern ziemlich müde.

»Macht doch, was ihr wollt. Aber lasst mich da raus. Ich will nicht zwischen euch stehen, wenn es irgendwann auseinandergeht. Ich will mich nicht entscheiden müssen.«

Er drehte sich um und ging mit großen Schritten – und leicht taumelnd – in Richtung Garten.

Ich verschränkte meine Finger mit Renas, sah sie an und drückte leicht ihre Hand, während ich den Kopf zurückneigte und nach oben sah. Die Sterne waren wieder da. Vielleicht waren sie auch nie verschwunden.

»Darren weiß Bescheid«, fing ich an und wusste in diesem Moment nicht, ob es von mir oder von den Brownies kam. »Lass uns zurück zur Party gehen und es öffentlich machen. Keine Sexanrufe mehr von Lauren, die sich Hoffnungen macht. Keine Fick-mich-Brownies von Cross Fucking Cooper. Nur noch Rena und Cal und Cal und Rena. Woodstock und Pfirsichbienchen. Okay?«

»Okay«, murmelte sie. »Das klingt gut, Woodstock. Darf ich dir einen Eisbeutel an die Wange halten wie in diesen kitschigen Filmen?«

»Alles, Bienchen«, versprach ich. Der Mond war hell, der Himmel grenzenlos. »Du darfst alles.«

14 | RENA | Ein heidelbeerblauer Rückzugsort

Ich schmiegte mich an Cal, spürte seine Wärme und betrachtete gemeinsam mit ihm den Himmel. Obwohl die Wirkung der besonderen Brownies fast abgeklungen war, leuchteten die Sterne noch heller als zuvor. In diesem Moment schien tatsächlich alles möglich zu sein.

Alles, Bienchen. Du darfst alles.

Und ich wollte alles. Ich wollte seine Wange mit einem Eisbeutel kühlen, ihn küssen, während wir uns romantische Filme im Kino ansahen, mit ihm im Gras liegen, wenn die Sonne schien, und ihm zuhören, wie er seiner Gitarre die schönsten Klänge entlockte.

Dass Cal jetzt damit anfangen wollte, dieses Alles in die Tat umzusetzen, ließ die Schmetterlinge in meinem Bauch wilde Pirouetten drehen. Ich stellte mich auf die Zehenspitzen und gab ihm einen Kuss auf den Hals, genau auf die Stelle, die ich vorhin mit meinen Lippen gezeichnet hatte.

Cal seufzte leise, dann schlang er die Arme um mich und drückte mich an sich. Meine Wange lag an seiner Brust, und ich konnte seinen Herzschlag hören.

Am liebsten würde ich die ganze Nacht hier verbringen; auf diesem Feld, unter dem Sternenhimmel, in Cals Armen. Ihm ging es ähnlich, das konnte ich spüren, und trotzdem machten wir uns nach einer Weile in angenehmem Schweigen auf den Weg zurück zum Haus, wo die Party immer noch in vollem Gange war.

»Zuerst will ich mich um deine Wange kümmern«, sagte ich, als wir in den Flur traten, in dem ein Pärchen an die Wand gelehnt hemmungslos herumknutschte. Ich festigte meinen Griff um Cals Hand und zog ihn mit in die Küche. Noch immer bereitete mir Darrens heftige Reaktion leichte Magenschmerzen, denn obwohl mein Bruder verdammt impulsiv sein konnte, hatte ich nicht damit gerechnet, dass er zuschlagen würde. Vermutlich hatten sowohl der Alkohol als auch Kevins blödes Gerede dazu beigetragen, aber das war keine Entschuldigung. Wie ihn Cal angesehen hatte … so fassungslos, so enttäuscht und verletzt. Bei der Erinnerung zog sich mein Herz schmerzhaft zusammen, und ich drückte Cals Finger ein wenig fester.

Die Tia-Bar war mittlerweile in einem noch chaotischeren Zustand. Es gab kaum noch einen Fleck auf der Kücheninsel, der trocken geblieben war, überall glänzten kleine Pfützen aus Alkohol und Cocktailkirschenwasser. Ein paar der Kirschen klebten matschig auf der Arbeitsfläche, und die Drinks standen nicht mehr hübsch in einer Reihe, sondern wechselten sich mit mehreren leeren Gläsern und Pappbechern ab.

»Vielleicht werde ich doch keine Barkeeperin«, sagte Tia mit einem dramatischen Ächzen. Sie schnippte eine nasse Olive von der Kücheninsel und sah uns aufmerksam an. »Hat Darren euch gefunden?«

»Das kann man so sagen.« Ich ließ Cals Hand los, um das Gefrierfach des Kühlschranks zu öffnen. Wir hatten keine Eisbeutel, nur ein paar Fischstäbchen, eine Pizza in Plastikfolie und eine noch unangebrochene Packung Pommes. Cal warf mir einen amüsierten Blick zu, als ich zögerlich nach den Pommes griff und mich ihm damit bewaffnet zuwandte.

»Pommes. Wie in all den kitschigen Filmen«, sagte er mit einem schiefen Lächeln, das viel zu ansteckend war, und lehnte sich an die Kücheninsel.

»Besser als Fischstäbchen.« Ich hob die Packung und hielt sie ihm vorsichtig an die Wange. Es wäre um einiges romantischer, wenn es ein normaler Eisbeutel wäre, und nicht eine Packung Pommes Frites im Wellenschnitt, knusprig und geriffelt. Trotzdem schlug mein Herz sofort höher, weil ich mich auf diese Art um ihn kümmern durfte und weil sein Blick so warm war, als er mir dabei in die Augen sah. Ich konnte nicht widerstehen. Ich lehnte mich vor und küsste ihn, wobei mein Gesicht auch die tiefgekühlte Pommespackung berührte.

»Scheiße, ist das kalt.« Ich lächelte kurz gegen seine Lippen, dann wurde ich wieder ernst. Ich wollte ihm nicht wehtun, im Gegenteil. Aber ich hatte keine Erfahrung mit Eisbeuteln und Blutergüssen. »Ist das zu kalt? Tut es weh?«

Cal deutete ein Kopfschütteln an, aber bevor er etwas erwidern konnte, räusperte Tia sich.

»Ich will euren romantischen Pommes-Moment ja nicht unterbrechen, aber ich bin noch hier.« Sie deutete belustigt erst auf sich selbst und dann auf ein paar Leute von unserer Schule, die auf der anderen Seite der Kücheninsel standen und sich an den Cocktails bedienten. Sie waren mir bis eben nicht mal aufgefallen. »Und die auch.«

Cal zuckte mit den Schultern, bevor er einen Arm um meine Taille legte. »Macht nichts. Von mir aus dürfen alle mitbekommen, dass ich endlich die Kurve gekriegt habe.«

Tia grinste. »Das haben sie auf jeden Fall.«

Ein paar von ihnen beobachteten die Pommespackung mit

hochgezogenen Augenbrauen, aber das war mir egal. Ich hielt sie weiterhin sanft gegen Callans Wange, um der Schwellung entgegenzuwirken, auch wenn meine Finger mittlerweile eiskalt waren.

»Was ist überhaupt passiert?« Tia stellte den Cocktailshaker beiseite. »Hat dein Bruder ihm etwa eine verpasst?«

Ich nickte, woraufhin sie das Gesicht verzog.

»Männer. Entschuldige, nicht du.« Ihr Blick ruhte nachdenklich auf Callan. »Obwohl ich dich ja eigentlich nicht gut genug kenne, um das einzuschätzen. Wir sollten –«

Sie verstummte, als eine leere Bierdose unvermittelt an der Wand neben dem Abfalleimer landete und dann wütend über den Boden rollte. Cal spannte sich neben mir an, sagte jedoch nichts zu Darren, der uns von der anderen Seite der Küche finster anstarrte und keine Anstalten machte, seine verdammte Bierdose wieder aufzusammeln. Stattdessen holte er eine neue aus dem Kühlschrank und verschwand genauso wortlos wieder, wie er gekommen war.

Langsam ließ ich die Pommespackung sinken. »Vielleicht sollten wir abhauen.« Es war nicht besonders angenehm, hier im Haus jeden Moment auf Darren treffen zu können, der in abgrundtief mieser Stimmung war. Nicht für mich, und wahrscheinlich noch weniger für Cal.

»Was ist mit dem Spielplatz ums Eck? Der ist um diese Zeit doch bestimmt verlassen«, warf Tia ein. »Ich komme mit. Meine Schicht in der Tia-Bar ist offiziell vorbei. Hey, du!«

Sie winkte einen ziemlich irritierten Typen zu sich. »Glückwunsch, du bist der neue Barkeeper.«

Offensichtlich hatte der arme Kerl keine Ahnung, was sie von ihm wollte, aber das war ihr egal.

»Zuck nicht so mit den Schultern! Das ist ein Haufen Verantwortung.« Sie drückte ihm mit ernster Miene einen Cocktailshaker in die Hand, schnappte sich eine leere Flasche Kahlúa und lief voran zur Tür. »Kommt ihr?«

Cal beantwortete meinen fragenden Blick mit einem Lächeln. »Der Spielplatz klingt nach einer guten Idee.«

»Okay.« Erleichtert stopfte ich die Pommespackung zurück ins Gefrierfach. Meine Finger fühlten sich an, als hätte ich sie zu lange in den Schnee gesteckt, aber bevor ich sie an meinem Shirt wärmen konnte, griff Cal nach meiner Hand und umschloss sie fest mit seiner.

»Scheiße, ist das kalt«, wiederholte er grinsend meine Worte von vorhin, während er meine Finger mit seinen wärmte und mich mit nach draußen zog.

Als wir über die Veranda in den Garten hinausliefen, fiel mir auf, dass Cross Coopers besondere Tupperbox nicht mehr auf dem Tisch stand. Vielleicht hatte mein Bruder sie genommen und aus Ärger in die Mülltonne geworfen. Vielleicht war sie aber auch von jemand anderem zuerst entdeckt worden.

»Wann kommt Kelly wieder?«, unterbrach Tia meine Brownie-Gedanken. »Vielleicht ist Darren dann etwas entspannter.«

»Donnerstagnachmittag«, erwiderte ich, woraufhin meine Freundin erfreut nickte.

»Na also. Warte ab«, sagte sie dann zu Cal, der uns gerade die Gartentür aufhielt. »Wenn er sie erst mal ordentlich durchgevögelt hat, wird er euch seinen Segen geben!«

»Tia!«, protestierte ich und ignorierte Cal neben mir, der vergeblich versuchte, sein Lachen zu unterdrücken.

»Sexuell frustrierte Männer sind schlecht gelaunte Männer. Stimmt doch, Callan, oder nicht?«

»Stimmt«, bestätigte er trocken. »Schön, dass du gerade mich danach fragst.«

Tia tänzelte über den Gehweg, wobei sie sich übertrieben in alle Richtungen umsah. »Du bist der einzige Mann hier, Pommesboy. Und außerdem hast du jetzt eine Freundin, da wird sich dein Zustand sexueller Frustration sicherlich schnell …«

»Tia!« Dieses Mal war mein Tonfall bestimmt genug, dass sie innehielt. »Wenn du nicht aufhörst, wird Cal etwas über deine flauschigen Socken erfahren und was du damit –«

»Waffenstillstand!«, sagte sie grinsend und schwenkte die Kahlúa-Flasche wie eine weiße Flagge. »Ich hör schon auf. Vorerst.«

Unauffällig warf ich Cal einen Seitenblick zu. Bereute er schon, mit uns losgezogen zu sein?

»Sprecht ruhig weiter«, sagte er in diesem Moment. »Die Geschichte mit den flauschigen Socken klingt spannend. Tut so, als wäre ich gar nicht da.«

Tia schnaubte. »Das würde dir so passen, mein Lieber.«

Um sicherzugehen, dass ich Cal nicht von ihrem kleinen Trick erzählen würde, warf sie mir einen scharfen Blick zu, woraufhin ich unschuldig lächelnd mit den Schultern zuckte. In Wahrheit hatte sie natürlich nichts zu befürchten. Von mir würde niemand erfahren, dass die meist so selbstbewusste Tia ihre BHs zwei Nummern größer trug und sie mit Socken ausstopfte, weil sie darauf schwor, dass das ein üppigeres Endresultat brachte als ein Push-up. Vollkommen unnötig; ich war mir sicher, dass die Jungs, die wirklich zählten, mehr in ihr sahen als ihre Brüste.

Tia deutete mit dem Kinn auf den hüfthohen Zaun, der den kleinen Spielplatz von der Straße abtrennte.

»Hier sucht dein Bruder bestimmt nicht nach uns.«

Sie schob das kleine quietschende Tor auf und marschierte schnurstracks auf das Rutschenhäuschen neben den Schaukeln zu. Als Kind hatte ich es immer *das Heidelbeerhaus* genannt, weil die Holzbretter in heidelbeerblauer Farbe gestrichen waren.

»Willst du da echt hoch?« Ich war schon seit Ewigkeiten nicht mehr im Inneren gewesen.

»Natürlich. Kommt, das wird gemütlich da drin.« Tia stand bereits auf der ersten Sprosse. »Und das Beste ist, dass wir später nach draußen rutschen können. Wer sagt, dass das nur was für Kinder ist?«

Nachdem ich einen kurzen Blick mit Cal getauscht hatte, der keine Einwände zu haben schien, folgten wir Tia hinauf ins Rutschenhäuschen.

Während meiner Kindergartenzeit war es mir zwar etwas größer vorgekommen, aber wir passten trotzdem problemlos zu dritt hinein. Wir setzten uns im Schneidersitz hin; Cal und ich an der einen Wand, Tia an der gegenüberliegenden. Sie hatte recht, es war gemütlich. Ein heidelbeerblauer Rückzugsort, an dem uns weder die laute Musik der Party noch unsere grölenden, betrunkenen Mitschüler oder mein schlecht gelaunter Bruder erreichen konnten. Die Taschenlampenfunktion meines Handys spendete uns Licht.

»Hey, wisst ihr was?« Tia lächelte verschwörerisch. »Wo wir schon mal hier sind und sonst nichts zu tun haben … warum spielen wir nicht eine Runde Flaschendrehen? Zufälligerweise hab ich sogar eine Flasche dabei.«

»Was für ein glücklicher Zufall«, sagte ich, wobei ich besondere Betonung auf das letzte Wort legte. Das war also der Grund dafür, dass sie eine leere Flasche mit sich herumschleppte. »Aber meinst du nicht, dass das mit drei Leuten etwas langweilig wird?«

Tia schob mein Handy ein Stück beiseite, damit sie die Flasche in die Mitte legen konnte. »Rena-Bär, ich kann dir versprechen, dass es alles andere als langweilig werden wird.« Sie zwinkerte mir zu, so unauffällig und kurz, dass es ebenso gut Einbildung hätte sein können. Aber dazu kannte ich sie zu gut. Sie führte etwas im Schilde.

»Gentlemen first. Du bist doch ein Gentleman, oder, Callan?« Mit den Fingerspitzen tippte sie auffordernd gegen die Flasche und ließ Cal dabei nicht aus den Augen.

Er erwiderte ihren Blick und runzelte die Stirn. »Warum werde ich das Gefühl nicht los, dass es sich dabei um eine Fangfrage handelt«, murmelte er, griff dann aber mit einem resignierten Seufzen nach der Flasche und versetzte sie in Drehung. Als sie kurz darauf auf Tia deutete, stieß diese ein erfreutes Jauchzen aus – zu erfreut dafür, dass ihr Cal eine Frage stellen durfte.

»Okay«, sagte er und legte abwägend den Kopf schräg. Sein konzentrierter Gesichtsausdruck ließ warme Zuneigung in mir aufsteigen, und gleichzeitig tat er mir leid. Der besten Freundin seiner Freundin eine Frage zu stellen, konnte ziemlich heikel werden – besonders bei Tia.

»Hast du schon mal etwas geklaut?«, fragte er schließlich.

Tia zupfte nachdenklich am Saum ihres Shirts herum … am Saum *meines* Shirts, das sie nach ihrem Unfall mit dem Kirschenwasser trug.

»Ein Mal«, erwiderte sie dann und stieß mich leicht mit der Fußspitze an. »Und Rena war meine Komplizin.«

Cals Augen weiteten sich ein wenig, und ich bemühte mich um eine ernste Miene.

»Mehr erfahre ich wohl nicht«, stellte er in leicht frustriertem Tonfall fest.

Tia zuckte lässig mit den Achseln. »Ich habe deine Frage beantwortet. Du hast nur gefragt, ob ich schon mal etwas geklaut habe. Nicht was und nicht wann.«

»Schon gut.« Cal verdrehte die Augen und hob kapitulierend die Hände, woraufhin Tia nach der Flasche griff, sie zweimal im Kreis drehte, anhielt und dabei so ausrichtete, dass sie auf Cal zeigte.

»Hey«, sagte sie erfreut. »Jetzt darf ich dir eine Frage stellen, Pommesboy.«

»Nur wenn du aufhörst, mich mit diesem dämlichen Spitznamen anzusprechen«, gab er belustigt zurück.

»Welcher würde dir denn besser gefallen?« Tia stockte. »Nein, warte! Nicht antworten! Dafür verschwende ich keine Frage.«
Cal zog sich mit Zeigefinger und Daumen einen imaginären Reißverschluss vor den Lippen zu, und Tia nickte zufrieden.
»Mit wie vielen Frauen warst du schon im Bett?«, schoss sie dann unvermittelt ihre Frage auf ihn ab. Oh Gott. Sofort stieg mir Röte in die Wangen. Warum musste sie nur so direkt sein?
Cal schien offensichtlich weniger peinlich berührt zu sein.
»Sechs«, sagte er, nachdem sein Blick fast unmerklich in meine Richtung gezuckt war. Wahrscheinlich hatte ich ihn nur bemerkt, weil meine Sinne sowieso komplett auf ihn ausgerichtet waren.
Während Tia einen beeindruckten Pfiff ausstieß, kämpfte ich zuerst gegen die aufsteigende Eifersucht, dann gegen das glückliche Lächeln an, das sich auf meinem Gesicht ausbreiten wollte. Ich würde seine Sieben sein. Das musste doch etwas bedeuten, oder?
»Nächste Runde.« Tia streckte den Arm nach der Flasche aus, ließ sie eine weitere Drehung beschreiben, sodass der Hals wieder auf Cal deutete.
»Hey.« Sein Protest klang nicht sonderlich überzeugend. Anscheinend hatte er verstanden, dass er keine Chance hatte, Tia zu entkommen. Ich bemühte mich um eine mitleidige Miene, obwohl es mir insgeheim gefiel, mehr von ihm zu erfahren.
»Wie wichtig ist dir Treue?«, wollte sie wissen. »Wirst du Rena das Herz brechen? Denn dann werde ich dir auch etwas brechen.«
»Das waren zwei …«
Cal verstummte, als ihm Tia einen warnenden Blick zuwarf.
»Du bist schlimmer als die Spanische Inquisition«, murmelte er, bevor er nach meiner Hand griff und unsere Finger miteinander

verflocht. Eine kleine Geste, die mich vor Glück fast explodieren ließ.
»Wenn ich mich für ein Mädchen entscheide, dann komplett. Mit allem, was ich habe«, sagte er ernst, und die Horde von Schmetterlingen in meinem Magen, die in seiner Nähe ohnehin ständig in Aufruhr war, stob empor. »Ich werde Renas Herz nicht brechen. Im Gegenteil. Ich habe so lange darauf gewartet, mich darum kümmern zu dürfen.«
»Gut«, befand Tia, nachdem sie mehrfach geschluckt hatte, und griff erneut nach der Flasche.
»Du kannst auf die Show verzichten«, sagte Cal trocken. »Ist vielleicht entspannter.«
»Cool.« Tia lehnte sich mit dem Rücken gegen die Innenwand. »Bist du rasiert?«, fragte sie ungerührt und deutete auf seinen Schritt, wobei sie den erstickten Laut ignorierte, der aus meiner Kehle kam.
»Wieso willst du das wissen?«
Tia setzte eine unschuldige Miene auf. »Feldforschung.«
»Kannst du vergessen«, entgegnete Cal. »Das geht nur eine von euch beiden etwas an …«
Meine Gedanken verließen das Rutschenhäuschen, flogen über den sternklaren Himmel zu dem Feld, auf dem Callan lag, Jeans und Sternenshorts ein Stück heruntergezogen. Sein Stöhnen, als meine Zunge über die zarte Haut seiner Hoden geglitten war, die er im Gegensatz zu seinem restlichen Schamhaar glatt rasiert hatte. Kurz und gepflegt wäre wohl die passende Antwort auf die Frage nach Cals …
»Erde an Rena.«
Tia warf mir einen wissenden Blick zu, den ich mit einem ertappten Grinsen beantwortete. Cal rutschte etwas näher an mich heran und drückte meine Hand. Es gefiel mir, dass er ihr nicht alle privaten Details verriet, und ich war mir sicher, dass es

Tia auch so ging – zumindest, wenn man ihre grenzenlose Neugier außen vor ließ.

»Wie wäre es, wenn wir die Flasche mal wieder *richtig* drehen würden?«, erkundigte ich mich bei meiner besten Freundin, woraufhin aus Cals Richtung ein dankbares Ächzen zu hören war. Er beugte sich vor, versetzte die Flasche in Schwung und atmete erleichtert aus, als diese kurz darauf auf mich zeigte.

»Also, Bienchen.« Er wandte mir das Gesicht zu, und für einige Sekunden versank ich in seinen Augen, die im schwachen Licht des Handydisplays silbern glänzten.

»Die Komplizin bei einem Diebstahl?«, beendete er meine bewundernde Betrachtung. »Was genau war da los?«

Und warum weiß ich nichts davon?

Die zweite Frage stand im Raum – oder vielmehr im Rutschenhäuschen –, obwohl er sie nicht ausgesprochen hatte.

»Wir waren gemeinsam in der Mall und sind durch die Läden gezogen«, erzählte ich. »Bei einem Tisch mit Sonderangeboten haben wir uns durch die Oberteile gewühlt, und Tia hatte sich ein paar Shirts über die Schulter geworfen, um die Hände frei zu haben. Dann hat Darren angerufen mit einem seiner typischen Notfälle, und wir sind samt der Oberteile aus dem Laden raus und haben es erst zwei Straßen weiter bemerkt.«

Cal lachte, und es klang so schön. Am liebsten würde ich sein Lachen aufnehmen, um es immer bei mir zu haben. Wobei, ich konnte auch einfach *ihn* immer bei mir haben.

»Wie geht es deiner Wange?« Ich lehnte den Kopf an seine Schulter und strich sanft über seine Fingerknöchel. Obwohl er öfter mit Verletzungen bei uns oder in der Schule aufkreuzte, würde ich mich nie daran gewöhnen können – genauso wenig wie an das mulmige Gefühl, das sich dabei meistens in meinem Bauch ausbreitete.

Cal warf mir ein halbes Lächeln zu. »Ist nicht so schlimm.«

»Falls es dich tröstet: Du warst nicht der Einzige, den es heute Abend erwischt hat«, mischte Tia sich ein, woraufhin wir sie beide neugierig ansahen. »Miles hat Cross Cooper eine verpasst, weil der eine ganze Tupperbox voller Grasbrownies angeschleppt hat, von denen seine Freundin total paranoid geworden ist.«
Autsch. Ein wenig tat Cross mir leid. Die Sache mit den Brownies war definitiv nicht so gelaufen, wie er sich das vorgestellt hatte. »Die haben wir auch probiert.«
Tias Augen weiteten sich, und sie lehnte sich ein Stück vor. »Serena Godwin«, sagte sie in gespielt schockiertem Tonfall. »Verbotene Grasbrownies auf einer verbotenen Party?«
Ich zuckte mit den Schultern und deutete ein Augenrollen an, doch sie ließ nicht locker. Die nächsten Minuten verbrachte ich also damit, ihr vom Feld, den Sternen und meinem High zu erzählen. Sie hörte fasziniert zu, dann drehte sie die Flasche zwischen uns wieder im Kreis, diesmal allerdings nur, um ihre Finger zu beschäftigen. Wir spielten nicht mehr, und sie feuerte auch keine unangenehmen Fragen mehr auf Cal ab. Stattdessen unterhielten wir uns über alles, was uns in den Sinn kam, und ich ertappte mich mehr als einmal dabei, wie erleichtert ich war, dass die beiden sich so gut verstanden. Sie mochte Cal, und im Verlauf unserer Unterhaltungen, die teilweise vollkommen unsinnig waren und uns zum Kichern brachten, als wären wir betrunken, wurde ich mir immer sicherer, dass er sie auch ziemlich gut leiden konnte.
Als wir endlich müde wurden, war es schon nach zwei Uhr morgens. Tia, die es mit der Müllentsorgung nicht besonders genau nahm, rutschte ohne ihre Kahlúa-Flasche nach draußen. Cal griff danach, noch bevor ich es konnte. »Die nehmen wir lieber mit. Nicht dass sich morgen noch ein Kind dran verletzt … oder plötzlich auf die Idee kommt, Flaschendrehen zu spielen.«

»Das wäre in dem Alter wirklich verwerflich«, stimmte ich zu und erntete dafür ein schiefes Grinsen von ihm, bevor er ebenfalls auf der Rutsche nach unten verschwand. Das war nur ein Punkt auf der Liste der vielen Dinge, die ich an ihm mochte. Callan war nie rücksichtslos. Er dachte immer an andere und daran, welche Auswirkungen sein Handeln auf sie hatte.
»Rena! Brauchst du eine Sondereinladung?« Tias Stimme hallte über den Spielplatz, und ich beeilte mich, auch aus dem kleinen Häuschen zu rutschen. Als ich sah, wie Cal sich am Ende der Rutsche positioniert hatte, streckte ich die Arme aus, woraufhin er mich unten auffing und mit demselben Schwung hochzog.
»Kommt schon, ihr Turteltäubchen!« Tia winkte uns vom Tor aus zu. »Lasst uns gehen.«
In angenehmem Tempo machten wir uns auf den Weg zurück zum Haus. Die Musik war mittlerweile verstummt, aber die Lichter waren noch an. Irgendein Typ, den ich nur vom Sehen kannte, hatte die Holzbank auf der Veranda zum Schlafen in Beschlag genommen, und die Scherben einer Bierflasche unter ihm erinnerten mich daran, dass das Aufräumen ein Haufen Arbeit werden würde. Selbst wenn das Haus bei Moms und Dads Rückkehr in tadellosem Zustand wäre – was ich bei dem momentanen Chaos bezweifelte –, konnte ich mir nicht vorstellen, dass den Nachbarn der Lärm entgangen war. Vielleicht sollten wir morgen nach dem Putzen eine kleine Entschuldigungsrunde drehen … nur zur Sicherheit.
Trotzdem würde ich diese Party um nichts auf der Welt rückgängig machen wollen. Wenn ich es könnte, würde ich lediglich den Teil streichen, in dem Darren wie ein Irrer auf Cal losgegangen war. Der Rest war zu wertvoll.
»Schlaf gut, Pfirsichbienchen.« Cal zog mich im Flur an sich, während Tia die Treppe hochtänzelte. An seiner Haltung konnte ich erkennen, dass er nicht mit nach oben kommen würde. An-

gesichts der Lage mit meinem Bruder war das zweifellos die vernünftigere Wahl, auch wenn ich ihn gerne noch die ganze Nacht an meiner Seite gehabt hätte.

»Ohne einen Gutenachtkuss werde ich bestimmt furchtbar schlafen«, flüsterte ich neckisch gegen seine Lippen und strich mit den Fingern über sein Shirt. »Das willst du doch nicht, oder?«

Er antwortete nicht. Stattdessen ließ er mich ohne zu zögern spüren, wie wichtig ihm die Qualität meines Schlafes war. Gott, sie war ihm verdammt wichtig. Er küsste mich mit einer solchen Wärme, dass es für eine ganze Woche wundervoller Träume gereicht hätte, und als er sich danach langsam von mir löste, hatte ich weiche Knie.

»Gute Nacht, Bienchen.«

»Gute Nacht, Woodstock.«

Keiner von uns beiden bewegte sich.

»Warte.« Sein Blick fiel wieder auf meine Lippen, und in seinen Augen erschien das schelmische Funkeln, das ich so mochte.

»Ja?« Ich machte wieder einen Schritt auf ihn zu.

»Ohne einen Gutenachtkuss werde ich bestimmt furchtbar schlafen«, sagte er unschuldig. »Das willst du doch nicht, oder?«

Lächelnd zog ich ihn zu mir. »Stimmt. Das kann ich auf keinen Fall riskieren.«

15 | CALLAN | Am Ende aller Ausreden

Am kommenden Morgen klingelte mich mein Wecker Punkt sieben Uhr erbarmungslos aus dem Schlaf. Es war gestern ziemlich spät geworden; erst gegen drei hatte ich mich von Rena losreißen können und war so übermüdet in mein Bett gefallen, dass ich mir nicht einmal Sorgen gemacht hatte, dass mich mein Vater erwischen könnte. Am liebsten hätte ich bei Rena übernachtet, aber leider hatte sich Tia bereits bei ihr einquartiert – und abgesehen davon wollte ich Darrens Geduld nicht weiter auf die Probe stellen. Alleine dass er gestern davon abgesehen hatte, eine weitere Szene zu machen, war mehr, als ich erwartet hatte.
Verschlafen griff ich nach meinem Handy, das neben mir auf dem Nachttisch lag, und schrieb eine Nachricht an Rena.

> **Cal:** Morgen, Bienchen. Wie hast du geschlafen? Ich hoffe, du hattest keine Albträume von Häkeltischdecken. 😉 Bin gleich zum Aufräumen am Start.

Leider bekam ich keine unmittelbare Antwort, deshalb beschloss ich, mich zu beeilen. Vielleicht waren die Geschwister mit Tias Hilfe bereits dabei, das Haus wieder in Schuss zu bringen. Die Godwins würden gegen zwölf von ihrem Verwandtschaftsbesuch zurückkehren, und bis dahin mussten wir dafür sorgen, dass sämtliche Spuren der gestrigen Party getilgt waren. Nachdem ich mich ins Bad geschleppt und mich fertig gemacht hatte, warf ich einen Blick in den Spiegel. Unterhalb meines linken Auges war ein leichter Bluterguss zu sehen, der eine rötlich-violette Färbung angenommen hatte. Zögerlich fuhr ich mit den Fingerspitzen darüber. Es tat weh, aber das war nicht das Schlimmste daran. Das Schlimmste war, dass mein bester Freund dafür verantwortlich war. Eine Premiere. Zum ersten Mal hatte mir eine andere Person als mein Vater sichtbare Spuren verpasst. Ich hätte niemals erwartet, dass es sich dabei ausgerechnet um Darren handeln würde.

Ich vergewisserte mich, dass mein Zimmer aufgeräumt und mein Bett gemacht war – Dad war in dieser Hinsicht wenig tolerant –, dann ging ich über die Treppe nach unten. Im Verlauf der letzten Jahre hatte ich mir einen leisen, geschmeidigen Gang angewöhnt, sodass ich im Bedarfsfall unbemerkt nach draußen verschwinden konnte. Heute jedoch beschloss ich, meinen Eltern am Frühstückstisch einen Besuch abzustatten. Gestern hatten wir Darren und unseren Freundeskreis eingeweiht; dabei konnten wir es nicht belassen. Rena und ich waren offiziell zusammen, und je früher ich mit der Sprache herausrückte, desto besser. Eigentlich wollte ich es sowieso am liebsten in die Welt hinausschreien … in die Welt außerhalb meines Elternhauses zumindest.

»Morgen, Mom«, sagte ich, während ich das Wohnzimmer betrat, das durch eine Theke vom Küchenbereich abgegrenzt war. »Morgen, Dad.«

Meine Mutter schenkte mir ein Lächeln, während mein Vater keine Reaktion zeigte. Ich konnte nicht mit der Sonntagszeitung konkurrieren, aber das hatte ich auch nicht angenommen.

»Ich wollte mit euch über etwas sprechen«, leitete ich ein, während ich um Gelassenheit kämpfte. »Es geht um …«

»Wieder Ärger in der Schule?« Dad hob den Kopf und warf mir über den Rand seiner Zeitung einen scharfen Blick zu. »Denkst du nicht, dass du uns in den letzten Wochen genug Scherereien gemacht hast? Du machst nur Ärger, Callan. Wie immer.«

Mit stoischer Miene ließ ich seine Vorwürfe über mich ergehen. Ich hatte damit gerechnet, und außerdem wusste ich, dass es sowieso keinen Sinn hatte, ihn zu unterbrechen.

»Keinen Ärger in der Schule«, erwiderte ich dann, woraufhin er mich argwöhnisch musterte.

»Wo dann?«

»Ich wollte euch nur erzählen, dass ich eine Freundin habe.« Es gelang mir nicht, das glückliche Lächeln komplett zu unterdrücken, das um meine Lippen spielte, aber meine Eltern schenkten ihm ohnehin keine Beachtung. »Serena Godwin.«

Mein Vater deutete ein Schulterzucken an und las weiter in der Zeitung. Sein Desinteresse schmerzte mehr, als es seine Schläge taten. Wenn er auf mich losging, nahm er mich zumindest wahr.

»Ein nettes Mädchen«, sagte Mom und stand auf, um sich selbst und meinem Vater Kaffee nachzuschenken, dann hob sie die Kanne in meine Richtung.

»Möchtest du auch?«

Auf dem Tisch befand sich kein Gedeck für mich, also schüttelte ich den Kopf. Ich würde mir bei den Godwins die dringend nötige Dosis Koffein abholen.

»Ich werde dann mal gehen«, murmelte ich, nachdem für einige Zeit Stille geherrscht hatte. Gerade als ich mich abwenden wollte, blickte Dad von seiner Zeitung auf.

»Deine Zensuren werden doch nicht darunter leiden, dass du jetzt eine Freundin hast, oder?«

Ich schüttelte den Kopf. »Natürlich nicht, Dad.«

Er musterte mich für einige Sekunden ausdruckslos. »Ich habe noch mal mit deinem Geografielehrer telefoniert. Es hat sich herausgestellt, dass seine Frau eine meiner Patientinnen ist. Ein wunderbarer Zufall. Er hat sich bereit erklärt, dich die Arbeit noch mal schreiben zu lassen. Für die Zulassung an der UPenn brauchst du Bestnoten, und deine Zensur in Erdkunde wird deinem Leistungsstand nicht gerecht. Der Täuschungsversuch war eine einmalige Entgleisung, die dir nicht das Zeugnis verderben soll, das hat er glücklicherweise auch eingesehen.«

»Dad …«, fing ich an, denn obwohl ich nicht geschummelt hatte, war ich der Meinung, die schlechte Note verdient zu haben. Ich hatte es vorgezogen, mich mit dem Gitarrenriff zu beschäftigen, und ich war bereit, die Verantwortung dafür zu übernehmen. Ganz abgesehen davon würde ich an der Musikhochschule ohnehin …

»Keine Widerrede, Callan.« Seine Stimme war scharf wie ein Peitschenknall, und ich duckte mich reflexartig. »Du kostest uns sowieso schon so viele Nerven. Tu ein einziges Mal das, was wir uns von dir wünschen, ja? Enttäusche uns ein einziges Mal nicht.«

Ich biss mir auf die Unterlippe und suchte den Blick meiner Mom in der fast verzweifelten Hoffnung, sie würde für mich Partei ergreifen. Sie tat es nicht, tat es nie. Während ich auf etwas wartete, das nicht geschah, stieg die übliche Mischung aus Scham und Niedergeschlagenheit in mir auf.

Enttäusche uns ein einziges Mal nicht.

Nicht genug. Ich war nie genug.

»Ja, Dad«, erwiderte ich nur und verließ in der dröhnenden

Stille des Sonntagmorgens das Zimmer, während ich die vorwurfsvollen Blicke meiner Eltern in meinem Rücken spüren konnte.

Erst als ich mich auf dem Weg zu den Godwins befand, wurde mein Herz etwas leichter – und gleichzeitig stieg meine Nervosität. Was meine Familie anging, hatte ich einen geschickten Zeitpunkt gewählt; Dad war offensichtlich ausgeschlafen gewesen, musste nicht arbeiten und hatte noch keinen Alkohol intus; das Gespräch war glimpflich verlaufen. Was jedoch die Godwins anging, hatte ich keine Ahnung. Ich wusste nicht, ob Rena oder sogar Darren bereits mit ihnen gesprochen hatten, ich wusste nicht, ob sie von ihrem Kurztrip schon zurück waren, und vor allem wusste ich nicht, wie sie reagieren würden. Noch immer schmerzte mein Gesicht vom Schlag meines besten Freundes. Von dem, was sein Angriff in meinem Inneren ausgelöst hatte, wollte ich gar nicht anfangen.
Als ich schließlich vor der Gartentür stand, genügte ein Blick, um zu sehen, dass eine Menge Arbeit vor uns lag. Das konnten wir unmöglich alles alleine schaffen. Ich kramte mein Handy hervor und animierte ein paar Freunde zu einer Aufräumaktion. Gerade als ich die letzte Nachricht verschickt hatte, ließ mich das Geräusch eines Rollladens aufblicken. Aiden, Renas Ex, stand am Fenster und schaute in meine Richtung. Ob er seine blöden Kaktusshorts trug, konnte ich aus der Entfernung nicht erkennen, aber das spielte keine Rolle. Ich konnte ihn auch so nicht ausstehen. Außerdem nervte es mich, dass er direkt gegenüber wohnte. Die andere Seite der Stadt … oder des Landes … wäre mir lieber als die andere Seite der Straße. Okay, vermutlich war der Kerl ganz in Ordnung, immerhin hatte es Rena mehrere Monate mit ihm ausgehalten, auch wenn ich häufig den Eindruck gehabt hatte, dass die Zärtlichkeiten eher von

ihm ausgegangen waren. Dennoch hasste ich ihn. Einfach aus Prinzip.
Ihm schien es mit mir nicht anders zu gehen, denn er stand ebenso bewegungslos am Fenster wie ich auf der Straße und sah zu mir hinüber. Natürlich ließ ich es mir nicht nehmen, seinen Blick für einige Sekunden mit ausdrucksloser Miene zu erwidern, doch dann riss mich das Summen meines Handys aus dem Starr-Contest.

Rena: Wo bleibst du, Woodstock? Trau dich rein, das Schlimmste ist schon erledigt: Moms Hortensien sind kotzfrei. 😉

Obwohl die Nachricht in lockerem Ton verfasst war und mich zum Grinsen brachte, gelang es ihr nicht, meine Beklommenheit vollständig zu vertreiben. Die offene Aggressivität zwischen den beiden Geschwistern letzte Nacht hatte mich beunruhigt, ebenso wie die anschließende Eiseskälte. Darren schien erbarmungslos über Renas Gefühle hinwegzugehen – und über meine ebenfalls. Nun, vielleicht brauchte er nur noch ein wenig Zeit. Ich sollte mehr Vertrauen in meinen besten Freund haben.
Nachdem ich einmal tief durchgeatmet und mich von dem starrenden Aiden mit einem demonstrativen Nicken verabschiedet hatte, packte ich das Handy ein, öffnete das Gartentor und machte mich auf den Weg zum Haus. In einem der kleineren Bäume in der Nähe hing ein pinker BH, über dessen Herkunft ich lieber nicht nachdenken wollte.
Stirnrunzelnd wandte ich den Blick ab und betrat den Flur. Offensichtlich unterhielt sich meine Freundin – meine *Freundin*! – in der Küche mit Darren und Tiana, denn abgesehen von Rena konnte ich eine weitere weibliche Stimme ausmachen.
»Ich bin ja mal gespannt, was Mom und Dad dazu sagen, dass

du beim Zelten heimlich mit Cal rummachst«, sagte Darren, gerade als ich die Küche betreten wollte. Natürlich hielt ich inne, um Renas Antwort auf diese Unterstellung zu hören. Beim Zelten war es lediglich ich gewesen, der … na, egal.

Im nächsten Moment ertönte ein röchelndes Husten, das klang, als hätte sich Rena an ihrem Getränk verschluckt. Unvermittelte Drama-Attacken waren schon immer Darrens Stärke gewesen.

»Du hast kein Recht …«, brachte sie erstickt hervor, bevor sie von einem neuerlichen Hustenanfall lahmgelegt wurde.

Ich wusste, dass ich mich eigentlich zu erkennen geben sollte, doch Darrens nächste Worte hielten mich zurück.

»Und wieso sollte mich das stören, nachdem du dir einfach das Recht genommen hast, unsere Abmachung zu brechen?«

Rena erwiderte nichts. Stattdessen stieß Tiana ein Seufzen aus, dem jedoch keiner der beiden Beachtung schenkte.

»Ich date deine Freunde nicht, und du datest meine nicht – eigentlich ziemlich leicht, oder?«, fuhr er fort. »Aber nein, du musst dir ausgerechnet meinen besten Freund aussuchen, der immer hier abhängt. Hast du mal daran gedacht, was passieren wird, wenn ihr euch trennt? Was das dann mit unserer Freundschaft macht?«

»Und was macht es mit eurer Freundschaft, dass du ihm gestern eine reingehauen hast?«, konterte Rena, woraufhin ich mir auf die Lippe biss.

»Leute, hört auf und helft mir lieber beim Putzen«, mischte sich Tiana ein und rückte einen Stuhl zur Seite.

Ich nahm meinen Mut zusammen und betrat die Küche.

»Du«, sagte Darren finster, als befänden wir uns in einem Western, in dem er innerhalb der nächsten Sekunden seine Knarre ziehen würde, um mich zum Duell zu fordern.

Ich erwiderte seinen Blick, entgegnete aber nichts. Vermutlich sollten wir ein klärendes Gespräch führen, aber die Stimme in meinem Kopf ließ mich nicht zu Wort kommen. Er hatte mich gestern geschlagen. Mein bester Freund hatte mich ins Gesicht geschlagen, obwohl ich nicht einmal ansatzweise etwas getan hatte, um es zu verdienen. Niemand hatte es verdient. Weder ich noch Cooper noch Darren selbst. Es gab keinen verdammten Grund, jemandem Gewalt anzutun.

»Lasst uns das etwas geplanter angehen«, sagte ich in das dumpfe Schweigen hinein und schob die Beklommenheit weit weg. »Zuerst sehen wir uns im Haus um, dann erstellen wir eine Liste, was zu tun ist.«

Da keiner der anderen Einwände hatten, teilten wir uns auf, um das Ausmaß der Verwüstung zu ermitteln. Nicht einmal das obere Stockwerk war von Darrens *Party des Jahres* verschont geblieben. Jemand hatte in den Topf der Bergpalme gekotzt, den Duschvorhang im Bad heruntergerissen, und die Badewanne sah aus, als hätte jemand versucht, sie mit Tianas Cocktails zu füllen. Außerdem lag ein Spiegel in Scherben – ein Anblick, der bei Rena garantiert eine Gänsehaut hervorgerufen hatte.

»Darren, nimm dir zwei große Tüten und sammle allen Müll im Erdgeschoss ein«, begann ich, nachdem wir wieder unten angekommen waren. Dabei versuchte ich zu ignorieren, dass er mich weiterhin musterte wie den Staatsfeind Nummer eins. »Ich begleite dich und kümmere mich darum, die kaputten Sachen aus dem Blickfeld verschwinden zu lassen. Ihr, Rena, macht das Gleiche im Obergeschoss. Anschließend rücken wir der größten Sauerei mit heißem Wasser und Tüchern zu Leibe. Dann aufräumen, staubsaugen, wischen. Die Jungs von der Band kommen gleich und kümmern sich um den Garten, der fällt also weg.«

Mit jedem Wort gewann ich etwas an Sicherheit. Was jetzt lief, war reine Planung. Das konnte ich. Ich konnte funktionieren, wenn es nötig war, das hatte ich schon oft unter Beweis gestellt.

In den folgenden zwei Stunden kamen wir kaum zum Reden, dafür brachten wir das Haus auf Vordermann. Durch das Fenster waren die Jungs zu sehen, die sich um den Garten kümmerten und mir lässig zuwinkten.

»Am besten geben wir nachher eine Runde Pizza aus«, schlug ich vor, nachdem wir uns wieder im Wohnzimmer befanden, dem mittlerweile der vorangegangene Schrecken kaum mehr anzusehen war.

»Gute Idee«, stimmte Tiana zu, während mich Darren noch immer böse fixierte.

»Wird das jetzt zum Dauerzustand?«, erkundigte ich mich. »Finsteres Starren? Ich verstehe, dass es ein Schock für dich ist, Mann, aber sie könnte es weitaus schlimmer treffen.«

Etwas in seiner Miene veränderte sich. Die Ruhe, die während des Aufräumens geherrscht hatte, zerfiel innerhalb von Sekunden.

»Darum geht es nicht.« Er verschränkte die Arme und lehnte sich gegen ein Regal, auf dem sich verschiedene Familienfotos befanden. Auf einigen war auch ich zu sehen, was mich normalerweise mit warmer Freude erfüllte, jetzt aber mein schlechtes Gewissen nur noch weiter anheizte.

»Worum geht es dann?«

»Um das Versprechen, das deine *Freundin*«, er spuckte die Bezeichnung fast aus, »gebrochen hat. Ohne mit der Wimper zu zucken. Heimlich! Wann hättet ihr mir davon erzählt, wenn ich euch nicht erwischt hätte? Wenn Kevin nicht verbreitet hätte, dass ihr zusammen verschwunden seid? Und wie wollt ihr das Mom und Dad mitteilen, ohne dass sie einen Herzinfarkt bekommen? So viele vierblättrige Kleeblätter, Wimpern, Sternschnuppen, Schornsteinfeger und weiteren Scheiß gibt es gar nicht, dass dieses Gespräch gut gehen kann. Und …«

»Das ist lächerlich, Darren«, fuhr Rena dazwischen. »Mom und Dad mögen Cal.« Sie warf mir einen kurzen Blick zu, und ich konnte das Lächeln in ihren Augen sehen. »Nach dem ersten Schreck werden sie froh sein, dass gerade er es ist.«

»Nein.« Darren ballte die Hände zu Fäusten und machte einen Schritt auf uns zu. »*Ihr* seid lächerlich. Diese ganze Scheiß-Beziehung ist lächerlich!«

Geistesgegenwärtig schob ich Rena hinter meinen Rücken und spannte die Muskeln an, um einen möglichen Angriff besser wegstecken zu können. Auf keinen Fall würde ich zulassen, dass er …

Darren musterte mich mit einer Mischung aus Unglauben und Erstaunen, während Rena nach Luft schnappte. Nicht zum ersten Mal seit der gestrigen Nacht fragte ich mich, wie lange es dauern würde, bis einer der beiden die falschen Fragen stellen und die richtigen Schlüsse ziehen würde. Ich entspannte mich langsam, während mir klar wurde, dass meine Reaktion auf Darrens Angriff heftig gewesen war, zu heftig, wenn man bedachte, dass er äußerst selten zuschlug und nur, wenn er zu viel getrunken hatte. Darin war er meinem Vater ähnlicher, als ich wahrhaben wollte. Der einzige Unterschied zwischen den beiden war, dass mein bester Freund nicht oft wirklich betrunken war, während es bei meinem Vater mehrmals pro Woche vorkam.

»Cal«, sagte er betroffen. »Was soll denn das? Was machst du da? Du kannst nicht im Ernst annehmen, dass ich …«

»Hey, Ms und Mr Godwin!«, hörte ich von draußen Lucas, unseren Drummer, rufen, der für einen Großteil des gestrigen Alkoholvorrats verantwortlich gewesen war. Und für dessen Konsum. Es war ein Wunder, dass er überhaupt zum Aufräumen erschienen war.

Darren und ich tauschten einen Blick. In dem Moment, in dem die Godwins das Haus betraten, waren wir wieder auf derselben Seite. Es gab keine Chance, die Party zu verheimlichen, das war uns allen klar.

Thomas warf einen Blick in den Müllsack voll leerer Alkoholflaschen und Bierdosen, während uns Stella fragte, warum draußen ein BH von einem der Bäume hing und ein Haufen Jungs, die sie nicht kannte, eifrig Müll in Säcke stopfte.

Darren gab die Party ohne Umschweife zu – es blieb ihm nichts anderes übrig, denn die Beweislage war eindeutig.

»Setzt euch.« Thomas deutete auf den großen Esstisch, an dem für gewöhnlich der Godwin-Familienrat stattfand. Meist war der Anlass allerdings deutlich erfreulicher.

»Ich werde dann mal gehen«, verabschiedete sich Tiana mit einem entschuldigenden Blick zu Rena, den diese mit einer Grimasse beantwortete. Während sie fluchtartig das Zimmer verließ, stand ich unschlüssig neben der Tür.

»Hinsetzen, Callan.« Thomas musterte mich streng. »Du gehörst auch dazu.«

Obwohl sein schroffer Tonfall Grund zur Besorgnis gab, ließ seine Aufforderung Wärme in mir aufsteigen, und ich nahm neben den beiden Geschwistern am Esstisch Platz. Ich gehörte dazu.

»Wer von euch kam auf die *wundervolle* Idee, unsere Abwesenheit für eine Party zu nutzen?«, begann Thomas das Verhör und sah finster zwischen uns hin und her.

Darren öffnete den Mund, doch bevor er etwas sagen konnte, ergriff ich das Wort.

»Wir haben das gemeinsam geplant«, eröffnete ich, obwohl mir in den vergangenen Tagen der Sinn garantiert nicht nach einer Party gestanden hatte und ich mir auch nicht vorstellen konnte, dass es Rena anders gegangen war.

Thomas seufzte resigniert und runzelte die Stirn.
»Ich bin wirklich enttäuscht von euch«, sagte er nach einer kurzen Pause, und Stella nickte zustimmend. »Wir sind mit einem guten Gefühl gefahren, weil wir euch vertrauen können. Zumindest dachten wir das! Und jetzt kommen wir zurück und finden diesen Schweinestall vor!«
»Wir waren doch schon am Aufräumen«, wandte Darren kleinlaut ein. »Und es ist ja nichts Teures kaputtgegangen …«
»Zu eurem Glück!«, unterbrach ihn Thomas aufgebracht. »Eine so große Party! Wie viele Leute waren da? Stopp!« Er hob theatralisch eine Hand. »Ich will es gar nicht wissen.«
»Es geht uns nicht um die Party an sich«, übernahm nun Stella, die deutlich ruhiger wirkte als ihr Mann. »Ihr wisst, dass wir nichts dagegen haben, wenn ihr ein paar Freunde einladet. Es geht darum, dass ihr unser Vertrauen missbraucht habt.«
»Und es geht um die Menge an Alkohol!« Thomas zeigte anklagend auf den Müllsack. »Es grenzt an ein Wunder, dass niemand mit einer Alkoholvergiftung im Krankenhaus gelandet ist. Ihr verfügt über funktionierende Gehirne … zumindest dachte ich das! Ist es zu viel verlangt, sie zu benutzen?«
Während Rena und Darren halb genervt, halb betroffen waren, fühlte ich wieder diesen verrückten Anflug von Freude. Sie sprachen mit uns auf streng-liebevolle Art. Keine Verachtung, keine Gewalt, keine Angriffe, keine Beleidigungen. Vermutlich war ich der einzige Mensch auf der Welt, der sich darüber freute, den Kopf gewaschen zu bekommen. Die Godwins waren so anders als meine Eltern. Natürlich war Thomas wütend – aus gutem Grund –, aber er kritisierte lediglich unsere Taten, nicht uns selbst.
»Ihr werdet alles, was zu Bruch gegangen ist, von eurem Taschengeld bezahlen«, beschloss Thomas, woraufhin Stella bestätigend nickte.

Darren stieß ein ersticktes Ächzen aus. »Von unserem Taschengeld?«, wiederholte er entsetzt. »Dad. Komm schon. Könnt ihr uns nicht lieber ein paar Tage Hausarrest geben?«
Thomas sah zu Rena und runzelte die Stirn. »Offensichtlich hält euch das ja nicht vom Blödsinnmachen ab. Außerdem ist es eher eine Strafe für uns als für euch, wenn ihr den ganzen Tag zu Hause seid.«
Da hatte er recht. Ich verbiss mir ein Lächeln und verfolgte weiterhin interessiert das Gespräch. Es war selbstverständlich, dass ich mich ebenfalls an den Kosten beteiligen würde – soweit das in meinen Möglichkeiten lag.
»Aber …«, setzte Darren zu einem neuen Widerspruch an.
»Ende der Diskussion«, sagte Thomas und schlug zur Bekräftigung mit der Handfläche auf den Tisch. »Ihr ersetzt die Sachen und seid beim nächsten Mal hoffentlich verantwortungsbewusster.«
»Ich bin echt zu alt für irgendwelche Strafen«, maulte Darren, offensichtlich unbeeindruckt von der dramatischen Geste seines Dads. »Das zieht vielleicht noch bei Rena, aber nicht bei mir.«
»Bei mir?« Rena warf ihm einen empörten Blick zu. »Wer hat denn gestern so viel gesoffen, dass er auf dem Badvorleger geschlafen hat, weil er angeblich *unfassbar flauschig* ist? Du bist ja so erwachsen, Bruderherz.«
»Und wer hatte heute fast eine Panikattacke, weil ein Spiegel zerbrochen ist?«, schlug Darren zurück und drehte sich wieder zu seinen Eltern. »Sie denkt ja auch, sie hätte Oma auf dem Gewissen, weil sie einen Vogel ins Haus gelassen hat«, fuhr er fort. »Vielleicht solltet ihr mal ein paar Takte mit ihr reden, was diesen dämlichen Aberglauben betrifft.«
Ich runzelte die Stirn. Natürlich konnte ich verstehen, dass er sich über Renas Stichelei geärgert hatte, aber ich konnte es nicht ausstehen, wenn er sich über sie lustig machte.

Rena neigte leicht den Kopf, und für einen Moment trafen sich die Blicke der Geschwister. Darren zuckte lediglich mit den Schultern, schnappte sich den Müllsack und lief aus dem Haus. Gleichzeitig kam auch in Rena Bewegung, die sich abwandte und nach oben verschwand.

»Stimmt das, Rena?«, rief ihr Stella besorgt hinterher und stand umgehend auf, um ihr zu folgen. »Willst du nicht darüber reden?«

Währenddessen richtete sich Thomas' Aufmerksamkeit auf mich; schließlich war sonst keiner der Übeltäter mehr anwesend.

»Ist alles in Ordnung, Junge?«, fragte er mit seinem warmen Bariton und musterte mich aufmerksam. »Ich wollte nicht zu hart zu euch sein, aber ihr müsst lernen, dass …«

»Ich habe mich in Rena verliebt.«

Totenstille.

Thomas starrte mich an, als hätte ich gerade offenbart, dass der BH draußen im Baum meiner und ich in Wirklichkeit eine Frau sei.

»Und Rena hat sich in mich verliebt«, fügte ich hinzu. Noch während das Bekenntnis über meine Lippen kam, schlug das schlechte Gewissen zu. Fuck. Das hätte ich vorher mit ihr absprechen müssen. Es war eine Sache, dass ich meine Gefühle so plötzlich offenbarte, aber eine ganz andere, mit ihren ebenso zu verfahren und sie vor vollendete Tatsachen zu stellen.

Thomas hatte den Blick noch immer fest auf mich gerichtet, und ich erwiderte ihn stumm. Anscheinend wartete er darauf, dass ich die Worte zurücknahm, sie als Scherz deklarierte oder sonst etwas tat, womit er besser umgehen konnte als mit der Wahrheit.

Diesen Gefallen konnte ich ihm nicht tun.

Mitten in unserem Starr-Wettbewerb öffnete sich die Tür.

Schritte näherten sich, ich sah eine Bewegung aus dem Augenwinkel, und im selben Moment landete ein pinker Stofffetzen auf meinem Kopf, bei dem es sich um den schicksalhaften BH handelte, der sich jetzt offensichtlich nicht mehr im Baum befand.

»Cal, wem gehört der BH? Du hast doch die Unterwäsche so ziemlich aller Weiber auf der Party schon gesehen, oder?«

Kevin kam dicht gefolgt von Lucas ins Wohnzimmer geschlurft, entdeckte Thomas und zuckte leicht zusammen.

»Oh. Hey, Mr Godwin.«

Ich zog mir das Teil mit spitzen Fingern vom Kopf und hielt es etwas unbeholfen in der rechten Hand. Noch immer musterte mich Thomas, doch mittlerweile hatte sich seine Miene merklich verdunkelt.

»Serena!«, brüllte er unvermittelt, und es kostete mich einige Mühe, nicht zurückzuweichen. Statt Rena tauchte zuerst Stella am oberen Ende der Treppe auf, die ihren Mann besorgt ansah. Dann fiel ihr Blick auf mich … und den BH in meiner Hand.

»Bin dann mal wieder draußen«, murmelte Kevin und verschwand mit Lucas im Schlepptau so schnell, dass ich gelacht hätte – wüsste ich nicht, dass ich in Schwierigkeiten steckte. In heftigen Schwierigkeiten.

Rena drängte sich an ihrer Mutter vorbei und kam die Treppe herunter, so langsam, dass sie fast rückwärtslief.

»Serena!« Thomas tippte ungeduldig mit der Fußspitze auf den Boden, und ich entschuldigte mich in Gedanken bei meiner Freundin für den spontanen Alleingang.

Stella stand nach wie vor auf der obersten Stufe und sah unentschlossen von einem zum anderen, während Thomas' Gesicht einen besorgniserregenden Rotton angenommen hatte.

»Woher hast du den denn?«, fragte Rena mit einem Nicken in

Richtung des BHs, der gerade mein absolut kleinstes Problem war.

»Warum erzählt mir Cal, dass ihr euch ineinander verliebt habt?«, fragte Thomas.

Erneutes schockiertes Schweigen.

Stella klappte den Mund auf und schloss ihn dann wieder.

Rena starrte mich an, forschte in meinen Augen offensichtlich nach einem Grund für das mieseste Timing der Welt, und ich schickte ihr eine weitere stumme Entschuldigung.

»Serena«, sprach Thomas nun zum dritten Mal ihren vollen Namen aus. Er schien wirklich durcheinander zu sein. »Möchtest du dazu etwas sagen?«

»Cal sagt das, weil es wahr ist«, erwiderte sie mit einem leisen Seufzen. »Wir haben uns ineinander verliebt. Cal ist mein fester Freund.«

»Aber … ihr seid doch wie Geschwister«, widersprach Stella, die mittlerweile ebenfalls unten angekommen war, fassungslos.

Rena verzog das Gesicht, und ich unterdrückte ein Grinsen.

»Ihr habt euch letzte Woche ein Zelt geteilt …«

Ihre Worte sorgten dafür, dass Thomas augenblicklich die Farbe aus dem Gesicht wich. Er begriff, was sie andeutete. Er begriff, was in dem Zelt passiert sein könnte.

»Das gefällt mir gar nicht. Erst das Tattoo, dann die Party mit den Unmengen an Alkohol, und jetzt … *das.*« Thomas wirkte heillos überfordert. »Das ist doch alles nur eine rebellische Phase. Da steckt doch nichts dahinter. Das ist doch Unsinn.«

Rena reagierte sofort. Mit wenigen Schritten war sie bei mir und verschränkte ihre Finger mit meinen.

»Das ist kein Unsinn und auch keine verdammte Phase. Ihr könnt entweder akzeptieren, dass wir miteinander glücklich sind, oder ihr verbietet es mir, und ich treffe ihn hinter eurem

Rücken – aber ändern wird sich nichts daran. Und da nun alles geklärt ist, gehen wir jetzt nach oben.«

Sie machte einen Schritt auf die Treppe zu und zog mich mit sich.

Thomas stellte sich uns in den Weg. Dafür, dass er immer noch vollkommen überfordert wirkte, war er äußerst schnell. »Nicht in diesem Ton, Serena. Ich denke, es ist besser, wenn Cal erst einmal nach Hause geht.«

Sein Blick wanderte zu dem BH. Saugte sich förmlich daran fest – auf fast schon unheimliche Art.

»Ich glaube auch, dass es besser ist, wenn sich alle erst einmal beruhigen«, stimmte ihm Stella zu.

Mir war klar, dass es nicht allzu gut für uns aussah, allerdings beeindruckte es mich, wie die Godwins auch diesen Konflikt durch ein Gespräch lösten – oder es zumindest versuchten. Ein leiser Schauder überlief mich beim Gedanken daran, wie mein Vater in dieser Situation reagiert hätte.

Der Bluterguss vom letzten Wochenende war mittlerweile von tiefem Violett zu einem helleren Blaugrün geworden; ganze neun Tage war ich bis jetzt verschont geblieben, und ich fürchtete den Moment, in dem sich das ändern würde.

»Es tut mir leid«, sagte ich, nachdem alle das losgeworden waren, was sie loswerden wollten. »Dass wir diese Party gefeiert haben. Dass wir euch enttäuscht haben. Dass ihr das Gefühl habt, mir nicht vertrauen zu können. Aber das hier«, ich hob meine Hand, die weiterhin mit der Renas verbunden war, »tut mir nicht leid. Das ist keine rebellische Phase und auch kein Nutzen irgendeiner Gelegenheit. Rena ist schon lange mehr für mich als eine kleine Schwester. Ich habe versucht, mich dagegen zu wehren, um genau das zu vermeiden, was jetzt eingetreten ist. Ich will keinen Ärger machen, das wollte ich noch nie, und es tut mir leid, wenn ich euch nicht gut genug für sie bin. Aber das ändert nichts daran, dass ich alles in meiner Macht Stehende tun werde, um mit ihr zusammen sein zu können.«

»Cal«, brachte Stella betroffen hervor. »Nicht gut genug? Wie kommst du nur auf einen solchen Blödsinn? Wir sind schockiert, und ja, wir sind ziemlich wütend auf euch drei wegen eures verantwortungslosen Handelns.«

»Der BH.« Im Gegensatz zu seiner Frau schien Thomas weniger gut mit der unverhofften Eröffnung zurechtzukommen. »Und das, was dieser Typ gesagt hat, der hier aufgetaucht ist. Stimmt das, Callan? Bist du ein ... Aufreißer? Wie viele Freundinnen hattest du schon?«

»Freundinnen ... keine«, erwiderte ich zögerlich.

Die Miene von Renas Dad hellte sich auf, und nun war es Stella, die die Stirn runzelte. Natürlich zog sie umgehend die richtigen Schlüsse, doch ich hatte nicht die Absicht abzuwarten, bis sie ihren Mann dahingehend einweihte.

»Ich werde nach Hause gehen«, sagte ich halb an Rena, halb an deren Eltern gewandt. »Es tut mir leid, dass ihr das in einem so unpassenden Moment erfahren habt, aber ihr habt meine Offenheit verdient. Ihr seid mir wirklich wichtig.« Ich drückte Renas Hand und schenkte ihr ein Lächeln. »Wir telefonieren, Pfirsichbienchen, in Ordnung?«

»Pfirsichbienchen«, wiederholte Stella und klang so hingerissen, dass ich mir ein Grinsen verkneifen musste.

Ich drückte Rena einen Kuss auf die Wange, nickte ihren Eltern zu, dann verschwand ich nach draußen, wo die Jungs gerade dabei waren, den letzten Müll zusammenzuräumen.

»Spontane Probe in meiner Garage?«, schlug Lucas vor und deutete mit dem Kinn auf mich. »Aber nur, wenn du den BH nicht mitbringst, Cal. Und vielleicht drehen wir die Verstärker erst hoch, wenn sich der Scheiß-Kater gebessert hat ...«

In den folgenden Tagen sah ich Rena nicht, denn uns war beiden klar, dass sich die Wogen so am schnellsten glätten würden. Nichtsdestotrotz fiel es mir schwer, Abstand von ihr zu halten, aber immerhin hatte ich dank der letzten Woche schon Übung darin. Zudem trösteten mich die Nachrichten und die heimlichen Telefonate – selbst wenn ich ständig Panik hatte, dass Rena mich doch nicht wollte, wenn sie mal länger als eine Viertelstunde für eine Antwort benötigte. Ich war vollkommen verrückt nach ihr und hatte seit dem Zeltausflug doppelt so oft Hand angelegt wie in den Wochen zuvor. Ein Gedanke an Rena genügte, und ich stand in Flammen.

Die Situation mit den Godwins war allerdings weiterhin ungeklärt, und ich wartete fast verzweifelt darauf, dass sich sowohl Stella und Thomas als auch Darren von dem Schock erholten, den wir ihnen versetzt hatten. Es herrschte komplette Funkstille. Komplette Funkstille, unter der ich mit jeder Stunde, die verging, mehr litt.

Da mir Darren konsequent die kalte Schulter zeigte, beschlossen Rena und ich schweren Herzens, auch in der Schule einander aus dem Weg zu gehen, damit er sich beruhigen konnte. Lediglich als ich am Dienstag nach der ersten Pause vor dem Erdkunderaum stand, um die Arbeit nachzuschreiben, tauchte Rena neben mir auf, zeichnete mit der Fingerspitze ein vierblättriges Kleeblatt auf meinen Handrücken und war wieder verschwunden, bevor ich mich auf meine Art dafür bedanken konnte.

Als ich am Donnerstag, fünf Tage nach der Party, kurz nach Einbruch der Dämmerung von der Bandprobe nach Hause kam, wartete mein Vater bereits im Flur. An seinen ungelenken Bewegungen konnte ich sehen, dass er wieder getrunken hatte – und dass er wütend war. Natürlich auf mich, weil ich ihm in seinem jetzigen Zustand unter die Augen trat, weil ich eine Schande war, weil ich existierte.

»Callan.« Er lallte meinen Namen eher, als dass er ihn wirklich aussprach. Für einen Moment zuckte ein Lächeln um meine Mundwinkel, weil ich meine Eltern innerlich zu der Namenswahl beglückwünschte. Callan konnte man ausgesprochen gut lallen.
»Was grinst du so?«, wollte er umgehend wissen, und ich beeilte mich, einen neutralen Gesichtsausdruck aufzusetzen.
Zu spät.
Er taumelte auf mich zu, hob den Arm, und ich erkannte das Glitzern von Glas. Im nächsten Moment explodierte ein scharfer Schmerz in meiner Schläfe, und umgehend floss Blut über meine Wange.
Fluchend sprang ich einen Schritt zurück, darauf gefasst, dass er erneut zuschlagen würde. Er hatte nicht gezielt, dazu war er gar nicht in der Lage, aber das hatte nichts an der Kraft geändert, mit der der Schlag ausgeführt worden war. Genug Kraft, um eine Wodkaflasche an meinem Kopf zu zertrümmern und mir mit den Scherben eine Wunde zuzufügen.
»Du stehst ja noch, kleines Arschloch.« Er lachte. Ich stand da, mein Kopf schmerzte wie die Hölle, die Wunde blutete stark – und mein Vater lachte.
»Weißt du, was heute gekommen ist?«, sagte er, und sein Lachen erstarb so brüsk, wie es begonnen hatte. Seine Worte wirkten unbeholfen und schwer, als würde ihm seine Zunge nicht gehorchen. »Ein verfickter Brief von einer verfickten Hochschule. Und weißt du auch, von welcher? Von der School of Music & Arts in Seattle.«
Die letzten Silben spuckte er mir regelrecht entgegen, die Stimme zitternd vor Abscheu und Widerwille.
»Was ist mit deinem Medizinstudium an der UPenn? Ist dir das College deines alten Herrn nicht gut genug, du arroganter Bastard? Fühlt sich der Herr Musiker als etwas Besseres?«

»Dad …«, sagte ich, jederzeit damit rechnend, dass ein weiterer Angriff folgen würde. Ich musste hier weg. Mein Kopf tat unglaublich weh, und außerdem war mir erbärmlich schwindlig. Wenn er mich erneut attackieren würde …

»Sie haben deine Bewerbung erhalten, Callan!« Mein Vater zog mit einer fahrigen Bewegung einen zerknüllten Brief aus seiner Hosentasche und wedelte damit in der Luft herum. »Wie kannst du uns so in den Rücken fallen? Du bist ein undankbares Stück Scheiße. Wenn du glaubst, dass du damit durchkommst … Wir tun alles für dich und deine Zukunft, und du trittst es mit Füßen. Calvin hätte nie …«

Mit letzter Kraft wandte ich mich ab, sprintete mit wenigen Schritten an ihm vorbei, die Treppen hoch, wo ich mich in meinem Zimmer einschloss.

Mittlerweile war ich Fluchtaktionen dieser Art gewöhnt, sodass ich das nötige Verbandsmaterial in meinem Schrank versteckt hatte.

Ein Blick in den Spiegel sorgte dafür, dass ich blass wurde. Fuck, ich wusste, dass Kopfwunden heftig bluteten, aber das?

Zögerlich begann ich mit der Reinigung, zuckte immer wieder zusammen und versuchte, Schwindel, Übelkeit und Schmerzen so gut es ging zu ignorieren. Trotzdem war ich schweißgebadet, als es mir endlich gelungen war, die Wunde mit mehreren Zugpflastern irgendwie in den Griff zu kriegen. Leider war ich alles andere als sicher, ob das ausreichen würde und ob nicht doch ein Besuch im Krankenhaus anstand, allerdings war ich bestimmt nicht so wahnsinnig, meine Eltern zu bitten, mich hinzufahren.

Zögerlich legte ich die Fingerspitzen auf die Pflaster und zuckte umgehend zusammen. Scheiße, warum schmerzte das so abartig? Steckte vielleicht ein Splitter in der Wunde?

Benommen taumelte ich zum Fenster, um etwas frische Luft ins Zimmer zu lassen und darauf zu hoffen, dass dies meine Kopfschmerzen etwas lindern würde. Nach mehreren Anläufen gelang es mir, beide Flügel zu öffnen. Ich nahm einen tiefen Atemzug, kniff die Augen zusammen, riss sie wieder auf – und sah mich Rena gegenüber.

»Du … fuck«, murmelte ich und wich ein paar Schritte zurück, obwohl ich wusste, wie unpassend die Begrüßung war. Mein Zimmer sah aus wie ein Schlachtfeld, überall blutverschmierte Tücher, diverse sterile Wundauflagen und Pflasterverpackungen. Ich war an dem Punkt angelangt, vor dem ich mich seit Jahren gefürchtet hatte. Am Ende aller Ausreden. Beim Scheitern aller Lügen. Bei der Wahrheit.

16 | RENA | Graue Schattierungen

Ich hatte Cal nicht gesagt, dass ich kommen würde. Vielleicht hätte er gezögert oder Bedenken gehabt, und das wollte ich nicht. Stattdessen hoffte ich, dass er zu Hause war, als ich um kurz nach zweiundzwanzig Uhr in den Garten der Reeds trat. Es war eindeutig zu spät, um an die Tür zu klopfen. Dazu kannte ich seine Eltern nicht gut genug, und das schlechte Gefühl, das ich immer noch hatte, wenn ich an Cals Unfallverletzungen dachte, rumorte in meinem Magen und machte mir klar, dass die Eingangstür vielleicht nicht die beste Option war.

Also griff ich kurzerhand nach der Leiter, die am Geräteschuppen lehnte – Gott, ich hasste Leitern, aber immerhin würde ich nicht darunter durch gehen müssen – und schleppte sie bis zum Haus. In beiden Stockwerken brannte Licht, und ich bemühte mich, nicht von einem der unteren Fenster aus gesehen zu werden, als ich das Ding an der Wand platzierte und Sprosse für Sprosse nach oben kletterte.

Unter seinem Fenster hielt ich einen Augenblick lang inne, bevor ich mich streckte und eine Hand an die Glasscheibe legte, um mit einem leisen Klopfen auf mich aufmerksam zu machen. Dazu kam es nicht.

Cal riss das Fenster auf, so abrupt, dass ich zurückzuckte und beinahe das Gleichgewicht verlor. Meine Finger schlossen sich fester um das Holz der Leiter. Das Licht seines Zimmers strahlte mir entgegen, floss nach draußen in die Nacht. Etwas stimmte nicht. Mein Herz machte einen nervösen Satz. Dann noch einen.

Ich kletterte eine Sprosse höher, während meine Augen ihn regelrecht verschlangen. Seine blasse Haut, den Ausdruck in seinem Gesicht. Die Pflaster an seiner Schläfe.

Er wirkte nicht, als würde er mich überhaupt wahrnehmen, sah starr durch mich hindurch, murmelte etwas und wich einige Schritte zurück.

Noch eine Sprosse höher.

Jetzt konnte ich den Boden seines Zimmers sehen. Mein Herz setzte für einen Schlag aus. So fühlte es sich an; als würde es für eine Sekunde stehen bleiben, weil es vollkommen überfordert war. Der Fußboden war voller blutverschmierter Tücher. Dunkles Rot auf hellem Weiß. Überall lagen kleine Pflasterverpackungen, die aussahen, als seien sie eilig aufgerissen worden. Wortlos hielt ich mich am Fensterbrett fest und kletterte in das Zimmer, ohne auf eine Einladung zu warten. Er hätte mich sowieso nicht davon abhalten können.

»Cal? Was ist passiert?«

Er wich weiter zurück, aber davon ließ ich mich nicht beirren. Ich klebte an ihm wie eine Motte am Licht, überbrückte den Abstand zwischen uns und legte die Hände an seine Wangen, damit er stillhielt. Vorsichtig drehte ich seinen Kopf und inspizierte die Pflaster, versuchte, mir ein Bild von seiner Verletzung zu machen, während mein Herz unaufhörlich raste. Sein Zimmer fühlte sich mit einem Mal stickig und unbequem an, ein starker Kontrast zu der frischen, kühlen Nachtluft, die ich eben noch eingeatmet hatte.

Er gab mir keine Antwort, aber er wehrte sich auch nicht gegen meine Berührungen. Er stand einfach nur da, teilnahmslos, während ich darum bemüht war, ruhig zu bleiben. Einatmen und ausatmen, Rena. Das sieht bestimmt schlimmer aus, als es ist. Kopfwunden bluten immer stark, auch wenn sie nur oberflächlich sind.

Nach mehreren Atemzügen löste ich resigniert die Finger von seinen Wangen und zog dann langsam, wie in Trance, die Hände zurück. Die Pflaster, die Cal sich unbeholfen auf die Wunde geklebt hatte, saugten sich bereits mit Blut voll. Er riss sie ab und drückte sich eine Handvoll Taschentücher an die Schläfe.

Mein Blick traf seinen erneut. Heute Abend wirkten seine Augen mehr grau als blau, wie ein Gewitterhimmel. Ein kaltes Stahlgrau, wie eine Wand, die nichts durchließ. Leer und distanziert.

»War das dein Vater?« Ich schob das flaue Gefühl in meinem Magen zur Seite. Trotzdem spürte ich, wie meine Stimme ein klein wenig zitterte, denn ich kannte die Antwort, schon bevor er sie aussprach. Ich hätte öfter nachhaken müssen. Ich hätte keine Ruhe geben sollen. Es hätte mir scheißegal sein sollen, ob er deswegen böse auf mich wurde oder abblockte. Schon in der Eisdiele hätte ich nicht so schnell klein beigeben sollen.

»Ja«, sagte er, und das Wort hing schwer im Raum, als hätte es mit einem Mal sämtliche Luft zum Atmen in sich hineingesaugt. Ja.

»Kannst du Darren anrufen, damit er mich ins Krankenhaus fährt?« Seine Stimme klang papierdünn, aber sie reichte aus, um mich aus meiner plötzlichen Erstarrung zu reißen. Cal hatte noch nie so um Hilfe gebeten. In all den Jahren nicht. Mein Handy fiel mir fast aus der Hand, als ich es hastig aus meiner Hosentasche zog. Mein Bruder. Natürlich. Er würde uns helfen.

Darren ging erst beim zweiten Mal ran. Zu jedem anderen

Zeitpunkt hätte mich das genervte, schwer atmende »Rena, was ist denn so verdammt dringend?« angewidert, aber im Moment war ich nur erleichtert, dass er abgehoben hatte. Die Sache mit Cal stand immer noch zwischen uns wie ein Berg, und da ich wusste, dass Kelly bei uns zu Hause war, um ihr Wiedersehen zu feiern, hätte es mich nicht gewundert, wenn er sein Telefon komplett ignoriert hätte.

»Ich bin bei Cal, wir –«

Er gab ein übertrieben lautes Seufzen von sich. Wahrscheinlich sah er gerade Kelly an und rollte mit den Augen.

»Ich will gar nicht wissen, was du mit Cal tust.«

»Zieh dich an und komm her. Er ist verletzt und muss in die Notaufnahme.«

»Verletzt? Fuck, was ist denn los?« Ich hörte ein Poltern und ein leises Fluchen am anderen Ende der Leitung. Endlich schien Leben in meinen Bruder zu kommen. »Code Dunkelrot?«

»Ja«, antwortete ich hektisch, und warf einen Blick auf Cal. »Er hat eine Kopfwunde.« Die Taschentücher verfärbten sich mittlerweile ebenfalls rot. Damals war es auch Blut gewesen, das Darren und mich zu diesem Codewort inspiriert hatte. Eine verbotene Fahrradfahrt. Ein aufgeschlagenes Knie, von dem unsere Eltern nichts mitbekommen sollten.

»Bin gleich da.«

Kurz hörte ich im Hintergrund Kellys verwirrte Stimme, die fragte, was los war, dann trat abrupte Stille ein. Er hatte aufgelegt. Ich merkte, dass ich dabei war, die Taschentücher an Cals Schläfe erneut anzustarren, und blinzelte. Hoffentlich beeilte mein Bruder sich.

In den folgenden Minuten stellte ich Cal gefühlt hundert Fragen, während er weiterhin die Blutung stillte.

Ist dir schwindlig?

Willst du dich hinsetzen?

Brauchst du Wasser?
Ist dir schwindlig?
Sind deine Eltern noch da?
Bist du sicher, dass dir nicht schwindlig ist?
Cal beantwortete meine Fragen geduldig, doch sein Blick war so leer, dass sich mein Magen vor Sorge zusammenzog. Ich nahm ihn an der freien Hand, drehte den Schlüssel im Schloss und zog ihn mit mir hinaus auf den Flur, wobei ich mich unruhig in alle Richtungen umsah. Irgendwie musste ich Cal nach unten bringen, ohne dabei auf die Reeds zu treffen. Jeden Moment befürchtete ich, seinen Vater zu sehen, der sich vor uns aufbaute und mich davon abhielt, seinen Sohn mitzunehmen. Wir mussten raus aus dem Haus. Weg von seinen Eltern.
Erst als wir in die kühle Nachtluft hinaustraten, wurde mir etwas leichter ums Herz. Ich führte den mittlerweile zitternden Cal über den Gartenweg bis in den Schatten der Bäume am Straßenrand. Nur wenig später hielt Darrens alter Audi neben uns. Mein Bruder würgte den Motor ab, sprang aus dem Auto und kam auf uns zu.
»Was …«, begann er, bevor sein Blick auf Cals Wunde fiel, die im Licht der Laterne feucht glänzte. Die dicke Luft zwischen den beiden schien sich innerhalb von Sekunden aufgelöst zu haben. Da war nur noch Sorge im Ausdruck meines Bruders.
»Scheiße, Mann, was zum Teufel …«, fing er an und schüttelte den Kopf, als wüsste er nicht so recht, was er sagen sollte. »Lasst uns fahren.«
Darren deutete auffordernd auf sein Auto, und Cal und ich nahmen gemeinsam auf der Rückbank Platz. Im Haus waren immer noch die Lichter an, aber nichts rührte sich.
»Wollt ihr mir jetzt sagen, was passiert ist?«, fragte Darren, als er den Motor startete und der alte Audi sich mit stotternden Geräuschen in Bewegung setzte. Irgendwann würde diese ver-

dammte Karre, an der Darren so sehr hing, zusammenbrechen. Ich konnte nur hoffen, dass das nicht ausgerechnet heute Nacht passierte. Es wurmte mich sowieso, dass ich noch keinen Führerschein hatte, denn sonst wäre Cal schon längst im Krankenhaus angekommen. Darren machte das Radio an, und irgendein viel zu fröhlicher Song erfüllte den Innenraum – aber das unangenehme Schweigen war weiterhin präsent.

Er wartete immer noch auf eine Antwort, doch Cal blieb stumm, so, als würde niemand mit ihm reden. Und ich blieb es auch.

»Cal.« Für den Bruchteil einer Sekunde drehte Darren sich um und sah uns an, wie wir nebeneinander auf der Rückbank saßen. »Das sieht echt übel aus.«

Cal erwiderte immer noch nichts. Er lehnte den Kopf gegen die Fensterscheibe und schloss die Augen. Hatte er gelogen? War ihm doch schwindlig oder schlecht? Waren die Schmerzen schlimm? Ich rutschte näher an ihn heran und rieb gleichzeitig über meinen Kleeblattanhänger. Am meisten Sorgen machte mir, wie passiv Cal wirkte. Er schwieg weiterhin, und meine Anspannung wuchs von Sekunde zu Sekunde.

»Kannst du nicht mal aufs Gaspedal treten?«, fragte ich Darren. »Und mach die Musik aus.«

Den ersten Wunsch erfüllte er mir nicht – zumindest hatte ich nicht das Gefühl, dass wir schneller fuhren –, den zweiten schon. Es wurde still im Auto, so still, dass ich es kurze Zeit später fast schon wieder bereute, ihn darum gebeten zu haben, das Radio auszumachen. Nervös klopfte ich mit den Fingerspitzen auf meine Oberschenkel und erwiderte den kurzen, besorgten Blick, den Darren mir aus dem Rückspiegel zuwarf.

Auch als wir im Krankenhaus ankamen, sagte Cal kein Wort. Er sah uns nicht einmal richtig an, als wir ihn in die Notaufnahme führten und anmeldeten. Ich hielt seine Hand fest, während wir warteten, und gab ihn im Anschluss nur widerwillig frei, damit eine Ärztin ihm in die Augen leuchten und seine Reflexe testen konnte. Immer noch gab er keinen Laut von sich – nicht einmal ihre freundliche Begrüßung hatte er erwidert. Mein Magen verknotete sich vor Sorge, und auch Darren ging unruhig auf und ab. An der Wand tickte eine Uhr, aber die Zeit schien unendlich langsam zu vergehen. Die Minuten zogen sich in die Länge.

»Es ist gut, dass ihr gekommen seid«, wandte sich die Ärztin an uns, nachdem sie die Wunde zuerst betäubt und dann genäht hatte. Cal starrte weiterhin zu Boden. Es hätte nicht viel gefehlt, und ich wäre zusammen mit meinem Bruder auf und ab gegangen, so ruhelos fühlte ich mich.

»Ein kleiner Splitter hat in der Wunde gesteckt und hätte sich vermutlich entzündet«, fuhr sie fort. »Ganz davon abgesehen wäre zusätzlich zur leichten Gehirnerschütterung eine unschöne Narbe zurückgeblieben. Eine Narbe wird er auch so als Erinnerung behalten, aber sie wird irgendwann kaum zu sehen sein.« Mit einem Mal schien ihre Stimme an Leichtigkeit zur verlieren.

»Was ist geschehen? Wie hat sich euer Freund so verletzt?«

Auf ihre Worte hin blieb Darren unvermittelt stehen. Er starrte Cal an. Cal sah aus, als wollte er unsichtbar werden und verschwinden. Ich starrte beide an und begriff erneut, wie verbunden wir miteinander waren. Drei Linien, die sich schon vor langer Zeit zu einem Dreieck vereinigt hatten. Vielleicht war es momentan verbogen, aber es war immer noch intakt.

Um uns herum wurde es so ruhig, dass man eine Stecknadel hätte fallen hören können.

Cal weigerte sich nach wie vor, ein Wort von sich zu geben – vermutlich hatte sich die Ärztin deshalb an uns gewandt. Er saß vor uns, als würde er aufhören wollen zu existieren, mit hängenden Schultern und leerem Blick. Er wirkte, als würde das Gewicht der Welt ihn zu Boden drücken. War es der Blutverlust, der ihm zu schaffen machte, oder stand er unter Schock?

Ich räusperte mich. Einer von uns musste antworten, bevor sie zu misstrauisch wurde.

»Ich wollte den großen Spiegel von der Wand nehmen.« Ich kämpfte gegen die Trockenheit in meinem Hals an, drängte die Hilflosigkeit zurück, die mich zu überwältigen drohte.

Splitter. Glassplitter. Spiegel.

»Aber er war zu schwer, und ich konnte ihn nicht festhalten. Wenn ich ihn hätte fallen lassen und er zerbrochen wäre, hätte das sieben Jahre Pech bedeutet. Er ist mir aus den Händen gerutscht, und Cal kam mir zur Hilfe … es ging so schnell. Das Ding ist ihm irgendwie an den Kopf geknallt, bevor er es auffangen konnte.«

Ich musste nicht zu meinem Bruder sehen, um zu wissen, dass er mich wegen meiner improvisierten Antwort ungläubig musterte. Auch die Ärztin schien mehr als skeptisch.

»Ein Unfall mit einem Wandspiegel also. Na gut. Kein Sport für mindestens eine Woche«, sagte sie schließlich, wobei ein leises Seufzen von ihren Lippen kam. »Ich gebe euch eine Packung Schmerzmittel und ein Rezept mit.«

Darren nahm beides entgegen, während ich Cals Hand nahm und ihn erneut aus seiner Starre zog. Ich kam mir fast schon schlecht dabei vor – er sah aus, als wollte er einfach in Ruhe gelassen werden, doch den Gefallen konnte ich ihm nicht tun.

Als wir wieder im Auto saßen, hing die unangenehme Stille immer noch über uns. Darren machte keine Anstalten, loszufahren. Er saß seitlich auf seinem Sitz, damit er zu uns nach hinten sehen konnte.

»Was war das für ein Blödsinn mit einem Spiegel?«

Ich zuckte mit den Schultern. Was hätte ich sagen sollen? Die Wahrheit? Was wäre dann passiert? Hätte man die Polizei gerufen? Hätten wir ohne Cal gehen müssen? Das konnte ich nicht riskieren. Er brauchte uns, keine Fremden, die ihn in diesem Zustand ausfragten.

Obwohl es angenehmer war, hier im Auto zu sitzen anstatt im Krankenhaus, weil wir unter uns waren, in unserer eigenen kleinen Welt, schien es so, als wäre Cal Lichtjahre entfernt. Ich tauschte einen hilflosen Blick mit meinem Bruder.

»Cal«, sagte er daraufhin. »Hör zu … Ich weiß, dass in letzter Zeit so einiges scheiße gelaufen ist, aber ich fange an, mir ernsthaft Sorgen zu machen. Kannst du mal was sagen?«

»Ich …«, fing er an und räusperte sich mehrfach. »Es ist alles okay.«

Darren umklammerte das Lenkrad so fest, dass seine Knöchel weiß wurden.

»Du hast gelogen«, sagte er. »Als ich dich in der Eisdiele gefragt habe, hast du gelogen, Callan.« Darren nutzte seinen kompletten Namen.

Fast zeitgleich griff Cal nach meiner Hand, verflocht unsere Finger miteinander und drückte leicht zu. Ich atmete leise aus und erwiderte den Händedruck. Eine stumme Ermutigung. Ich bin für dich da.

»Das war mein Dad«, sagte er dann leise und schluckte hart, kämpfte offensichtlich mit sich selbst und mit den Worten, die er aus seiner Kehle zwingen wollte. »Er hat mich mit einer Flasche geschlagen.« Wieder eine Pause. »Das geschieht oft, wenn … wenn er getrunken hat.«

Darren drehte sich ein Stück weiter um. Er wirkte blass im Schein der Laternen.

»Und der Bluterguss an deiner Seite? Die Verfärbung an der Schläfe?«

»Eine Flasche und eine Ohrfeige.«

»Es gab keine Kommode und keine Blumenvase.«

»Nein.«
»Keinen Kletterunfall.«
»Nein.«
»Keinen Zusammenstoß mit der Kühlschranktür. Kein Ausrutschen in der Dusche.«
»Nein.«
Die Stille, die in diesem Moment herrschte, war ohrenbetäubend. Cal klammerte sich regelrecht an meine Hand, blickte kurz zu mir auf und lockerte dann den Griff, als hätte er Angst, mir wehzutun.
»Scheiße«, sagte Darren nach einer gefühlten Ewigkeit und griff sich in den Nacken. »All diese Dinge … ich komme mir so verdammt blöd vor, dass ich dir diese verfickten Ausreden abgekauft habe. Immer wieder. Scheiße, Mann, warum hast du nichts gesagt? Dein Dad … Dr. Reed … Das …«
Er verstummte hilflos und sah zwischen Cal und mir hin und her. Dann stieß er ein bitteres Lachen aus.
»Aber wisst ihr was? Gerade erscheint mir das zwischen euch gar nicht mehr so schlimm.«
Ich konnte nichts erwidern. Ich dachte nur noch an den angeblichen Kletterunfall.
Es war dieser verdammte vorgeschobene Unfall, der mich so hart traf, dass ich mit einem Mal begriff, dass ich vorhin in Cals Zimmer überhaupt nichts begriffen hatte. Zwischen meiner Vermutung und Cals Bestätigung lagen riesige Schluchten. Das schwache »Ja«, das er mir in seinem Zimmer gegeben hatte, hatte ich zwar gehört, aber erst jetzt wurde mir klar, was das wirklich bedeutete.
Sein Vater schlug ihn, und zwar nicht erst seit Kurzem, sondern schon jahrelang. Und genauso lange hatte er es vor allen verheimlicht und diese Ausreden erfunden. Er hatte im Stillen gelitten. Oh Gott.

»Du kommst mit zu uns«, sagte ich tonlos.
Darren nickte bestätigend. »Zumindest heute Nacht, dann sehen wir weiter.«
Zumindest heute Nacht.
Ich schluckte.
Und danach?
Was, wenn es wieder einen *Kletterunfall* gab?
Oder eine Flasche?
Wie sollte ich jemals wieder ruhig schlafen, wenn ich wusste, dass Cal in diesem Haus war, in dem man ihm Gewalt antat?
Ich legte den Kopf an seine Schulter. Mein Bruder drehte langsam den Zündschlüssel um, so langsam, dass ich wusste, dass auch er sich ähnliche Gedanken über die Zukunft machte. Der Motor erwachte mit einem Ächzen zum Leben. Darren fuhr nicht sofort los. Eine ganze Weile lang starrte er nur geradeaus auf den Parkplatz, der von Laternen erleuchtet war und sich in vollkommener Ruhe vor uns erstreckte. Hier im Auto fühlte es sich an, als wäre die Zeit stehen geblieben. Wenn wir losfuhren, würde sie weiterlaufen.
Schließlich trat er dennoch aufs Gaspedal und fing an, den Wagen widerwillig aus der Parklücke zu manövrieren. Wir reihten uns nahtlos in den nächtlichen Verkehr ein. Ich stellte mir vor, dass mein Bruder auf die Autobahn abbog, dass wir Woodfield verließen und ohne Ziel die ganze Nacht lang durchfuhren, ohne uns Gedanken darüber zu machen, wo unser Weg uns hinführen würde.
»Mom und Dad schlafen hoffentlich schon«, unterbrach Darren meine Träumereien. Er tippte mit den Fingern gegen das Lenkrad. Ich schmiegte mich enger an Cal, ließ mich von seinem Geruch umhüllen.
»Du kannst auf der Couch im Wohnzimmer übernachten«, fuhr er fort, woraufhin ich ruckartig den Kopf hob. »Bei mir geht's

leider nicht. Kelly ist mittlerweile bestimmt in meinem Bett eingeschlafen. Nackt.«

»Auf der Couch?«, fragte ich scharf. »Hast du gesehen, in welchem Zustand er ist, Darren? Du willst ihn ernsthaft auf der Couch schlafen lassen?«

Darren zuckte mit den Schultern. »Von mir aus überlass ihm dein Bett und schlaf selbst auf der Couch.«

»Auf keinen Fall. Cal schläft bei mir.«

»Mom und Dad …«

»Um Mom und Dad kümmern wir uns morgen. Verdammt, Darren. Schieb keinen Stress. Er hat heute echt genug durchgemacht. Ist das okay?«, fügte ich an Cal gewandt hinzu, so leise, dass Darren uns nicht hören konnte. Ein sanftes Flüstern auf der Rückbank. »Bitte sag, dass das okay ist.«

»Ich will dir keinen Ärger machen.« Cal drehte sich langsam in meine Richtung. Er wirkte so erschöpft.

»Ich will heute Nacht bei dir sein.« Meine Stimme war gedämpft, aber eindringlich. »Ich will dich nicht allein lassen. Und ich will auch nicht allein sein.«

»Okay«, wisperte er und rutschte ein Stück zur Seite, sodass er seinen Kopf gegen die Scheibe lehnen konnte. Ich sah ebenfalls nach draußen. Helle Lichtpunkte zogen vorbei. Laternen. Die Tankstelle. Die Leuchtreklame eines Nachtclubs. Der Supermarkt, der rund um die Uhr geöffnet hatte.

Irgendwann hielt der Audi vor unserem Haus. Cal war mittlerweile in sich zusammengesunken und rührte sich erst, als ich ihm mit den Fingerspitzen zart über die Wange strich.

»Cal, Mann«, sagte Darren besorgt, nachdem er einen Blick über die Schulter geworfen hatte. »Alles okay? Shit. Ich dachte, du wärst ohnmächtig oder so. Rena, hilf mir, ihn aus dem Wagen zu kriegen.«

»Er hat geschlafen. Sei vorsichtig mit ihm.« Ich ließ mich von der Rückbank rutschen, dann ging ich um das Auto herum, um gemeinsam mit meinem Bruder Cal beim Aussteigen zu unterstützen.

»Mom und Dad dürfen nichts davon mitkriegen«, murmelte Darren, während wir Cal zum Haus brachten. »Nicht, solange wir nicht richtig mit ihm gesprochen haben.«

»Das ist mir klar«, gab ich etwas bissiger als beabsichtigt zurück.

»Deine dämliche Geschichte mit dem Spiegel nehmen sie uns garantiert nicht ab.« Er stöhnte. »Der Blick der Ärztin … Sie wird mit ziemlicher Sicherheit die Reeds kontaktieren.«

»Ich weiß. Darüber machen wir uns morgen Gedanken, okay?«

Wahrscheinlich hätte ich es ohne Darren niemals geschafft, Cal nach oben zu bringen, ohne dabei unsere Eltern zu wecken. Er stand immer noch vollkommen neben sich, murmelte nur von Zeit zu Zeit etwas vor sich hin und starrte ansonsten ins Leere. Kein Wunder, dass Darren befürchtet hatte, er wäre ohnmächtig geworden. Der Dielenboden knarrte unter unseren Füßen, aber wir schafften es. Ich atmete leise aus, als mein Bruder mit Cal auf mein Bett zusteuerte, ihm half, sich hinzulegen und sich dann daranmachte, ihm die Schuhe auszuziehen.

Nachdem ich Cal mit einer Schmerztablette versorgt hatte, stand ich schweigend in der Mitte des Zimmers, als wäre es überhaupt nicht mein Zimmer, und strich mir die langen Haare aus dem Nacken. Mein Blick war auf Cal fixiert, der mittlerweile die Augen geschlossen hatte und ruhig ein- und ausatmete.

Darren zögerte. Eine Weile lang sah er nur wortlos zwischen mir und Cal hin und her. Ich verstand ihn auch ohne Worte und nickte.

»Ich kümmere mich heute Nacht um ihn«, murmelte ich leise. »Geh ruhig. Kelly wartet auf dich.«

»Wahrscheinlich schläft sie schon.« Er rührte sich immer noch kein Stück. Ich wischte mir über die feuchten Augen. Als hätte das irgendetwas in ihm ausgelöst, machte Darren unvermittelt einen Schritt auf mich zu und presste mich an sich. Es war keine leichte, lockere Umarmung. Es war die Art von fester Umarmung, die ich gebraucht hatte, ohne es zu wissen. Er drückte mich an sich und sorgte dafür, dass ich ganz blieb.

Wir waren wieder Geschwister.

»Das ist alles so was von beschissen«, murmelte er.

Stille.

»Ich hätte dir sagen sollen, dass ich Gefühle für ihn habe, anstatt unsere Abmachung heimlich zu brechen«, brach es plötzlich aus mir heraus. »Ich hatte Angst, dass du mich verspottest und alles versuchst, um mich von ihm fernzuhalten.«

»Was ich wahrscheinlich auch getan hätte«, murmelte Darren mit einem erschöpften Seufzen.

»Jedenfalls kann ich verstehen, dass du wütend warst und dich verraten gefühlt hast. Mir wäre es genauso gegangen. Es tut mir leid.« Nachdem ich das gesagt hatte, herrschte sekundenlanges Schweigen. Ich konnte den Gesichtsausdruck meines Bruders nicht sehen, aber dass er mich weiterhin umarmte, wertete ich als gutes Zeichen.

»Wird er mir je verzeihen können, dass ich ihn geschlagen habe?« Als Darren schließlich doch das Wort ergriff, war seine Stimme so dünn, als wäre sie aus Papier. Er löste sich von mir und sah über meine Schulter zum Bett.

»Du bist ein Holzkopf, Darren«, erwiderte ich sanft. »Aber du bist nicht wie sein Vater. Cal weiß das.«

Er nickte, etwas zögerlich, aber er nickte, und selbst im Halbdunkel meines Zimmers konnte ich die Erleichterung, die nach und nach Besitz von ihm ergriff, ausmachen.

Nachdem er gegangen war, schloss ich die Zimmertür ab und schlüpfte in mein Schlafshirt.

»Cal?«, flüsterte ich leise, bekam jedoch keine Antwort. Er war bereits wieder eingeschlafen.
Ich kroch zu ihm unter die Decke, und bevor ich es verhindern konnte, fingen meine Gedanken an zu wandern. Sie wanderten schnurstracks zu Dr. Reed, dem ich nur zu gerne die Meinung gesagt hätte. Den ich am liebsten angeschrien hätte, weil sich in mir unglaublich viel angestaut hatte, mit dem ich nicht umgehen konnte. Vorsichtig glitt ich mit der Hand unter das Kissen und berührte mit den Fingerspitzen die Schere, die an ihrem üblichen Platz lag. Heute Nacht würde sie nicht nur mich, sondern auch Cal vor Albträumen schützen. Ich schmiegte mich sanft an ihn und lauschte seiner ruhigen Atmung. Es dauerte nicht lange, bis meine Lider schwer wurden. Bevor mich die Müdigkeit vollständig mit sich zog, nahm ich die vierblättrige Kleeblattkette ab, die ich an diesem Abend gefühlte hundert Mal berührt hatte, und steckte sie in Cals Hosentasche – behutsam, um ihn dabei nicht zu wecken. Dann fielen mir auch die Augen zu.

17 | CALLAN | Wie eine dunkle Gewitterwolke

Das Erste, was ich beim Aufwachen wahrnahm, war das Dröhnen meines Kopfes, verbunden mit einem unangenehmen Klingeln. Ich setzte mich auf, öffnete die Augen und schloss sie sofort wieder, weil mich die Sonne blendete. Allmählich realisierte ich, dass ich nicht in meinem eigenen, sondern in Renas Bett lag – und dass es sich bei dem nervtötenden Klingeln um ihren Wecker handelte.

Ich streckte mich, griff über sie hinweg zum Nachttisch und beförderte das Teil in den Schlummermodus, sodass es in zehn Minuten erneut klingeln und sie hoffentlich wecken würde. Vorsichtig stieg ich über die schlafende Rena, und es verlangte mir einiges ab, weder in ihrer Betrachtung zu versinken, noch ihr liebevoll über die Wange zu streicheln. Wie immer erfüllte mich ihre Nähe mit Wärme, und trotz des hämmernden Schmerzes in meinen Schläfen und dem Wissen, dass nichts mehr so sein würde wie zuvor, lächelte ich. Obwohl die Probleme jetzt erst begannen, fühlte ich mich auf seltsame Art erleichtert, weil die Geheimniskrämerei, die so viele Jahre angedauert hatte, zu Ende war.

So geräuschlos wie möglich schlüpfte ich in meine Schuhe und verließ das Zimmer. Auch Darren schien noch zu schlafen, was mich jedoch nicht wunderte; er stand deutlich später auf als seine Schwester, weil er sich für einen Schultag nicht ansatzweise so zurechtmachte. Dafür war er auch nicht ansatzweise eine solche Augenweide wie sie.

Auf leisen Sohlen schlich ich die Treppe hinunter und streckte die Hand nach der Haustür aus.

»Callan?«

Shit. Shit, shit, shit.

Ich erstarrte in der Bewegung, dann drehte ich mich zentimeterweise um, obwohl mir natürlich klar war, dass Stella hinter mir stand.

»Hey«, murmelte ich tonlos und schaffte es nicht, ihren Blick zu erwidern. Zu viel war gestern Abend ans Licht gekommen; ich fühlte mich nicht in der Lage für eine weitere Konfrontation.

»Du hast hier übernachtet?« Sie trat einen Schritt näher. »Bist du verletzt?«

»Nicht der Rede wert.« Meine Stimme klang kratzig.

»Wo hast du geschlafen, Junge?«, erklang nun auch der Bariton von Thomas.

Eine einfache Frage.

Eine einfache Antwort.

»In Renas Bett.«

Die folgende Stille war grauenvoll. Ihre Enttäuschung lag schwer auf meinen Schultern und drückte mich immer weiter zu Boden. Sie hatten mir vertraut, und ich hatte dieses Vertrauen missbraucht.

»Du weißt, dass du hier immer willkommen bist, Callan«, sagte Stella schließlich. »Du kannst jederzeit hier übernachten.«

»In Darrens Zimmer. Oder auf der Couch«, ergänzte Thomas. »Aber nicht bei Rena. Und besonders nicht als ihr Freund.«

»Es tut mir leid.«

»Es tut dir leid?«, wiederholte er, und der aggressive Unterton in seiner Stimme erfüllte mich mit Unbehagen. Klar, es ging um die Unversehrtheit seiner Tochter. »Mehr hast du dazu nicht zu sagen?«

Er machte forsch einen Schritt auf mich zu und hob die Hand. Ich zuckte zusammen, duckte mich instinktiv und wich zurück, sodass ich unsanft mit dem Rücken gegen die Haustür prallte.

Thomas hielt inne und musterte mich verständnislos. »Cal? Was ist mit dir los? Ich wollte mir diese Verletzung ansehen, und du tust, als hätte ich vor, dich zu schlagen. Ja, ich bin wütend auf dich … auf euch beide. Aber …«

Er verstummte und schüttelte hilflos den Kopf, während ich den Blick weiterhin zu Boden gerichtet hielt. Keine Ahnung, wie ich meine überzogene Reaktion erklären sollte. Keine Ahnung, wie ich überhaupt etwas von diesem ganzen Chaos erklären sollte.

»Ich glaube, es gibt einiges zu besprechen.« Im Gegensatz zu ihrem Mann schien Stella deutlich schneller die Puzzleteile geordnet zu haben. »Irgendetwas stimmt da nicht. Du setzt dich an den Küchentisch und frühstückst mit uns, Cal. Und für den Schultag heute meldest du dich krank. Im Notfall schreibe ich für euch drei eine Entschuldigung.«

»Für alle drei?«, wiederholte Thomas verständnislos, während mich eine Welle der Angst erfüllte. Nicht die eiskalte und bewegungsunfähig machende Angst, die ich empfand, wenn mein Vater mit einer Flasche auf mich zukam. Die Angst, die ich jetzt verspürte, war unterschwellig und glich einem beklommenen Warten. Die Karten würden auf den Tisch gelegt werden. Schon sehr bald, denn während Thomas noch immer zu glauben schien, dass wir in Kürze über die Jungfräulichkeit seiner Tochter sprechen würden, war Stellas Gesichtsausdruck deutlich zu entnehmen, dass sie verstanden hatte. Sie hatte alles verstanden.

Der Frühstückstisch wurde mit Geschirr bestückt.
Ich schwieg.
Rena betrat die Küche, grüßte halbherzig und musterte mich besorgt.
Ich schwieg.
Thomas sprach einige strenge Worte.
Ich schwieg.
Erst als sie sich neben mich stellte, sah ich sie unter gesenkten Lidern an. Dunkle Ringe lagen unter ihren Augen, und sie wirkte erschöpft, doch trotzdem ließ ihr Anblick mein Herz höherschlagen.
»Ich habe Waffeln und Speck gemacht. Wir werden ausgiebig frühstücken und uns darüber unterhalten, warum Callan hier übernachtet hat«, sagte Stella vom Herd aus, wo sie eine Pfanne schwenkte.
»Das klingt wirklich gut«, erwiderte Rena scheinbar gelassen, »aber wir müssen los. Der Unterricht fängt heute früher …«
»Setz dich hin, Rena. Eure ersten Unterrichtsstunden sind gerade nebensächlich«, unterbrach Stella sie und deutete in Richtung Tisch.
Thomas zog eine Augenbraue hoch, sagte aber nichts. Stattdessen sah er zwischen Rena und mir hin und her und gab sich nicht einmal die Mühe, das zu verbergen.
Rena ließ sich auf den Stuhl neben mir fallen. Thomas und Stella fingen an, großzügig Essen auf den Tisch zu stellen. Speck, Waffeln, Ahornsirup, gekochte Eier, Marmelade, Brötchen, Käse und Schinken. Es war, als gäbe es etwas zu feiern – oder als wäre jemand gestorben. Vermutlich war es das erste Mal, dass ich nicht beim Tischdecken mithalf, doch dazu fühlte ich mich gerade nicht in der Lage. Nicht bei dem, was noch auf mich zukam.
»Möchtest du lieber Spiegeleier?«, fragte mich Stella, während

sie statt in meine Augen auf meine Schläfe sah. »Ich mache dir auch gerne ein Omelett.«
»Kann ich ein Omelett bekommen?«, fragte Rena, während ich den Kopf schüttelte. Es war offensichtlich, dass sie versuchte, das Unvermeidliche hinauszuzögern.
»Nein«, fertigte Stella sie ab. »Nimm dir eine Waffel.«
Rena griff in Zeitlupe nach einer Waffel, und unsere Blicke trafen sich für einen Sekundenbruchteil.
»Du hast ohne unser Wissen deinen Freund in deinem Zimmer übernachten lassen«, sagte Thomas schließlich mit Grabesstimme. »In deinem *Bett*!«
Rena zuckte mit den Schultern. »Weil mir eure Regeln egal sind.«
Stille.
Stella und Thomas starrten ihre Tochter an, als könnten sie nicht glauben, was da eben über ihre Lippen gekommen war. Rena biss sich auf die Lippe, dann griff sie nach ihrem Handy und tippte eine kurze Nachricht. Ich nahm an, sie kontaktierte Darren, damit er uns den Rücken stärkte.
»Leg das Handy weg, Serena.«
Rena warf ihrem Vater einen trotzigen Blick zu und presste die Lippen zusammen. Glücklicherweise gab sie kein Kontra und steckte das Handy in die Tasche zurück.
Bevor das skurrile Gespräch die nächste Ebene erreichen konnte, klingelte es an der Tür.
Stella schob ihren Stuhl zurück und öffnete, während ich beide Hände um die Sitzfläche krampfte, so fest, dass meine Finger schmerzten. Ich ahnte, wer gleich das Zimmer betreten würde. Um diese Uhrzeit gab es nur wenig Möglichkeiten.
»Guten Morgen, Familie Godwin.« Mein Vater sah mit einem freundlichen Lächeln in die Runde. »Hallo, Callan. Ich hatte gehofft, dich hier zu finden.«

Ich brach mein Schweigen, zum ersten Mal, seit ich am Tisch Platz genommen hatte. »Hallo, Dad.«

»Ich bin hier, um dich abzuholen«, fuhr er fort, und ich erkannte die Wut, die er hinter seinen harmlosen Worten verbarg. »Kannst du dir vorstellen, welche Sorgen wir uns gemacht haben? Deine Mutter hat die halbe Nacht versucht, dich zu erreichen. Ich bin froh, dass es dir gut geht, wirklich, aber du hättest Bescheid sagen können, Callan. Du hättest Bescheid sagen *müssen*.«

Ich nickte, woraufhin ein scharfer Schmerz durch meinen Kopf zuckte. »Du hast recht. Es tut mir leid.«

Die Augen meines Vaters weiteten sich ein wenig. Er war ein guter Schauspieler.

»Callan.« Seine Stimme klang entsetzt. Er war ein *wirklich* guter Schauspieler. »Bist du verletzt? Was ist geschehen?«

Ich sah auf, und unsere Blicke trafen sich. Die Warnung in seinen Augen war klar:

Wenn du etwas Falsches sagst, schlage ich dich tot.

»Bin in eine Prügelei geraten«, murmelte ich und rührte in dem Orangensaft, den Stella vor mich auf den Tisch gestellt hatte. »War im Krankenhaus zum Nähen.«

»Himmel, Junge. Und da rufst du nicht an? Komm, ich fahre dich nach Hause und sehe mir die Wunde an. Ich hoffe, die Stümper im Krankenhaus haben sie gut vernäht. Wieso bist du nicht zu mir gekommen? Ich hätte das ebenso gut erledigen können.«

Ich blieb ihm eine Antwort schuldig und stand auf.

»Callan sollte zumindest noch etwas frühstücken«, fing Stella an, doch ich deutete ein Kopfschütteln an.

»Vielen Dank für die Gastfreundschaft«, wandte ich mich an die Godwins. »Ich weiß, dass ein Gespräch fällig ist, und ich werde mich nicht davor drücken.«

»Das hoffe ich für dich.« Thomas musterte mich stirnrunzelnd. »Und ich hoffe, dass du heute Nacht deine Finger bei dir gelassen hast.«

»Thomas!«, zischte Stella warnend, doch es war zu spät.

Mein Vater, der sich bereits auf dem Weg zur Tür befand, erstarrte mitten in der Bewegung.

»Heute Nacht?«, wiederholte er scharf.

Oh Gott. Oh mein Gott. Ich hatte meinen Eltern von Rena erzählt, aber Thomas' schlecht verborgener Vorwurf hob alles auf eine neue Ebene.

»Ihr Sohn und unsere Tochter sind seit Kurzem ein Paar, Dr. Reed«, sagte er lauernd und schien offenbar darauf zu hoffen, dass mein Dad ähnlich schockiert auf die Information reagieren würde, wie es bei ihm der Fall gewesen war. »Und er hat heute in ihrem Zimmer geschlafen.«

Mein Vater presste die Lippen zusammen und maß mich mit einem undurchdringlichen Blick, der die Beklommenheit in meinem Inneren weiter steigerte. Bald würde ich mit ihm alleine sein …

Ich schluckte und kämpfte gegen die aufsteigende Panik an.

»Ich entschuldige mich für das Verhalten meines Sohnes«, sagte Dad und deutete mit einer auffordernden Geste zur Tür. »Komm, Callan. Wir haben einiges zu besprechen.«

»Ja, Dad«, erwiderte ich nur und ging zu ihm hinüber. Stella streckte die Hand nach mir aus, doch ich ignorierte die fast hilflose Geste. Jeder Schritt fühlte sich an, als hätte ich Bleigewichte an den Füßen, und ich brachte es nicht über mich, Rena in diesem Moment anzusehen.

Bevor mein Vater nach der Türklinke greifen konnte, erklang ein Klirren, und mein Kopf ruckte hoch. Rena hatte ihre Gabel auf den Teller fallen lassen und starrte Dad finster an, der wiederum mir unauffällig einen warnenden Blick zuwarf.

»Er wird nicht mit Ihnen mitgehen.« Die Worte kamen wie Eiszapfen aus Renas Mund. Spitze Eiszapfen, deren Ziel mein Vater war.

Sie stand auf, ging zu uns hinüber, griff nach meiner Hand und baute sich vor meinem Vater auf, wie um mich abzuschirmen. Ihre Finger waren warm, gaben Sicherheit.

»Cal bleibt hier«, wiederholte sie, »und Sie wissen genau, warum. Dass sie überhaupt …«

»Dr. Reed?« Darren tauchte am Fuß der Treppe auf, die Brauen tief ins Gesicht gezogen. Obwohl er noch verdammt müde aussah, baute er sich innerhalb weniger Augenblicke ebenfalls vor meinem Dad auf. »Sie haben meine Schwester gehört. Ich denke, Sie sollten besser sofort gehen.«

Die Augen meines Vaters weiteten sich leicht, doch ansonsten blieb er völlig bewegungslos.

»Darren!«, meldete sich Thomas verwirrt von der Seite.

Keiner achtete auf ihn. Darren wirkte, als stünde er kurz davor, auf meinen Dad loszugehen. Ich selbst tat … nichts. Ich war vollkommen überfordert. Es war zu viel. Zu viel auf einmal.

»Callan bleibt hier. Und zwar nicht nur heute, sondern für unbestimmte Zeit. Er gehört ohnehin schon zu dieser Familie«, sagte Darren.

»Und wenn Sie nicht möchten, dass die ganze Welt erfährt, was Sie ihm antun, akzeptieren Sie das«, übernahm Rena und offenbarte damit einen Teil der hässlichen Wahrheit.

Thomas keuchte auf. »Was? Was soll das heißen?«

»Mr Godwin …«, fing mein Vater an, verstummte jedoch, als Stella das Wort ergriff. »Vielleicht ist es wirklich besser, wenn Callan eine Weile lang bei uns wohnt.« Es war eindeutig eine Forderung, kein Vorschlag. »Ihr Sohn ist hier immer willkommen – darüber müssen Sie sich keine Sorgen machen.«

»Ich stimme meiner Frau zu«, sagte Thomas mit einiger Verspätung, nachdem er mit Stella einen bedeutungsschweren Blick getauscht hatte.
Während alle rings um mich herum Partei für mich ergriffen, blieb ich weiterhin stumm. So viele Jahre hatte ich alles ertragen und geschwiegen; ich konnte nicht damit umgehen, dass sich nun alles von einem Moment auf den anderen veränderte. Es fühlte sich an, als würde mein Leben in einzelne Scherben zerfallen. Ich war so durcheinander, dass ich mit meinem Vater gegangen wäre, wenn nicht Rena meine Schlacht geschlagen hätte. Ich war daran gewöhnt, zu tun, was meine Eltern sagten, denn ich wusste aus Erfahrung, dass jeder Widerspruch die anschließende Auseinandersetzung nur noch schlimmer machte. Und ebenso war ich gewöhnt, meine Kämpfe alleine auszufechten – bis zu diesem Moment.
Mein Vater wurde blass und ballte die Hände zu Fäusten. Seine Augen ruhten auf mir. Enttäuschung. In erster Linie Enttäuschung. Wie konnte er enttäuscht von mir sein, wenn er doch derjenige war, der mich in diese Situation gedrängt hatte?
»Ms Godwin.« Seine Stimme klang ruhig und beherrscht. »Ich weiß nicht, welche Geschichten mein Sohn erfunden hat, um sich aus der Verantwortung zu ziehen, aber es tut mir leid, dass es zu Missverständnissen kam.«
»Nein.« Stellas Tonfall war so kompromisslos, dass sich die Augen meines Dads ein wenig weiteten. »Ich kenne Callan seit dem Kindergarten. Er hat noch nie versucht, sich aus der Verantwortung zu stehlen. Ihr Sohn steht zu seinen Fehlern. Er ist einer von den Guten, und er hat noch nie gelogen – außer in einem Punkt, das wird mir jetzt klar. Und dieser Punkt sind Sie, Dr. Reed.«
»Wie können Sie es wa–«
»Ich denke, es ist besser, wenn Sie jetzt gehen«, schaltete sich

Thomas ein, der sich mittlerweile zu seiner vollen Größe aufgerichtet hatte.

»Es gibt keinen Grund für Ihre Feindseligkeit.« Dad klang völlig unbeeindruckt. »Und ebenso wenig gibt es einen Grund für diese haltlosen Unterstellungen. Vielleicht haben Sie ein zu positives Bild von meinem Sohn. Daraus mache ich Ihnen keinen Vorwurf. Es war auch für mich hart zu realisieren, dass er in so vielen Punkten hinter meinen Erwartungen zurückbleibt und es sich so schwer macht. Man wünscht sich schließlich nur das Beste für sein Kind, nicht wahr?«

Ich schluckte und biss mir auf die Unterlippe. Fuck, das zu hören, tat verdammt weh – es war noch schmerzhafter als die Wunde an meiner Schläfe, die wieder zu pochen begonnen hatte.

»Ihre Praxis läuft recht gut«, warf Darren unvermittelt ein, und ich hörte, wie Dad scharf die Luft einzog. »Denken Sie, das bleibt so, wenn sich herumspricht, dass Sie ein Alkoholproblem haben und Ihren Sohn misshandeln?«

Darrens Worten folgte fassungslose Stille.

»Willst du mir drohen, Junge?« Dads Augen waren zwei harte, graue Kiesel.

»Wenn Sie Cal weiterhin so behandeln – absolut«, erwiderte Darren herausfordernd. »Gehen Sie, Dr. Reed. Lassen Sie ihn hier.«

»Diese Entscheidung sollte Callan selbst treffen, meinen Sie nicht auch?«, wandte sich Dad an die Godwins, als sei es unter seiner Würde, sich länger mit Darren zu unterhalten. »Oder ist es in Ihrem Interesse, dass mich Ihr Sohn mit Verleumdungen unter Druck setzt? Halten Sie es für angemessen, mit Rufmord zu drohen?«

»Hören wir uns an, was Callan zu sagen hat«, entgegnete Thomas, woraufhin Stella mir einen ermutigenden Blick zuwarf und nickte.

»Callan.« Mein Vater musterte mich auffordernd. »Kommst du?« Ich konnte Renas Anspannung förmlich spüren, ebenso wie Darrens vibrierende Wut. Vier Menschen. Vier Menschen standen hinter mir und traten für mich ein. Zum ersten Mal in meinem Leben.
»Nein«, erwiderte ich fest, wich jedoch nicht zurück. »Das werde ich nicht tun. Ich bleibe hier.«
»Das ist lächerlich.« Dad schnaubte. »Du willst dieser Familie zur Last fallen, obwohl es dir daheim an nichts fehlt? Das ist unfair, Callan. Wir haben immer unser Bestes gegeben.«
In dieser Sekunde verlor ich die Beherrschung. Abrupt und vollständig.
»Euer Bestes?«, wiederholte ich, während mein Puls sprunghaft in die Höhe schoss. »Du hast mich geschlagen, bist auf mich losgegangen, sobald du nur einen Schluck Alkohol intus hattest. Und wenn du nüchtern warst, hast du mich nonstop spüren lassen, welche Enttäuschung ich bin.« Ich trat an Rena und Darren vorbei und stellte mich direkt vor meinen Vater, erwiderte seinen Blick und bot ihm die Stirn. Zum ersten Mal.
»Du hast mir vorgeworfen, dass damals Calvin gestorben ist und nicht ich, weil er dein Lieblingssohn war«, fuhr ich fort, während ich mich dazu zwang, die Stimme nicht weiter zu erheben.
Mein Vater starrte mich aus kalten Augen an, in denen ich nicht die geringste Regung fand.
»Du hast seinen Tod nie verwunden und das an mir ausgelassen. Du hast mich immer wieder dafür bestraft, dass ich noch lebe. Du hast immer wieder angedroht, mich totzuschlagen, und einige Male wäre es dir fast gelungen. Du hast mir die Rippen gebrochen, eine Gehirnerschütterung verpasst, den Arm ausgekugelt.«
Obwohl ich mich um Ruhe bemüht hatte, schleuderte ich ihm die letzten Worte in voller Lautstärke entgegen.

»Du hast niemals dein Bestes gegeben, niemals. Nicht für mich. Und Mom hat weggesehen.«

Mein Puls raste, meine Hände zitterten, und der Sauerstoff im Raum schien knapp zu werden, doch es gelang mir, den Blick nicht von ihm abzuwenden.

Mein Dad musterte mich stumm, dann drehte er sich um und ging zur Tür, wo er ein letztes Mal innehielt.

»Wer solche Lügen verbreitet, Callan«, sagte er kühl, »der ist bei uns nicht mehr willkommen.«

Er verschwand nicht mit einem lauten Türenknallen, sondern geradezu verstörend leise. Erst jetzt fiel mir auf, dass ich den Atem angehalten hatte.

»Oh Gott«, murmelte Stella und näherte sich mir, als habe sie es mit einem scheuen Reh zu tun. Sie hob die Hand und legte sie an mein Gesicht, knapp unterhalb der frisch genähten Wunde. »Callan. Schatz. Warum hast du nicht … Wir hätten …« Sie brach ab, und in ihren Augen standen Tränen. »Es tut mir so leid, dass du das durchmachen musstest.«

Ich schüttelte stumm den Kopf, während ich Renas Hand weiterhin umklammert hielt. Für einige Sekunden rechnete ich fest damit, dass mein Dad erneut wutentbrannt ins Haus stürmen würde.

Ein Augenblick verging.

Dann ein weiterer Augenblick.

Er kam nicht zurück.

Die Auseinandersetzung schwebte im Raum wie eine dunkle Gewitterwolke. Stella kämpfte weiterhin gegen die Tränen, während ihr Thomas eine Hand auf die Schulter legte und sie sanft von mir wegzog.

»Du hattest einen Bruder?«, fragte Darren schließlich. »Du hast … nie was erwähnt.«

Er klang nicht verletzt, aber mir war klar, dass dies trotzdem der

Fall war. Ich hatte sie alle auf Distanz gehalten und viel verheimlicht. Zu viel.

Wieder wurde es still. Nach wie vor standen wir alle ein wenig unbeholfen in der Küche herum, doch keiner machte Anstalten, sich hinzusetzen. Stella wischte sich mit einem Taschentuch über die Augen, während mich Rena mittlerweile offen musterte. Die Aufmerksamkeit, die auf mir ruhte, und die fast erwartungsvolle Stille setzten mich unter Druck. Was noch? Was wollten sie noch alles wissen? Reichte es nicht, vor der perfekten Familie Godwin meine Schwierigkeiten auszubreiten? War es jetzt auch noch nötig, an der Vergangenheit zu rühren, die daran schuld war, dass die Dinge so verfahren waren?

Zögerlich versuchte ich mich an einer Einschätzung der Situation. Stella und Thomas wirkten betroffen und vollkommen überfordert. Rena war gefasst, doch ich konnte mir denken, wie es in ihrem Inneren aussah, und Darren … ja, Darrens Ausdruck beunruhigte mich in diesem Moment am meisten. Ich wusste, dass er alles gab, um sich nichts anmerken zu lassen, aber wir waren nicht umsonst seit über zehn Jahren beste Freunde. Er schien gerade in aller Deutlichkeit zu realisieren, wie viel es gab, was er nicht über mich wusste. Sein Blick, seine mühsam verborgene Verletztheit waren es, die mich letztendlich zum Reden brachten.

Ich löste meine Hand aus Renas Griff und ging zu meinem Stuhl. Statt mich zu setzen, stellte ich mich dahinter und schloss die Hände um die Rückenlehne. Ich sah niemanden an, während ich sprach, richtete meine Worte an den leeren Porzellanteller vor mir auf der Tischplatte.

»Calvin war mein Zwillingsbruder.«

Die Stille, die folgte, war grauenvoll. Ich wusste, dass sie mir zuhörten, wusste, dass sie mehr erfahren wollten, aber ebenso wusste ich, dass ich nicht mehr von mir geben wollte.

Ich tat es trotzdem.
»Er war der Ältere«, fuhr ich fort. »Zwölf Minuten. Dad hat ihn von Anfang an vergöttert. Er war in allem schneller als ich. Besser als ich. War zuerst zur Welt gekommen und ist früher gelaufen. Hatte früher gesprochen. Konnte schneller rennen. Das schönere Lächeln. Die weicheren Haare. Die hübscheren Bilder. Calvin hat alle mit seinem Charme um den Finger gewickelt.«
Ich hielt erneut inne, kaute auf meiner Unterlippe herum, räusperte mich mehrfach. Es gab nichts, was mir den Bericht erleichtern würde. Verkrampft löste ich eine Hand und steckte sie in die Hosentasche. Meine Finger berührten warmes Metall, und ich runzelte irritiert die Stirn. Obwohl ich wusste, dass alle Augen auf mir lagen, zog ich mein Fundstück heraus und stellte fest, dass es sich dabei um Renas Kettenanhänger handelte. Das vierblättrige Kleeblatt. Ich schluckte hart und schloss die Faust darum.
»Mein Dad hatte sich oft freigenommen, um mit uns auf den Spielplatz zu gehen, während meine Mom uns mit Sandwiches versorgt hatte. Eines Nachmittags kurz nach unserem fünften Geburtstag beschloss er, uns *ordentlich Fußballspielen beizubringen*, wie er sagte. Wir kickten hin und her, und natürlich war Calvin viel weniger ungeschickt als ich. Bei mir landete der Ball nie dort, wo ich ihn haben wollte, und die beiden amüsierten sich prächtig über mich. Ich war frustriert, fühlte mich ausgeschlossen und trat voller Wut zu. Der Ball flog über den Zaun und rollte über die Straße. Bevor Dad etwas tun konnte, rannte Calvin hinterher, um ihn zu holen. Ein Lastwagen …«
Ich verstummte und schloss die Augen.
»Wenig später sind wir nach Woodfield gezogen. Und Dad hat zum ersten Mal zur Flasche gegriffen. Er hat mir nie verziehen, dass ich schuld an Calvins Tod war – und ich mir ebenso wenig.«

Ich hob den Kopf, sah den Godwins nacheinander in die Augen.
»Wisst ihr jetzt genug?«, fragte ich bitter. »Seid ihr jetzt zufrieden?«
Meinen Worten folgte erneut diese bodenlose und zähe Stille, die heute Morgen schon viel zu häufig den Raum durchzogen hatte. Ich konnte sie kaum ertragen. Sie war so schwer, drückte uns alle nieder, und ich war der Auslöser dafür.
»Callan, Mann … das tut mir leid. Die ganze Sache … fuck«, murmelte Darren und fuhr sich über den Nacken, wie er es immer tat, wenn ihm etwas unangenehm war und er nicht mehr weiterwusste.
»Das ist furchtbar, Cal«, stimmte ihm Stella zu. »Aber was passiert ist, war nicht deine Schuld. Du warst nur ein kleiner Junge. Es tut mir so leid, dass dein Vater dir das Gefühl gegeben hat, dass du etwas dafürkannst.« Obwohl sie weiterhin gegen die Tränen ankämpfte, löste sich eine aus ihrem Augenwinkel und rollte über ihre Wange. »Du weißt, dass du hier immer ein Zuhause haben wirst.«
Thomas räusperte sich. »Darren und ich können später rüberfahren und deine Sachen holen. Das wird alles schon wieder werden. Es ist gut, dass du jetzt hier bist.«
Ich nickte dankbar, schaffte es jedoch nicht, meine Nervosität komplett abzulegen. Die Person, deren Reaktion mir am wichtigsten war, hatte sich noch nicht geäußert.
»Rena?«, fragte ich vorsichtig, woraufhin ein Ruck durch ihren zierlichen Körper ging.
»Bist du eigentlich bescheuert?« Sie funkelte mich finster an, und Darren zog die Augenbrauen erneut tief ins Gesicht und verschränkte die Arme vor der Brust. Thomas zog zischend die Luft ein, wohingegen Stella ihre Tochter nur entsetzt anstarrte.
»Du fragst uns ernsthaft, ob wir jetzt zufrieden sind?« Sie schüt-

telte verärgert den Kopf. »Ja, wahnsinnig zufrieden! Danke für dein großzügiges Vertrauen in uns.«

»Rena!« Thomas hob besänftigend die Hände.

»Du wolltest dich heute Morgen heimlich davonmachen!« Ihre Stimme bebte verdächtig. »Nach allem, was gestern passiert ist, wolltest du einfach gehen.«

Stella legte ihr eine Hand auf die Schulter, doch Rena schubste sie weg.

»Rena, Schatz, das ist alles nicht so leicht.«

Nein, war es nicht. Nichts daran war leicht.

Rena machte einen Schritt zurück, dann warf sie mir einen kurzen Blick zu. »Tut mir leid, ich wollte nicht …« Sie zuckte hilflos mit den Schultern. »Können wir nach oben gehen und reden?«

Stella und Thomas tauschten Blicke aus, schienen aber keine Einwände dagegen zu haben.

»Wir werden heute Abend noch einmal darüber sprechen, wie es nun weitergehen wird. Als Familie«, sagte Thomas schließlich, woraufhin ich aufstand.

Renas sarkastische Worte klangen mir noch immer in den Ohren und sorgten dafür, dass sich Übelkeit in mir ausbreitete. Ich war so wütend und gleichzeitig so verletzt. Und so verflucht dankbar. Der Gefühlsmix machte mich fertig.

Ohne ein weiteres Wort durchquerte ich das Zimmer und rannte fast die Treppe hinauf, die Geschwister – natürlich – knapp hinter mir.

Fast gleichzeitig betraten Rena und ich ihr Zimmer; sie knallte Darren die Tür vor der Nase zu und schloss ab.

»Rena!«, brüllte er vor der Tür. »Das kannst du, verdammt noch mal, nicht machen! Er ist mein bester Freund! Fuck! Mach diese verfluchte Tür auf!«

»Ich hatte nie vor, wirklich abzuhauen«, wandte ich mich an

Rena, ohne den tobenden Darren im Flur zu beachten. »Ich wollte nur … Ich hatte solche Panik. Es hat sich angefühlt, als würde alles über mir zusammenbrechen.« Ich zuckte hilflos mit den Schultern und versuchte, aus ihrer Miene schlau zu werden. »Ich wollte nicht meinen ganzen Ballast bei dir loswerden, und gleichzeitig wollte ich es unbedingt. Ich …« Zögerlich machte ich einen Schritt auf sie zu, griff nach ihren Schultern.

Sie wich nicht zurück, sah mich einfach nur an.

»Ich … fuck, Rena. Ich hab dich so gern. Ich will dich nicht verlieren.«

Und dann küsste ich sie. Küsste sie mit allem, was ich hatte, mit allem, was ich war. Mit meiner gesamten Wut, meiner Enttäuschung, meinem Hass, meiner Verzweiflung … und meinen Gefühlen für sie. Ich küsste sie, als gäbe es kein Morgen mehr. Ihre Lippen waren warm, und der Duft nach Wildblumen umgab mich und fühlte sich so vertraut an, dass sich mein Herz schmerzvoll zusammenzog. Ich öffnete ihre Lippen, drang mit der Zunge in ihren Mund ein, wollte ihr noch näher sein, musste mehr spüren, alles andere betäuben. Als sie meine Annäherung erwiderte, traten mir Tränen in die Augen. Während ich mich in dem Kuss auflöste, löste sich auch gleichzeitig der Knoten in meiner Brust.

Ich küsste sie und weinte.

Ich weinte und küsste sie.

Irgendwann wich ich zurück, so weit, bis ich mit den Kniekehlen an ihr Bett stieß und mich darauf sinken ließ.

»Ihr beide und eure Eltern – ihr seid das einzige Heile, das einzig Gute, was ich habe«, sagte ich, meine Stimme heiser, mein Gesicht in den Handflächen verborgen. An der leichten Bewegung der Matratze spürte ich, dass sie sich neben mich setzte. »Ich wollte nicht, dass du mich mit anderen Augen siehst. Als den Schwächling, der sich immer wieder zusammenschlagen

lässt. Den Versager, der seinen Bruder auf dem Gewissen hat. Ich habe aus Angst geschwiegen, Rena. Aus Angst, das Beste zu verlieren, was es in meinem Leben gibt. Verstehst du das nicht?«
»Glaubst du das wirklich?«, fragte Rena nach einem Augenblick der Stille. Erst jetzt fiel mir auf, dass Darrens wütendes Klopfen aufgehört hatte. »Dass ich dich jetzt mit anderen Augen sehe?« Sie griff nach meinen Handgelenken und schob sie sanft beiseite, sodass sie mir ins Gesicht sehen konnte. »Das tue ich nicht, Cal. Das würde ich niemals tun. Du weißt, dass das nicht stimmt. Du warst nicht verantwortlich dafür, was damals passiert ist. Du warst fünf Jahre alt – du konntest nichts für diesen furchtbaren Unfall.« Eine kurze Pause. »Du hast mir mal gesagt, dass manche Dinge außerhalb unserer Kontrolle liegen. Und auch, wenn mir das Angst macht … das tun sie wirklich.« Langsam ließ sie meine Hände los. »Du musst das nicht alleine durchstehen, Cal. Du hast Darren und mich. Hast du wirklich gedacht, wir würden uns von dir abwenden?« Sie sah mich an, und ich versank für einen Moment in ihrem tiefbraunen Blick. »Du bist uns so verdammt wichtig, du Idiot.« Sie schlug die Augen nieder, befeuchtete ihre Unterlippe mit der Zunge. »Du bist mir so verdammt wichtig. Ich … Schon so lange. Bitte sperr mich nicht aus.«
Langsam griff ich in meine Hosentasche und strich über das kleine Kleeblatt, den Glücksbringer, den sie nie ablegte und den sie mir doch überlassen hatte.
In diesem Moment fiel alle Anspannung von mir ab. Mit einem Seufzen zog ich Rena in meine Arme, drückte sie so fest an mich, als wollte ich sie nie wieder loslassen.
»Ich verspreche es.«

18 | RENA | Ein sündiges Rot

Noch am selben Nachmittag brachen Darren und Dad zusammen auf, um Cals Sachen zu holen, die mein Zimmer in ein vollgestopftes Chaos verwandelten. Trotzdem wollte ich keine Sekunde missen, die Cal bei mir wohnte, und war mehr als glücklich darüber, dass sich Darren strikt weigerte, seine Zuflucht, wie er es salbungsvoll nannte, mit seinem besten Freund zu teilen. Vermutlich sah er sein Sexleben in Gefahr, jetzt, nachdem Kelly ihr Praktikum beendet hatte und endlich wieder da war.

Leider konnten wir unser Zusammenwohnen kaum genießen, denn Dad schaffte es innerhalb eines Nachmittags, seinen Hobbykeller, den er eigentlich für die Aufbewahrung seiner Angelausrüstung nutzte, zu räumen.

»Auch wenn ihr ein Herz und eine Seele seid, braucht ein junger Mann in diesem Alter einen Rückzugsort«, hatte er behauptet, aber ich war mir sicher, dass er vermeiden wollte, dass Cal allzu oft im Bett seiner Tochter schlief. Es war ein Wunder, dass er es überhaupt erlaubt hatte, selbst wenn wir dafür ein äußerst unangenehmes Gespräch zum Thema Verantwortung und Pflichtgefühl über uns ergehen lassen mussten. Ein zumindest in diesem Moment unnötiges Gespräch, denn in den beiden Nächten, die wir gemeinsam in meinem Zimmer verbrachten, hatten wir keine Anstalten gemacht, den letzten Schritt zu wagen. Ich war noch Jungfrau, und Cal respektierte das und ließ mir Zeit. Ganz abgesehen davon waren wir beide von den vergangenen Ereignissen viel zu erschüttert, um irgendetwas von dem zu tun, was Dad befürchtete.

»Also«, begann Darren am Samstagmorgen, als wir gemeinsam am Küchentisch saßen und seine berüchtigten Pandarrens aßen. »Wir sollten zusehen, dass wir Cals neuen Raum bezugsfertig machen, damit er endlich aus deinem Zimmer verschwindet.«
Ich warf ihm einen finsteren Blick zu, aber er zuckte nur lässig mit den Achseln; ganz der verantwortungsvolle Bruder, der ein Auge auf seine kleine Schwester hatte.
»Wir könnten im Baumarkt auch ein paar Kabelbinder besorgen«, wandte er sich mit einem anzüglichen Grinsen an Kelly, die neben ihm saß und ihn belustigt musterte. »Kommst du mit?«
»Leider nicht«, sagte sie bedauernd und warf einen Blick auf ihre Armbanduhr. »Ich muss für Granny einkaufen gehen. Dabei würde ich nur zu gerne herausfinden, was du mit den Kabelbindern vorhast.«
»Hast du das etwa vergessen?« Darren runzelte die Stirn, woraufhin Kelly lachte.
»Quatsch. Ich freue mich schon darauf. Viel Spaß beim Shoppen.«
Sie beugte sich zu ihm, drückte ihm einen Kuss auf die Wange, dann stand sie auf und verabschiedete sich. Ich war den beiden ziemlich dankbar dafür, dass sie auf eine ausgedehnte Abschiedsknutscherei vor unserer Nase verzichteten.
Auch nachdem sie die Küche verlassen hatte, starrte ihr Darren so verliebt hinterher, dass ich ein leises Würgen von mir gab. Das hatte er verdient. Eigentlich hatte er noch viel mehr ver-

dient für seinen schmierigen Tonfall bei der Erwähnung der Kabelbinder. Urgh. Wehe, ich musste daran denken, was mein Bruder und seine Freundin miteinander anstellten, wenn Callan die Dinger das nächste Mal für seine Gitarrenkabel nutzte.

»Zurück zum Thema«, sagte Darren, ohne eine Miene zu verziehen. »Die clevere Einrichtung der Casa de Cal.«

Ich verdrehte die Augen, doch Cal reagierte gar nicht auf seinen blöden Wortwitz. Stattdessen zog er mit den Zinken seiner Gabel dünne Gräben in den Ahornsirup und sah dabei zu, wie sie sich wieder schlossen. Schon das ganze Frühstück über war er sehr ruhig gewesen; so ruhig, dass es sogar Darren auffiel.

»Was denkst du, Cal?« Er warf ihm einen auffordernden Blick zu. »Welche Farbe nehmen wir für dein zukünftiges Reich? Tiefschwarz oder ein sündiges Rot?«

Cal zögerte. »Von mir aus müssen wir gar nicht streichen«, sagte er dann. »Die aktuelle Farbe ist okay.«

Darren schnaubte, während ich ihn ungläubig musterte. Das von Dad ausgesuchte Lehmbraun war alles andere als *okay*. Im Gegenteil. Es war eine Beleidigung für die Augen, und ich konnte mir nur einen Grund vorstellen, aus dem Callan nichts daran verändern wollte.

»Cal …«, fing ich vorsichtig an, unsicher, wie ich das Thema anschneiden sollte. Im selben Moment fiel bei Darren auch der Groschen, und im Gegensatz zu mir hatte er deutlich weniger Hemmungen.

»Wenn's ums Geld geht, musst du dir keine Sorgen machen«, winkte er ab, und ignorierte dabei vollständig, dass Cal verlegen den Blick senkte. »Mom und Dad haben schon gesagt, dass sie alles für dich bezahlen.«

Cal biss sich angespannt auf die Unterlippe, und ich nahm seine Hand.

»Ich will euch nicht zur Last fallen«, sagte er leise. »Ihr habt

schon so viel für mich getan. Und ich würde mich so gerne an den Kosten für die kaputten Sachen von der Party beteiligen. Aber gerade …« Er legte bedächtig seine Gabel zur Seite, griff nach seiner Tasse und trank einen Schluck Kaffee, als würde er so Zeit gewinnen wollen. »Gerade habe ich überhaupt nichts. Wenn das mit der Arbeit im Musikladen klappt, kann ich zumindest einen Teil zurückzahlen.«
Ich drückte aufmunternd seine Hand. Gestern hatte sich Cal für eine Stelle beworben, um sich neben der Schule etwas dazuzuverdienen, und Steve Masters, der Besitzer, wäre ein Idiot, wenn er ihn nicht nehmen würde. Cal war zuverlässig, freundlich, und zudem kannte er sich aus; ich konnte mir keinen Besseren für den Job vorstellen. Trotzdem strich ich für alle Fälle kurz über mein kleines Glückskleeblatt, das mir Cal gestern zurückgegeben hatte. Nur zur Sicherheit.
»Im Notfall werde ich meine Eltern …«
»Vergiss es«, unterbrach ihn Darren resolut. »Das musst du dir echt nicht antun. Bald haben wir unseren Abschluss, und selbst wenn es mit dieser Musik-Uni nicht …«
»School of Music & Arts«, konkretisierte Cal mit einem Lächeln in der Stimme, woraufhin mein Bruder die Augen verdrehte und nickte.
»Weiß ich doch. Also, selbst wenn es mit der School of Music & Arts nicht klappen wird, stehst du in Kürze auf eigenen Beinen.«
»Weshalb sollte das nicht klappen?«, mischte ich mich stirnrunzelnd ein.
»Ich habe mich nur gefragt … Versteh mich nicht falsch, Cal, du spielst genial Gitarre, und deine eigenen Melodien sind auch toll. Nur … du weigerst dich immer zu singen. Und das Musikstudium beinhaltet das doch, auch wenn du als Hauptfach Gitarre hast?«

»Ich kann singen«, erwiderte Cal knapp und verschränkte die Arme vor der Brust, während sein Pandarren vor ihm auf dem Tisch langsam kalt wurde.
»Ja. Aber … du hast mir erzählt, dass du dich für ein Stipendium bewirbst. Musst du dafür nicht grandios gut sein? Also, nicht dass ich daran zweifeln würde …«
»Aber irgendwie doch«, ergänzte Cal mit einem Anflug von Resignation in der Stimme. »Ich kriege das hin, Darren.«
»Du könntest zumindest ein paar deiner Songs in der Band selbst singen«, wandte mein Bruder ein. »Euer Sänger klingt wie eine erkältete Kröte. Wenn du es besser kannst …«
Cal hob die Schultern. »Es wird funktionieren.«
»Warum soll er sich denn nicht zu hundert Prozent auf seinen Traum konzentrieren?«, setzte ich erneut zu Cals Verteidigung an und ließ die Finger liebevoll seinen Arm hinaufwandern, obwohl mein Bruder mir einen ziemlich eindeutigen, fast schon angeekelten ›Kannst du mal für fünf Minuten damit aufhören, ihn anzufassen‹-Blick zuwarf.
»Ich meine es ja nur gut«, sagte Darren nach einiger Zeit der Stille. »Nicht dass du nach der Schule auf der Straße sitzt, weil du dich nur auf deine Musik konzentrierst, dann aber …«
»… dann aber die Aufnahmeprüfung nicht bestehst«, beendete Cal seinen Satz. »Das wolltest du sagen, oder?«
»Ich wollte sagen, dass ein Plan B vielleicht nicht das Verkehrteste wäre.«
»Seit wann bist du so sicherheitsorientiert?«, fragte ich gereizt. »Du hast doch selbst noch keine Ahnung, was du später machen willst. Vielleicht bist du ja derjenige, der nach der Schule auf der Straße sitzt …«
»Kein Grund, gemein zu werden«, murmelte Darren niedergeschlagen, woraufhin sich umgehend mein schlechtes Gewissen meldete.

»Du hast recht. Tut mir leid.« Ich seufzte. »Aber wenn er einen Plan B hat, ist das, als würde er nicht an sich selbst glauben. Und das solltest du«, wandte ich mich an Cal, »weil du zu gut bist, um die Sache nur halbherzig durchzuziehen. Und dafür brauche ich keinen Beweis … im Gegensatz zu Darren.«

Während Cal dankbar nickte, rollte mein Bruder mit den Augen. »Das ist naiv, und das weißt du. Und ich habe nie gesagt, dass ich ihm nicht glaube, dass er singen kann.«

»Außerdem ist es sowieso zu spät«, warf Cal mit einem Schulterzucken ein. »Die Noten stehen so gut wie fest, in ein paar Wochen gibt es Zeugnisse, dann ist unsere Schulzeit vorbei.« Er schenkte meinem Bruder ein zuversichtliches Lächeln. »Ich bin gut vorbereitet, Darren. Wirklich.«

Seine Worte versetzten mir einen kurzen Stich in der Magengegend. Bald würde Cal zur Aufnahmeprüfung fahren und nur wenige Wochen später seinen Abschluss machen. Danach … danach würde er sein Stipendium in Seattle antreten, etwa 4000 Kilometer entfernt.

Ich nahm die Hände von Cal und betrachtete ihn aus den Augenwinkeln. Stellte mir vor, wie er eines Tages für uns – nein, für mich – singen würde und wie magisch der Moment sein würde, weil er es noch nie zuvor getan hatte. Es würde etwas bedeuten. Ich wusste noch nicht was, aber es würde etwas bedeuten. Vielleicht an dem Abend, bevor er nach Seattle ging …

»Wenn das so ist, dann kannst du auch jetzt mit bestem Gewissen Hilfe annehmen, bevor du nach Seattle verschwindest«, riss mich Darren aus meinen romantischen Fantasien und klang dabei so triumphierend, als hätte er Cals vorige Argumente gerade unglaublich geschickt außer Kraft gesetzt.

»Cal«, sagte ich und schob alle düsteren Gedanken beiseite. Noch war er hier. Noch war er bei mir. »Es ist wirklich okay. Mom und Dad wollen für dich da sein. Und wir auch.«

Cal nickte dankbar, und Darren schlug ihm fest auf die Schulter, vermutlich um seine eigene Rührung zu verschleiern.
»Du hast geschluckt, das hab ich ganz genau gesehen«, murmelte ich belustigt, woraufhin er auch mir einen Stoß versetzte. »Würdest du lieber jedes Mal niesen müssen, wenn jemand deinen Namen sagt, oder jedes Mal einschlafen, wenn du einen Hund bellen hörst?«, wollte er wissen, und Cal stieß ein amüsiertes Ächzen aus.
Die folgende Diskussion zog sich bis zum Baumarkt, wo wir uns nicht nur mit massig Farbe, sondern auch mit ein paar hellen Wandregalen und kellerfreundlichen Zimmerpflanzen eindeckten, um Cals Zimmer noch wohnlicher zu machen.
»Taupe und Mauve«, brummte Darren, als wir alles im Kofferraum seines Audis verstauten. »Noch nie gehört. Die Farbbezeichnungen hast du bestimmt erfunden, Rena. Und dann das angebliche Tannengrün, für das ihr euch entschieden habt. Das ist doch einfach nur Dunkelgrün.«
»Einfach nur Dunkelgrün«, wiederholte ich seufzend. »Hast du eine Ahnung, wie viele verschiedene Dunkelgrüntöne es gibt? Manche davon sind wärmer und andere kälter. Petrolgrün zum Beispiel …«
Darren knallte den Kofferraumdeckel demonstrativ zu. »Bitte nicht wieder ein Vortrag über Farben, Schwesterherz.«
Ich rollte mit den Augen, schaffte es aber tatsächlich, mich zu bremsen. An Darren war Farbtheorie ohnehin verschwendet.
»Cal kennt Tannengrün jedenfalls.« Ich öffnete die Autotür und warf Cal dabei einen kurzen, verschwörerischen Blick zu. »Weißt du noch, als du mir damals beim Campen getextet hast, dass dir ein tannengrüner BH an mir gefallen würde?«
Die Reaktion meines Bruders war Gold wert. Noch bevor Cal etwas erwidern konnte, gab Darren ein empörtes Schnauben von sich.

»Du streichst sein Zimmer in der Farbe deines BHs?« Er schien allen Ernstes mit dem Gedanken zu spielen, die Farbeimer wieder zurück in den Baumarkt zu bringen und in eine andere Farbe umzutauschen, denn anstatt einzusteigen, starrte er auf den Kofferraum. Cal nahm auf dem Beifahrersitz Platz und kämpfte genau wie ich damit, ein Grinsen zu unterdrücken.
»Entspann dich Darren, ich habe keinen tannengrünen BH«, rief ich.
»Wisst ihr was?« Mein Bruder ließ sich hinters Steuer fallen und drehte genervt den Schlüssel in der Zündung. »Um noch mal auf vorhin zurückzukommen … ich würde gerne jedes Mal einschlafen, wenn einer von euch beiden so was sagt. Das wäre kein Fluch, sondern ein Segen.«
»Ich bin nach wie vor der Meinung, dass dir Tannengrün gut stehen würde«, sagte Cal daraufhin lächelnd zu mir, und im nächsten Augenblick trat mein Bruder mit Nachdruck auf das Gaspedal, und wir fuhren los.
Zu Hause angekommen ging ich in die Küche, um auf Tia zu warten, die kurz vorbeikommen und sich eines meiner Sommerkleider ausleihen wollte. Während Cal und Darren sich im Keller an die Vorbereitungen für das Streichen der Wände machten, setzte ich Kaffee auf und holte eine Sprühdose Schlagsahne aus dem Schrank, weil meine beste Freundin es liebte, riesige Berge Schlagsahne in ihrem Kaffee schwimmen zu lassen. Aus dem Keller drang gedämpftes Lachen nach oben, was mich etwas nachdenklich werden ließ. In letzter Zeit hatte ich Cal wirklich oft für mich beansprucht und den beiden nicht viel Zeit alleine gelassen. Vermutlich war es gut, dass ich erst ein wenig später dazustoßen würde.
»Dein ehemaliger Nachbar-Lover hat mich schräg angeguckt«, sagte Tia, als sie nach wenigen Minuten schwungvoll in die Küche getänzelt kam. »Scheint gerade mit seiner Mutter vom

Einkaufen zurückgekommen zu sein. Ein Wunder, dass ihm vom Starren der Sellerie nicht aus der Tüte gefallen ist. Vielleicht hat er gehofft, dich zu sehen.«

Ich ächzte innerlich. »Nenn ihn bitte nicht so.«

»Nachbar-Lover? Aber Aiden klingt so langweilig.« Sie lachte, dann drückte sie mich zur Begrüßung. »Kann ich mir das Kleid aus deinem Zimmer holen?«

»Nur, wenn du eine Tasse Kaffee mit mir trinkst.« Grinsend schwenkte ich die Schlagsahne.

»Hab ich dir schon jemals Kaffee abgeschlagen?« Tia verschwand gut gelaunt nach oben, und ich füllte zwei Tassen mit Kaffee, Milch und Zucker. Als sie mit dem Kleid wiederkam, saß ich auf der Kücheninsel und hatte mir gerade erfolgreich die Zunge an meinem Getränk verbrannt.

»Das ist doch dein Glückskleid, oder?«, vergewisserte sie sich und wirkte fast etwas verlegen, als sie über den dünnen, luftigen Stoff strich. »Wegen dem Marienkäfermuster?«

»Ja.« Stirnrunzelnd beobachtete ich, wie sie das Kleid in ihre Tasche packte. »Aber ich dachte, du willst es tragen, weil es so einen hübschen, großen Rückenausschnitt hat?«

Tia stellte ihre Tasche ab, setzte sich neben mich auf die Kücheninsel und griff nach der Schlagsahne.

»Um ehrlich zu sein«, fing sie an, während sie Unmengen von Schlagsahne auf ihren Kaffee sprühte, »kam mir der Gedanke, dass ich mir vielleicht etwas von deinem Glück klauen könnte. Cal und du, ihr seid wirklich …« Sie stellte die Sprühdose beiseite und legte nachdenklich den Kopf schief. »Ihr passt so gut zusammen. Ihr wirkt so glücklich. Du strahlst immer so, wenn du über ihn sprichst. Lach mich ja nicht aus, aber irgendwie wünsche ich mir auch so eine Beziehung.« Sie schwieg für einen Moment und senkte den Blick. »Jemanden, der mich selbst dann toll findet, wenn ich meinen BH nicht mit Socken ausstopfe, und der mir einen Spitznamen gibt, der nicht *Sexy* lautet.«

Sie leckte Schlagsahne von ihrem Kaffee, und ich legte den Kopf an ihre Schulter. »Du wirst so jemanden finden, Tia. Ganz sicher. Und die Socken brauchst du gar nicht.«

Ihr Seufzen ging in ein erleichtertes Kichern über. »Manchmal glaube ich, dass mindestens drei Viertel meines Selbstbewusstseins in meiner flauschigen Oberweite stecken.« Sie nippte an ihrem Kaffee. »Sind Darren und Cal unten im Keller, oder hab ich mir das Geräusch gerade eingebildet?«

»Ja, wir streichen heute. Die Wände konnten wirklich nicht lehmbraun bleiben«, erwiderte ich, woraufhin sie zustimmend nickte.

»Die Farbe war echt übel. Aber total cool, dass deine Eltern so entspannt sind und ihn hier wohnen lassen.«

Ich hob meinen Kopf von ihrer Schulter und trank einige Schlucke Kaffee. Tia wusste nicht über die Details Bescheid, nur, dass Callan im Moment nicht länger bei seinen Eltern leben konnte. Trotzdem hielt sie sich mit neugierigen Nachfragen zurück, und ich war ihr dankbar dafür.

»Du weißt nicht, wie viele Vorträge Mom mir über Verhütung gehalten hat. Es war … so peinlich. Das kannst du dir gar nicht vorstellen.« Ich vergrub das Gesicht in den Händen, woraufhin Tia loskicherte und mich leicht von der Seite anschubste.

»So schlimm?«

Oh, sie hatte ja keine Ahnung. »Sie hat mir gestern ausdrücklich geschildert, wie gut wir aufpassen müssen, weil sogar beim Petting was passieren könnte. Als ob ich das nicht wüsste.« Langsam nahm ich die Hände wieder vom Gesicht. »Und dann …« Ich seufzte. »Dann hat sie allen Ernstes angefangen, vom Lusttropfen zu reden.«

Tia spuckte den Schluck Kaffee, den sie gerade genommen hatte, quer über ihre Jeans.
»Shit. Entschuldige.« Sie lehnte sich prustend zur Seite und riss mehrere Blätter Küchenkrepp ab, um sich Mund und Hose abzuwischen. »Was genau hat sie denn über den Lusttropfen gesagt?«
»Das werde ich bestimmt nicht wiederholen.« Ich rollte theatralisch mit den Augen. »Wenn du Nachhilfe in Sachen Verhütung willst, frag sie doch.«
»Schon gut, kein Bedarf.« Tia wischte sich eine Lachträne aus dem Augenwinkel, dann sprühte sie mir eine kleine Portion Schlagsahne in den Kaffee, bevor sie damit auch ihre eigene Tasse noch mal attackierte. »Aber im Grunde ist es wirklich toll, wie sehr sich deine Eltern um euch sorgen.«
Ich lehnte mich nachdenklich ein Stück zurück. Sie hatte recht. Sooft ich mich auch genervt fühlte, ich war froh, eine Familie zu haben, der es nicht egal war, was ich machte. Auch, wenn meine Eltern manchmal ein wenig über das Ziel hinausschossen.

Nachdem Tia schließlich gegangen war, machte ich mich auf den Weg in den Keller, wo Darren gerade inmitten einer Erzählung war, die Kelly, sein Zelt und ein hübsches Stück Wiese in der Nähe des Felds beinhaltete. Anscheinend hatten die zwei vor, in Kürze zu ihrer eigenen, ganz privaten und romantischen *Campingtour* aufzubrechen. Noch ein Grund, warum ich nie wieder auch nur in die Nähe des Zeltes meines Bruders kommen würde. Igitt.
Cal hielt mir eine Farbrolle hin, und ich fing an, den beiden beim Streichen zu helfen. Obwohl der Boden von Folie bedeckt war, konnte ich schon jetzt sehen, wie gut das Tannengrün zum hellen Buchenholz passte. Mit den zusätzlichen Pflanzen und Wandregalen würde es ein richtig gemütliches Kellerzimmer

werden, das nicht mehr an eine lehmbraune Höhle erinnerte, sondern an einen dichten Wald.

»Okay, ich gebe zu, dass sich das Fichtengrün ganz gut macht.« Darren hielt inne. Von seiner Farbrolle tropfte dunkles Grün auf die Bodenfolie.

»Tannengrün.« Cals Grinsen verschwand abrupt, als er sich eine Strähne aus der Stirn strich und dabei über seine Naht fuhr. Darren schien das kurze Zusammenzucken ebenfalls bemerkt zu haben, denn sein Blick verdunkelte sich.

»Alles okay, Mann?«

»Ja.« Cal antwortete so schnell und knapp, dass ich die Finger etwas fester um meine Farbrolle schlang. Es tat ihm noch weh, wenn er die genähte Wunde berührte. Sofort musste ich wieder an die Fahrt ins Krankenhaus denken und an die kalten Augen seines Vaters, als er hier aufgekreuzt war, um ihn zu holen. So schön es auch war, eine Weile lang mit ihm zusammenleben zu können, so furchtbar war der Grund dafür. Ein paar Stunden lang konnte ich es vergessen, wenn wir zu dritt am Frühstückstisch saßen oder im Baumarkt herumscherzten, aber dann kam es mit einer Heftigkeit wieder, die mir fast den Boden unter den Füßen wegriss. Der Abend im Krankenhaus war schließlich nur die Spitze des Eisbergs gewesen. Cal hatte seit seiner Kindheit unter seinem Vater gelitten. Das verschwand nicht so einfach für ihn.

»Bienchen, es ist wirklich alles okay.« Erst jetzt merkte ich, dass er mich mit wachsamen Augen anschaute. Mir war klar, dass er mich gut kannte und immer aufmerksam war, aber in diesem Moment wurde mir so richtig bewusst, wie sehr er mich sah. Auch wenn ich leise war und nichts sagte. Wenn ich einfach nur dastand, mit einer tannengrünen Farbrolle in der Hand, und mir im Stillen wünschte, er hätte das alles nicht durchmachen müssen. Cal sah mich immer.

»Ich verstehe immer noch nicht, dass du darüber schweigen willst.« Darren klatschte seine Farbrolle so fest an die Wand, dass tannengrüne Spritzer in alle Richtungen flogen. »Dein Vater wird einfach so davonkommen. Niemand erfährt, was für ein betrunkenes Arschloch er ist. Es gibt keine Konsequenzen. Nichts.«

Gestern Abend hatten wir als Familie darüber gesprochen, dass Cal seinen Vater nicht anzeigen würde. Unsere Eltern standen hinter Cal, ganz gleich, was er tun wollte. Sie würden jede Schlacht gegen die Reeds mit ihm austragen, aber genauso respektierten sie seinen Wunsch, auf seine eigene Weise mit der Sache umgehen zu wollen. Und Callan wollte keinen Lärm darum machen. Er wollte nicht, dass über seine Eltern geredet wurde, er wollte keine Rache, nicht noch mehr böses Blut. Er wollte sich einfach auf die Zukunft konzentrieren.

»Das ist richtig«, sagte Cal, ohne meinen Bruder dabei anzusehen. Seine Augen waren jetzt nur noch auf die Wand vor ihm fixiert. »Und diesmal ist es meine Entscheidung.«

Ich wusste, was er meinte, oder glaubte zumindest, es zu wissen. Er hatte keine Kontrolle darüber gehabt, was sein Vater ihm antat, aber jetzt war er es, der entschied, was passieren würde. Was er brauchte.

Darren seufzte leise und hörte auf damit, die Farbrolle gereizt gegen die Wand zu pressen. »Das weiß ich doch. Es ist nur … ich würde dem Arsch gönnen, auch zu leiden. Richtig, richtig zu leiden. Du etwa nicht, Rena?«

Ich zögerte keine Sekunde. »Doch, natürlich.« Mit einer geschickten Bewegung tauchte ich die Farbrolle in den Eimer. Ich hatte mir in den vergangenen Tagen oft vorgestellt, dass Dr. Reed das bekam, was er verdiente. Dass er es ein Leben lang bitter bereuen würde, Callan misshandelt zu haben. Aber genauso schön war es, stattdessen hier zusammen mit Darren und Cal dessen neues Zimmer anzumalen, in einem Haus, in dem alle zusammenhielten und in dem jeder sicher war. »Aber in erster Linie geht es um Cal.«

Darren brummte seine Zustimmung und bückte sich, um seine Farbrolle wieder in den Eimer zu tunken. Cals Blick ruhte wieder auf mir, und obwohl er nichts sagte, wurde mir warm ums Herz. Er sah mich an, als würde er mich am liebsten auf der Stelle in seine Arme ziehen und dabei nicht darauf achten, wo das Grün seiner Farbrolle landete. So ein Bild wollte ich bei Gelegenheit zeichnen. Eine Bleistiftskizze eines Pärchens in inniger Umarmung, mit tannengrünen Flecken überall dort, wo sich ihre Körper berührten.

»Ich habe Neuigkeiten«, sagte Cal, als wir mit dem Streichen fertig waren und Darren sich zurückgezogen hatte. Wir standen im Wohnzimmer, er schlang die Arme von hinten um mich und zog mich an sich. »Und die wollte ich als Erstes dir erzählen.«

»Wenn du versuchst, dich irgendwie davor zu drücken, mit mir *Pretty Woman* anzuschauen, obwohl du es versprochen hast …«

Ich seufzte zufrieden auf, als er einen Kuss auf meine Wange hauchte, und vergaß für einen Moment tatsächlich fast, was ich mit der Fernbedienung in meiner Hand wollte. »… Lass mich dir sagen: Es wird nicht funktionieren.«

Okay, doch, es würde funktionieren. Cal war niemand, der seine Versprechen nicht einhielt, aber wenn er es wirklich darauf anlegte, würde es so was von funktionieren.

»Steve vom Musikladen hat vorhin angerufen, als Darren und ich im Keller waren«, fing er an, und ich hielt aufgeregt die Luft an. Das sagte er mir erst jetzt? Hatte der Kerl sich entschieden?

»Ich habe den Job bekommen«, beendete Cal seinen Satz, und es gelang mir, weiter zu atmen. »Ich kann am Montag anfangen.«

Im nächsten Moment wirbelte ich auch schon in seinen Armen herum und fiel ihm um den Hals. »Ich wusste, dass er dich nehmen würde! Das sind tolle Neuigkeiten.«

Er hielt mich grinsend fest. »Mach den Film an, Bienchen. Sonst erwischen uns deine Eltern bei der Schnulze, und mein Ruf ist auf ewig zerstört.«

Wir ließen uns auf die Couch fallen, wo ich mich eng an Cal schmiegte und gleichzeitig auf die Fernbedienung drückte. Unzählige Male hatte ich mir *Pretty Woman* allein in meinem Zimmer auf dem Laptop angeschaut und dabei nicht nur Richard Gere, sondern in Gedanken auch Callan angeschmachtet. Dass ich den Film jetzt mit ihm zusammen anschauen konnte, während er einen Arm um mich legte, war perfekt. Im Gegensatz zu ihm verblasste Richard Gere, und im Verlauf der nächsten eineinhalb Stunden versank ich mehr als einmal in romantischen Träumereien, die meinen Lieblingsfilm zur Nebensache machten.

Kurz bevor er zu Ende war, kam Darren ins Wohnzimmer, rollte mit den Augen, als er sah, wie Richard Gere eine Feuerleiter hochkletterte, und ließ sich neben Cal auf die Couch fallen.

»Tut mir leid, dass du das über dich ergehen lassen musst, Mann.«

Ich griff nach einem der Kissen und warf es in seine Richtung. »Das ist romantisch, du Vollidiot. Er überwindet seine Angst, um ihr seine Liebe zu beweisen.«

»Er klettert eine Feuerleiter hoch«, erwiderte Darren unbeeindruckt.

»Halt die Klappe. Was willst du überhaupt?« Mittlerweile lief der Abspann.

Er zuckte mit den Schultern, als wäre es offensichtlich. »Fernsehen.«

Da wir ohnehin nicht vorhatten, einen weiteren Film zu schauen, hielt ich ihm gnädigerweise die Fernbedienung hin.

Dann wandte ich mich Cal zu, der still geblieben war, auf dessen Lippen sich aber ein amüsiertes Lächeln abzeichnete. Ich strich über seinen Oberarm und warf ihm ein ziemlich eindeutiges Grinsen zu.
»Ich schätze, heute wirst du noch mal bei mir übernachten müssen«, formulierte ich unschuldig das, woran ich schon während des Films gedacht hatte.
Darren gab ein verzweifeltes Stöhnen von sich, woraufhin Cal ernsthaft nickte.
»Stimmt«, gab er mir recht. »Die Farbe riecht schon sehr intensiv. Ich kann nur hoffen, dass du mir Asyl gewährst, Bienchen. So wie damals im Zelt …«
Darren stand abrupt auf. »Das ist ja nicht zum Aushalten«, murrte er, größtenteils genervt, aber auch ein wenig belustigt. »Wollt ihr auch was zu trinken?«
»Ein Glas Wasser«, rief ich ihm nach, als er in Richtung Küche verschwand. Ich hörte, wie er den Küchenschrank öffnete und mit Gläsern hantierte. Bevor Darren in der Küche noch den Wasserhahn anmachen konnte, saß ich bereits auf Cals Schoß und lächelte in seine graublauen Augen.
»Du hast mindestens dreißig Sekunden Zeit, mich zu küssen. Nimmst du die Chance wahr?«
Cal grinste leicht, dann schob er seine Hand in meinen Nacken, zog mich zu sich und küsste mich. Mittlerweile waren aus unseren ersten, fast schüchternen Küssen leidenschaftliche Knutschereien geworden, und auch dieses Mal dauerte es keine zwei der dreißig angekündigten Sekunden, bis ich vollkommen in Flammen stand. Es war beeindruckend, wie schnell mein Entschluss, mich zusammenzureißen, zerbröckelte wie ein alter Keks, der in der Keksdose vergessen worden war.
Ich bewegte mich leicht, sodass mein Unterleib zielsicher über seine Erektion rieb.

»Leute.« Darren war leider erstaunlich schnell zurück und klang ziemlich angeekelt. »Nehmt euch ein Zimmer. Das ist ja nicht auszuhalten.«
»Stell dich nicht so an. Wir sind doch vollständig bekleidet«, erwiderte ich mit einem genervten Seufzen. »Und gegen Kelly und dich ist das gar nichts.«
»Das ist etwas vollkommen anderes!« Mein Bruder knallte das von mir geforderte Wasser auf den Tisch, dann verließ er das Wohnzimmer und warf mit einer dramatischen Geste die Tür ins Schloss. Anscheinend war ihm die Lust aufs Fernsehen vergangen.
»Ein Zimmer klingt wirklich gut«, murmelte Cal zwischen zwei Küssen gegen meine Lippen. »Einen Tag in Pittsburgh mit anschließender Übernachtung in einem Hotel … was hältst du davon? Vielleicht, wenn ich aus Seattle zurück bin?«
Ich lächelte. »Du willst also mit mir in einem Hotel übernachten …« Mein Lächeln wuchs, überspannte den Atlantik, zog sich von den USA bis hin nach Europa. Ich pausierte das spontane ›Treib Cal mit Pobacken-Bewegungen in den Wahnsinn‹-Programm. Dann versiegelte ich seinen Mund erneut mit meinen Lippen und malte es mir aus. Wir beide, ungestört in einem hübschen kleinen Hotelzimmer. Ein riesiges Doppelbett und süße kleine Waschseifen im angrenzenden Badezimmer. Eine Nacht, die nur uns gehörte, weit weg von Mom, Dad und Darren. Zimmerservice um zwei Uhr morgens. Erdbeeren und Champagner wie in *Pretty Woman*. Erdbeeren unterstützen den feinen Geschmack des Champagners. Ich wusste, dass meine Tagträumereien zu weit gingen. Wir waren nur zwei Teenager, die jetzt schon Geld für Flugtickets sparen mussten, wir konnten uns keine extravaganten Hotelzimmer leisten – aber das machte überhaupt nichts.
»Ich weiß nicht …« Ich legte den Kopf schief und tat so, als

müsste ich erst darüber nachdenken, obwohl ich mir sicher war, dass Cal das begeisterte Funkeln in meinen Augen nicht entging. »Was hast du denn vor in einem Hotelzimmer, Woodstock?« Eine verdammt unschuldige Frage dafür, dass seine Erektion gegen mich drückte.

»Du willst wissen, was ich mit dir vorhabe?«, wiederholte er gedehnt, und ich nickte mit schelmischem Grinsen. Ich wollte es hören. Ich wollte, dass er es aussprach.

»Mal sehen«, fuhr er fort und hielt kurz inne, um zu überlegen. »Ich würde die Zimmertür hinter uns schließen, unsere Taschen zu Boden fallen lassen, dich hochheben und zu dem großen Doppelbett tragen. Dort angekommen würde ich dich auf die Matratze sinken lassen und dich so innig küssen, dass dir gar nicht auffällt, dass ich die Gelegenheit nutze, um dich auszuziehen. Du wärst so vom Geschmack meiner Lippen abgelenkt, dass du mein Tun erst realisieren würdest, wenn du schon nackt auf dem Bett liegst. Ich würde zurückweichen und dich ansehen. Dich einfach nur ansehen, voller Bewunderung, dass dieses wunderschöne Mädchen zu mir gehört. Dann würde ich mich selbst ausziehen und darauf hoffen, dass deine Blicke ebenso an mir kleben würden wie meine an dir. Ich würde mir Schuhe und Socken abstreifen und danach das Shirt über den Kopf ziehen. Natürlich in Zeitlupe, damit du das Spiel meiner Muskeln genau mitverfolgen kannst. Dann würde ich es achtlos zu Boden werfen, meine Hose öffnen und sie mir lässig über die Hüften schieben. Die Shorts würden folgen, und kurz darauf läge ich auf dir, um dich erneut um den Verstand zu küssen. Ich würde jeden Zentimeter deiner Haut würdigen, und dabei immer tiefer wandern, bis ich zwischen deinen Beinen angekommen bin. Und dann würde ich dich lecken, Bienchen, und deinen Geschmack genießen; so lange, bis du mich anflehst, dich endlich zu nehmen. Natürlich würde ich nicht sofort nachgeben, sondern zuerst einen, dann zwei Finger in dich schieben, dich in langsamen Stößen vögeln, um dich zu weiten. Du würdest die Hände ins Laken krallen, die Augen zusammenkneifen und versuchen, dein Stöhnen zu unterdrücken. Vergeblich. Irgendwann würde ich es nicht mehr aushalten …«

Er brach ab und versetzte mir einen Stups mit der Nasenspitze.

»Den Rest verrate ich dir nicht«, sagte er dann und richtete sich ein wenig auf, wobei seine Härte erneut gegen meinen Unterleib rieb. Mir schlug das Herz bis zum Hals.

»Den musst du also selbst herausfinden. Denkst du, ich konnte dich überzeugen?«

Shit, und ob er mich überzeugen konnte. Was er da beschrieb, sorgte dafür, dass ich keinen klaren Gedanken mehr fassen konnte. Daran würde sich bis zu unserer Nacht im Hotel wahrscheinlich auch nichts ändern, denn wie sollte man eine so detaillierte Beschreibung aus dem Kopf bekommen, wenn man ohnehin schon Probleme hatte, die Finger von seinem Freund zu lassen?

Vielen Dank auch, Cal.

Ich biss mir auf die Lippe. Sah ihn an. Zog es in Erwägung, nicht bis zu diesem Abend im Hotel zu warten. Aber ich wusste auch, dass es perfekt sein würde. Viel perfekter, als wenn ich ihn jetzt an der Hand nehmen und mit nach oben in mein Zimmer schleppen und wir es in meinem Bett tun würden, während Darren in der Nähe war und meine Eltern jeden Moment heimkamen. Es würde sich zu gehetzt anfühlen.

»Ich nehme übrigens die Pille«, sagte ich.

Fuck. Das war vermutlich nicht besonders sexy. Ich bin bereit, hätte ich sagen können. Oder: Ich will mit dir schlafen. Oder sogar: Fick mir in diesem Hotelzimmer das Gehirn raus. Wobei … nein, das hätte ich niemals ernsthaft über die Lippen gebracht.

Ein Blick in Cals Augen ließ meine Verlegenheit schlagartig schwinden. Er lächelte mich an, als hätte ich gerade etwas unglaublich Romantisches gesagt.
»Das ist gut«, erwiderte er und steckte mir eine Haarsträhne hinters Ohr. »Dann gehe ich davon aus, dass mein Überzeugungsversuch erfolgreich war?«, schob er mit einem verschmitzten Zwinkern hinterher.
»Nun …«, fing ich gedehnt an und bewegte mich wieder etwas, »… ich denke, ich bin ziemlich überzeugt. Wir sollten uns schleunigst um ein Hotelzimmer kümmern. Ich will unbedingt herausfinden, wie es weitergeht …« Ich legte die Hände an seine Wangen, die fast genauso glühten wie meine eigenen, und war nur noch Millimeter von seinen Lippen entfernt, als die Tür geräuschvoll aufging und mein Dad ins Zimmer kam.
Ich rollte von Cals Schoß und landete wie ein schwerer Stein neben ihm auf dem Sofa.
»Hi, Dad«, murmelte ich und versuchte, meinen rasenden Puls irgendwie zu beruhigen.
»Hey, Thomas«, grüßte Cal, während er sich etwas aufrichtete. »Entschuldigung.«
Dad holte Luft, als wolle er etwas sagen, schüttelte dann aber nur den Kopf.
»Hey, Rena … und Cal. Schon okay.«
Er warf uns einen eindeutigen Blick zu – es wäre schön, wenn ihr nicht hier auf dem Sofa vor unser aller Augen rumknutschen würdet – und stellte dann seine Angelausrüstung ab.
Keine zwei Sekunden später kam Darren ins Zimmer, der uns weitaus misstrauischere Blicke zuwarf. »Ist das Wohnzimmer wieder jugendfreie Zone?«
Dad zog die Augenbrauen hoch, und ich gab ein leises, frustriertes Seufzen von mir.
Und dann würde ich dich lecken, Bienchen.

»Ich gehe duschen.« Ich stand so abrupt auf, dass ich mit dem Knie gegen den Kaffeetisch knallte und dabei mein Wasserglas umstieß. Darren fluchte und rettete die Fernbedienung aus dem überfluteten Krisengebiet.

»Sorry«, murmelte ich und warf ihm eine Rolle Küchenpapier zu.

… zuerst einen, dann zwei Finger in dich schieben, dich in langsamen Stößen vögeln, um dich zu weiten.

Ich hörte nicht richtig zu, als Darren mir nachrief, ich solle mich gefälligst selbst um meine Sauerei kümmern. Als ob ich nicht gerade etwas Ähnliches vorhatte – mein Höschen fühlte sich nach Cals Ansprache verflucht feucht an. Shit.

Die Badezimmertür ließ ich unverschlossen. Ich erinnerte mich an einen Film, den ich vor Jahren gesehen hatte – eine romantische Komödie natürlich –, in dem es eine heiße Sexszene hinter dampfbeschlagenem Duschglas gab. Während ich hoffnungsvoll auf Cal wartete, bekam ich die Szene nicht mehr aus dem Kopf. Ich stellte mir vor, wie er mich sanft gegen die Wandfliesen drückte, während warmes Wasser auf uns herabprasselte, wie unsere nassen Körper aneinanderglitten und ich ihn küsste, bis aus dem Kuss ein gegenseitiges Aneinanderstöhnen wurde.

Keine Minute später hörte ich, wie die Tür hinter mir aufging. Cal war mir tatsächlich gefolgt. Und im Gegensatz zu mir schloss er mit einer flinken Handbewegung ab.

»Ich gebe zu, dass es nicht sonderlich schlau war, dieses Szenario mitten in eurem Wohnzimmer so … ähm … konkret zu beschreiben«, sagte er, während er auf mich zuschlenderte und dabei sein Shirt abstreifte. »Aber wie wäre es, wenn wir zumindest einen Teil davon in die Tat umsetzen würden?«

Ja. Oh Gott, ja. Setz so viel davon in die Tat um, wie du willst, Cal.

Offensichtlich konnte er die Zustimmung mühelos in meinen Augen erkennen, denn er kam vor mir zum Stehen und entledigte mich ohne Umschweife meines Oberteils, dann meines BHs. Mit einer fließenden Bewegung sank er vor mir in die Knie, öffnete meine Hose und streifte sie mir ebenfalls ab. Als Letztes folgte mein Slip.

»Punkt eins war, jeden Zentimeter deiner Haut zu würdigen, glaube ich«, murmelte er, während er sich aufrichtete und beide Hände auf meinen Po legte, um mich zu ihm zu ziehen. »Kann's kaum erwarten.«

Ich löste das Lederband aus seinem Haar, presste mich an ihn, öffnete seinen Reißverschluss und versank schließlich in Punkt eins. Ich wusste nicht mehr, was Punkt zwei war, ich wusste die verdammte Reihenfolge überhaupt nicht mehr, und es spielte keine Rolle. Wir machten neue Punkte unter der Dusche, und ich versank in jedem einzelnen davon. Es war ein Vorgeschmack auf den Hotelbesuch, und als wir irgendwann leise keuchend aus der Dusche stiegen und uns in Handtücher wickelten, hätte ich mir nicht sicherer sein können, dass Cal der Junge war, mit dem ich mein erstes Mal haben wollte, dass ich mehr als bereit dafür war. Dass nur er es war, dass nie jemand anderer infrage gekommen war, dass nie jemand anderer infrage kommen würde. Nur er.

19 | CALLAN | Wärmer als die Junisonne

Je näher die Aufnahmeprüfung rückte, desto nervöser wurde ich und desto weniger Lust hatte ich, meine Freundin und das Zuhause, das mir in den letzten Wochen so wichtig geworden war, zu verlassen – selbst wenn es nur für wenige Tage sein würde. Natürlich lief das Leben bei den Godwins nicht komplikationslos ab. Auch hier gab es Reibereien und Spannungen, nicht zuletzt, weil Darren nach wie vor Schwierigkeiten mit uns als Paar hatte. Doch die Konflikte ließen sich lösen, und selbst wenn im Laufe eines Streits die Stimmen erhoben wurden, musste ich mir nie Sorgen machen. Die Wunde an meiner Stirn verheilte, die Blutergüsse verblassten, und ich traf meine Eltern lediglich, wenn es absolut notwendig war – und immer in Begleitung. Mom und Dad begegneten mir mit einer Mischung aus kühler Distanz und Desinteresse, und obwohl es mich nicht überraschte, tat es weh. Es schien, als würden sie mich nicht vermissen, als sei es ihnen vollkommen gleichgültig, dass sie mich letztendlich auch verloren hatten. Manchmal, wenn Dad nicht in der Nähe war, sah ich in Moms Augen einen Funken Bedauern aufblitzen, und einmal hatte sie sogar den Mund geöffnet, als wollte sie etwas sagen. In dem Moment hatte jedoch das

Telefon geklingelt, sodass ich mir nicht einmal sicher war, ob es sich dabei nicht nur um Wunschdenken meinerseits gehandelt hatte.
Während in der Schule die letzten Noten gemacht wurden und meine Mitschüler sich den Stoff ins Gehirn stopften, nutzte ich jede freie Minute, um meine Prüfungsstücke zu üben, Musiktheorie und -geschichte zu wiederholen oder mit Rena in dem heidelbeerblauen Rutschenhäuschen zu sitzen, wo sie mich wahlweise die Inhalte abfragte oder mich mit ihren Küssen genau von diesen ablenkte.
Obwohl ich mir durch den Job im Musikladen die Reise hätte leisten können, bestanden die Godwins darauf, mir sowohl Hin- als auch Rückflug zu bezahlen, zudem würde mich Thomas sogar mit dem Auto zum Pittsburgh International Airport bringen, um mir die Busfahrt mit Gitarre zu ersparen. Rena war alles andere als einverstanden, in der Schule zu sitzen, statt mich zum Flughafen zu begleiten, und einzig die Aussicht auf unser gemeinsames Wochenende in Pittsburgh nach meiner Rückkehr hatte sie milde gestimmt. Seit meinem überstürzten Einzug bei den Godwins und den Nächten, die ich in Renas Zimmer verbracht hatte, waren Stella und Thomas deutlich lockerer geworden, und ich war fest entschlossen, ihr Vertrauen nicht zu missbrauchen.

Am Tag der Abreise hatten wir größte Schwierigkeiten, uns voneinander zu lösen. Es kostete mich unglaubliche Selbstbeherrschung, Rena loszulassen und mir Rucksack und Gitarre über die Schulter zu hängen, während Thomas nach meiner Reisetasche griff. Rena begleitete mich zur Tür, nahm mir die Gigbag aus der Hand und lehnte sie neben uns gegen die Wand. Dann stellte sie sich auf die Zehenspitzen und gab mir einen so zärtlichen Kuss, dass ich unwillkürlich die Augen schloss. Sie strei-

chelte über meinen Handrücken, dann schob sie mir ihre Kette zu und schloss meine Finger darum. Es war das zweite Mal, dass sie mir ihr Glückskleeblatt überließ, und es bedeutete mir alles. Ich drückte sie fest an mich, wortlos, weil mir meine Stimme in dem Moment sowieso nicht gehorcht hätte. Nach einem weiteren Kuss, der von Darren mit einem seiner üblichen Würgegeräusche kommentiert wurde, gelang es mir endlich, mich von ihr loszureißen und das Haus zu verlassen. Nach genau sieben Schritten hielt ich an, und Rena folgte mir mit ebenfalls sieben Schritten – unser übliches Verabschiedungsritual, das wir jeden Morgen unabhängig von Darrens Spott zelebrierten – und warf sich ein letztes Mal in meine Arme. Wir hielten einander fest, bis Thomas ungeduldig auf die Hupe drückte und im Anschluss demonstrativ auf seine Armbanduhr deutete. Während Rena mit den Fingerspitzen ein Kleeblatt auf meine Brust, direkt oberhalb meines Herzens, zeichnete, legte ich ihre Kette um meinen Hals und verschloss sie sorgfältig.
»Ich werde gut darauf aufpassen«, versprach ich und strich über ihre Wange. »Drei Tage, dann hast du mich wieder.«
»Und dann gehörst du ganz mir«, erwiderte sie und schenkte mir ein Lächeln, das wärmer war als die Junisonne.

Die Zeit in Seattle verging wie im Flug. Ich verbrachte den Großteil der beiden Tage an der SoMA, absolvierte die verschiedenen Prüfungsteile und schlenderte übers Gelände, während ich mir vorstellte, irgendwann zu den Studierenden zu gehören, in einer der kleinen Wohnungen in Hochschulnähe zu wohnen und mein Leben komplett der Musik zu widmen. Je länger ich über meine Zukunftsträume nachdachte, desto wehmütiger wurde ich. Erst jetzt, mit Tausenden von Kilometern zwischen uns, wurde mir richtig klar, was mein Umzug nach Seattle bedeuten würde. Rena und ich würden uns nur noch alle

paar Wochen sehen, denn die Flüge waren teuer und eine Busfahrt viel zu zeitaufwendig.
Selbst wenn sie sich dazu entschließen sollte, in Seattle statt in Pittsburgh zu studieren, hatte sie noch zwei Schuljahre vor sich. Zwei Jahre, in denen alles Mögliche geschehen konnte. Zwei Jahre, in denen sie mich vielleicht vergessen und sich einem anderen zuwenden würde, irgendeinem Kerl, der sich nicht auf der anderen Seite des Landes befand. Darüber, dass ich selbst jemand anderen kennenlernen würde, machte ich mir keine Gedanken. Rena war alles, was ich wollte und brauchte.
Ich hielt sie mit Unmengen von Textnachrichten und Bildern auf dem Laufenden und bekam im Gegenzug nicht minder viele Antworten zurück, teils in Renas üblichem humorvollen Ton, teils voller sexy Andeutungen, die meine Fantasie ziemlich anfeuerten. Doch natürlich war das alles nicht einmal ansatzweise ein Ersatz für ihre Nähe.
Als ich endlich im Flieger Richtung Pittsburgh saß, musste ich mich zusammenreißen, um nicht vor Ungeduld meiner gesamten Sitzreihe auf die Nerven zu gehen.
»Flugangst?«, erkundigte sich die alte Dame neben mir, woraufhin ich ihr ein verlegenes Lächeln schenkte.
»Meine Freundin wartet am Flughafen auf mich«, erwiderte ich. »Und ich habe sie ziemlich vermisst.«
Und wir werden unser Wiedersehen feiern, indem wir eine gemeinsame Nacht in einem Hotel verbringen. Dort werden wir miteinander schlafen. Gott, endlich werden wir miteinander schlafen.
»Die junge Liebe«, riss mich die Frau aus meinen Fantasien und seufzte schwärmerisch. Gut, dass sie meine Gedanken nicht lesen konnte.
Um mich abzulenken, versuchte ich zu lesen, hörte Musik und vertiefte mich letztendlich in die Überarbeitung eines neuen Songtextes. Trotzdem schien es ewig zu dauern, bis der Flieger

endlich zur Landung ansetzte, und ebenso ewig brauchte das verdammte Gepäck, bis es schließlich auf dem Rollband auftauchte. Mit Reisetasche und Rucksack über der Schulter und der Gigbag auf dem Rücken stürmte ich regelrecht in die Flughafenhalle, wo mein Blick sofort auf Rena fiel – oder vielmehr auf das große Schild, das sie mit ausgestreckten Armen über ihren Kopf hielt.

Pommesboy stand in kunstvollen Buchstaben darauf, und darunter befand sich eine Zeichnung von Woodstock, die mir ein Grinsen entlockte. Die Gitarre, die der quietschgelbe Vogel umhängen hatte, ähnelte meiner eigenen, und direkt neben ihm flog eine Biene – ich musste nicht genauer hinsehen, um zu wissen, dass sich Gelb und Schwarz insgesamt sieben Mal abwechselten.

Mit wenigen Schritten war ich bei ihr, ließ mein Gepäck fallen und zog sie in meine Arme. Das Schild landete neben meinem Rucksack auf dem Boden, ich legte eine Hand in ihren Nacken und küsste sie mit einer Intensität, als hätten wir uns drei Monate und nicht nur drei Tage nicht gesehen.

»Ich hab dich vermisst, Bienchen«, brachte ich zwischen zwei Küssen hervor, woraufhin sie sich noch dichter an mich drückte.

»Und ich dich erst«, murmelte sie und schob eine Hand in mein Haar, wobei sich Strähnen aus meinem Pferdeschwanz lösten und mir ins Gesicht fielen. Wieder versanken wir in einen innigen Kuss, der erst ein Ende fand, als wir neben uns ein belustigtes Räuspern hörten.

»Vielleicht solltet ihr eure Begrüßung woanders fortführen.«

Widerwillig lösten wir uns voneinander. Während Rena dem Flughafenmitarbeiter ein entschuldigendes Lächeln schenkte, sammelte ich sowohl die Taschen als auch das Schild auf, dann machten wir uns Hand in Hand auf den Weg nach draußen.

Nach einem kurzen Zwischenstopp im Hotel, wo wir unser Ge-

päck lagerten, traten wir wieder in den warmen Juninachmittag hinaus.
Insgeheim musste ich zugeben, dass ich Rena am liebsten direkt in das Hotelzimmer gezerrt und dort einige der Dinge mit ihr angestellt hätte, die in den letzten Tagen in meinem Kopf herumgespukt waren.
»Geduld, Woodstock«, stichelte sie mit einem wissenden Grinsen, dann drückte sie sich an mich, sodass ihre Hüfte über meinen Unterleib rieb.
Nur mit Mühe schaffte ich es, ein ersticktes Ächzen zurückzuhalten, was Renas Grinsen nur noch breiter machte.
»Du bist unmöglich, Serena Pfirsichbienchen Godwin«, sagte ich gespielt streng und tippte auf ihre Nasenspitze. »Wir werden sehen, ob du heute Nacht immer noch so frech bist, wenn du erst mal unter mir …«
Ich hielt inne. Keine gute Idee, ausgerechnet jetzt irgendwelche Szenarien zu entwerfen, schließlich wollten wir gemeinsam durch die Stadt schlendern und genießen, dass wir einander wiederhatten.
»Klingt für mich, als wärst eher *du* unmöglich«, neckte sie mich und griff nach meiner Hand, woraufhin ich die Finger mit ihren verschränkte.
Als erstes Ziel steuerten wir ein kleines Café an, in dem wir an einem Ecktisch Platz nahmen, wo wir uns ungestört zwei großen Stücken Apfelkuchen und zwei Latte macchiato, garniert mit einem Berg Sahne, widmeten.
Rena tauchte ihren Löffel in die cremige Masse und leckte ihn dann genießerisch ab. Wie hypnotisiert starrte ich auf ihre Unterlippe, wo sich ein kleiner Sahnerest befand, den ich nur zu gerne selbst entfernen würde. Mir wurde heiß. Gott, ich war wirklich unmöglich.
»Cal?« Renas amüsiertem Tonfall entnahm ich, dass sie mich

nicht zum ersten Mal angesprochen hatte, und ich setzte schnell eine neutrale Miene auf.
»Du hast da etwas Sahne«, ließ ich sie wissen, woraufhin sie den Klecks mit einer Serviette wegwischte. Schade eigentlich.
»Und die hat dich so abgelenkt, dass du meine Frage nicht mitbekommen hast?«
Ich grinste. »Kann sein.«
»Dann frage ich noch mal.« Sie streckte den Arm aus und schnippte gegen meinen Ellbogen. »Obwohl es eine Frechheit ist, dass ich überhaupt fragen muss. Wie war die Aufnahmeprüfung? Du hast sie gerockt, Woodstock, oder?«
»Deine Kette hat gewirkt, denke ich«, sagte ich und griff in meinen Nacken, um den Verschluss zu öffnen. Dann nahm ich Renas Hand, legte ihren Glücksbringer hinein und schloss ihre Finger darum – ebenso, wie sie es bei mir vor wenigen Tagen getan hatte.
Rena schnaubte. »Dir ist klar, dass ich einen minutiösen Bericht will, oder?«
Sie öffnete die Hand, um ihre Kette anzulegen, und stockte.
»Callan …«, murmelte sie dann, den Blick fest auf den zierlichen Bienenanhänger gerichtet, den ich in Seattle besorgt hatte und der jetzt dem Kleeblatt Gesellschaft leistete. Sie nutzte meinen vollen Namen, doch auch ohne dieses Detail wäre mir das Zittern in ihrer Stimme aufgefallen. »Sie ist perfekt.«
»Sieben Wochen«, sagte ich, während ich ihr nun selbst die Kette umlegte und sorgfältig verschloss. »Heute sind wir sieben Wochen zusammen.« Zumindest, wenn man die wenigen Tage Funkstille nach dem Wochenende außen vor ließ. »Das muss doch etwas bedeuten, oder?«
»Cal …«, fing sie erneut an, dann griff sie nach meinem Shirt, zog mich halb über den Tisch und drückte mit einem Kuss all das aus, wofür ihr die Worte fehlten.

»Freut mich, dass sie dir gefällt«, murmelte ich schwach, als ich atemlos wieder auf meinem Platz saß und versuchte, meinen rasenden Puls unter Kontrolle zu kriegen.

»Ich werde dir später beweisen, wie sehr«, erwiderte Rena in unschuldigem Tonfall, bevor sie ihren Apfelkuchen näher zu sich zog. »Und jetzt erzähl mir mehr von der Aufnahmeprüfung. Wann bekommst du Bescheid?«

»Die sind recht schnell mit der Rückmeldung. Maximal zwei Wochen.« Ich atmete einmal tief durch und konzentrierte mich verzweifelt auf den geforderten Bericht – und nicht auf Renas verheißungsvolle Andeutungen.

»Generell bin ich zufrieden, aber ich habe keine Ahnung, ob es für ein Stipendium reicht«, fing ich an. »Am besten war das Gitarrenvorspiel. Bei Klavier habe ich mir einige Patzer geleistet. Der Konzertflügel hat sich ganz anders angefühlt als das Keyboard daheim oder die Klaviere in Steves Laden. Dafür war Gehörbildung tadellos, und Tonsatz, Musiktheorie und -geschichte sind auch gut gelaufen.«

Rena nickte, als sei ihr das völlig klar gewesen, und bedeutete mir mit einer Geste, weiterzusprechen.

»Das letzte Prüfungsfach … Gott, Rena. Ich habe gesungen. Zum ersten Mal vor Publikum, und es war so unfassbar aufregend. Am Ende durfte ich sogar noch zwei eigene Songs präsentieren, und die Kommission hat applaudiert.«

»Deine Stimme hat alle verzaubert. Garantiert.«

Eine Welle warmer Zuneigung durchflutete mich, und ich griff nach Renas Hand, selbst wenn diese dafür von ihrem Apfelkuchen ablassen musste. »Ich werde für dich singen, Bienchen. Irgendwann werde ich für dich singen. Nur für dich.«

Ein Versprechen, das mir unglaublich viel bedeutete, und in Renas Augen konnte ich sehen, dass es ihr ebenso ging.

»Ich freue mich darauf.«

20 | RENA | Pfirsichfarbene Spitze

Im Verlauf des Nachmittags strich ich immer wieder über meinen neuen Anhänger, der warm auf meiner Haut lag. Dass Cal zwischen den Prüfungen nicht nur an mich gedacht, sondern sich auch die Zeit genommen hatte, mir etwas so Perfektes wie die kleine Biene zu besorgen, erfüllte mich mit einem geradezu verrückten Glücksgefühl.

Hand in Hand schlenderten wir durch die Straßen Pittsburghs und genossen unser Pärchendasein in vollen Zügen, sahen uns die Schaufensterdekorationen an und machten auf dem Rückweg zum Hotel einen Abstecher in das Andy Warhol Museum.

Auf stolzen sieben – zum Glück nicht dreizehn! – Etagen strahlten uns farbenfrohe Pop-Art-Werke entgegen. Werke, aus denen ich viel Inspiration hätte ziehen können, wenn Cals Anwesenheit mich nicht abgelenkt hätte. Nicht einmal Campbells Suppendosen, die kaum unerotischer hätten sein können, ernüchterten meine Gedanken. Suppendosen. Ich sah mir Suppendosen an und dachte daran, wie Cal mit mir schlafen würde. Der Gedanke ließ mein Inneres flattern – vor Vorfreude und vor Nervosität gleichermaßen.

Wir kamen im *Stellar* an, als sich die Sonne gerade in einer Explosion aus Orange und sanftem Pink hinter den Horizont schob. Es war keines dieser riesigen, überbuchten Touristenhotels – zumindest erschien es mir nicht so –, aber es war hübsch und einladend, und genau deshalb gefiel es mir. Nachdem wir unser Gepäck geholt und eingecheckt hatten, fuhren wir mit dem Aufzug nach oben. Je länger die Fahrt dauerte, desto stiller wurde ich. Ich sah hinunter auf meine zitronengelben Chucks, bis ein leises Pling verkündete, dass wir im vierten Stock angekommen waren.

Pling, wir waren da.

Pling, ich würde meine Jungfräulichkeit verlieren.

Pling, ich liebte Cal und wusste nicht, ob es zu früh war, das auszusprechen – oder ob es in Kürze ohnehin unkontrolliert von meinen Lippen fallen würde. Uh-oh.

Cal legte die Hände auf meine Hüften und drückte einen Kuss auf mein Haar. Sofort ließ meine Nervosität ein wenig nach, und ich schmiegte mich in seine Umarmung.

Im letzten Moment, bevor die Türen wieder zugingen, lösten wir uns voneinander. Schweigend verließen wir die Kabine, und kurz darauf schloss Cal unser Zimmer auf.

Während er das Gepäck vor dem Bett abstellte, schaute ich mich um. Der gesamte Raum war in hellen Farben eingerichtet, die durch den Sonneneinfall in warmes Licht getaucht wurden. Das Lichtspektakel vor dem Fenster war so schön, dass mein Kopf für einen Moment frei wurde.

»Ich springe schnell unter die Dusche«, sagte Cal, und obwohl er es nicht wie eine Frage klingen ließ, wusste ich, dass er mir auf diese Weise eine kurze Atempause anbot.

Mit wenigen Schritten war er bei mir und küsste mich zärtlich, dann verschwand er im Bad, wo kurz darauf das Geräusch von laufendem Wasser ertönte.

Ich wandte mich vom Fenster ab, und mein Blick fiel auf das große Doppelbett an der Stirnseite des Raumes. Oh Gott. Ich war hier. Ich war wirklich hier. Mit ihm. All die Wochen hatte ich auf diesen Moment hingefiebert und ihn mir unzählige Male vorgestellt.

Langsam ging ich zu meiner Reisetasche hinüber und zog den Reißverschluss auf. Unter meiner Regenjacke, die ich heute glücklicherweise nicht gebraucht hatte, blitzten die Dessous hervor, die ich mit verdammt laut klopfendem Herzen gekauft hatte. War die pfirsichfarbene Spitze die richtige Wahl gewesen, oder bevorzugte er schwarz? Schwarz war sexy – keine Frage –, aber pfirsichfarben hatte eine spezielle Bedeutung für mich. Für uns. Vielleicht war das lächerlich. Vielleicht hätte ich schwarz nehmen sollen. Welche Dessous die Mädchen, mit denen er vor mir geschlafen hatte, wohl getragen hatten? Bestimmt nicht pfirsichfarben.

Spontan zog ich mein Handy hervor und schickte eine kurze Nachricht an Tia.

> **Rena:** SOS. Brauche eine Dosis Tia-Optimismus. So. aufgeregt.

Glücklicherweise ließ die Antwort nicht lange auf sich warten.

> **Tiana:** Blödsinn. Du brauchst keinen Optimismus. Cal ist der Richtige für dein erstes Mal. Heiß. Aufmerksam. Verrückt nach dir. Und außerdem liebst du ihn. Tust du doch, oder?

Ich verdrehte grinsend die Augen und atmete einmal tief durch. Das tat ich tatsächlich.

Rena: Vergiss es. Wenn ich das jemandem gestehen sollte, dann ihm.
Tiana: Wo ist dann das Problem?
Rena: Keine Ahnung. Was ist, wenn ihm die Dessous nicht gefallen?
Tiana: Er ist ein Mann! Er wird über dich herfallen und dir dein süßes rosa Höschen vom Körper reißen.
Rena: Pfirsichfarben. Es ist pfirsichfarben.
Tiana: Das ist mir ebenso egal wie ihm. 😉
Tiana: Und jetzt schnapp ihn dir, Tiger!

»Du grinst.« Cals Stimme ertönte so unvermittelt hinter mir, dass ich zusammenzuckte. »Und jetzt wirkst du, als hätte ich dich auf frischer Tat ertappt! Hast du dich etwa bei Tia über mich beschwert?«
»Nicht beschwert. Nur ein wenig Unterstützung geholt«, sagte ich betont gelassen, drehte mich zu ihm um und schnappte nach Luft.
Oh mein Gott. Ich hatte Cal im Verlauf der letzten Wochen nicht nur einmal nackt gesehen, aber das änderte nichts an der Wirkung, die sein Anblick auf mich hatte. Er stand vor mir lediglich mit einem Handtuch, das tief auf seiner Hüfte hing. Die letzten Strahlen der Abendsonne verfingen sich in den vereinzelten Wassertropfen, die auf seinem Oberkörper glänzten.
»Ich bin auch aufgeregt«, sagte er unvermittelt und schenkte mir sein typisches schiefes Cal-Lächeln. Er kam zu mir und strich mir zärtlich über die Wange. »Aber weißt du was, Bienchen? Es gibt keinen Grund zur Beunruhigung. Ganz egal, was heute geschieht oder nicht geschieht, es wird perfekt sein. Weil du perfekt bist. Okay?«
Ich schluckte gerührt. »Okay«, brachte ich rau hervor, woraufhin er sich vorbeugte und mir einen Kuss auf die Lippen drückte.

Er schmeckte nach einem unvergesslichen Abend mit einem Hauch von Minze.
»Bin gleich wieder da«, sagte ich, nachdem ich es geschafft hatte, mich von ihm loszureißen. Ich klemmte mir unauffällig meine Sachen unter den Arm, dann machte ich mich auf den Weg ins Bad, wo ich zuerst eine Dusche nahm und mir im Anschluss noch die Zähne putzte. Sicher war sicher.
Als ich in meinen pfirsichfarbenen Dessous zurückkehrte, stand Cal am Fenster und sah in die beginnende Dämmerung hinaus. Statt dem Handtuch trug er jetzt eine Jeans, und für einige Sekunden betrachtete ich seine Silhouette vor dem dunkler werdenden Himmel.
Das Geräusch meiner Schritte sorgte dafür, dass er sich langsam zu mir umdrehte und mich so bewundernd musterte, dass heiße Freude in mir hochstieg.
»Du …« Er räusperte sich, während sein Blick weiterhin auf mir lag. »Du siehst … Fuck, Rena. Du …«
Er schüttelte hilflos den Kopf und kam stattdessen auf mich zu, strich mit den Fingerspitzen über meine Oberarme und hinterließ eine prickelnde Spur. Nur kurz konnte ich seine Berührung genießen, dann löste er sich von mir und ging zum Tisch hinüber, auf dem zu meiner Überraschung eine Packung Erdbeeren und eine Flasche Asti stand.
»Erdbeeren unterstützen den feinen Geschmack des Astis«, sagte er würdevoll, während er die Erdbeeren auf einem Teller arrangierte und den Asti in Moms hochstielige Gläser goss, die er von zu Hause geklaut haben musste.
»Hast du gerade *Pretty Woman* zitiert?«, fragte ich mit einem Lächeln, das ich nicht einmal hätte zurückhalten können, wenn ich es gewollt hätte. Dass es draußen dunkel wurde, war vollkommen egal – ich hatte das Gefühl, in diesem Augenblick heller zu strahlen als die Sonne. Der Asti schäumte in die Gläser,

und ich fragte mich zum wiederholten Mal, wie ich es anstellen sollte, vor Glück nicht zu explodieren.
Cal grinste und warf mir einen vielsagenden Blick zu. »Trinken wir auf uns, mein Pfirsichbienchen. Auf uns und darauf, dass Darren sich kilometerweit weg befindet und heute garantiert nicht stören wird.«
Und das taten wir. Wir stießen an und tranken von dem perlenden Asti, jedoch nur wenige Schlucke. Ich wollte diese Nacht pur und unverfälscht genießen, wollte jeden Moment auskosten, mich für immer daran erinnern.
»Lass uns testen, wie weich die Matratze ist«, schlug ich kurz darauf vor, stellte mein Sektglas auf den Nachttisch und zog Cal mit zum Bett. Mein Herz hämmerte wie wild, als ich ihn spielerisch in die Laken drückte. Seine Hände waren so warm. Ich küsste ihn mit Asti-süßen Lippen.
Wunderbar weich.
Dann ließ ich ihn los und steckte ihm eine Erdbeere in den Mund. Einen Moment später kippte ich vor Lachen beinahe vom Bett. »Ich dachte, das wäre romantisch, aber irgendwie ist das, als hätte ich dir gerade einen Schnuller gegeben.« Mein Fehler. Wahrscheinlich hätte ich mir nicht die größte Erdbeere schnappen sollen, die ich auf dem Teller gefunden hatte. »Ob sie auch den feinen Geschmack meiner Lippen unterstützt?«, scherzte ich, bevor ich wieder ernst wurde.
»Ich bin so froh, mit dir hier zu sein. Alles ist perfekt. Und mit dir wäre es das überall, selbst in einem Kleiderschrank oder auf der Rückbank eines Autos oder an dem unromantischsten Ort der Welt.« Mein Blick blieb an seinem hängen. Verfing sich in den vertrauten graublauen Augen, die so voller Gefühl waren. Die wortlos so viel sagten.
»Danke«, sagte ich dann leise. »Dafür, dass du mich nicht gedrängt hast. Ich weiß, dass das hier mit oder ohne Sex einzig-

artig sein wird, selbst wenn wir die ganze Nacht nur herumblödeln, aber … Gott, Cal, du bist mir so wichtig, und ich möchte unbedingt …« Ich stellte überrascht fest, dass meine Stimme einen leicht rauen Unterton angenommen hatte und dass ich den Rest des Satzes nicht herausbekam, weil ich ihn wieder küsste. Mm, er schmeckte nach Erdbeere, Asti und einer Beziehung, die ewig hielt.

Cal umfasste meine Hüften, dann drehte er uns beide mit einer schnellen Bewegung um, sodass er zwischen meinen Beinen lag. Nun war er es, der mich um den Verstand küsste und dafür sorgte, dass uns der Sauerstoff knapp wurde.

Erst als wir beide nach Luft schnappten, gab er meine Lippen frei und wanderte stattdessen über meine Mundwinkel und mein Kinn nach unten. Während er meine Halskuhle küsste und dabei das Kleeblatt und die kleine Biene zur Seite schob, strich er über die zarte Spitze meines BHs.

»Mein Pfirsichbienchen«, sagte er, drückte mir einen spielerischen Kuss zwischen die Brüste und richtete sich wieder auf.

Für einige Sekunden blickte er auf mich herunter, dann kniete er sich neben mich auf die Matratze.

»Ich fürchte, diese Küsse haben meine ganze Kraft gekostet«, ließ er mich in wehleidigem Tonfall wissen und beugte sich zu mir herab, um mit seinen Lippen über meine zu streichen. »Wenn du mich nackt sehen willst, musst du wohl selbst Hand anlegen …«

»Ist das so?«, murmelte ich und strich ihm mit den Fingerspitzen über die Wange. Ich nahm mir Zeit, ihn anzusehen, wie er sich über mich beugte, wie einzelne Strähnen sich aus seinem Zopf lösten und der Schwerkraft nachgaben, wie seine Augen funkelten, weil er genauso in diesem Augenblick schwebte wie ich, und wie der Hauch eines Lächelns seine Lippen umspielte. »Du wirkst nämlich überhaupt nicht erschöpft. Wenn ich es nicht besser wüsste, würde ich denken, dass es dir dabei um etwas ganz anderes geht.«

Und das konnte er haben.

Ich richtete mich auf und drehte den Spieß erneut um. Drückte ihn in die Matratze und positionierte mich über ihm, und nun waren es meine Haare, die der Schwerkraft trotzen mussten und mir ins Gesicht fielen. Ich schob sie mir hinter die Ohren und ließ die Hände über seinen nackten Oberkörper gleiten. Spürte die Wärme seiner Haut und ertastete seine Muskeln. Meine Haare blieben nicht lange, wo sie waren. Ich beugte mich hinunter, um Cal zu küssen – überall, auf die Stirn, auf die Lippen, auf den Hals, ganz besonders ausgiebig auf den Hals –, und meine Haare fielen wie ein losgelöster Wasserfall nach vorne. Diesmal machte ich mir nicht mehr die Mühe, sie wieder beiseitezuschieben. Ich ließ sie, wo sie waren, saugte an seinem Hals und atmete seinen Geruch ein.

»Mal sehen, welche Shorts du ausgesucht hast.« Meine Hände wanderten über seine Brust und seinen Bauch, bis sie den Stoff seiner Jeans berührten. Dann rutschte ich etwas tiefer und öffnete seine Hose.

»Woodstock«, sagte ich leise, nachdem ich ihn von der Jeans befreit hatte. Natürlich Woodstock. Allem Anschein nach war ich nicht die Einzige, die ihre Unterwäsche bewusst gewählt hatte.

»Bist du immer noch vollkommen kraftlos?« Spielerisch strich ich mit der Hand über die Beule in seiner Shorts. Eine Bewegung so sanft wie der Hauch einer Feder. Beim zweiten Mal achtete ich darauf, dass er die Berührung spürte. Ein drittes Mal gab es nicht. Stattdessen zog ich die Shorts etwas nach unten, um ihn von dem einengenden Stoff zu befreien.

»Wirklich schade, dass du so müde und erschöpft und ausgelaugt bist … möchtest du noch eine Erdbeere?«, fragte ich, wurde gegen Ende der Frage hin jedoch immer leiser und positionierte mich so, dass ich meine Scham an seine Erregung drücken konnte. Oh fuck. Ich zog die Luft scharf ein. Der Stoff meines Slips war so dünn, er hätte genauso gut überhaupt nicht existieren können.

»Ich liebe dich, Rena«, sagte Cal unvermittelt, und obwohl ich ihm eine Erdbeere angeboten hatte, konnte ich mir keine perfektere Antwort vorstellen. »Mehr als irgendetwas sonst.«

Er legte die Hände an meine Hüften und ließ sie langsam nach oben wandern, bis er an meinem BH angekommen war.

Mir flog die Sonne aus der Brust. Ich vergaß die Erdbeeren. Welche Erdbeeren? Während Cal mir den BH und anschließend das Höschen auszog, versuchte ich die Bestandteile, in die ich wegen seiner Worte zerfallen war, wieder zusammenzusetzen. Einen aufgeregten Herzschlag später lag ich auf der Matratze und sah zu ihm hoch. Die Art, wie er mich ansah, schickte ein Kribbeln durch meinen gesamten Körper, seine Haare kitzelten meine Wange, und sein heißer Atem raubte mir das letzte bisschen Verstand.

Er lehnte sich ein Stück zur Seite und griff nach dem kleinen Kondompäckchen, das er bereits vorhin auf dem Nachttisch deponiert haben musste. Ohne den Blick von mir zu nehmen, öffnete er die Verpackung, zog das Gummi hervor und rollte es über seine Erektion. Obwohl seine Bewegungen ruhig waren, konnte ich sehen, dass seine Finger leicht zitterten.

Und dann wiederholte er die Worte, die mich Momente zuvor bereits durchs Universum katapultiert hatten.

»Ich liebe dich, Rena.«

Ich vergaß, wie man Sätze formte. Einfach so, als hätte ich es nie gelernt. Stattdessen kam ein leises, lustvolles Seufzen über meine Lippen, weil er sich an meine Scham drückte, und dann noch eines, als er an mir hinabglitt und mit der Zunge in mich eintauchte. Es waren nur drei Worte, und ich war vollkommen unfähig, die Konzentration aufzubringen, sie auszusprechen, weil ich nichts anderes tun konnte, als die Augen zu schließen und mich auf das Gefühl seiner Lippen und seiner Zunge und seiner Hände zu konzentrieren, die überall gleichzeitig waren, als hätte er mindestens vier Hände und zwei Zungen. Er wanderte über meine Schenkel, stieß mit der Zunge an meine Klitoris, tauchte in mich ein, rieb über meine Schamlippen, und ich wandte und bog und drückte mich ihm entgegen wie etwas, das vollkommen aus Leidenschaft bestand und nur noch fühlen konnte. Ich fühlte und fühlte und fühlte, ich fühlte so viel. Und wollte noch mehr.

Mehr von ihm. Mein Körper erzitterte unter seinen Berührungen. Fuck, Cal. Bitte. Bitte gib mir mehr.

Als hätte er meine Gedanken gelesen, schob er erst einen, dann einen zweiten Finger in mich. Ich vergrub die Nägel im Laken, zog daran und stöhnte auf. Oh shit, ich würde kommen, ich würde so was von kommen.

Cal ließ von mir ab und kehrte für einen innigen Kuss zu meinem Mund zurück.

»Das ist etwas Besonderes, Bienchen«, flüsterte er an meinen Lippen, während er sich zwischen meine Beine schob. »Es ist nicht nur dein erstes Mal, es ist unser gemeinsames erstes Mal.« Er legte Zeige- und Mittelfinger auf meine Klitoris und begann, mich fest zu massieren.

»Lass los.« Er küsste mich wieder. »Lass dich fallen.«

Ich dachte, ich würde es endlich schaffen, ich würde endlich etwas erwidern, ich sah ihn an, atmete flach, und alles, was aus mir herauskam, war ein Stöhnen, ein unaufhaltbares Crescendo zwischen unseren Lippen, als ich kam.

Diesen Moment nutzte er, um sich in mich zu schieben. Langsam, vorsichtig, aber alles andere als zaghaft, mit jeder Welle meines Höhepunkts ein Stück tiefer. Dabei legte er eine Hand an meine Wange und sah mir direkt in die Augen.

»Ist alles okay?«

»Gott«, murmelte ich, obwohl ich nicht religiös war, kein bisschen, aber es ging mir trotzdem durch den Kopf. Gott. Ich nahm ihn in mich auf, seine volle Länge, und es war trotz des leichten Schmerzes das beste Gefühl auf der ganzen verdammten Welt. Er stöhnte, und ich hatte das Gefühl zu verbrennen.

»Ja«, hauchte ich, nachdem ich mich einigermaßen an das Gefühl seiner Länge in mir gewöhnt hatte. Cal bewegte sich testweise und stöhnte unmittelbar auf.

»Oh Gott«, brachte nun er zwischen zusammengebissenen Zähnen hervor. »Du bist so eng. Ich werde das keine drei Stöße durchhalten. Tu etwas, um mein Ego aufzubauen, Bienchen, sonst zerfällt es bei der nächsten Bewegung zu Schutt und Asche.«

»Kann nicht«, murmelte ich. »Du hast mich um den Verstand geküsst und … oh. Oh.« Seine Bewegungen waren zu Stößen geworden, und ich begriff, weshalb Sex so eine riesige Sache war. Noch immer spürte ich ein leichtes Brennen, aber es war nichts gegen den Sturm der Lust, den er in mir entfachte.

»Und jetzt bist du dabei, mir den Verstand auch noch rauszuvögeln«, brachte ich irgendwie hervor, und legte die Hände an seine Wangen, um ihn an mich zu ziehen und innig zu küssen. Zwischen uns befand sich keinerlei Abstand mehr. Es kam mir vor, als würde Cal mit jedem Stoß tiefer in mein Innerstes vordringen, als würden wir mit jedem Stoß mehr und mehr miteinander verschmelzen, bis wir vollkommen eins waren, bis unsere Bewegungen perfekt aufeinander abgestimmt waren, bis sogar unser Stöhnen sich zu einer Art gemeinsamen Melodie entwickelte.

Meine Hände waren überall; an Cals Wangen, in seinem Haar,

in seinem Nacken, an seinen Oberarmen, auf seinem Rücken, auf seinem Hintern. Ich konnte nicht genug von seinem Keuchen bekommen oder davon, wie er mich ansah, wenn unsere Blicke sich trafen, mit lustverschleierten Augen und diesem leicht angespannten Ausdruck im Gesicht, der besagte, wie verdammt kurz davor er war und wie sehr er sich zusammenriss, um noch nicht zu kommen. Es war der heißeste Ausdruck, den ich je gesehen hatte.

»Du bist so verdammt unwiderstehlich«, presste ich heraus und schob seine Haare aus dem Weg, damit meine Lippen seine erneut berühren konnten. Ich kam meinem zweiten Höhepunkt nahe, so verdammt nahe, dass ich anfing zu zittern. Als Cal daraufhin mit dem Daumen meine Klitoris massierte, war es innerhalb von Sekunden um mich geschehen. Ich bäumte mich mit einem spitzen Stöhnen ihm entgegen, verengte mich zuckend um seine Erregung, konnte hören, wie sein Stöhnen tiefer wurde. Ich riss ihn mit, riss uns beide davon, konnte spüren, wie er in mir pulsierte.

»Ich liebe dich«, keuchte ich, immer und immer wieder. Bebte und zitterte unter ihm. Hielt mich an ihm fest, während er erschöpft seine Stirn an meine drückte. »Gott, Cal. Ich liebe dich. Ich brauche dich. Du bist alles.«

21 | CALLAN | Meine Entscheidung

In dieser Nacht fanden wir wenig Schlaf. Wir konnten nicht genug bekommen voneinander, streichelten uns, küssten uns, liebten uns immer wieder, bis sich das Schwarz des Himmels in ein flammendes Rot verfärbte. Erst dann schliefen wir ein, und während Rena sich in meine Umarmung schmiegte und ich ihrem ruhiger werdenden Atem lauschte, wünschte ich mir, sie nie wieder loslassen zu müssen.

Das Aufstehen am nächsten Morgen war eine Prüfung für unsere Selbstdisziplin, denn keiner von uns beiden wollte, dass das Wochenende in Pittsburgh schon zu Ende ging. Irgendwie gelang es uns, sowohl das Bett als auch unser Zimmer zu verlassen. Nach einem ausgedehnten Brunch checkten wir aus und saßen schon kurz darauf im Bus zurück nach Woodfield. Während der Fahrt schwiegen wir weitgehend. Rena hatte ihren Kopf an meine Schulter gelegt und strich immer wieder über die kleine Biene an ihrem Hals, während ich in vollen Zügen ihre Nähe genoss. Die drei Tage waren mir wie eine Ewigkeit vorgekommen und ließen mich ein Studium an der SoMA in einem etwas anderen Licht sehen. Die Prüfungen waren gut gelaufen, sogar sehr gut, und doch begeisterte mich der Gedanke an eine mögliche Aufnahme nicht mehr so sehr wie zuvor. Ich würde nicht nur Rena zurücklassen, sondern auch die Familie, die mich mit offenen Armen aufgenommen und mir mehr Aufmerksamkeit und Zuneigung geschenkt hatte, als es bei meinen Eltern jemals der Fall gewesen war.

Als die ersten Häuser Woodfields auftauchten und der Bus unsere Haltestelle ansteuerte, versanken wir in einen letzten Kuss, der unser gemeinsames Wochenende beendete. Ich behängte mich mit sämtlichem Gepäck, schaffte es aber trotzdem noch, Renas Hand zu ergreifen, sodass wir kurz darauf nebeneinander ihr Zuhause – *unser* Zuhause – betraten.

»Da seid ihr ja!«

Stella kam verdächtig schnell aus der Küche, und ich vermutete, dass sie hinter einem Fenster auf unsere Ankunft gewartet hatte. »Thomas!«, rief sie im nächsten Moment durchs Haus. »Sie sind da!«

Während ich das Gepäck im Flur abstellte, zog Stella Rena in eine enge Umarmung, dann packte sie sie an den Schultern, musterte sie prüfend und nickte zufrieden.

Okay. Das war peinlich.

»Mom«, sagte Rena, die von der Begrüßung ebenso wenig angetan war. »Eine Nacht. Ich war nur eine Nacht weg.«

Stella erwiderte nichts und wandte sich stattdessen mir zu. Bevor ich etwas sagen konnte, fand ich mich ebenfalls in ihren Armen wieder, und obwohl diese Art der Zuneigungsbekundung nach wie vor fremd für mich war, fühlte sie sich verdammt gut an.

»Cal.« Sie wich zurück und berührte mich kurz an der Wange. »Wie schön, dass du wieder da bist.«

»Ja.« Ich schluckte gegen den Kloß in meiner Kehle an. »Das finde ich auch.«

»Ich habe eine Himbeertorte gebacken«, fuhr Stella fort und

deutete auf den Esstisch. »Setzt euch, und dann erzählst du uns alles von der Aufnahmeprüfung, Cal. Wie lief der Villa-Lobos?«

Während Rena ein genervtes Schnauben ausstieß, konnte ich mir ein Lächeln nicht verkneifen. Es bedeutete mir viel, dass sie sich sogar gemerkt hatte, welches der vorbereiteten Stücke mir die meisten Sorgen bereitet hatte.

Wir nahmen am Tisch Platz, und während uns Stella mit großen Tortenstücken versorgte, gesellten sich auch Thomas und Darren zu uns, deren Begrüßung etwas rauer, jedoch nicht minder herzlich ausfiel.

Im Verlauf der nächsten Viertelstunde lieferte ich einen detaillierten Bericht der Aufnahmeprüfung, der von der gesamten Familie Godwin interessiert verfolgt wurde.

»Es ist also richtig gut gelaufen«, beendete ich meine Ausführungen und nahm einen Schluck Kaffee.

»Und wie war es in Pittsburgh?«, fragte Thomas. Seine harmlose Miene konnte nicht über den lauernden Unterton in seiner Stimme hinwegtäuschen. »Ist es da auch *richtig gut gelaufen*?«

»Dad!« Rena starrte ihren Vater entsetzt an, während Stella gleichzeitig einen strafenden Blick auf ihren Mann abfeuerte.

Darren stand ruckartig auf. »Kein Gespräch, an dem ich teilnehmen will«, ließ er uns wissen und war im nächsten Moment aus dem Esszimmer verschwunden. »Komm nach, Cal, wenn du eine Auszeit von meiner Schwester brauchst.«

»Man wird wohl noch nachfragen dürfen«, brummte Thomas und runzelte die Stirn.

»Darf man nicht«, erwiderte Rena schroff und spießte demonstrativ eine Himbeere auf.

»Ihr müsst verstehen, dass die Situation für uns nicht ganz einfach ist«, durchbrach Stella nach einigen Sekunden die Stille. »Du gehörst schon lange zu dieser Familie, Cal. Aber jetzt …

jetzt bist du zusätzlich der feste Freund unserer Tochter. Das können wir nicht einfach ausblenden.«

Ich sah zuerst sie, dann Thomas an und nickte. »Das kann ich verstehen, und das erwarte ich auch gar nicht.«

»Ihr könnt Cal vertrauen«, warf Rena von der Seite ein, und Stella lächelte mich liebevoll an.

»Das wissen wir doch.«

»Aber wir wüssten gerne noch mehr«, mischte sich Thomas erneut ein, und ich spürte, wie Verlegenheit in mir emporstieg. Trotzdem war es nötig, denn ich mochte die Offenheit, mit der die Dinge bei den Godwins geregelt wurden.

»Ihr müsst euch keine Sorgen machen«, sagte ich mit brennenden Wangen. »Wir haben ein Kondom benutzt.«

Rena stieß ein ersticktes Ächzen aus, fing sich aber erstaunlich schnell wieder. »Sogar mehrere«, ergänzte sie. »Ziemlich viele, wenn ich's mir recht überlege.«

»Serena Godwin!« Thomas' Gesichtsfarbe hatte sich um ein paar Nuancen verdunkelt.

»Was denn, Dad?«, fragte Rena unschuldig. »Du sagtest doch selbst, dass ihr gerne noch mehr wüsstet.«

Thomas öffnete den Mund und schloss ihn wieder, woraufhin ihm Stella beruhigend den Arm tätschelte.

»Das ist gut«, sagte sie in meine Richtung. »Danke für deine Offenheit.«

»Dann können wir ja jetzt zusammen in einem Zimmer schlafen, ohne dass gleich eine Staatsaffäre daraus gemacht wird, oder?« Rena legte die Kuchengabel neben ihren Teller.

Thomas blinzelte irritiert. »Kommt nicht infrage.«

»Und warum nicht?« Renas Augen funkelten. »Darren gibt nicht einmal Bescheid, wenn Kelly hier übernachtet. Außerdem haben wir nach Cals Einzug mehrere Nächte in meinem Bett verbracht.«

»Ja, schlaflose Nächte für mich!«, sagte Thomas in anklagendem Ton. »Du bist immer noch meine kleine Tochter, Rena. Das ist …«

»Es ist zu spät«, unterbrach ihn Rena. »Deine kleine Tochter hatte Sex. Okay, Dad? Sie hatte Sex mit Cal, und es war der Wahnsinn. Und sie wird wieder Sex mit Cal haben. Oft.«

Unter Stellas belustigten Blicken sank ich ein wenig auf meinem Stuhl zusammen und musste dem Wunsch widerstehen, mein Gesicht in den Handflächen zu verbergen.

»Thomas«, sagte sie besänftigend. »Wir waren uns einig, dass Rena und Cal das Wochenende in Pittsburgh verbringen dürfen. Die beiden haben uns nie Grund gegeben, an ihnen zu zweifeln. Sie waren von Anfang an ehrlich. Wir können ihnen vertrauen.«

»Von mir aus«, knurrte Thomas und rührte so entschieden in seiner Tasse, dass einige Tropfen Kaffee auf der Tischplatte landeten.

Rena warf mir ein verschmitztes Grinsen zu und strich über die Anhänger an ihrem Hals. Stella verfolgte ihre Bewegung, und als ihr Blick auf die kleine Biene fiel, lächelte sie.

Die folgenden Tage waren eine Aneinanderreihung glücklicher Momente – zumindest zum größten Teil. Es schien, als hätten die Godwins unsere Beziehung nach dem peinlichen Gespräch vollkommen akzeptiert, und auch Darrens Würgegeräusche in unserer Nähe wurden weniger. Der Job im Musikladen machte nach wie vor großen Spaß, und als ich meinen ersten Gehaltsscheck in den Händen hielt, war ich unglaublich stolz. Es war eine riesige Erleichterung, endlich eigenes Geld zu verdienen, denn obwohl ich wusste, dass es die Godwins gerne taten, fiel es mir schwer, ihre Großzügigkeit in Anspruch zu nehmen. Ich wollte lieber früher als später auf eigenen Füßen stehen.

Dazu kamen die Zweifel, die im Verlauf der letzten Wochen immer lauter geworden waren und die ich weder Rena noch ihren Eltern oder meinen Freunden gegenüber thematisiert hatte. Natürlich wünschte ich mir nach wie vor eine Zukunft als Musiker. Noch immer wollte ich an die SoMA, mein Gitarrespiel verbessern und später an einer Musikschule unterrichten … aber es musste nicht sofort sein. Ich war zufrieden mit der aktuellen Situation, und bei jedem Blick auf Rena wurde ich mir sicherer, dass es sich lohnen würde, zwei Jahre abzuwarten, um dann gemeinsam mit ihr unseren weiteren Weg zu planen. So lange hatte ich mir diese Art von Geborgenheit und Vertrauen gewünscht. Ich wusste nicht, wie ich darauf verzichten sollte. Ich konnte es nicht aufgeben. Ich konnte nicht.
Die Zeit bei den Godwins hatte mir gezeigt, wie sich eine intakte Familie anfühlte, und das machte den Unterschied zu meinen Eltern nur noch deutlicher. Weder Mom noch Dad wirkten, als würde sie mein Auszug sonderlich stören, es war ihnen vollkommen egal, ob ich zurechtkam oder nicht. Sie lebten ihr Leben weiter, als wäre nichts geschehen, und das tat nach wie vor ziemlich weh. Sie hatten sich Unmengen von Fehlern geleistet und waren ihrer Verantwortung nie gerecht geworden, das hatte ich mittlerweile verstanden, aber sie waren trotz allem meine Eltern. Der Wunsch, ihren Vorstellungen zu entsprechen und sie stolz zu machen, würde wohl nie komplett erlöschen. Obwohl ich fast täglich bei meinem früheren Zuhause vorbeischaute, immer in der Hoffnung auf eine Rückmeldung der SoMA, war kaum etwas von ihnen zu sehen. Ich plante meine Besuche bewusst zu Zeiten, in denen Mom und Dad in der Praxis beschäftigt waren, sodass ich das Haus verstohlen betreten und nur wenige Minuten später mit meiner Post wieder verlassen konnte. Natürlich hätte ich die bei der SoMA hinterlegte Adresse ändern können, doch ich war zu dem Schluss gekom-

men, dass es sich nicht lohnte. Für die anfallenden Ummeldungen fehlte mir im Moment der Überblick; außerdem war ich noch nicht bereit, diese letzte Verbindung zu meinen Eltern zu kappen.

Am Freitagnachmittag machte ich mich, wie üblich in Renas Begleitung, auf den Weg zu meinem Elternhaus. Mittlerweile lag die Aufnahmeprüfung zwei Wochen zurück, und ich wusste, dass jederzeit der Brief aus Seattle eintreffen konnte; der Brief, der mir hoffentlich die anstehende Entscheidung etwas erleichterte.

Ich öffnete das kleine Gartentor, und während wir auf die Haustür zuliefen, ergriff die übliche Anspannung von mir Besitz. Es war unangenehm, sich in mein Elternhaus zu schleichen, als wären wir unerwünschte Eindringlinge – und dass dies irgendwie zutraf, machte es nicht leichter.

Zögerlich steckte ich den Schlüssel ins Schloss; das darauffolgende Klicken erschien mir viel zu laut. Rena drückte wortlos meine Hand, dann betraten wir gemeinsam den Flur. Sofort sprang mir der Brief mit dem Siegel der SoMA ins Auge, der auf der Kommode lag. Er war dünn, und ich nahm an, das war ein gutes Zeichen. Trotzdem klopfte mein Herz wie verrückt, und ich streckte langsam den Arm danach aus …

»Callan.«

Shit. Ausgerechnet heute beschloss Mom, aus ihrer Unsichtbarkeit aufzutauchen und doch mit mir zu reden. Ausgerechnet heute, an dem Tag, an dem sich meine Zukunft entscheiden würde.

»Mom?«, sagte ich dennoch auffordernd.

Meine Mutter kam einige Schritte auf mich zu. Trotz der Strahlen der späten Junisonne, die durch das Oberlicht der Haustür fielen, wirkte sie blass.

»Warum hast du das getan?«
Ich musterte sie verständnislos. Wovon sprach sie? Ging es um meine Bewerbung? Um meinen Umzug zu den Godwins?
»Warum hast du all diese Dinge über deinen Vater verbreitet?«
Ich runzelte die Stirn, blieb ihr jedoch eine Antwort schuldig. Stattdessen nahm ich den Brief, knickte ihn vorsichtig einmal in der Mitte und steckte ihn in meine Hosentasche.
Mom schlang die Arme um ihren Oberkörper, als müsste sie sich selbst Halt geben, und seufzte. Es klang wie ein Schluchzen.
»Die Nachbarn reden. Die ganze verdammte Stadt redet hinter vorgehaltener Hand. Dein Vater hat eine Menge Patienten verloren. Ist es das, was du wolltest, Callan? Ist das deine Art der Rache?«
Betroffen schüttelte ich den Kopf. »Ich habe nicht …«
»Spar dir die Ausreden.« Plötzlich klang sie unglaublich müde. »Vielleicht haben wir es nicht anders verdient. Vielleicht ist das die Strafe.«
»Ms Reed«, meldete sich Rena unvermittelt zu Wort, während ich noch immer mit den Vorwürfen kämpfte, die schwer auf mir lasteten. Ich hatte nichts gesagt. Im Gegenteil, ich hatte immer wieder darum gebeten, die Sache einfach ruhen zu lassen. »Callan hat nicht schlecht über Sie gesprochen, auch wenn Ihnen das mehr als recht geschehen wäre. Und meine Eltern ebenso wenig. Nicht aus Überzeugung, sondern weil sie Ihr Sohn darum gebeten hat.« Sie sah meine Mutter anklagend an. »Sie haben recht! Sie haben es nicht anders verdient. Und vor allem haben Sie einen Sohn wie Callan nicht verdient!«
Mom öffnete den Mund, doch bevor sie etwas erwidern konnte, spürte ich, wie sich Renas Griff um meine Finger festigte. Mit sanfter Gewalt zog sie mich weg von der vorwurfsvollen Stimme meiner Mutter, durch den Flur und aus dem Haus.
»Ich habe nichts gesagt«, murmelte ich, als wir gemeinsam die

Straße entlangliefen. Erst jetzt registrierte ich das unterschwellige Zittern, das sich in meinem Körper ausgebreitet hatte. »Es gab nur die Gespräche innerhalb eurer Familie. Sonst habe ich nichts gesagt. Ich …«

Rena blieb so abrupt stehen, dass ich fast in sie hineinstolperte. »Hör auf damit«, sagte sie entschlossen, woraufhin ich sie irritiert anblinzelte.

»Hör sofort auf damit, dich schuldig zu fühlen.« Ihre Stimme klang gleichzeitig liebevoll und unnachgiebig. »Es ist die Schuld deines Vaters, der besoffen zum gewalttätigen Arschloch wird. Es ist die Schuld deiner Mutter, die untätig zusieht, statt ihr Kind zu beschützen. Aber es ist nicht deine Schuld, Cal.« Sie nahm mein Gesicht zwischen die Handflächen und sah mich eindringlich an. »Verstehst du das? Es ist nicht deine Schuld. Nichts davon.«

Ich nickte, obwohl es unglaublich schwer war, ihre Worte zu akzeptieren. Jahrelang hatte man mir immer wieder vermittelt, dass ich das Problem, die Ursache aller Schwierigkeiten war, und ich konnte diese Überzeugung nicht einfach ablegen.

»Es muss Darren gewesen sein«, durchbrach Rena irgendwann das Schweigen. »Dieser impulsive Idiot. Er hat sich schon immer als Rächer der Entrechteten gesehen.«

»Darren.« Frustration stieg in mir hoch, weil mir klar wurde, dass Rena richtiglag. Es konnte nur mein bester Freund gewesen sein. »Er war von Anfang an dagegen, die Füße stillzuhalten.« Obwohl ich vermutlich wütend sein sollte, empfand ich tief in meinem Inneren einen Anflug von Dankbarkeit. Vielleicht hatte er meine Wünsche missachtet und den Konflikt zwischen meinen Eltern und mir verschärft, aber er hatte es für mich getan. Er hatte nicht geschwiegen, obwohl es einfacher gewesen wäre. Er war bereit zu kämpfen. Gegen mich und für mich gleichermaßen.

»Um meinen Trottelbruder kümmern wir uns später«, riss mich Rena aus meinen Überlegungen. »Du solltest jetzt ganz dringend den Umschlag öffnen, der in deiner Hosentasche steckt, Woodstock.«

Stimmt. Den hatte ich zumindest im Verlauf der letzten Minuten komplett vergessen.

»Noch nicht. Ich … ich brauche noch etwas Zeit.« Ich befeuchtete meine Unterlippe. Mein Mund fühlte sich trocken an. »Wir könnten ihn gemeinsam mit deinen Eltern öffnen.«

»Mit meinen Eltern?«, wiederholte Rena ungläubig, dann wurden ihre Züge sanft, und sie seufzte. »Ja. Das machen wir.«

Wenig später erreichten wir das Haus der Godwins und trafen an der Tür auf Darren, der seinen Audi gerade in der Einfahrt geparkt hatte.

»Und? Gab's endlich Post?«, wollte er wissen, während wir den Flur betraten. »Echt, Cal. Mir ist nicht wohl dabei, dass du so oft bei deinen Eltern rumhängst.«

»Und deshalb hast du ein wenig Öl in die Flammen gegossen, du erbärmlicher Schwachkopf?«, fragte Rena spitz. »Was hast du dir dabei gedacht? Denkst du, das entschärft die Situation bei ihm zu Hause?«

In diesem Moment betrat auch Stella den Flur und sah zwischen uns hin und her. »Was ist …«, fing sie an, verstummte aber, als ihr Blick auf den ungeöffneten Umschlag in meiner Hand fiel, den ich gerade aus meiner Hosentasche gezogen hatte. »Oh Gott, Callan. Das ist ein Brief von der SoMA, oder? Das ist *der* Brief.«

»Du Idiot hast gequatscht«, ging Rena weiter auf Darren los. »Du hast diese Dinge über Dr. Reed durchsickern lassen! Obwohl dich Cal gebeten hat, es nicht zu tun.«

Darren warf mir einen schuldbewussten Blick zu, dann drehte er die Handflächen nach oben. »Tut mir leid, Mann«, erwiderte

er zerknirscht. »Aber … es macht mich so wütend, was er dir angetan hat. Was dir beide angetan haben.«
»Das macht mich auch wütend«, schoss Rena dazwischen, während ich völlig überfordert zwischen den beiden hin- und herblickte. »Aber trotzdem weihe ich nicht die ganze Stadt in die Probleme ein. Weißt du, wie unangenehm das für Cal ist? Und du Trottel hast es nicht mal für nötig gehalten, uns vorzuwarnen.«
»Du hast in der Öffentlichkeit über Dr. Reed gesprochen?«, vergewisserte sich Thomas, der gerade aus dem Wohnzimmer kam, mit hochgezogenen Brauen. »Ohne Absprache? Ich dachte, wir seien uns einig, dass die Entscheidung bei Callan liegt?«
»Nur einmal kurz im Fitnessstudio«, verteidigte sich Darren kleinlaut. »Ich wollte es gar nicht erzählen. Es ist mir einfach so rausgerutscht, als jemand davon gesprochen hat, was für ein großartiger Arzt Dr. Reed ist.«
»Tja«, sagte ich mit einem Anflug von Resignation. »Das ist jetzt nicht mehr zu ändern. Und ganz ehrlich? Zumindest ein Teil von mir ist erleichtert, dass die Katze aus dem Sack ist. Ich habe schon Schlimmeres überstanden als das Gerede der Leute.«
»Echt, Cal.« Darren rieb sich verlegen über den Nacken. »Es tut mir leid. Ich hab nicht nachgedacht … und als ich dann nachgedacht habe, war's zu spät.«
»Es ist in Ordnung, Darren. Wirklich.« Ich versetzte ihm einen spielerischen Stoß gegen den Oberarm, den er mit einem kräftigen Rempler beantwortete.
»Du bist trotzdem ein Schwachkopf«, murmelte Rena so leise, dass nur ihr Bruder und ich es hören konnten.
»Wie wäre es, wenn wir zusammen ein Glas Tee trinken, damit wir uns alle ein wenig beruhigen?«, fragte Stella. »Abgesehen davon glaube ich, dass es möglicherweise etwas zu feiern gibt«, fügte sie mit einem eindeutigen Zwinkern in meine Richtung

hinzu, was ich mit einem unsicheren Schulterzucken beantwortete. Sie waren sich alle so verdammt sicher, dass ich angenommen war, und ich wollte sie auf keinen Fall enttäuschen. Zwar hatte ich ein gutes Gefühl, aber was sagte das schon aus?

Nur wenige Minuten später saßen wir gemeinsam um den großen Esstisch der Godwins, während uns Stella mit selbst gemachtem Zitronen-Eistee versorgte.

»Wie kam die Sprache überhaupt auf Dr. Reed?«, fragte Rena, nachdem sie dem Brief, der vor mir auf der Tischplatte lag, einen verstohlenen Blick zugeworfen hatte. Offensichtlich erkannte sie, dass ich noch einen Moment brauchte, bevor ich mich dem stellen konnte. »Seit wann redet man im Fitnessstudio über Ärzte? Machen das nicht eher Omas beim Kaffeeklatsch?«

»Eine Oma war tatsächlich beteiligt«, eröffnete Darren, was für verblüffte Stille sorgte. »Sie hatte Schwierigkeiten mit den Gewichten beim Latzug, und ich habe ausgeholfen. Dann schaute einer der Mitarbeiter vorbei, und wir kamen ins Gespräch über das Studio und den Beruf Fitnesstrainer an sich. War ganz cool.«

»Klingt echt spannend«, warf ich ein.

Darren hob die Schultern. »Vielleicht mache ich ein Praktikum. Die Richtung interessiert mich schon.«

»Das ist eine tolle Idee!«, befand Stella, und auch Thomas, Rena und ich nickten zustimmend.

Darren, der offensichtlich genug davon hatte, dass seine Zukunftsplanung plötzlich im Mittelpunkt stand, deutete mit dem Kinn auf den Umschlag.

»Jetzt mach schon, Cal.« Er verschränkte die Arme und wippte ungeduldig mit dem Knie, sodass die Gläser leicht vibrierten. »Willst du uns auf die Folter spannen? Wie kannst du nur so gelassen sein?«

Es war keine Gelassenheit, es war Panik, die mich regelrecht erstarren ließ, und der kurze Aufschub, den mir Renas Ablenkung ermöglich hatte, war bei Weitem nicht genug gewesen. Ich griff nach dem Brief, drehte ihn in meinen Händen, versuchte zu spüren, was sich im Inneren befand. Eine Zusage? Eine Absage? Verdammt, ich wusste nicht, worauf ich hoffen sollte.

»Unabhängig davon, ob sie dich nehmen oder nicht, Cal«, sagte Stella, »wir lieben dich, und wir stehen hinter dir.«

Ich presste die Lippen aufeinander und nickte. Allesamt waren sie für mich da. Wieder und immer wieder. Mein bester Freund. Die besten Ersatzeltern, die ich mir vorstellen konnte. Und meine Freundin, die mir wichtiger war als alles andere auf der Welt. Egal wie, es war unmöglich, sie zu verlassen, selbst wenn es nur für zwei Jahre war.

»Ich kann nicht.« Ich reichte den Brief Rena, unfähig zu erklären, was gerade in meinem Inneren los war. »Schau du für mich, Bienchen.«

Sie nahm den Umschlag zögerlich entgegen, entfaltete den Brief und atmete leise aus, dann überflog sie die schwarz gedruckten Buchstaben auf dem Papier und hielt dabei die Luft an. Wahrscheinlich hielten wir alle die Luft an. Die Zeit schien sich ins Unermessliche zu dehnen, während ich nach wie vor nicht wusste, worauf ich hoffen sollte. Ich beobachtete Rena dabei, wie ihre Augen über die Zeilen glitten, jedes Wort förmlich aufzusaugen schienen. Dann breitete sich ein Lächeln auf ihrem Gesicht aus.

»Wirst du mich auch noch lieben, wenn sich die Musikschulen um dich reißen?« Sie lachte und wedelte mit dem Brief in der Luft herum. »Sie wollen dich nämlich, Cal! Natürlich wollen sie dich. Du wirst nach Seattle gehen und das tun, was du immer schon tun wolltest!«

Sie sprang auf und warf sich so enthusiastisch in meine Arme, dass es ein Wunder war, dass sie mich nicht vom Stuhl riss und wir beide auf dem Boden landeten. Es war offensichtlich, dass sie sich für mich freute, doch ich war mir sicher, dass sie ebenso realisierte, was diese Zusage für uns bedeutete. Wenn ich diesen Platz annahm, würde ich gehen. Ich würde wirklich gehen. Eine Entscheidung musste getroffen werden, denn nun gab es kein *Vielleicht* mehr, kein Aufschieben dieser Gedanken.

Ohne Rena zu beachten, die sich noch immer nicht von mir gelöst hatte, stand Thomas auf, trat neben mich und klopfte mir väterlich auf die Schulter, während mich Stella mit einem warmen Lächeln bedachte.

»Ich bin so stolz auf dich, Cal«, sagte sie, und prompt stiegen Rührung, Dankbarkeit und auch ein wenig Trauer in mir auf, weil ich wusste, dass ich dergleichen niemals von meinen eigenen Eltern hören würde.

»Scheiße, Mann, du hast's geschafft. Du hast's echt geschafft.« Das Grinsen in Darrens Stimme war nicht zu überhören. »Nicht dass ich je daran gezweifelt hätte, dass du es schaffen würdest.«

»Wir sollten das feiern«, flüsterte mir Rena ins Ohr, sodass nur ich es hören konnte. Eigentlich wäre das der richtige Zeitpunkt, um ihre Hand zu ergreifen, sie aus dem Zimmer zu zerren und sie dann um den Verstand zu küssen, doch ich blieb vollkommen bewegungslos.

Das sollte, verdammt noch mal, einer der glücklichsten Momente meines Lebens sein. Ich hatte es geschafft. Die Arbeit, die ich in die Musik gesteckt hatte, die Stunden, die ich mich mit trockener Theorie beschäftigt hatte, die Momente, in denen meine Finger und meine Handgelenke geschmerzt hatten, die Tage, an denen ich von Selbstzweifeln geplagt wurde und trotzdem weitergemacht hatte. All das hatte sich ausgezahlt. Ich war angenommen. Ich war an der School of Music & Arts angenommen. Mein größter Traum war in Erfüllung gegangen.

Ich sollte schweben wie ein Heliumballon, aber stattdessen

fühlte ich mich so leer wie eine Hülle, aus der sämtliche Luft herausgelassen worden war.
Ich blickte in die strahlenden Gesichter um mich herum und gab mir größte Mühe, das Lächeln zu erwidern. Fuck, diese Menschen waren stolz auf mich. Wie konnte ich auch nur in Erwägung ziehen, jetzt alles kippen zu lassen und diesen Platz aufs Spiel zu setzen? Wer wusste schon, wie es in zwei Jahren aussah? Ich hatte bei meinem Besuch in Seattle nachgefragt: Die Zulassung galt nur für dieses Semester. Es war gut möglich, dass man mich in zwei Jahren ablehnen würde, zudem hatte ich keine Ahnung, ob Rena für ein Kunststudium in Seattle angenommen werden würde. Unsicherheit. So viel Unsicherheit. Nur eines war mir vollkommen klar.
»Ich werde dich immer lieben, Rena«, murmelte ich, und es klang so ernst und traurig, dass mir Stella einen seltsamen Blick zuwarf. Sogar Thomas stutzte und musterte mich fragend.
Plötzlich war es so still, dass man die berühmte Stecknadel fallen hören könnte. Alle starrten mich an, und ich sah in ihren Gesichtern, dass sie keine Ahnung hatten, was auf sie zukam. Nicht einmal Rena hatte ich in meine Zweifel eingeweiht.
»Ich spiele mit dem Gedanken, nicht nach Seattle zu gehen«, ließ ich die Bombe platzen, und selten hatte sich etwas so richtig angefühlt wie diese Offenbarung.
Für einige Sekunden geschah gar nichts, dann redeten alle durcheinander.
»Gott, Callan. Das darfst du nicht tun. Diese Chance …«
»Bist du irre, Mann?«
»Das solltest du dir gut überlegen, Junge. Eine leichtfertige Entscheidung ist hier unangebracht.«
Nur Rena schwieg, und ihr Schweigen war lauter als die Worte der restlichen Familie.
»Ihr habt mir ein Zuhause gegeben, als ich es am nötigsten ge-

braucht habe.« Meine Stimme klang spröde, aber gleichzeitig fest. »Ihr habt hinter mir gestanden, als es sonst niemand getan hat. Zum ersten Mal in meinem Leben habe ich das Gefühl, irgendwo hinzugehören. Ich will das jetzt nicht aufgeben. Ich kann das jetzt nicht aufgeben.«

Ich blickte in die Runde, erkannte Betroffenheit, aber auch Freude, gemischt mit Mitgefühl – besonders bei Stella.

»Callan …«, fing sie an, doch ich hob die Hand.

»Die letzten Wochen waren die schönsten Wochen meines Lebens«, sprach ich weiter und strich über Renas Arm. »Und dazu habt ihr es gemacht. Ihr alle, und besonders du«, wandte ich mich an sie. »Ich werde in Kürze ein akzeptables Zeugnis bekommen. Ich habe den Job im Musikladen, den ich nach der Schule auf eine Vollzeitstelle ausweiten kann, das habe ich bereits mit Steve besprochen. Ich kann für mich selbst sorgen. Alles, was ich will, ist, bei euch zu sein und es nur noch ein bisschen länger zu genießen, dass ich einen Platz habe, an dem ich willkommen bin. Es ist ja nicht für die Ewigkeit. Aber ich will noch nicht weg.«

Rena hatte noch immer nichts gesagt, keine Silbe war über ihre Lippen gekommen, doch ihre Augen verrieten eine Menge. Unvermittelt stand sie auf, und ich tat es ihr gleich. Sie hielt den Brief in der Hand, meine Zukunft, meinen Traum, und schien nicht zu erkennen, dass sie zu beidem geworden war. Dann streckte sie den Arm aus und hielt mir das Schreiben entgegen, drückte es mir sogar gegen die Brust, weil ich keine Anstalten machte, es zu nehmen.

»Gib mir ein paar Minuten.« Sie verließ das Wohnzimmer, und ich stand ebenfalls auf.

»Rena, warte«, sagte ich, doch als Antwort fiel lediglich die Haustür ins Schloss. Das Papier knisterte zwischen meinen Fingerspitzen, und am liebsten hätte ich es zerrissen.

Stattdessen steckte ich es zurück in meine Hosentasche und setzte mich wieder auf meinen Platz. Ich wollte nichts überstürzen, wollte die Dinge in Ruhe klären.
Ja, natürlich war mir klar, dass sie mir nicht jubelnd in die Arme fallen würde, immerhin hatte ich seit meinem zehnten Geburtstag von nichts anderem mehr gesprochen. Die Godwins hatten mir Karten für die Pittsburgh Opera geschenkt, und während Thomas mit Rena zu Hause geblieben war, hatte Stella mich und den äußerst widerwilligen Darren in ein Konzert des Seattle Orchestras begleitet, das dieses gemeinsam mit einer Bandauswahl der School of Music & Arts bestritten hatte. Ich war hingerissen, vollkommen im Bann der Musik, und während Darren Mühe hatte, nicht einzuschlafen, war mir vollkommen klar, dass es genau das war, was ich wollte. Mein Leben der Musik verschreiben. Ich erinnerte mich genau an den Stolz in den Gesichtern der Dozenten, die aus der ersten Reihe die Performance ihrer Studenten mitverfolgt hatten. Schon damals war mir klar geworden, dass ich nur bedingt im Rampenlicht stehen wollte, und auch bei meinen Auftritten mit der Band bevorzugte ich ein kleineres Publikum. Ich wollte Musik machen, mich damit beschäftigen, mein Können ausbauen und weitergeben, und es war immer mein Traum gewesen, das an der SoMA zu tun. Das wusste jeder, der mich kannte. Die Godwins wussten es. Rena wusste es.
»Callan«, durchbrach Stella schließlich die Stille. »Denk noch mal darüber nach. Du wirst hier immer ein Zuhause haben. Einen Platz, an den du zurückkehren kannst, und Menschen, die dich lieben. Du musst nichts aufgeben.«
Ich musterte sie schweigend und mit enger Kehle. Sie hatten so viel für mich getan, so viel für mich investiert. Es war so undankbar, sie mit meinen Zweifeln zu konfrontieren, aber ich hatte sie aussprechen müssen.

»Du gehst nach Seattle.« Darrens Schockstarre schien erst jetzt nachzulassen. »Natürlich gehst du nach Seattle. Es kommt gar nichts anderes infrage.«

»Ich bin dir echt dankbar für deine Unterstützung, aber es ist meine Entscheidung«, sagte ich, während ich die Godwins nacheinander ansah. »Es sei denn …« Ich schluckte. »Es sei denn, ihr wollt mich nicht mehr.«

»Das ist Blödsinn, Cal, und das weißt du«, widersprach Thomas, und Stella runzelte empört die Stirn. Sogar Darren schnaubte entnervt und verdrehte die Augen.

»Denk noch mal darüber nach«, forderte mich Stella auf, dann trat sie auf mich zu und nahm mich in den Arm. »Ich verstehe dich, Cal, ich verstehe dich wirklich. Aber wenn es in zwei Jahren nicht klappen sollte, wirst du dich ewig fragen, ob du nicht falsch entschieden hast.«

»Und wenn ich euch oder Rena verlieren sollte, weil ich nach Seattle gegangen bin, wird es ebenso sein«, erwiderte ich und spürte, wie Stella die Umarmung festigte.

»Du wirst die richtige Wahl treffen«, sagte sie, während Darren im Hintergrund ein Brummen ausstieß, das verdächtig nach »Schwachkopf« klang.

»Und jetzt solltest du dringend mit Rena reden.« Thomas nickte auffordernd Richtung Tür. »Ich weiß, dass du sie nicht verletzen wolltest, aber es sieht aus, als hättest du sie kalt erwischt. Klärt das und sprecht darüber, wie ihr euch eure Zukunft vorstellt.«

»Ich find's auch mies, dass du nichts gesagt hast«, ergänzte Darren. »Und ich gehe nicht mit dir ins Bett. Kein Wunder, dass sie sauer ist und sich ausgeschlossen fühlt. Offenheit ist wichtig, Cal. Das hatten wir doch schon.«

»Ihr habt recht.« Ich schob meinen Stuhl zurück und stand auf. »Das war nicht sonderlich fair. Ich gehe sie suchen.«

Kurz darauf verließ ich das Haus der Godwins und lief durch den beginnenden Abend Richtung Spielplatz in der Hoffnung, Rena in unserem heidelbeerblauen Rutschenhäuschen zu finden. Zumindest ein Teil von mir wusste, dass ich sie irgendwie verraten hatte, weil ich meine Zweifel vor ihr verborgen und erst in Gesellschaft ihrer Familie damit herausgerückt war.

Mit einem leisen Quietschen öffnete ich das kleine Tor und ging über das Gras zu der kleinen Leiter. Glücklicherweise waren keine Kinder da, die sich über meine Anwesenheit wundern konnten.

»Bienchen?«, fragte ich gedämpft, während ich die Sprossen erklomm und mich geduckt durch den Eingang quetschte. Rena saß mit dem Rücken an die Wand gelehnt da, die Beine in den Schneidersitz gezogen, und ich kniete mich neben sie.

»Es tut mir leid, dass ich nicht früher etwas gesagt habe.«

Sie sah mich für einige Sekunden schweigend an, während in ihren Augen ein Sturm aus Emotionen tobte.

»Oma sagte immer, du spielst wie ein Engel«, murmelte sie unvermittelt. »Als wärst du mit deiner Gitarre verschmolzen. Sie sagte, dass manche Menschen mit Musik in der Seele geboren werden.« Ein wehmütiges Lächeln flackerte über ihr Gesicht. »Sie hat dich beim Spielen heimlich mit dem Handy aufgenommen, damit sie dir zuhören konnte, wann immer sie wollte. *Ich brauche mehr Musik im Haus, die aus dem Herzen kommt*, hat sie gesagt.«

Ich schnaubte halb amüsiert, halb empört. »Sie hat mich heimlich aufgenommen? Ich hatte immer den Eindruck, sie könnte mit dem Handy nur telefonieren und im äußersten Notfall eine Nachricht verschicken.«

Rena hob eine Augenbraue, und ich runzelte die Stirn.

»Sie hat mich verarscht«, murmelte ich belustigt. »Immer, wenn sie mich gebeten hat zu warten, weil ihr Handy *etwas Komisches macht*, ging es gar nicht um meine Hilfe. Raffiniert.«

Rena lächelte schwach, dann fuhr sie mit der Fingerspitze unsere Initialen nach. Die Entscheidung war uns schwergefallen: *C + R* für Callan und Rena oder *W + B* für Woodstock und Bienchen? Letztendlich hatten wir einfach beides ins Holz geritzt und mit einem Herz versehen.

»Du kannst das mit Seattle doch nicht ernst meinen«, durchbrach sie schließlich die Stille. »Das war schon so lange dein Traum. Weißt du eigentlich, wie deine Augen jedes Mal geglänzt haben, wenn du davon erzählt hast? Hast du den Brief überhaupt gelesen?« Sie sah mich an, als würde sie erwarten, dass ich das Blatt Papier aus der Tasche zog und darüberstrich wie über etwas, das wichtig war, obwohl man gerade daran zweifelte.

»Nein«, entgegnete ich. »Fuck, Rena. Ich hätte etwas sagen sollen, aber ich wollte dich nicht damit belasten. Es tut mir echt leid.«

»Cal.« Sie griff nach meiner Hand und strich zart über meine Knöchel. »Du belastet mich doch nicht. Ich will alles von dir wissen und alles mit dir durchstehen. Aber das funktioniert nur, wenn du mich lässt.«

»Schon als ich in Seattle war, wusste ich nicht, worauf ich hoffen sollte. Die Musik wird mir immer bleiben, Rena, auch wenn ich nicht auf die SoMA gehen sollte.«

»Aber ich auch, Cal«, erwiderte Rena. »Ich werde dir auch bleiben. Mich wirst du so schnell nicht los.«

Ich beugte mich zu ihr, sodass ich meine Stirn an ihre drücken konnte. Gerade schien mir das heidelbeerblaue Rutschenhäuschen wie der schönste Ort der Welt. Nur wir beide. Rena und Callan. Woodstock und Pfirsichbienchen.

»Du machst mich glücklich. Mein Leben, so wie es ist, macht

mich glücklich. Deine … unsere Familie. Darren. Stella. Thomas. Meine Arbeit im Musikladen. Seattle kann warten. Und wenn es das nicht tut, ist das auch in Ordnung. Ich werde meinen Weg gehen, mit dir an meiner Seite. Es stört mich nicht, letztendlich in einer anderen Stadt das Studium zu absolvieren. Ich muss nicht um jeden Preis an die SoMA. Das war der Traum von früher, weil ich das, was ich wirklich wollte, nicht bekommen konnte. Sicherheit. Geborgenheit. Einen Platz, an den ich gehöre. Den habt ihr mir gegeben.«

»Ach, Cal …« Sie seufzte, und ich konnte ihren warmen Atem auf meinen Lippen spüren. »Denkst du nicht, ich würde dich am liebsten auf Knien anflehen, bei mir zu bleiben? Aber das wäre unfair dir und deinem Traum gegenüber. Du hast so hart dafür gearbeitet, und ich bin sicher, dass wir es auch so schaffen werden. Notfalls schmuggelst du mich in einem Koffer mit«, fügte sie scherzhaft hinzu, und ich neigte ein wenig den Kopf.

»Ich liebe dich wirklich, Bienchen«, flüsterte ich gegen ihre Lippen. »Das weißt du, oder?«

Ihr zärtlicher Kuss war mir Antwort genug. Mehr als genug.

22 | RENA | Farblos

Die Glückssymbole in Cals Kellerzimmer häuften sich in den nächsten Tagen. Weil ich wollte, dass er die Entscheidung, die er schlussendlich treffen würde, nicht irgendwann bereute, durchsuchte ich Kleeflecken, um ein vierblättriges Kleeblatt zu finden, das ich pressen, in Folie wickeln und ihm in die Seitentasche der Gigbag schmuggeln konnte. Ich malte einen Marienkäfer auf einer Gitarre und hängte die Zeichnung an die tannengrüne Wand.

Eines Tages, während er bei der Arbeit war, kroch ich – mit schwarzem Permanentmarker bewaffnet – unter Cals Bett. Dad würde mich umbringen, wenn er wüsste, dass ich den Fußboden beschmierte, aber hier würde es ihm nicht so schnell auffallen. Ich blies eine kleine Staubflocke beiseite und wischte mit der Handfläche über die Holzdielen. Dann setzte ich den Marker an und schrieb eine große Sieben auf den Boden. Als sie getrocknet war, drehte ich mich auf den Rücken – Gott, es war eng, aber auf eine verrückte Art auch gemütlich –, und malte mir aus, nach meinem Abschluss mit Cal zusammen an der SoMA zu studieren. Die Uni bot nicht nur gute Studiengänge für Musik, sondern auch für Kunst an. Hatte ich eine realistische Chance, dort ebenfalls die Aufnahmeprüfungen zu bestehen? Waren meine Zeichnungen gut genug?

Je länger ich unter dem Bett auf meiner selbst gemalten Sieben lag, desto ausführlicher wurden meine Tagträume, in denen Cal auf mich wartete und in denen wir Woodfield in zwei Jahren gemeinsam verließen, um nach Seattle zu gehen. Wir trafen uns zwischen Vorlesungen, um Küsse auszutauschen oder essen zu gehen. Manchmal lagen wir auf einer der Bänke auf dem Campus in der Sonne und lernten, mein Kopf auf seinem Schoß, bis ich einschlief und er mich mit einem liebevollen Stups auf die Nase weckte. Vielleicht hätten wir genug Geld, um zusammenzuwohnen, nicht so wie jetzt, sondern richtig. Ohne meine Eltern und Darren. Nur wir beide, in einer ganz kleinen, aber gemütlichen Wohnung.

Aber selbst wenn er sich dafür entschied, doch bereits dieses Jahr nach Seattle zu gehen, wusste ich, dass wir okay sein würden. Fernbeziehungen waren nie leicht, aber bei Darren und Kelly hatte ich mitbekommen, wie schön es war, wenn man sich nach längerer Zeit endlich wieder in die Arme fallen konnte. Und möglicherweise hätten Cal und ich ebenfalls unseren Spaß an gewissen Telefongesprächen. Ich biss mir grinsend auf die Lippe. Nein, nicht nur möglicherweise, sondern auf jeden Fall. Welche Wahl er auch treffen würde, unsere Möglichkeiten kamen mir grenzenlos vor. Und die Glückssymbole würden dafür sorgen, dass unsere Zukunft unter einem guten Stern stand.

An einem späten Freitagnachmittag beschloss ich, kurz bei Cals Elternhaus vorbeizuschauen, um seine Post für ihn zu holen und ihm so eine erneute Konfrontation mit seiner Mutter zu ersparen. Die Vorwürfe, die sie ihm gemacht und wie sie mit ihm geredet hatte – es war nicht fair, nichts davon. Er sollte sich

so etwas nicht anhören müssen, nicht nach allem, was er durchgemacht hatte.
Die Besuche bei den Reeds waren ohnehin absehbar, denn in Kürze würde der Nachsendeauftrag aktiv sein, zu dem sich Cal nach dem letzten Zusammentreffen entschlossen hatte. Bis dahin war es für mich keine große Sache, etwas früher aus dem Bus zu steigen, nachdem ich bei Tia gewesen war. Ich würde geschätzte zwanzig Minuten später als angekündigt zu Hause sein, aber das machte keinen großen Unterschied.
Als ich bei den Reeds ankam, war die Haustür unverschlossen, was bedeutete, dass Cals Mutter daheim war. Ich achtete darauf, keinen Lärm zu machen, als ich den Flur betrat und auf die Kommode zuging. Auf keinen Fall wollte ich mich länger als nötig hier aufhalten. Mit flinken Fingern griff ich nach drei Briefen, die allesamt an Cal adressiert waren. Besonders wichtig sahen sie nicht aus, aber ich wollte trotzdem, dass er sie bekam.
»Was für eine Überraschung. Die kleine Serena Godwin.« Dr. Reeds Stimme ließ mich zusammenzucken. Er lehnte im Türrahmen zwischen Flur und Wohnzimmer, eine halb volle Flasche Whisky in der Hand und ein leichtes Lallen auf den Lippen. Mit ihm hatte ich nicht gerechnet. Sollte er um diese Zeit nicht noch in der Praxis sein?
»Dr. Reed.« Ich festigte meinen Griff um die Briefe. So sah er also aus, wenn der Alkohol die Fassade des angesehenen Arztes bröckeln ließ. So kannte Cal ihn. »Ich wollte Sie nicht stören, ich bin nur gekommen, um Cals Post zu holen.«
Er gab ein abfälliges Schnauben von sich. »Wie fühlt es sich an, Lügen über mich zu verbreiten?« Er nahm einen großen Schluck Whisky, woraufhin ich instinktiv einen Schritt auf die Eingangstür zumachte. Es war an der Zeit, zu gehen.
»Wenn ich dir eine Frage stelle, hast du zu antworten! Haben deine Eltern dir keine Manieren beigebracht? Das würde mich

nicht wundern.« Es war nicht das wütende Donnern in seiner Stimme, das mich davon abhielt, nach draußen zu laufen, es war seine freie Hand, die überraschend schnell und zielgerichtet nach vorne schoss und mein Handgelenk so grob packte, dass ich scharf einatmete. Die Briefe segelten zu Boden. Einige Sekunden lang hörte ich nur das panische Schlagen meines Herzens. War Cals Mutter nicht hier? Hörte sie das Brüllen ihres Mannes nicht?

»Ich habe keine Lügen verbreitet …« Meine Stimme hörte sich so jämmerlich, so schwach an, dass sie beinahe brach. Endlose Sekunden vergingen, aber er ließ mich nicht los. Ein dumpfer Schmerz pochte durch mein Handgelenk. »Ich muss jetzt wirklich gehen, Dr. Reed.«

»Wir unterhalten uns doch gerade so nett, Rena.« Er beugte sich vor, woraufhin mir der stechende Geruch des Whiskys in die Nase drang. »Schade, dass du so hübsch bist und doch keinen Funken Anstand besitzt.«

Ich versuchte, mich loszureißen, von ihm freizukommen, aber statt seine kalten Finger zu lockern, drückte er noch fester zu. Von irgendwoher aus dem Haus hörte ich das leise Geräusch einer Tür. Wenn Ms Reed doch hier war, warum griff sie dann nicht ein?

In meiner Panik dämmerte es mir erst Sekunden später. Sie würde mir nicht helfen. Sie hatte nicht einmal die Kraft, ihrem eigenen Sohn beizustehen, warum sollte sie es dann bei mir tun?

»Dr. Reed, bitte, meine Eltern warten –«

»Du und deine verdammte Familie …« Er beendete den Satz nicht. Stattdessen bohrte sich sein Blick in meine Brust. Ich hatte noch nie so dunkle Augen gesehen. Warum sprach er nicht zu Ende? Warum legte er den Kopf schräg und leckte sich dabei über die Lippen? »Du hast einiges gutzumachen. Und das wirst du jetzt tun.«

Etwas, das noch kälter war als Angst, ergriff von mir Besitz, als er mich an sich zog und seine andere Hand grob unter mein Kleid schob. Ich spürte die Whiskyflasche, die er dabei immer noch festhielt, an meinem Oberschenkel. Die Luft war mit einem Mal zu dünn zum Atmen, und meine Kehle war zu eng. Zu eng, um Worte durchzulassen. Während ich weiterhin versuchte, von ihm loszukommen, ließ er die Finger mit fahrigen Bewegungen über meinen Hintern wandern. Über meinen Slip. Über bloße Haut. Über Stellen, die nur Cal so anfassen durfte. Ein dunkles Ampelrot blitzte vor meinem geistigen Auge auf.

»Nein!« Ich sträubte mich, wollte mich wegdrehen, doch er ließ es nicht zu. Selbst im betrunkenen Zustand konnte er mich mühelos festhalten. »Lassen Sie mich los, bitte –«

»Komm schon. Für meinen Sohn hast du doch auch die Beine breit gemacht.«

Es war ein Albtraum. Es musste ein Albtraum sein. Es konnte nicht real sein, nichts konnte mehr real sein. Dr. Reed drückte mich nicht wirklich zu Boden, schob nicht wirklich mein Kleid hoch. Er zerrte nicht ungeduldig an meinem Slip. Nein. Nein, bitte nicht. Das passierte nicht. Das konnte nicht passieren. Mein Blick huschte gehetzt zur Tür. Sie war geschlossen und so unendlich weit weg.

»Und ich wette, er hat sich dabei wie der Versager angestellt, der er ist.« Sein alkoholgeschwängerter Atem traf mich erneut mit voller Wucht. Er kniete über mir, öffnete den Reißverschluss seiner Hose, so schnell, dass mir schwindlig wurde. In diesem Moment hatte er nichts Menschliches mehr an sich, ich sah nur noch ein Monster. Der Laut, der aus mir herausbrach, war eine klägliche Mischung aus einem Schluchzen und einem Hilferuf, so verzweifelt, dass ich mich beinahe daran verschluckte.

Dr. Reed blieb davon völlig unbeeindruckt. »Stell dich nicht so an. Du wirst es genießen, das verspreche ich dir. Ich weiß, was ich tue.«

Der scharfe Geruch des Whiskys hüllte mich mehr und mehr ein, ließ erbarmungslose Übelkeit in mir hochsteigen. Dr. Reed zog mir den Slip über die Knöchel und drückte meine Schenkel auseinander. Mir war nicht klar gewesen, dass man einem Menschen so etwas antun konnte, dass sich etwas so abgrundtief falsch und abscheulich anfühlen konnte. Ich presste die Lider zusammen, damit ich ihn nicht ansehen musste, damit ich wenigstens seinem zufriedenen, spöttischen Ausdruck entkommen konnte, aber es war nicht genug. Ich konnte nicht aus diesem Flur oder aus meinem Körper fliehen. Dr. Reed drückte mich unnachgiebig auf den harten Holzboden. Seine Finger tasteten wieder nach mir, strichen über meine Scham, obwohl ich versuchte, die Schenkel zusammenzupressen.

Meine Hände glitten hilflos über den Holzboden, eine davon landete in einer feuchten Pfütze. Ich brauchte etliche Sekunden, um zu verstehen, dass es der verschüttete Whisky war, und einige weitere Sekunden, um durch den Tränenschleier auch die Flasche zu entdecken. In einer letzten, verzweifelten Hoffnung streckte ich mich danach und holte aus.

Sie zerbrach nicht, als ich sie Dr. Reed an den Kopf schlug. Vielleicht steckte nicht genug Kraft dahinter, weil ich so zitterte, und im ersten Moment glaubte ich, es hätte nichts gebracht. Dann gab Dr. Reed ein schmerzvolles Ächzen von sich, und ich war frei. Ich konnte wieder atmen.

»Du kleine Schlampe!« Er taumelte zurück, doch ich wartete nicht darauf, dass er sich wieder fing. Ich wartete kein bisschen. Meine Finger krallten sich hektisch meinen Slip und meine Handtasche, ich kämpfte mich hoch und riss die Tür auf, stürzte hinaus in den Garten und rannte den Gehweg hinab. Ich rannte und rannte, bis meine Beine unter mir fast wegknickten und meine Lunge brannte. Ich rannte vor seinen widerlichen Berührungen davon, bis ich begriff, dass ich sie nicht abschütteln konnte. In einer menschenleeren Seitengasse hielt ich an, und zog mir unter meinem Kleid so unauffällig wie möglich den Slip wieder an.

Ich nahm den Bus nach Hause, saß auf einem der harten, unbequemen Sitze, die Beine zusammengepresst, die Finger schmerzhaft ineinander verknotet. Mein Rücken tat weh, meine Schenkel fühlten sich an, als wären sie nicht länger ein Teil von mir, als würden sie überhaupt nicht mehr zu mir gehören. Menschen stiegen ein und aus, die Haltestellen zogen vorüber wie ein Film auf einer Leinwand. Ein paar Reihen hinter mir lachte jemand. Es hörte sich seltsam und fremd an. Ich konnte immer noch den Whisky riechen, diesen scharfen, aufdringlichen Gestank von Alkoholismus und Wut, er war überall. Er war mir gefolgt.

Irgendwann stand ich vor dem blauen Zaun unseres Vorgartens. Wahrscheinlich war Mom gerade in der Küche und kochte, während Dad vor dem Fernseher saß und mein Bruder mit Cal im Keller abhing. Vielleicht erzählten sie sich Witze. Vielleicht warteten sie schon auf mich, weil ich spät dran war.

Es gelang mir nicht, hineinzugehen.

Lautlos drehte ich mich um und überquerte die Straße, wo ich ans Nachbarhaus klopfte, an das Haus, in dem ich bis vor einiger Zeit ein stets willkommener Gast gewesen war. Vielleicht war das immer noch der Fall.

Aiden öffnete die Tür. »Rena … was ist los?«

Er musterte mich, und ich hatte das Gefühl, immer kleiner und kleiner zu werden. Ich hob die Hand, strich mir über die Haare. Hatte ich sie in Ordnung gebracht, nachdem ich auf dem Boden gelegen hatte? Sah man mir an, dass …?

»Komm rein.« Zu meiner Erleichterung stellte Aiden vorerst

keine weiteren Fragen. Er führte mich in sein Zimmer, warf einen prüfenden Blick auf mich, verschwand und kam dann mit einem kleinen Eisbecher zurück, den er mit Gummibärchen dekoriert hatte. Schweigend drückte er mir das kalte Ding in die Hand, und ich starrte darauf hinab. Ganz offensichtlich sah ich aus, als hätte ich Aufmunterung nötig. Eis mit Gummibärchen – so hatten wir uns oft gegenseitig aufgemuntert, aber jetzt drehte sich mir der Magen um. Das hier war nicht wie früher. Es ging nicht um eine schlechte Note oder Streit mit einer Freundin, und diesmal wurde mir vom Anblick der klebrig süßen Gummibärchen kotzübel.

»Ich muss duschen«, brachte ich gepresst heraus. Mir war vollkommen klar, wie Aiden mich ansah. Als wäre ich eine Verrückte. Seit Monaten hatten wir kaum noch Kontakt, und nun kam ich ungefragt in sein Haus und kündigte an, duschen zu wollen. Während er mich musterte, erwärmte sich der Eisbecher in meinen Händen. Mit den Augen verfolgte ich ein Gummibärchen, das langsam anfing zu rutschen und dann fiel. Ich war vollkommen unfähig, Aidens Blick zu erwidern oder ihm eine Erklärung für mein Verhalten zu liefern. Trotzdem schien er etwas an mir zu sehen, das ihn davon abhielt, mich zu fragen, ob ich übergeschnappt war.

»Okay … Du weißt ja, wo das Bad ist.« Er stieß ein verwirrtes Seufzen aus und nahm mir den Eisbecher aus der Hand. »Und du weißt auch, dass ich für dich da bin, wenn du reden möchtest, okay?«

Ich schluckte hart. »Okay.«

Sobald ich unter der Dusche stand, stellte ich die Wassertemperatur so heiß ein, dass sie das Potenzial hatte, mich nicht nur sauber zu waschen, sondern auch zu verbrennen. Rote, empfindliche Haut war mir lieber, als zu riskieren, dass irgendetwas von Cals Vater zurückblieb.

»Dein Handy hat ständig geklingelt«, sagte Aiden, als ich irgendwann zurück ins Zimmer trat. »Ein Woodstock ruft pausenlos an. Das ist sicher dein Freund, oder?«
Er hielt mir das Ding erwartungsvoll entgegen. Ich nahm es und ließ es auf sein Bett fallen, ohne auch nur einen Blick darauf zu werfen.
»Rena … Du warst lange im Bad. Wissen deine Eltern, dass du bei mir bist?« Da waren sie, die unangenehmen Fragen. Nicht einmal bei Aiden konnte ich einfach nur existieren, ohne über etwas nachdenken zu müssen, über das ich nicht nachdenken wollte.
»Lass mich einfach in Ruhe.«
»Nein, Rena. Du kannst nicht einfach so hier auftauchen und erwarten, dass … Scheiße, was erwartest du? Warum bist du hier? Nicht dass ich etwas dagegen hätte, aber –«
Das Klingeln meines Handys unterbrach ihn. Er griff danach und hielt es mir vors Gesicht.
»Der Kerl macht mich noch verrückt. Entweder gehst du ran, oder ich tue es.«
»Aiden, ich hatte einen schlechten Tag …« Es war zu spät. Seine sonst so grenzenlose Geduld hatte ein Ende gefunden. Er wischte mit dem Finger über das Display und schaltete das Handy auf laut.
»Hier ist Aiden.«
»Bien–«, fing Cal an und verstummte abrupt. »Hallo, Aiden«, korrigierte er sich dann. »Hier ist Callan. Könntest du mir Rena geben?«
Aiden hielt mir das Handy entgegen. Ich schüttelte unmerklich den Kopf und starrte seine Bettdecke an. Anthrazitgrau mit weißen, geometrischen Linien. Die Übelkeit stieg erneut in mir hoch, diesmal so heftig, dass ich mich fast übergab.
»Ich denke nicht«, sagte Aiden, dessen Blick plötzlich weicher

wurde. Zuerst verstand ich nicht warum, dann wurde mir klar, dass ich weinte.

»Aber …«, hörte ich Cal zögerlich erwidern. Irgendein unbekannter Ton schwang in seiner Stimme mit. »Was ist denn los? Warum geht sie nicht selbst an ihr Handy?«

»Hör zu, du Wichser«, sagte Aiden, mit einem Mal deutlich unfreundlicher, woran vermutlich meine Tränen schuld waren. »Sie will nicht mit dir reden, geht das nicht in deinen Kopf? Wenn du was zu sagen hast, sag es einfach. Du bist auf Lautsprecher.«

Die Worte, die er an Cal richtete, waren so hart, und doch fehlte mir die Kraft, etwas dagegen zu unternehmen. Ich war hilflos, genauso hilflos wie zuvor, als ich die Post für ihn hatte holen wollen. Erst jetzt dämmerte mir, dass ich die Briefe dort liegen gelassen hatte, auf den Dielen im Haus seiner Eltern. Ich presste mein Gesicht in die graue Decke und erstickte so das plötzliche Schluchzen, das aus mir herausbrach und meinen gesamten Körper schüttelte.

»Ich mache mir Sorgen. Bienchen … rede mit mir. Bitte.« Cals Stimme riss an meinem Herzen, und ich vergrub die Fingernägel in der Decke. Meine Augen brannten. So heftig hatte ich nicht mehr geweint, seit Oma gestorben war.

»Es reicht. Du tust ihr offensichtlich nicht gut. Ich habe Rena noch nie so fertig gesehen wie jetzt, wo sie mit dir zusammen ist. Du wirst dich gefälligst von ihr fernhalten, hast du verstanden? Es hat seinen Grund, dass sie bei mir ist und nicht bei dir. Du bringst nur Probleme mit.«

Plötzlich hörte ich Cals Stimme nicht mehr. Sprach er nur nicht, oder hatte Aiden das Telefonat beendet? Mit diesen schrecklichen Worten? Erschöpft hob ich den Kopf. Tränennasse Haarsträhnen klebten an meinen Wangen. Das Handy lag zwischen uns auf dem Bett. Das Gespräch war vorbei.

»Warum hast du das gesagt?« Immer noch hielt ich mich krampfhaft an der Bettdecke fest, starrte die dunklen Flecken an, die meine Tränen hinterlassen hatten, während meine Stimme aus nicht mehr als einem heiseren Krächzen bestand.

»Weil ich mich um dich sorge.« Seine schweren Arme legten sich tröstend um mich und erdrückten mich. Es war das schlimmste Gefühl der Welt. Ich schnappte stoßweise nach Luft, aber meine Lungen füllten sich nicht. Es gab nur noch die bedrängende Wärme eines anderen Körpers.

»Aiden, hör auf.« Ich drückte ihn weg. »Bitte hör auf.«

Obwohl ich leise gesprochen hatte, reagierte er und gab mich frei. In seinen Augen blitzten gemischte Gefühle auf. Mit leicht zitternden Fingern wischte ich mir übers Gesicht und stand auf.

»Ich muss gehen.«

So würde es von nun an sein, das realisierte ich, als ich hinaus in die frische Nachtluft trat. All das, was ich gerade in Aidens Blick gesehen hatte, würde ich von jetzt an bei Cal sehen, all das und noch viel mehr. Verwirrung, Verständnislosigkeit, Schmerz. Ich würde ihn zurückweisen, wie ich Aiden zurückgewiesen hatte, aber es würde hundertmal mehr wehtun – und das Schlimmste war, dass es immer und immer wieder passieren würde. Und wie sollte ich ihm den Grund dafür nennen? Wie konnte ich ihm erklären, was sein eigener Vater mir angetan hatte? Wie konnte ich so etwas auf ihn loslassen?

Trotz allem, was passiert war, hatte Cal nie Rache an seinen Eltern gewollt, nicht einmal an seinem Vater. Wenn ich ihm erzählen würde, was passiert war … Ich schnappte nach Luft wie ein Fisch an Land, immer und immer wieder, bis meine Lungen sich endlich doch noch mit Sauerstoff füllten.

Es würde ihn zerstören.

Zu erfahren, dass sein eigener Vater sich beinahe an mir vergangen hatte, würde ihn zerstören. Es würde zu viel sein. Viel zu viel. Das konnte ich ihm nicht antun. Ich konnte nicht … Ich konnte doch nicht …

In der Mitte der Straße, zwischen den beiden Häusern, hielt ich inne und riss meine Handtasche auf. Ich kramte verzweifelt darin herum, bis meine Finger sich um meinen kleinen Taschenspiegel schlossen. Nachdem ich einige Male zittrig eingeatmet hatte, klappte ich ihn auf und blickte das Mädchen an, das mir entgegensah. Die Realität kam mir genauso unecht vor wie mein Spiegelbild, obwohl ich aussah wie immer, abgesehen von meinen geschwollenen Augen. Was ich sah, war eine Lüge. Nichts würde mehr so sein wie vorher. Meine Hände krampften sich um den Spiegel. Cal durfte niemals erfahren, was passiert war, wozu sein Vater fähig war. Ich holte aus. Es gab ein hässliches Geräusch, als er auf dem harten Asphalt aufschlug und um mich herum zersplitterte. So viele Scherben. So viel Pech. Sieben Jahre davon. Sieben Jahre Pech und Unglück, sieben Jahre, bis sich mein Leben erneuern würde, bis alle kaputten Teile von mir selbst sich wieder zu einem Ganzen zusammenfügen würden. Oma hatte immer gesagt, dass man sich daran festhalten musste, wenn man versehentlich einen Spiegel zerbrach, an dem Ende der sieben Jahre, an dem wundervollen Licht am Ende des Tunnels.

Das tat ich nicht.

Ich starrte auf das Bienentattoo an meinem Handgelenk, das ich ihr zu Ehren hatte machen lassen, und forderte gleichzeitig das Unglück heraus auf eine Art, die sie niemals gutgeheißen hätte. Ich hielt mich an den sieben Jahren selbst fest, ich wollte alles, was sie für mich bereithielten. Warum, verdammt noch mal, auch nicht? Was konnte denn noch passieren?

Schlag mich mit allem, was du noch hast, Universum.

Als ich wenige Minuten später unser Haus betrat, saßen Mom und Dad auf dem Sofa und sahen fern.

»Du bist spät dran«, sagte Dad, vollkommen in den Film vertieft.

»Hab den Bus verpasst«, murmelte ich. Es war so leicht, seine Emotionen zu verstecken, wenn es nötig war. Es war so leicht, sich selbst zu verstecken, wenn man die Welt der anderen nicht aus der Bahn reißen wollte. Wenn man beschlossen hatte, alleine unterzugehen und die ekelhafte Wahrheit herunterzuschlucken wie bittere Medizin.

»Essen ist im Kühlschrank, Rena.«

»Danke, hab schon gegessen.«

Ich ging mit leisen Schritten nach oben, damit Cal mich nicht hörte. Ich musste aus dem Kleid raus. Und aus dem Slip. Beides nach der Dusche bei Aiden wieder anzuziehen, hatte mich einiges an Überwindung gekostet. Die Sachen lagen auf meiner Haut wie Gift.

»Da bist du ja endlich. Wo zum Teufel warst du? Cal ist vor Sorge fast umgekommen.« Darren steckte den Kopf aus seinem Zimmer und warf mir einen fragenden Blick zu. Zum Glück weinte ich nicht mehr, und das Halbdunkel des Flurs verbarg meine verräterisch roten Augen.

»Ich war noch unterwegs.«

»Du warst noch unterwegs«, wiederholte er mit hochgezogener Augenbraue. »Ohne Bescheid zu sagen und ohne Cals Anrufe entgegenzunehmen. Scheiße, ist dir eigentlich klar, was für eine Angst er hatte, dir wäre was zugestoßen? Du meldest dich doch sonst immer, selbst wenn du dich nur zehn Minuten verspätest.«

Ich lehnte mich erschöpft an die Wand. »Er wird es verkraften.«

Darren war für einige Sekunden sprachlos. Vermutlich hatte er nicht mit so einer kühlen Antwort gerechnet, und auch das war mir egal. Was geschehen war, ging ihn nichts an.

»Ist etwas zwischen euch passiert?«, wollte er wissen. »Heute Morgen habt ihr euch noch so innig zum Abschied geküsst, es war zum Würgen. Und jetzt … hast du überhaupt schon mit ihm geredet? Weißt du, wie es ihm damit geht, dass du einfach zu deinem Ex verschwunden bist, nachdem du ihn ignoriert hast?«
Die Erinnerung schoss sofort hoch und riss mir den Boden unter den Füßen weg. Wir hatten uns am Frühstückstisch geküsst, dann hatte Cal wie immer zuerst das Haus verlassen und nach exakt sieben Schritten angehalten. Ich war ihm nachgelaufen, mit sieben großen Hüpfern, um ihn ein weiteres Mal zum Abschied zu küssen.
»Ich bin müde«, murmelte ich abwehrend. Darren war nicht schnell genug, um mich davon abzuhalten, einfach in mein Zimmer zu verschwinden. Sicherheitshalber knallte ich die Tür hinter mir zu und schloss ab. Als würde jemand anderes meine Bewegungen steuern ging ich zum Schrank. Streifte das Kleid ab. Schlüpfte aus dem Slip.
Neuer Slip. Jogginghose. Shirt. Socken. Die Glückskette meiner Oma mit ihrem Kleeblatt und Cals Biene nahm ich ab, bevor ich mich ins Bett legte. Sie hatte mich im Stich gelassen. Alles, was Oma mir je mit einem magischen Glänzen in den Augen beigebracht hatte, hatte mich im Stich gelassen.
Mein Handy klingelte. Ohne nachzusehen, wer es war, stopfte ich es unter das Kissen und schloss die Augen, um die Welt auszublenden, doch es vibrierte unter meinem Kopf gnadenlos weiter. Es würde aufhören. Ich wusste, dass es irgendwann aufhören würde, aber mit jeder Sekunde, die verging, wurde ich unruhiger, bis ich es schließlich doch hervorzog.
Tia.
»Ja?« Meine Stimme war ein Krächzen, als ich widerwillig abhob.
»Rena-Bär, du hast nicht auf meine Nachricht geantwortet, ob

du gut nach Hause gekommen bist. Wo hast du denn gesteckt?« Ein leises, anzügliches Lachen erklang. »Hast du dich etwa direkt mit Cal in den Keller verzogen?«
Aus einer plötzlichen Panik heraus setzte ich mich vollständig auf und knipste die Nachttischlampe an. Alles war in Ordnung. Die Tür war immer noch abgeschlossen. Trotzdem umklammerte ich das Handy ein wenig fester.
»Ich habe auf dem Heimweg ziemlich schlimme Migräne bekommen.«
Es gab viel, was ich Tia anvertrauen konnte. Sie hütete meine Geheimnisse und ich ihre. Aber was mit Dr. Reed passiert war … Ich schluckte gegen den Kloß in meiner Kehle an. Das konnte ich ihr nicht sagen. Das konnte ich niemandem sagen. Ich wollte es auch gar nicht.
»Du Arme.« Die Anzüglichkeit war aus ihrer Stimme verschwunden, und ich hatte das Gefühl, wieder atmen zu können. »Leg dich hin.«
»Ja«, sagte ich erschöpft, obwohl ich schon im Bett lag. »Werde ich machen.«
Nachdem ich aufgelegt hatte, schob ich das Handy wieder unter mein Kissen. Dann starrte ich mit brennenden Augen das Licht der Nachttischlampe an. Mit einem leisen Klick machte ich sie wieder aus, rollte mich zusammen und umklammerte die Decke, bis ich in einen leichten, traumlosen Schlaf fiel.
Irgendwann weckte mich eine Stimme.
»Ist alles okay?«
Ich zitterte, bis ich erkannte, dass es Cal war und nicht sein Vater, der da eben gesprochen hatte. Langsam stieg ich aus dem Bett. Durchquerte mein Zimmer. Legte die Handfläche an das Holz der abgeschlossenen Tür und stellte mir vor, wie er auf der anderen Seite stand, im dunklen Flur. Verwirrt. Verletzt. Mit der freien Hand fuhr ich mir durchs Haar.

»Was willst du? Ich habe geschlafen.«
Mein Ton war schärfer als beabsichtigt, schärfer als die Scherben des Spiegels, den ich zerbrochen hatte.
Es blieb still. Ich starrte das Fenster an, durch das der Mond schien. Farblos.
»Ich wünschte, du wärst schon nach Seattle gegangen«, murmelte ich müde. Und ich wünschte, mehr als alles andere auf der Welt, ich wäre mitgegangen. Fort von hier, bevor das mit seinem Vater passieren konnte.
Ich spürte, dass er immer noch auf der anderen Seite der Tür verharrte, wie ein Schatten, den ich nicht abschütteln konnte. Würde ich sie öffnen, wäre der Abstand zwischen uns beunruhigend klein; wenn er dann die Hand ausstreckte und ich nicht schnell genug zurückwich, könnte er mich berühren, meine Wange, meinen Arm, jeden Zentimeter meiner Haut, und dann würde er merken, dass jemand anderes mich angefasst hatte, würde spüren, dass sein Vater an mir klebte, sein eigener Vater, den ich in Aidens Dusche in den Abfluss hatte spülen wollen, aber er war geblieben, sie blieben alle, und ich war grauenvoll überfordert damit.
»Lass mich bitte in Ruhe. Ich will dich nicht sehen. Ich will nicht mit dir reden. Ich will nicht, dass du vor meiner Tür stehst.«
Ich will nicht, dass du an dem zerbrichst, was passiert ist.
In der Dunkelheit griff ich nach meinem Skizzenblock und einem Bleistift. Dann lehnte ich mich an die Tür und ließ mich daran herabsinken, bis ich auf dem Boden saß. Es war gelogen, zumindest teilweise. Tief in meinem Inneren beruhigte es mich, dass Callan schweigend vor meiner Tür stand und einfach nur da war, aber das konnte ich ihm nicht sagen. Das wäre nicht fair. Ich durfte nicht von ihm verlangen, von jetzt an nur noch auf der anderen Seite der Tür zu bleiben, weil ich den Rest nicht ertragen konnte.

Langsam setzte ich den Bleistift an meinem Skizzenblock an. Dass es dunkel war und dass ich kaum etwas sehen konnte, machte nichts. Die Uhren blieben stehen, wenn ich zeichnete. Ich existierte in einer einzigen Sekunde, in geschwungenen Linien und grauen Schattierungen und dem Gefühl des ebenmäßigen Skizzenblockes unter meinen Fingerspitzen. Das Kratzen der Bleistiftmine, die ihre Bahnen über die glatte Oberfläche des Papiers zog, war so vertraut. Ein Geräusch, das mich immer ein klein wenig erden würde, auch wenn es den Sturm in meinem Inneren nicht vertreiben konnte.
Callan Reed war meine Sonne, und ich war ein schwarzes Loch, das sein Licht von nun an unwiederbringlich verschlucken würde, wenn er mir zu nahe kam. Ich hatte nichts mehr übrig, was ich ihm geben konnte, nichts als die schreckliche Wahrheit, vor der ich ihn schützen musste.

23 | CALLAN | Nicht genug

»Okay«, sagte ich. »Okay.«

Ich klang wie eine kaputte Schallplatte, aber es war das einzige Wort, das ich noch über die Lippen brachte, ohne es zu schreien oder zu schluchzen. Überhaupt nichts war okay.

Noch nie in meinem ganzen Leben hatte ich mich so hilflos gefühlt. Nicht, als mich mein Vater im Nacken gepackt und meinen Kopf gegen den Wohnzimmerschrank gerammt hatte. Nicht, als ich zusehen musste, wie er kurz nach Calvins Tod alle meine Spielzeuge zertrat. Nicht einmal an dem Tag, als Calvin überfahren wurde.

Rena zog sich vor mir zurück, und das tat mehr weh als jede Verletzung, die mir mein Vater in den letzten Jahren zugefügt hatte, und ich verstand nach wie vor nicht, weshalb. Weshalb sie sich abwandte. Weshalb sie mich nicht mehr wollte, nicht einmal mehr wollte, dass ich vor ihrer Tür stand. Ich ließ mich mit dem Rücken an der Wand hinunterrutschen und legte meine Stirn auf den Knien ab. Ich würde gerne weinen, aber dazu fühlte ich mich zu leer. Mir war klar gewesen, wie viel sie mir bedeutete, aber mir war nicht klar, wie sehr mich ihre Ablehnung treffen würde.

Ich verbrachte die Nacht vor Renas Zimmer. Lediglich einmal kam Stella vorbei, musterte mich mitfühlend, verzichtete aber darauf, etwas zu sagen. Es schien offensichtlich, dass unsere Harmonie zum ersten Mal gestört war.

»Ich weiß nicht, weshalb«, sagte ich leise, als sie sich gerade abwenden wollte. »Ich weiß nicht, was ich falsch gemacht habe, deshalb weiß ich auch nicht, was ich tun kann, um es wieder geradezubiegen.«

»Sie wird sich beruhigen«, erwiderte Stella, legte mir die Hand auf die Schulter und drückte sie sanft. Wir wussten beide, dass sie log. Rena war kein Mädchen, das einfach so andere verletzte, und noch weniger würde sie mir grundlos wehtun. Es musste etwas geschehen sein. Aber was? Und weshalb sprach sie nicht mit mir darüber? Weshalb stieß sie mich weg?

Stella verschwand wieder in ihr Schlafzimmer, und erneut wurde es still im Flur. So einsam hatte ich mich noch nie gefühlt, nicht einmal, als mich mein Dad in den Keller gesperrt hatte, weil ich in einer Mathearbeit hinter seinen Erwartungen zurückgeblieben war.

Ich fror, und meine Position wurde äußerst unbequem, doch ich wagte nicht, mein Gewicht zu verlagern, weil ich Angst hatte, dass mir Rena auch noch das letzte bisschen Nähe verwehren würde, sollte sie bemerken, dass ich da war.

Ich will dich nicht sehen. Ich will nicht mit dir reden. Ich will nicht, dass du vor meiner Tür stehst.

Ich wünschte, du wärst schon nach Seattle gegangen.

Wollte sie mich nicht mehr in ihrem Leben?

Meine Kehle fühlte sich rau an, meine Augen brannten vor ungeweinter Tränen. Ich konnte hier nicht die Nerven verlieren. Nicht hier. Nicht im Flur vor Renas Zimmer. Nicht im Haus der Godwins, wo ich mich zum ersten Mal unwillkommen und fehl am Platz fühlte.

Irgendwann graute der Morgen, und ich hatte mich noch immer nicht bewegt. Ich war müde, so müde, doch die Angst wütete weiter in mir. Es mochte sein, dass ich übertrieb, aber konnte man übertreiben, wenn es um das Wichtigste ging, was man hatte? Oder was man gehabt hatte?
Drinnen klingelte der Wecker. Ich hörte, wie Rena aufstand. Leise, verhaltene Geräusche. Ein neuer Gedanke ließ mich zusammenzucken.
Gott. War sie alleine? Hatte sie … war sie … hatte sie … Aiden? Ich schluckte hart.
Nein. Das würde sie nicht tun. Das da drinnen war mein Bienchen. Mein Pfirsichbienchen.
Du bist alles.
Was, wenn ich jetzt zu nichts geworden war?
Den Lauten aus dem Zimmer konnte ich entnehmen, dass sie sich für die Schule fertig machte. Ich wich nicht von der Stelle, hoffte ihr Erscheinen herbei und fürchtete es zugleich. Es würde nicht einfach so alles wieder in Ordnung kommen, nur weil ich es mir wünschte.
Schließlich öffnete sie zögerlich die Tür, als wüsste sie genau, dass ich noch hier war. Sie war allein. Kein Aiden, der hinter ihr stand und mich mit einem spöttischen Lächeln bedachte. Aber davon war ich auch nicht ausgegangen. Ich hatte Rena immer vertraut, nie an ihren Worten gezweifelt.
Erschöpft hob ich den Kopf, strich die Haarsträhne, die sich aus meinem üblichen Pferdeschwanz gelöst hatte und die mir Rena so gerne hinters Ohr steckte, zurück und versuchte zu verstehen. Ich hatte keine Energie, um mich vollständig aufzurichten. Ob es nun so bleiben würde? Schlaflose Nächte, die ich vor ihrer Tür verbringen würde? Unzählige Stunden, in denen ich zu begreifen versuchte, was geschehen war? Wie eine perfekte Beziehung plötzlich in ihre Einzelteile zerfiel? Wie *ich* plötzlich

in meine Einzelteile zerfiel? Fragen, auf die es keine Antworten gab. Annäherungen, die nicht erwidert wurden. Eine Distanz, die sich nicht beseitigen ließ. Nicht, wenn sie mich ausschloss.
Sie stützte sich am Türrahmen ab, als hätte sie Mühe, aus eigener Kraft zu stehen.
»Rena ...«, flüsterte ich, doch ein Blick auf ihr Gesicht ließ mich verstummen. Ihr Ausdruck war leer. Keine Wut. Keine Trauer. Keine Enttäuschung.
»Callan.«
Ich wollte nicht hören, was sie mir zu sagen hatte. Ich wollte es nicht. Verzweifelt suchte ich in ihren Augen nach diesem bestimmten Glanz, der nur für mich bestimmt war. Ich fand ihn nicht. Ich fand nichts. Nichts.
Dann kamen die drei Worte, vor denen ich mich gefürchtet hatte, seit sie am Vorabend meine Gespräche abgelehnt hatte. Die drei Worte, die mich trotz schlimmster Vorahnung unvorbereitet trafen. Die drei Worte, die mich innerlich zerbrachen.
»Es ist aus.«
Wie konnten drei Worte die Macht haben, ein Leben zu verändern?
Du bist alles.
Drei Worte waren es damals gewesen, die in einem Hotelzimmer in Pittsburgh das Herz eines Jungen vor Glück fast zum Platzen gebracht hatten.
Ich liebe dich.
Drei Worte waren es jetzt, die sein Herz zersplittern ließen.
Es ist aus.
Wie konnte sie so nüchtern klingen, so verdammt abgeklärt? Als würde sie mich darüber informieren, dass es kein Ei zum Frühstück gab oder dass sie später als sonst von der Schule nach Hause kommen würde.
»Nein«, sagte ich. Und noch mal etwas lauter. »Nein.«

Sie ging an mir vorbei. Meine Blicke brannten sich in ihren Rücken. Ich versuchte, in sie hineinzusehen, sie komplett zu durchleuchten, meine Rena in dieser gleichgültigen Hülle zu finden. Dann fiel die Badtür zu, und die Erschütterung ließ die Scherben in mir, die ich angestrengt zusammenhielt, gefährlich vibrieren. Nur noch ein kleiner weiterer Stoß …

Tränen stiegen mir in die Augen, und ich tat nichts, um sie zurückzuhalten. Ich wusste, dass sie nicht bluffte, wusste, dass dies hier ernst war und dass ich sie nicht würde umstimmen können. Es war, als hätte sie sämtliche Emotionen abgelegt, als wäre nur noch eine leere Hülle übrig.

»Warum?«, flüsterte ich, obwohl ich längst alleine war, obwohl sie längst die Tür zwischen uns geschlossen hatte. Ich fühlte mich, als würde ich innerlich ersticken, auf eine langsame, ruhige Art. Als würden meine Zellen nach und nach aufhören zu atmen.

Ich erstickte nicht. Die Erde drehte sich weiter. Sie drehte sich in schwindelerregendem Tempo.

Weil sie mir nichts gegeben hatte, keine Erklärung, keine Emotion, konnte ich nicht loslassen. Ich konnte nicht aufgeben, konnte sie nicht freigeben, konnte das nicht akzeptieren. Nicht *so*.

Ich wartete wieder, wie ich es schon die ganze Nacht getan hatte, nur dass ich dieses Mal nicht auf dem Boden vor ihrem Zimmer saß, sondern vor dem Bad stand, eine Hüfte gegen den Türrahmen gelehnt, weil ich nicht sicher war, ob mich meine Beine tragen würden.

Nach einer Ewigkeit ging die Tür auf, und Renas Anblick brachte mein Inneres erneut ins Wanken. Ich wollte sie an mich ziehen, ihr versichern, dass wir das zusammen durchstehen würden. *Mir* versichern, dass wir das zusammen durchstehen würden. Ich wagte es nicht.

»Warum?«, wiederholte ich die Frage, die ich vorhin in die Stille gestellt hatte.

Die Summe aller Gedanken, die sich seit nunmehr fast zwölf Stunden in meinem Kopf drehten und alles andere zurückdrängten. Und da ich ahnte, dass mir nicht viel Zeit blieb, sprach ich weiter.

»Du kannst nicht mit mir Schluss machen. Nicht jetzt. Nicht so. Überhaupt nicht. Ich weiß, dass du mich liebst. Ich sehe es in deinem Blick, spüre es in deinen Berührungen, höre es in deiner Stimme.« Ich schluckte. »Zumindest war es bis gestern so«, fügte ich etwas leiser hinzu. »Was ist geschehen, Rena? Warum darf ich nicht für dich da sein? Warum schließt du mich aus? Ich habe mehr verdient. Wir haben mehr verdient. Ich …«

Meine Stimme brach, ich war verwundert, wie lange sie durchgehalten hatte.

»Scheiße, Rena. Ich liebe dich. Mehr als irgendetwas sonst. Reicht das nicht mehr? Tu das nicht, Bienchen, okay? Tu mir das nicht an. Tu es uns nicht an.«

Erneut stiegen mir die Tränen in die Augen, und dieses Mal traten sie über, liefen warm über meine Wangen. Sie tat mir so weh, und ich verstand nicht, warum. Ich hatte einmal geblinzelt, und meine warme, lichterfüllte Welt war zu der verzerrten Dunkelheit eines Albtraums geworden.

»Nein«, sagte sie, und ich schlang die Arme um mich, als könnte mich das vor ihren nächsten Worten schützen. Vergeblich. »Es reicht nicht mehr. Ich kann das nicht mehr, Callan. Ich will das nicht mehr.«

Während ich mittlerweile offen weinte, waren ihre Augen trocken, wiesen nicht einmal einen verräterischen Glanz auf. Vielleicht war es das, was am meisten wehtat. Dass es ihr gelang, mein Herz zu brechen, ohne mit der Wimper zu zucken.

»Ich war bei Aiden«, fügte sie leise hinzu, doch es war, als würde sie schreien.

Unwillkürlich hielt ich die Luft an. Aiden? Doch Aiden? Natürlich wusste ich, dass sie bei ihm gewesen war, schließlich hatte er das Gespräch angenommen und mich übel abgefertigt. Aber ich hatte gedacht … ich hatte nicht gedacht, dass er …

Du tust ihr offensichtlich nicht gut.

Es hat seinen Grund, dass sie bei mir ist und nicht bei dir.

Du bringst nur Probleme mit.

Einige stumme Herzschläge vergingen.

»Er ist wie die Sonne. Er strahlt, und mir wird warm«, sagte sie dann. »Ich fühle mich sicher bei ihm. Er bringt mich zum Lachen.«

Ich starrte sie lediglich an, unfähig, irgendetwas zu erwidern. Nein. Das stimmte nicht. Das konnte nicht stimmen, und ich war mir sicher, dass sie log. In all den Monaten hatte sie keinen Kontakt zu ihm gehabt, und es war absurd, plötzlich diese Dinge aus ihrem Mund zu hören. Aber was sollte ich sagen? Was sollte ich tun, wenn sie mich auf diese Weise zurückwies? Wenn sie mich mit einer schlechten Lüge abspeiste? Wenn ich ihr nicht einmal mehr die Wahrheit wert war?

»Ich liebe dich nicht mehr.« Fünf Worte, die sie im Vorbeigehen an mich richtete, als seien sie eine Nebensächlichkeit. Als spielten sie keine Rolle. Es war Ende Juni, und sie war eisig und abweisend wie ein Schneesturm im Winter. Während ich durch ihre Kälte erfror, ging sie die Treppe hinunter und verließ das Haus ohne Abschied und ohne einen Blick zurück.

In den folgenden Tagen kämpfte ich, wie ich noch nie um etwas gekämpft hatte. Ich versuchte, mit ihr zu reden, immer und immer wieder. Ich schrieb. Ich schwieg, sprach, schrie, flüsterte und flehte. Ich hätte sogar für sie gesungen, wenn eine Chance bestanden hätte, dass sie mir zuhören würde.

Aber sie hörte mich nicht. Sie sah mich nicht. Egal, was ich tat oder sagte, sie schaute durch mich hindurch, als wäre ich gar nicht wirklich da.

Und irgendwann begann ich mich auch so zu fühlen – als wäre ich gar nicht wirklich da. Als würde ich mit jedem Tag etwas mehr verblassen, weil sie mich nicht mehr sah.

Die Godwins, allen voran Darren, waren vollkommen hilflos. *Ich* war vollkommen hilflos, doch ich konnte nichts dagegen tun. Sie ließ mich nicht.

Stattdessen war sie kaum zu Hause, teilte ihre Zeit zwischen Schule, Tia und Aiden auf, wo sie den Großteil der Nächte verbrachte, während ich im Flur vor ihrem Zimmer saß und wartete. Und wenn sie dann mal heimkam, ignorierte sie mich und ging einfach an mir vorbei.

Es ist aus.

Es reicht nicht mehr.

Ich kann das nicht mehr, Callan. Ich will das nicht mehr.

Nach wie vor glaubte ich ihr nicht, dass sie keine Gefühle mehr für mich hatte. Es spielte nur keine Rolle, was ich glaubte und was nicht. Ich musste es akzeptieren, egal, wie weh es tat. Ich durfte nicht in meine Einzelteile zerbrechen. Für Stella, Thomas und Darren zwang ich mir ein Lächeln aufs Gesicht, damit ihnen zumindest einer von uns beiden blieb. Aber tief in meinem Inneren wusste ich, dass es der falsche Teil des Puzzles war und dass sie sich mein Gegenstück wünschten. Rena.

Es war wie damals nach Calvins Tod, das exakt gleiche Gefühl. Der falsche Mensch war zurückgeblieben.

Ich war nicht genug. Ich reichte nicht aus.

Mein Handy klingelte, und wie jedes Mal hoffte ich darauf, *Pfirsichbienchen* auf dem Display zu sehen. Sie war es nicht. Sie war es nie. Stattdessen zeigte mein Handy die Nummer meiner Eltern an, und ich runzelte irritiert die Stirn. Mom und Dad hatten sich in den vergangenen Wochen kein einziges Mal nach mir erkundigt, geschweige denn angerufen. Sie waren so fertig mit mir, wie man mit seinem eigenen Kind nur fertig sein konnte.

Obwohl mir mein Gefühl zum Gegenteil riet, nahm ich das Gespräch nach dem fünften Klingeln entgegen. Ich war einfach ein erbärmlicher Idiot, der nach allen Tiefschlägen weiterhin darauf hoffte, dass sich zumindest Teile seines Lebens wieder einrenkten.

»Ja?«

»Callan?« Die Stimme meiner Mutter zitterte. »Du bist … Ich wollte …«

Sie verstummte, und ich fuhr mir ruhelos durchs Haar, brachte es in heillose Unordnung. Es war mir egal. »Was? Was wolltest du, Mom?«

Für längere Zeit herrschte Stille, sodass ich damit rechnete, dass sie jeden Moment auflegen würde. Keine Ahnung, warum sie überhaupt angerufen hatte. Gerade als ich das Gespräch selbst beenden wollte, sprach sie erneut, und ihre Worte erfüllten mich wie ein Sturmwind.

»Ich wollte dir sagen, dass es mir leidtut.« Kaum mehr als ein Flüstern. »Alles tut mir leid. Dass ich dich nicht beschützt habe. Dass ich all die Jahre weggesehen habe. Dass ich nicht für dich da war. Dass ich untätig geblieben bin. Bei dir und bei Rena. Ich wollte dich um Verzeihung bitten. Ich war dir keine gute Mutter.«

»Nein«, erwiderte ich. Die Erwähnung Renas traf mich fast so überraschend wie die Entschuldigung selbst, und ich gab mein

Bestes, um das scharfe Stechen in meinem Magen zu ignorieren.
»Das warst du nicht, aber wir …«
In derselben Sekunde brach die Verbindung ab, kappte den zweiten, versöhnlichen Teil meines Satzes; der Teil, in dem ich ihr sagen wollte, dass es nicht zu spät war, etwas zu verändern. Das war das Einzige, was mich in den vergangenen Wochen aufrecht und vom endgültigen Zusammenbruch abgehalten hatte. Die brüchige Hoffnung auf bessere Zeiten. Zeiten, in denen auch Rena …
Ich nahm das Handy vom Ohr und wartete darauf, dass sie erneut anrief.
Nichts.
Nach kurzem Zögern drückte ich auf die Rückruftaste, obwohl ich mich dabei fühlte wie ein treudoofer Köter, der verzweifelt nach einem Knochen schnappte, den man ihm gerade außer Reichweite hinhielt.
Das Gespräch wurde nicht entgegengenommen.
Ich widerstand dem Impuls, mein Handy gegen die Wand zu schmettern. Stattdessen atmete ich einige Male tief durch und machte mich auf den Weg zum Haus meiner Eltern. Ich wusste nicht, was dieser Anruf zu bedeuten hatte, und ich brauchte Klarheit.

Etwa zwanzig Minuten später betrat ich den Flur, mit dem mich so viele Erinnerungen verbanden – und die wenigsten davon waren positiv. Die enttäuschten Blicke meiner Eltern. Der schale Geruch nach Alkohol. Der grelle Schmerz der Glassplitter. Es wirkte wie aus einem anderen Leben.
»Mom?«
Das Haus fühlte sich leer an. Ich fühlte mich fehl am Platz. Alles sah aus wie immer. Ich hätte nicht herkommen sollen.
»Mom? Bist du da?«

Ich ging die Treppe hinauf und öffnete zögerlich die Tür zu meinem Zimmer. Nur ein letzter Blick auf …
Meine Mom. Auf meinem Bett. Und Blut. So viel Blut.
Während ich fast verblasst war, hatte sie mit kräftigen Farben gemalt. Rot. Alles rot. Mein Bett. Der Boden. Ihre Kleider.
Die Flecken würde sie unmöglich wieder herausbekommen, und ich wusste doch, wie wichtig ihr ein tadelloses Auftreten war. Mein Gott, das sauber zu machen, würde ewig dauern. Nebensächlichkeiten, mit denen ich mich beschäftigte, um nicht durchzudrehen.
Dann beschloss mein Gehirn, die Gnadenfrist zu beenden, und ich realisierte mit kompletter Härte, was geschehen war.
»Mom.« Ein tonloses Flüstern, während ich mich ihr näherte. Ihr Gesicht war so blass, und sie hatte die Augen geschlossen. Es könnte fast friedlich wirken, wenn man von den klaffenden Schnitten absah, die auf beiden Unterarmen vom Handgelenk bis zum Ellbogen verliefen. Sauber ausgeführt. Akkurat.
Ich griff fahrig nach den Krawatten, die ich in meinem Zimmer zurückgelassen hatte, und ließ mich neben meinem Bett auf die Knie fallen. Mit zwei Fingern tastete ich nach ihrem Hals, spürte ihren Puls, flatterig und schnell.
Ich musste die Blutung stillen. War es schon zu spät? Wann würde ihr Herz aufhören zu schlagen?
Irgendwie gelang es mir, ihre Unterarme mit den Krawatten zu verbinden und ihr mithilfe der Taschentuchpackungen einen Druckverband anzulegen, den ich so fest wie möglich zurrte. Um den Erste-Hilfe-Kasten im Bad zu holen, fehlte mir die Zeit.
Sobald ich die Blutung behelfsmäßig gestillt hatte, wählte ich den Notruf. Meine Finger hinterließen blutige Abdrücke auf dem Display, und meine Stimme klang wie die eines Fremden. Trotzdem gelang es mir, die nötigen Informationen zu vermitteln, sodass direkt ein Krankenwagen losgeschickt wurde.

Ein Geräusch von der Tür ließ mich so hektisch zurückweichen, als sei ich verantwortlich für Moms katastrophalen Zustand. Plötzlich war mein Vater im Zimmer. »Joana«, brachte er hervor und sackte vor dem Bett in sich zusammen. Er kniete inmitten der Blutlache und schien sie gar nicht wahrzunehmen. Er schien mich nicht wahrzunehmen.

Völlig neben mir taumelte ich zur Tür, unfähig, etwas zu tun, unfähig, etwas zu sagen, meine Hände, Arme, mein Shirt voll mit dem Blut meiner Mom. Es war, als wäre die Zeit stehen geblieben.

Dann lief sie weiter.

Mein Vater drehte ruckartig den Kopf, und sein Blick traf mich wie eine der Flaschen, die er so gerne nach mir warf.

»Das ist deine Schuld«, fuhr er mich an und stand ruckartig auf. »Du hast Calvin auf dem Gewissen und jetzt noch deine Mutter. Sie hat das Gerede nicht mehr ausgehalten, die ganzen Gerüchte, die du in Umlauf gebracht hast. Sie hat es nicht mehr ertragen, dass die Leute mit dem Finger auf uns zeigen. Du bringst nur Unglück, Callan.«

Er schnaubte höhnisch, während ich zurückwich, die Hände leicht erhoben, als würde ich damit rechnen, dass er mich angreifen würde.

»An dir mache ich mir nicht mehr die Finger schmutzig«, sagte mein Dad, und ich schluckte heftig. Ich war es nicht einmal mehr wert, geschlagen zu werden. Ich war überhaupt nichts wert. Nicht genug. Niemals genug. Wie konnte ich nur jemals an etwas anderes glauben?

Wie betäubt verließ ich das Haus, streifte ziellos durch die Straßen Woodfields, versuchte immer noch zu verstehen, wie mein Leben innerhalb kürzester Zeit so auseinanderbrechen konnte. Rena, die mich nicht mehr wollte. Meine Familie, die mich nie gewollt hatte. Meine Mom, die diesen letzten Ausweg wählen

wollte. Mein Dad, für den ich nach wie vor eine einzige riesige Enttäuschung war.
Immer wieder flatterten meine Gedanken zurück in mein Zimmer, zu Moms stillem Körper inmitten schreienden Rots, zu dem Gefühl der Hilflosigkeit, zu der lähmenden Angst.
Ich hatte getan, was ich konnte. War es genug gewesen? Es war nie genug.
Von Weitem hörte ich die Sirenen des Rettungswagens.
Bitte. Rettet meine Mom.
Ich sollte anrufen, sollte nachfragen, doch ich konnte es nicht. Ich hatte zu viel Angst vor den Antworten.
Mit Einbruch der Nacht kehrte ich in das Haus der Godwins zurück, wo ich mich unbemerkt in mein Zimmer schlich, um das Nötigste zusammenzupacken.
Ich hielt es nicht mehr aus. Die ständigen Zurückweisungen, den dumpfen Schmerz, der damit verbunden war. Ich konnte nicht mehr. Ich konnte nicht mehr, und deshalb musste ich alles hinter mir lassen.
Eine kleine Reisetasche und meine geliebte Gitarre, außerdem der Brief mit der Zusage der SoMA. Mehr hatte ich nicht, und mehr brauchte ich nicht. Das, was ich wirklich wollte, hatte ich bereits verloren. Vielleicht hatte ich mich auch selbst verloren.
Meine Kündigung hatte ich vorhin bereits unter der Tür des Musikladens hindurchgeschoben, und ungefähr die Hälfte meines verdienten Geldes legte ich auf den Küchentisch, ergänzt um einen schlichten Zettel.
Danke für alles.
Ich verblasste.

Leseprobe aus

Emma Lindberg
Until Forever

1 | CALLAN | Auf neutralem Boden

Woodfield – 10 Meilen
Das unauffällige Schild mit dem Namen meiner Heimatstadt erfüllte mich mit beklommener Vorfreude. Ich war seit Ewigkeiten nicht mehr hier gewesen, hatte Woodfield verlassen mit wenig mehr als einer Gitarre, einer Reisetasche und einem gebrochenen Herzen. Jetzt, nach fast genau vier Jahren, kehrte ich zurück und hatte keine Ahnung, ob ich dafür bereit war.
Mein Blick zuckte zu der pummeligen Häkelbiene, die am Rückspiegel meines Vans hing und fröhlich hin und her wippte. Ich hatte sie kurz nach meiner Aufnahme an der SoMA in einem Souvenirshop entdeckt, und seitdem begleitete sie mich – ein Glücksbringer, der mich an die Zeit erinnerte, in der sich mein Leben zum Besseren gewendet hatte, eine Zeit, in der ich begonnen hatte, die Dinge selbst in die Hand zu nehmen, eine Zeit, in der ich an die perfekte Beziehung und die ewige Liebe geglaubt hatte.
»Cal?«, meldete sich Vince vom Beifahrersitz. »Alles klar?«
»Sicher.« Ich festigte meinen Griff um das Lenkrad.
»Ich habe gehört, es ist hilfreich, wenn der Fahrer auf Straße

und Gegenverkehr achtet, statt sich selbst im Rückspiegel zu bewundern.«

»Ich habe nicht …«, fing ich an, bevor ich aus den Augenwinkeln sein Grinsen erkannte. »Sehr witzig.«

»Du wirkst nervös.« Jetzt klang er deutlich ernster als zuvor. »Liegt das an dem Gig? Oder an den Leuten?«

»Ich war lange nicht mehr hier«, erwiderte ich ausweichend. In den letzten vier Jahren hatte ich mich, was meine Vergangenheit anging, ziemlich bedeckt gehalten; sowohl Rachel als auch die Jungs von der Band wussten lediglich, dass es wenig gab, was mich nach Woodfield zurückzog. Im Grunde genommen war Darren, nach wie vor mein bester Freund, die einzige Verbindung, die noch bestand. Erst vor wenigen Wochen hatte er mich in Pittsburgh besucht, um sich meine neue Wohnung anzuschauen, und mich bei dieser Gelegenheit zur – wie er es nannte – epischsten Scheunenparty aller Zeiten einzuladen, um Kellys neuen Job zu feiern. Die beiden waren unverändert glücklich miteinander und würden diesen Sommer heiraten – etwas, das Darren während unserer Highschool-Zeit kategorisch ausgeschlossen hatte.

So blieb mir nichts anderes übrig, als über meinen Schatten zu springen und nach Woodfield zurückzukehren, um mit meiner Band für die Musik zu sorgen – leider ohne Rachel, deren Unterstützung ich heute hätte gut gebrauchen können.

»Wird schon alles passen«, meldete sich Trevor gut gelaunt von der Rückbank, die er sich mit seinem Schlagzeug teilte. »Ich werde so eskalieren.«

»Ich hoffe, du beziehst dich nur auf die Bühne«, sagte ich mit hochgezogenen Brauen, woraufhin Trevor so euphorisch nickte, dass ich es sogar im Rückspiegel sah.

»Ich werde dich schon nicht blamieren vor deinen alten Bekannten … oder höchstens ein bisschen.«

»Sehr beruhigend.« Ich schnaubte und umfasste das Lenkrad ein wenig fester. »Aber Darren kennt dich sowieso schon, und ich denke nicht, dass seine Eltern kommen werden.« *Aber seine Schwester. Seine Schwester wird da sein. Garantiert.*

»Seine Eltern?«, hakte Vince nach. »Wie kommst du ausgerechnet auf Darrens Eltern?«

»Ich hatte ziemlichen Ärger zu Hause, und die Godwins haben mich bei sich aufgenommen«, erklärte ich. »Sie haben mir ein Zimmer eingerichtet und sich um mich gekümmert.«

»Okay …« Er klang viel zu nachdenklich für meinen Geschmack. »Und warum genau ist es dann vier Jahre her, dass du zuletzt hier warst? Die Godwins scheinen echt in Ordnung zu sein, und Darren ist sowieso cool. Seit er mir den Tipp gegeben hat, nicht mit komplett leerem Magen ins Fitnessstudio zu gehen, läuft mein Training viel besser.«

»Lange Geschichte«, sagte ich nur knapp, während ich verbissen weiter auf die Straße hinausstarrte.

»Lange Geschichte und eine unschöne Trennung«, ergänzte Trevor von hinten. »Tu nicht so, Cal. Wir wissen, dass eine Frau dahintersteckt.«

»Das auch«, gab ich zu. »Aber echt, Leute, das ist nichts, was ich ausgerechnet jetzt mit euch erörtern will. Übertreibt's einfach nicht mit dem Alkohol, okay? Das alles ist auch so schon kompliziert genug.«

»Kein Ding.« Im Rückspiegel sah ich, wie sich Trevor zurücklehnte und den Kopf gegen die Scheibe legte.

»Kannst dich auf uns verlassen«, sagte Vince. »Und wenn du irgendwann doch darüber reden willst, melde dich.«

»Geht klar.« Ich setzte den Blinker und bog vom Highway auf die Landstraße ab. Keine Ahnung, ob der Zeitpunkt jemals kommen würde, zu welchem ich irgendjemandem erzählen würde, was damals wirklich geschehen war. Dass die Flucht aus

Woodfield das Einzige war, was mich davon abgehalten hatte, mich komplett aufzulösen. Dass ich den Godwins damit einen Gefallen getan hatte, weil dieses Mal der richtige Mensch gegangen war. Durch mein Verschwinden war ihnen Rena geblieben, und durch mein Verschwinden hatten auch Mom und Dad die Möglichkeit gehabt, sich von der Vergangenheit zu lösen – ebenso, wie ich es getan … oder es zumindest versucht hatte.

Verbissen konzentrierte ich mich wieder auf die Straße und kniff ein wenig die Augen zusammen, weil mich die tief stehende Nachmittagssonne blendete. Die Temperaturen waren wirklich perfekt für eine Party, und ich ging davon aus, dass auch die Nacht mild werden würde.

Die alte Scheune, die Darren und Kelly angemietet hatten, befand sich ein kleines Stück außerhalb Woodfields, sodass ich bereits vor dem Ortsschild auf einen unbefestigten Weg abbog, der den Waldrand von den Feldern trennte. Während der Van über den unebenen Boden holperte, gab ich mein Bestes, um nicht an eine Nacht auf einem Feld zu denken, an eine Nacht unter einem unendlichen Sternenhimmel.

Kelly und Darren rechneten mit über hundert Gästen, aber auch tausend Gäste wären nicht anonym genug, wenn sich Rena darunter befand. Ich hatte keine Ahnung, wie es sich anfühlen würde, ihr gegenüberzustehen, wusste nicht, was es in mir auslösen würde. Vielleicht war es gut, dass wir uns auf neutralem Boden treffen würden, an einem Ort, der nicht voll von Erinnerungen war.

Natürlich ahnte ich, dass mich ihr Anblick aus der Fassung bringen würde, und ebenso war mir klar, dass ich für immer in der Schuld ihrer Familie stehen würde. Der Moment für einen persönlichen Dank verbunden mit einer Entschuldigung würde kommen. Aber hoffentlich nicht ausgerechnet heute Abend; ich wäre froh, wenn ich es noch ein wenig vor mir herschieben

könnte. Zuerst musste ich das Wiedersehen mit Rena überstehen, und das erforderte meinen gesamten Mut.
»Du bist *wirklich* still, Cal.« Trevor lehnte sich nach vorne und streckte den Kopf zwischen den Sitzen hindurch. »Ich habe eben vorgeschlagen, den Gig mit einem Drum-Solo zu eröffnen, und du hast nicht widersprochen. Damit ist es gesetzt.«
»Von mir aus.« Ich seufzte schicksalsergeben. »Geht in Ordnung für mich. Vince?«
»Cal.« Obwohl ich den Kopf nicht drehte, konnte ich seinen Blick auf mir spüren. »Das ist nicht dein Ernst. Sagst du nicht immer, dass wir das Publikum abholen und an die Musik heranführen müssen? Ich weiß noch, wie betroffen du warst, als diese Oma mit den Händen auf den Ohren und leidendem Gesichtsausdruck das Weite gesucht hat. Du warst völlig fertig!« Er schnalzte entnervt mit der Zunge. »Vergiss es, Alter«, sagte er dann an Trevor gewandt. »Du nutzt es nicht aus, dass Cal neben der Spur ist. Kein Solo zur Eröffnung!«
Trevor lachte und ließ sich wieder in die Polster sinken. »Schon gut. War auch nicht wirklich ernst gemeint.«
»Schwachkopf«, murmelte Vince.
»Arschloch«, erwiderte Trevor gut gelaunt.
Ich blendete die Kabbelei der beiden aus und prüfte die Umgebung, um den richtigen der vielen landwirtschaftlichen Wege zu erwischen. Kurz darauf erreichten wir das weitläufige Feld, das von einzelnen Baumgruppen gesäumt wurde und an dessen Rand sich die alte Scheune befand. Obwohl die anderen Autos in einiger Entfernung standen, stellte ich den Van direkt vor dem großen Holztor ab, damit wir für den Aufbau nicht so weit laufen mussten; ich würde ihn nachher umparken.
»Ich kläre ab, wo genau wir stehen sollen«, sagte ich zu den beiden anderen, während ich dem Impuls widerstand, mich in alle Richtungen umzuschauen. War sie schon da? Nein. Garantiert

nicht. Das würde ich merken. Ich hatte es schon immer gespürt, wenn sie sich in der Nähe befand, und ich ging nicht davon aus, dass sich das geändert hatte.

Während sich Vince und Trevor daran machten, die Sachen aus dem Heck zu holen, betrat ich das Innere der Scheune.

»Cal!« Darrens Schrei war so laut, dass ich zusammenzuckte. Er ließ die silberne Girlande fallen, die er gerade entwirrt hatte, und kam mit großen Schritten auf mich zu. »Schön, dich zu sehen, Mann!«

In unserer Jugend waren wir auf einem ähnlichen Trainingsstand gewesen, doch während ich noch immer schlank und eher sehnig war, hatte Darren sichtlich an Muskelmasse zugelegt.

»Gleichfalls«, erwiderte ich und zog ihn kurz in eine Umarmung, wobei er die Gelegenheit nutzte, mir fest auf die Schulter zu klopfen. Dann wich er zurück und warf mir einen nachdenklichen Blick zu. Oh Gott. Bitte keine Nachfrage, ob ich heute zurechtkommen würde. Das wusste ich selbst nicht, verdammt.

»Die Jungs sind draußen schon am Ausladen«, lenkte ich ab, bevor er etwas sagen konnte. »Wo sollen wir aufbauen?«

Darren öffnete den Mund und schloss ihn wieder, dann zuckte er mit den Achseln, als hätte er verstanden, dass ich gerade nicht reden wollte – zumindest nicht über seine Schwester.

»Komm mit«, forderte er mich lediglich auf und führte mich auf die gegenüberliegende Seite der Scheune, wo mit der Hilfe von Heuballen und großen Brettern eine Bühne aufgebaut worden war. Oder zumindest etwas in der Art.

»Sorry.« Darren warf mir einen verlegenen Blick zu. »Wahrscheinlich seid ihr von euren Auftritten Besseres gewöhnt.«

»Spinnst du?« Ich stieg auf das kniehohe Podest und prüfte unauffällig, ob Einsturzgefahr bestand. »Das ist super.«

Darren blickte mit gerunzelter Stirn zu mir auf und legte skeptisch den Kopf schief.

»Darren. Ehrlich. Ich freue mich, dass wir heute für euch spielen dürfen.« Mit einem halbwegs eleganten Sprung landete ich neben meinem besten Freund. »Viel zu lange her, dass ich hier war.«

»Da bin ich deiner Meinung.« Er zögerte fast unmerklich. »Mom und Dad auch«, fügte er etwas leiser hinzu, als wäre es ihm unangenehm, das anzusprechen.

»Ich weiß.«

Er nickte und sah dabei so unglücklich aus, dass sich mein Gewissen lautstark zu Wort meldete.

»Darren, hör zu.« Ich stellte mich vor ihn und musterte ihn eindringlich. »Nichts davon ist deine Schuld, okay? Dass ich gegangen bin, hatte nichts mit dir zu tun. Im Gegenteil. Du warst und bist der beste Freund, den man sich wünschen kann. Ich kriege das hin. Genieß den Abend, genieß die Musik, genieß es, eine so tolle Frau wie Kelly an deiner Seite zu haben, und feiere ihren Erfolg.«

Darren schluckte. »Okay«, erwiderte er lediglich, bevor ich mich in der nächsten Umarmung wiederfand.

Während Darren erneut den Kampf gegen die Girlande aufnahm, ging ich nach draußen, um mich gemeinsam mit den Jungs dem Aufbau zu widmen. Zuerst schleppten wir Stative und Boxen in den Innenraum und positionierten sie so an den Seiten der Bühne, dass sowohl die Tanzfläche als auch die aufgestellten Tischgarnituren bestmöglich beschallt wurden. Nachdem wir das Tonpult aufgebaut und Jeremy, der uns abmischen und später als DJ auflegen würde, kurz eingewiesen hatten, machten wir uns daran, alles zu verkabeln und die Instrumente aufzubauen.

»Ich will Roadies. Viele Roadies«, verkündete Trevor, der gerade die Fußmaschine unter die Bass Drum geschoben hatte, mit einem dramatischen Ächzen. »Stellt euch vor, wie cool das wäre.

Wir sitzen mit einem kalten Bier im Backstagebereich, während sich eine Crew um alles kümmert.«

Ich verzichtete darauf zu erwähnen, dass es für dieses Szenario nützlich wäre, generell einen Backstagebereich zu haben, und grinste lediglich.

»Dafür hättest du weniger zocken und mehr üben müssen«, entgegnete Vince ungerührt. »Und ich habe mir sagen lassen, dass man dafür auch den Takt halten muss.«

Trevor verdrehte die Augen, ging aber nicht weiter auf die Stichelei ein. »Ich verstehe immer noch nicht, weshalb du als Gitarrenlehrer arbeitest, Cal. Du hättest die Chance gehabt, ganz groß rauszukommen.«

»Ich wollte schon immer Unterricht geben.« Ich stöpselte das Klinkenkabel zuerst in den Verstärker, dann in meine Les Paul ein. Obwohl ich mittlerweile mehrere Modelle besaß, hatte sie einen besonderen Platz in meinem Herzen. Vielleicht war es unmöglich, sich jemals von der ersten großen Liebe zu lösen. »Es ist toll, wenn die Kids besser werden und immer weiter zur Musik finden. Und außerdem hätte ich euch nicht kennengelernt.«

»Dann hätten wir immer noch einen Frontmann, der lieber zur Flasche als zum Mikro greift«, sagte Vince. »Du bist echt zum perfekten Zeitpunkt gekommen, Cal.«

Ich zwang ein knappes Lächeln auf mein Gesicht, dann stimmte ich die Gitarre durch, dankbar, meine Aufmerksamkeit auf die Saiten richten zu können. Noch immer hatte ich Schwierigkeiten, wenn der übermäßige Konsum von Alkohol zum Thema wurde, selbst bei so scherzhaften Formulierungen wie gerade eben. Die Erinnerung an meine Kindheit und an meine Jugend ließ mich nicht los, und noch heute stellten sich meine Nackenhaare auf, wenn ich den typischen Geruch von Whisky wahrnahm. Wenige Wochen nach meiner Ankunft in Seattle hatte ich meinen Mut zusammengenommen und bei meinen Eltern angerufen – natürlich mit unterdrückter Rufnummer. Meine Mom war ans Telefon gegangen, und ihre vertraute Stimme hatte mich so fertiggemacht, dass ich kein Wort über meine Lippen gebracht hatte. Ich war unfassbar erleichtert, dass sie wohlauf war, aber ich war nicht in der Lage, einen Schritt auf sie zu zu machen – daran hatte sich bis heute nichts geändert.

»Bereit für den Soundcheck?«, hallte Jeremys Stimme durch die Scheune, woraufhin Trevor so unmittelbar loslegte, als hätte er schon ungeduldig gewartet. Nachdem sämtliche Drums abgenommen worden waren, spielte Vince einige Lines auf seinem Bass, im Anschluss war meine Gitarre an der Reihe.

»Leadmikrofon«, forderte Jeremy, und ich trat an das Stativ, um zuerst einige Zahlen- und Buchstabenkolonnen hineinzusprechen. Ich hasste diesen Teil des Soundchecks aus tiefstem Herzen, weil ich mich dabei total unbeholfen fühlte – nicht zuletzt, weil sich Trevor hinter seinem blöden Schlagzeug regelmäßig ausschüttete vor Lachen. Glücklicherweise arbeitete Jeremy recht schnell, sodass ich dazu übergehen konnte, einige Zeilen zu singen.

»Das reicht«, sagte er schließlich. »Jetzt Background.«

Wie immer machte sich Vince einen Spaß daraus, exakt die Ziffern und Buchstaben zu wiederholen, die ich genannt hatte – vermutlich war es ihm als Informatiker ein Bedürfnis, sein Gedächtnis auf diese Weise zu trainieren. Nachdem er ebenfalls ein paar Töne gesungen hatte, spielten wir einen kompletten Song, damit sich Jeremy um die Feinabstimmungen kümmern konnte, dann stellten wir die Instrumente ab und verließen die Bühne.

Im Verlauf der nächsten beiden Stunden füllte sich die Halle zusehends, und mit der Zeit schmerzte mein Gesicht von dem freundlich-neutralen Ausdruck, mit dem ich sämtlichen alten

Bekannten begegnete. Die Jungs schienen zu spüren, dass ich mich unwohl fühlte, und unterhielten mich mit Diskussionen über die Setliste und Songvorschlägen für die nächsten Proben. Obwohl sie sich Mühe gaben, konnten sie nicht verhindern, dass mein Blick immer wieder unruhig durch die Scheune zuckte, halb fürchtend, halb hoffend, Rena zu sehen.

»Sie kommt vermutlich später«, sagte eine weibliche Stimme an meinem Ohr, so leise, dass nur ich sie hören konnte.

»Kelly«, begrüßte ich die Gastgeberin mit einem ehrlichen Lächeln und stand auf. »Du siehst toll aus.«

Glücklich. Sie sah glücklich aus. Das dunkelblaue Kleid unterstrich ihren hellen Teint und ließ ihre Augen leuchten. Nun, vielleicht war es auch Darren, der für dieses innere Strahlen verantwortlich war, denn in seinem Blick fand ich denselben Ausdruck.

»Es ist so schön, dich zu sehen«, sagte sie und drückte mich kurz an sich. »Und euch natürlich auch«, fügte sie an die Jungs gewandt hinzu, die die Szene grinsend beobachteten.

»Denkt daran, dass ihr auch zu den geladenen Gästen gehört«, fuhr Kelly fort. »Bedient euch an den Getränken, greift beim Buffet zu, und spielt nur, solange ihr Lust habt.«

»Machen wir«, versprach ich. »Jeremy wird uns später sowieso ablösen. Außerdem ist es unser Gastgeschenk für euch.«

Vince warf einen Blick auf sein Handy. »Gleich 20 Uhr. Wir starten dann durch, oder?«

Trevor nickte, woraufhin ich meine Apfelschorle austrank, nach einer Flasche Wasser griff und damit bewaffnet den Weg auf die Bühne antrat. Vince und Trevor, ausgerüstet mit jeweils einem Bier, folgten mir. Im Gegensatz zu den Locations, in denen wir sonst spielten – meist kleinere Clubs oder Bars –, gab es in der Scheune keine besondere Bühnenbeleuchtung, sodass wir von unserem Podest aus einen guten Überblick hatten. Kelly und Darren hatten ganze Arbeit geleistet und den Innenraum liebevoll hergerichtet. Von der Decke und an den Wänden hingen zahlreiche Lichterketten und Lampions, und überall verbreiteten Kerzen ihren warmen Schein, der sich in der silbernen Dekoration widerspiegelte.

Ich hängte mir die Gitarre um, kontrollierte die Höhe des Mikrofons, dann nahm ich Blickkontakt zu den Jungs auf. Nachdem mir beide zugenickt hatten, atmete ich einmal tief durch, dann schlug ich die Saiten an. Die Musik flutete mein Inneres, erfüllte mich mit Ruhe und gleichzeitig mit fiebriger Energie, schenkte mir Zuversicht. Ich hatte so viel geschafft, ich würde auch den heutigen Abend überstehen.

2 | RENA | Aschgraue Schleier

Mit einem leisen Stottern erstarb der Motor des Audis, der früher Darrens ganzer Stolz gewesen war. Ich nahm den Fuß vom Bremspedal, die Hände vom Lenkrad und atmete langsam aus. Bis hierher und nicht weiter – so fühlte es sich an. Als wäre ich mit der Stoßstange gegen ein unsichtbares Hindernis gestoßen, das mich dazu gezwungen hatte, am Straßenrand zu halten.

»Rena?« Tia warf mir von der Seite einen skeptischen Blick zu. »Hast du absichtlich angehalten oder hat das Ding endlich den Geist aufgegeben? Bei dieser Schrottkarre bin ich mir nie sicher. Klingt immer, als wäre es seine letzte Fahrt.«

Mittlerweile gehörte die Schrottkarre mir. Darren hatte sie mir billig weiterverkauft, als er sich ein zuverlässigeres Modell zugelegt hatte. Jetzt war ich diejenige, die an dem alten Ding hing, auch wenn es sich von Tag zu Tag ein wenig schlimmer anhörte. Früher oder später würde ich damit irgendwo liegen bleiben, und den klappernden Geräuschen nach würde es eher früher als später sein.

»Das Auto ist in Ordnung.« *Ich war es nicht.*

»Haben wir was vergessen?«, fragte Audrey von der Rückbank.

»Wir sind zu früh dran.« Ich ließ die Hand aus dem heruntergekurbelten Fenster hängen. Es war ein warmer, fast vollkommen windstiller Sommerabend. Keine einzige Wolke am Himmel. Perfekt für Kellys große Party. Fast zu perfekt, wenn man bedachte, dass ich vor vier Jahren einen Spiegel zerbrochen hatte und das Unglück mich seitdem umgab wie ein aschgrauer Schleier. Bisher waren mein Bruder und seine Verlobte allerdings vom Secondhand-Unglück verschont geblieben. Hoffentlich würde sich das nicht heute Nacht ändern.

»Es ist schon weit nach 19 Uhr.« Tia wischte über ihr Handy. »Auf der Einladung stand ab 18 Uhr, oder?«

»Abgesehen davon«, fuhr ich fort, ohne ihrem Einwand Beachtung zu schenken, »können wir da nicht so nüchtern, wie wir jetzt sind, aufkreuzen. Gott, es ist immerhin eine Party. Niemand kommt so nüchtern zu einer Party.« Außerdem war da diese unsichtbare Wand vor uns auf der Straße. Vielleicht ein Zeichen, vielleicht ein schlechtes Omen. Kurzentschlossen stieß ich die Tür auf und stieg aus. Aus dem Augenwinkel bekam ich mit, wie Tia und Audrey einen kurzen Blick tauschten.

»Und was hast du jetzt vor?«

»Ich müsste noch was im Kofferraum haben.«

»Hat das was damit zu tun, dass Callan auch dort sein wird?« Tia war nun ebenfalls ausgestiegen und strich sich das hübsche Sommerkleid mit dem Zitronenmuster glatt, das ich mir mal gekauft, aber schlussendlich nie getragen hatte.

»Nein.« Mit einer schwungvollen Bewegung öffnete ich den Kofferraumdeckel. »Okay, vielleicht. Ich weiß es nicht.«

Das Chaos im Kofferraum passte zu dem alten Audi. Ich könnte einen halben Künstlershop mit all dem Zeug hier füllen.

»Wer ist Callan?« Audrey lehnte sich aus dem offenen Fenster.

»Ihr Ex, der vor vier Jahren ohne ein einziges Wort des Abschieds abgehauen ist«, antwortete Tia freundlicherweise für mich und griff nach Pablo, der hölzernen Modellhand, die Jake während unserer Beziehung nach Picasso benannt hatte. Sie bog alle Finger bis auf den Mittelfinger nach unten. »Er ist ein Arschloch.«

Ich seufzte, schob ein paar Zeichenblöcke beiseite und fand dahinter die angebrochene Flasche Tequila. »Er ist kein Arschloch, es war kompliziert.« So kompliziert, dass ich ihr nie Details anvertraut hatte. So kompliziert, dass ich auch jetzt noch nicht darüber redete, was wirklich passiert war und warum Callan es nicht mehr hier ausgehalten hatte. Was im Haus seiner Eltern passiert war, hütete ich weiterhin wie einen Schatz, obwohl es das genaue Gegenteil davon war.

»Kompliziert?«, hakte Audrey vorsichtig nach.

»Ich war diejenige, die Schluss gemacht hat«, erklärte ich, während ich es mir mit offener Tür im Audi bequem machte und einige Schlucke aus der Flasche nahm. Der Tequila war warm, weil er im Kofferraum gelegen hatte – und das seit mindestens einem halben Jahr –, aber er brannte angenehm im Magen. Ja, ich war diejenige, die Schluss gemacht hatte, und obwohl es sich damals nicht so angefühlt hatte, als gäbe es eine andere, bessere Möglichkeit, hatte es viele Nächte gegeben, in denen ich es bereute. Einfach, weil ich ihn vermisste. Alles an ihm.

Wortlos drehte ich mich um und reichte die Flasche nach hinten. Audrey nahm sie mit einem schiefen Lächeln entgegen und verzog keine Miene, als sie sich den Tequila pur genehmigte.

»Du hast hier nicht zufällig irgendwo Limetten und Salz rumliegen, oder?« Sie lachte und reichte die Flasche weiter an Tia, die sich wieder auf den Beifahrersitz hatte fallen lassen.

»Schau doch mal in den Kofferraum«, erwiderte diese mit einem Augenrollen. »Würde mich nicht überraschen, wenn du in der Karre Limetten und Salz findest.« Sie reichte den Tequila, ohne zu trinken, an mich weiter. »Musstest du nicht mal als Projekt für einen deiner Kurse einen Limettenbaum malen?«

»Es war ein Zitronenbaum.« Ich warf ihr einen skeptischen Blick zu. Normalerweise war sie diejenige, die trank, und ich die, die nüchtern blieb und uns wieder sicher nach Hause fuhr. »Und nein, ich habe keine Zitronen im Kofferraum liegen.« Hoffte ich zumindest, denn bei dem Chaos konnte ich mir nicht mal sicher sein. Aber wenn da noch irgendwo eine Zitrone war, litt sie mittlerweile unter grünem Schimmelbefall, denn das Projekt *Zitronenbaum* war eine Weile her. Ich war noch mit Jake zusammen gewesen, als ich das Ding gemalt hatte. Gott, ich hoffte wirklich, dass da keine grüne Schimmelzitrone zwischen meinen Utensilien hauste.
»Warum hast du mit diesem Callan Schluss gemacht?« Audrey nahm wirklich kein Blatt vor den Mund. Ich spürte Tias Blick von der Seite auf mir und trank noch größere Schlucke vom Tequila, bis meine Lippen brannten und ich die Flasche absetzen musste, weil das Zeug so verdammt stark war.
»Das ist ein gut gehütetes Geheimnis«, antwortete Tia, bevor ich dazu die Gelegenheit hatte. Ich konnte die Frage in ihrer Aussage deutlich hören, denn sie hatte mir nie geglaubt, dass es einfach nicht mehr funktioniert hatte. Und ich konnte ihr keine Vorwürfe machen, dass mein Schweigen sie etwas kränkte. Es war nicht so, dass ich mich ihr nicht anvertrauen wollte, ich hatte es nur noch nicht geschafft. Jedes Mal, wenn ich dachte, so weit zu sein, um ihr von Callans Vater zu erzählen, blieben mir die Worte doch wieder im Hals stecken.
»Das wusste ich nicht.« Audrey schien zu spüren, dass ihre Frage unangenehm zwischen uns schwebte. »Hey, ich könnte auch noch ein paar Schlucke vertragen.«
Ich gab ihr den Tequila. Shit, wir waren auf dem besten Weg, den Inhalt der Flasche um einiges zu verringern. Aber wenn nicht jetzt, wann dann?
Einige Momente vergingen in Schweigen, dann hielt Audrey

Tia die Flasche leise kichernd hin. Diese lehnte jedoch erneut ab.

»Eine von uns muss wirklich vernünftig sein.« Sie griff dramatisch nach dem Autoschlüssel und verscheuchte mich vom Fahrersitz. Ich machte ein paar Schritte auf der wenig befahrenen Landstraße, die dazu führten, dass ich den Alkohol spürte. Tia musste den Satz nicht beenden. Wir wussten beide, dass ich nicht diejenige war, die uns heute Nacht zu Mom und Dad fahren würde, wo wir alle drei übernachten wollten. Ich war noch nicht mal diejenige, die uns die restliche Strecke zur Scheune bringen würde. Dazu war ich schon viel zu angeheitert.

»Ich bin mir nicht mehr sicher, ob ich wirklich zur Party möchte. Bei so vielen Leuten würde unser Fehlen nicht einmal –«

»Rena-Bär«, sagte Tia mit ruhiger Stimme. »Wenn du jetzt nicht einsteigst, werde ich auf den Rücksitz klettern und bis zum Morgengrauen meine Freundin vernaschen. Davor wird dich auch der Tequila nicht bewahren, denn wir werden meistens ziemlich laut und wild. Kein Blackout der Welt würde –«

»Tia, hör auf.« Audrey ließ sich lachend quer über die Rückbank fallen und streckte die Beine aus dem Fenster. Ich lehnte mich an die offene Beifahrertür. Obwohl die beiden erst seit ein paar Monaten zusammen waren, war da eine Vertrautheit zwischen ihnen, die mich an Callan und mich erinnerte. Daran, wie es gewesen war, an die schönen Momente, die Unbekümmertheit, die Neckereien und wie viel wir gelacht hatten.

»Komm schon. Muss ich dich ernsthaft auch noch daran erinnern, wie hart du gekämpft hast, um das Wochenende für diese Party freizubekommen?« Tia gab ein leises Grummeln von sich. »Als wäre das Daisy Rose jemals so voll, dass man Tag und Nacht zwei Mitarbeiter dort braucht. Nichts für ungut, aber das letzte Mal, als ich da war, haben sich nur zwei verliebte Teenies im hintersten Eck einen Milkshake geteilt. Und das war um die Mittagszeit.«

»Abends ist viel mehr los.« Okay, das stimmte nicht wirklich.

Tia seufzte. »Steig ein und lass uns zur Party fahren, bevor dein Bruder auf die Idee kommt, dich als vermisst zu melden. Oder bevor die Karre nicht mehr anspringt, weil sie so lange stillgestanden hat.«

»Ich hätte gerne eine Warnung, bevor du das Teufelsding startest«, meldete sich Audrey von der Rückbank. Sie lag immer noch ausgestreckt da und trank mittlerweile im Liegen vom Tequila.

Ich zögerte und zupfte an meiner rot karierten Flanellbluse herum. »Was ist, wenn er sich kein bisschen verändert hat? Wenn ich ihn sehe und sofort wieder in ihn verliebt bin?« Gott, allein das auszusprechen, war beängstigend. Und was, wenn alles wieder hochkam? Nicht nur all die guten Dinge, sondern auch die, die das Potenzial hatten, einen zu zerstören?

Tias Gesichtszüge wurden weicher. »Dafür hast du doch uns. Denkst du, wir lassen zu, dass er dir noch mal das Herz bricht?«

»Genau. Du hast Tia, mich und Ms Tequila«, stimmte Audrey von hinten zu. »Da kannst du gar nicht auf dumme Gedanken kommen.«

»Ich glaube, du solltest etwas weniger Zeit mit Ms Tequila verbringen«, sagte Tia mit skeptisch hochgezogener Augenbraue, was Audrey nur mit einem Schulterzucken beantwortete.

Ich atmete tief durch, ließ mich auf den Beifahrersitz fallen und zog die Tür hinter mir zu. Tia sah mich ermutigend an, dann drehte sie den Schlüssel in der Zündung.

»Ich hasse diese Karre.« Sie verzog das Gesicht, als der Audi mit einem viel zu lauten Brummen und einem Ruckeln ansprang.

Auf der Rückbank gab Audrey ein empörtes Quietschen von sich. »Du hast mich nicht vorgewarnt!«

Ich schnallte mich an und warf einen Blick über die Schulter. Ein nicht unbeachtlicher nasser Fleck zog sich über die Vorderseite ihres Shirts, und Tequila rann ihr übers Kinn und in die Halskuhle.

»Oh shit, tut mir leid«, sagte Tia, während ich eine Packung Taschentücher aus dem Handschuhfach holte und sie Audrey zuwarf, die sich mittlerweile wieder aufgerichtet hatte.

»Du hast später was gutzumachen.«

»Wenn die Karre nicht explodiert, gerne.«

»Es wird überhaupt nichts explodieren.« Gott, ich hörte mich an wie Darren damals, als er den Audi verteidigt hatte. »Das Auto ist längst nicht so gebrechlich, wie es wirkt.« Doch, war es. Nur aus diesem Grund hatte ich es mir leisten können.

Das Glück schien allerdings auf unserer Seite zu sein, denn kurz darauf parkten wir in einiger Entfernung der Scheune – ohne unterwegs auf weitere, unsichtbare Hindernisse gestoßen zu sein. Audrey schien sich mit meinem Tequila angefreundet zu haben, denn sie nahm ihn mit, als sie ausstieg, und trank auf dem Weg zur Scheune immer wieder kleine Schlucke.

Kelly hatte ganze Arbeit geleistet. Die silbernen Girlanden und Lichterketten erweckten das Gebäude zu neuem Leben, und obwohl es noch nicht dunkel war, sorgte das Licht der Lampions bereits jetzt für eine gemütliche Atmosphäre. Wir schlängelten uns durch die laute, energiegeladene Menschenmenge in Richtung Buffet, wo Tia sofort nach einem Pappteller griff und ihn mit kleinen Häppchen belud.

»Wie lecker das alles aussieht … Ich könnte mich in Guacamole eingraben.« Sie hob den Kopf, und ich folgte ihrem Blick in Richtung Bühne. »Ich wusste gar nicht, dass eine Band spielen wird. Wen haben sie denn angeheuert?«

»Ich weiß es nicht«, antwortete ich. Darren hatte keine Band erwähnt.

»Live-Musik ist toll.« Audrey bediente sich an Tias Teller. »Und wenn wir die Band nicht verpasst haben, sind wir auch nicht zu spät dran.«

Ich hörte nur mit halbem Ohr hin. Immer wieder scannte ich die Menge, in der Erwartung, Callan zu sehen. Ein Teil von mir wollte es hinter sich bringen, wollte wissen, ob er wirklich gekommen war und wie sehr er sich verändert hatte. Wenn ich ihn erst einmal sah, würde der Rest des Abends vielleicht leichter werden.

»Ich hab ihn auch noch nicht gesehen.« Tia waren meine suchenden Blicke nicht entgangen, und auch Audrey hielt mir wieder den Tequila hin, von dem ich ein paar Schlucke trank. »Aber da drüben ist Darren.«

Sie hob die Hand und winkte, woraufhin mein Bruder auf uns zukam.

»Darren Godwin«, begrüßte sie ihn grinsend. »Deine Zukünftige stellt bessere Partys auf die Beine als du. Ganz im Ernst, das Buffet ist ein Traum. Wer ist denn heute Abend für die Musik zuständig?«

»Hey, Tia.« Darren zögerte, dann wanderte sein Blick zu mir, und er rieb sich über den Nacken. Warum zögerte er? Wen hatte mein Idiot von einem Bruder für heute Abend gebucht? Das mulmige Gefühl in meinem Bauch nahm zu, und fast zeitgleich betrat jemand die Bühne.

»Es ist Cals Band.«

»Das ist nicht dein Ernst.« Überraschenderweise blieben mir die Worte nicht in der Kehle stecken, obwohl diese sich mit einem Mal ziemlich eng anfühlte. Ich blinzelte. Aschgraue Schleier, die sich zu einem dunklen Anthrazit verfärbten. »Das ist nicht dein verdammter Ernst, oder? Warum hast du mir das nicht gesagt, dann wäre ich …«

»Was, Rena? Dann wärst du nicht gekommen?«

Scheiße. Genau das hatte ich sagen wollen. Ich presste die Lippen zusammen, schmeckte den scharfen Tequila.

»Du hast behauptet, du wärst über ihn hinweg.« Darren musterte mich viel zu eindringlich für meinen Geschmack. »Weißt du nicht mehr, was du am Telefon gesagt hast?«

Natürlich wusste ich das noch. Ich hatte gesagt, dass es mir egal war, wenn Callan zur Party kam, weil er nichts weiter war als ein Ex. Ich hatte sogar noch einen draufgesetzt und behauptet, es würde schwerer sein, Jake Dickey wieder über den Weg zu laufen. Aber jetzt sah Darren mich an, als würde er mich durchschauen, und das ärgerte mich. Mein Bruder konnte einen Papierwischer nicht von einem Tampon unterscheiden – er sollte keine Schlussfolgerungen ziehen, die mit meinen Gefühlen zu tun hatten.

»Es ist mir auch egal. Ich finde nur, du hättest kein Geheimnis daraus machen müssen. Das war unnötig.«

Von der Bühne erklangen die ersten Töne.

»Na dann … Genießt den Abend.« Darren nickte Tia und Audrey zu, bevor er mich mit einem Blick maß, der auch ohne Worte ziemlich eindeutig war. *Übertreib es nicht, Schwesterherz.*

Ich starrte ihm verärgert nach, als er wieder in der Menschenmenge verschwand, dann erst wurde mir bewusst, dass ich immer noch die Flasche in der Hand hatte. Ms Tequila. Natürlich sah es so aus, als hätte ich vor, mir die Kante zu geben. Vielleicht war das auch gar keine schlechte Idee, denn im nächsten Moment erfüllte Callans Stimme die Halle. Oh Gott. Darauf war ich nicht vorbereitet gewesen, ganz und gar nicht. Nur am Rande registrierte ich, wie Audrey nach Ms Tequila griff, die ich ihr bereitwillig überließ.

Er hatte immer noch langes Haar – das war es, was mir zuerst auffiel. Langes Haar, das er wie damals mit einem Lederband zu einem Pferdeschwanz gebunden hatte, aus dem sich dieselben widerspenstigen Strähnen lösten.

»Sollen wir die Bar suchen?«, fragte Tia lautstark und gab mir einen freundschaftlichen Schubs, aber ich schaffte es nicht, meinen Blick von der Bühne loszureißen. Callans Finger strichen über die Saiten seiner Gitarre, so schnell und so voller Leidenschaft, dass mir fast schwindlig wurde. Er hatte früher nie gesungen, und jetzt tat er es mit einer solchen Selbstverständlichkeit, dass mein Brustkorb sich zusammenzog.

»So gut ist er gar nicht.« Tia stellte den Teller ab und fixierte ebenfalls die Bühne. Ein ziemlich schwacher Versuch, mich aus meiner Starre zu lösen, denn sie klang dabei alles andere als überzeugt. Callan war gut, er war sogar verdammt gut, und das war ihr genauso klar wie mir.

Er sang, und ich fühlte jedes einzelne seiner Worte.

Moon Notes

Emma Lindberg
Until Forever
Romance

ISBN 978-3-96976-025-3

Endet Liebe irgendwann?
Als Cal als Frontmann einer Band auf der Party von Renas Bruder Darren auftritt, hört sie ihn zum ersten Mal singen – und wieder funkt es zwischen Rena und Cal. Nach vier Jahren fühlen sie sich immer noch stark voneinander angezogen …

Join our community:
www.moon-notes.de

Triggerwarnung

In diesem Buch finden sich folgende Themen, die triggernd wirken könnten:

- Suchtverhalten
- Depression
- Suizid
- Misshandlung
- sexualisierte Gewalt